T0349406

Yo, Hernán

Diario de campaña

JUAN J. DE LAMA

Yo, Hernán

Diario de campaña

SEKOTIA

Editorial Sekotia • Narrativa con valores
Editor: Humberto Pérez-Tomé Román
Maquetación: Helena Montané

WWW.SEKOTIA.COM
info@almuzaralibros.com
Editorial Almuzara
Parque Logístico de Córdoba. Ctra. Palma del Río, km 4
C/8, Nave L2, n.º 3, 14005 - Córdoba

Imprime: Liberdúplex
ISBN: 978-84-19979-31-5
Depósito legal: CO-1530-2024
Hecho e impreso en España-*Made and printed in Spain*

Por y para Bea, Ro y Alex.

ÍNDICE

«Hernán Cortés fue una persona de carne y hueso, un conquistador del siglo XVI, con sus virtudes y sus defectos. No poseía una excepcional capacidad estratégica, del tipo del Gran Capitán, Alejandro Farnesio o Napoleón Bonaparte, ni tampoco era un mesías o un pacifista laico, como él mismo trató de hacer creer. Pero, en cambio, sí fue un personaje extraordinariamente singular, por su carisma y por su capacidad para fascinar a millones de personas a lo largo de varios siglos».

Esteban Mira Caballos

Hernán Cortés, una biografía para el siglo XXI.
Barcelona, Crítica, 2021

PRÓLOGO

HERNÁN EL MAGNO

Como el mismo autor reconoce en sus primeras páginas, nos conocemos los dos de larga data. Cuando me encontré en la red social, entonces llamada Twitter, con el avatar de Hernán Cortés, me entró primero curiosidad, y luego sorpresa por el trabajo tan proceloso que hacía el entonces todavía para mí anónimo responsable para recoger las andanzas del Capitán y lo bien que se mimetizaba con el personaje en sus comentarios y respuestas. Cuando nos conocimos personalmente no tuve por menos que dirigirme a él como don Hernán, pues así parecía convenirle y tratarnos después en nuestros intercambios «whasaperos» mutuamente de «Vuestra Merced».

Es por eso que pocas personas podrían haber escrito el ejemplar que el lector tiene en sus manos. Hay muchos libros «sobre» Cortés, su vida y milagros, pero no un libro en el que el propio Cortés relate en primera persona sus hazañas y peripecias. Cuando uno lee sus líneas realmente llega a creer que el autor no es alguien del siglo XXI, sino el propio personaje del siglo XVI en una suerte de libro autobiográfico de memorias y crónica de batallas y aventuras perdido que hubiera sido recién descubierto en una cueva cerca de Castilleja de la Cuesta, donde murió el Capitán General. Dado que esto no es caso, podría entonces alguien pensar que nos encontramos ante un relato de ficción, de novela histórica, pero no es esta su función. El texto está fundamentado en fuentes de la época, como las *Cartas de Relación* de Cortés, la *Historia de la Conquista de México* de López de Gómara y la *Historia verdadera de la conquista de la Nueva España* de Díaz del Castillo. Con esas y otras referencias bibliográficas, que aparecen relacionadas al final del libro, lo que el autor persigue es reconstruir el relato potencialmente fidedigno que el propio Cortés habría querido escribir. Y es tal el efecto de este enfoque que el lector se pone sin percatarse de ello en los zapatos de don Hernán, compartiendo sus pensamientos y sentimientos. Estamos casi ante un libro de realidad virtual 4D, pero a través de la escritura.

Si alguna carencia cabría detectar en el libro es que no comenzara con una introducción histórica que permita al lector no suficientemente instruido sobre el significado y figura de Cortés poner en contexto el relato que viene a continuación. Pero tal vez no sea carencia, sino invitación velada al prologuista para que colme ese potencial vacío, tarea que acometo con gusto en las líneas que siguen.

El escritor e historiador mexicano Carlos Pereyra decía: «Hay cuentos para niños y también cuentos para adultos». Estos últimos se manifiestan en el relato histórico que preside el nacimiento, mantenimiento y caída de las principales naciones, imperios o modelos culturales. Todos los países crean mitos, salvo uno ¿averiguan cuál? Así ha ocurrido, por de pronto, con figuras como Napoleón y «Charlemagne» (cuyo nombre original por de pronto no era en francés), a los que se les ha redecorado su vida para llevarles a los altares de la mitomanía a través de una historiografía excesivamente complaciente con los intereses del poder político. Sin embargo, la América Hispana ha elegido mal sus referentes y una mala lectura del pasado siempre lleva a un fracaso del presente y el futuro. O como decía George Orwell: «Quien es dueño del presente, escribe el pasado. Y quien escribe el pasado, dominará el futuro».

¿Por qué Hernán Cortés, que da cien vueltas a Ricardo Corazón de León en todos los aspectos, resulta un personaje olvidado cuando no denostado por la «cultura» dominante? Aunque siempre hay excepciones. Así, señalaba el mejicano Octavio Paz, en una *Tercera* del periódico *ABC* (de 28 de diciembre de 1985):

> «La Conquista de México evoca las empresas de César en las Galias o de Babur en el Indostán (…) Los amores de Cortés y doña Marina recuerdan otros en los que la ambición política se mezcla a la pasión erótica como los de Marco Antonio y Cleopatra (…) El sitio de Tenochtitlán y el heroísmo de sitiadores y sitiados tienen una grandeza más épica que histórica es Troya (…) Cortés ante Moctezuma es Alejandro ante Darío (…) El odio a Cortés no es odio a España es odio a nosotros mismos. El mito nos impide vernos en nuestro pasado y, sobre todo, impide la reconciliación de México con su otra mitad (…)».

También sostenía Salvador de Madariaga que probablemente nos encontramos ante «el español más grande y capaz de su siglo» que tuvo como referentes a Julio César y Alejandro Magno. Era de origen extremeño, hijo de hidalgos pobres, ejemplo del «*self made man*». De origen humilde llegó a ser un gran emprendedor que se jugó el patrimonio logrado con su esfuerzo para financiar sus empresas políticas. Hombre de profunda fe no era ningún iletrado, a diferencia por ejemplo del idolatrado Carlomagno, quien no sabía ni leer ni escribir, pues cursó estudios en la Universidad de Salamanca de Latín y Derecho.

Y sin embargo…, un héroe olvidado y menospreciado por los mexicanos, pero también ignorado desde muy pronto por sus propios jefes, los reyes españoles. Gómara escribe su *Historia de la Conquista de México*, en 1552, siete años después de la muerte de Hernán Cortés, pero queda prohibida en 1556 por Felipe II, por la excesiva alabanza que mostraba hacia Cortés. Las obras acerca de las hazañas de los conquistadores ya venían censuradas desde 1527 por Carlos I y V, al observar su excesiva popularidad en España. El libro de Gómara no volverá a imprimirse hasta 1749, ya con los «denostados» borbones. El propio Cortés tuvo que retornar a España en 1540 para defender sus derechos en el Nuevo Mundo, frente a la actitud obstaculizadora del Virrey Mendoza. En carta al Rey del 18 de marzo de 1543, llega a decir que «era más dificultoso defender lo que había conquistado del virrey que haberlo ganado...». Aceptó con resignación su vuelta a España y verse sometido a un injusto juicio de residencia impulsado por sus oponentes. A pesar de ello nunca dejó de ser fiel a su Rey y en España se mostraría interesado por la cultura, organizando, ya retirado (y olvidado) en Castilleja de la Cueva, en Sevilla, una tertulia literaria y humanística de gran éxito.

Los reyes españoles raramente encargaban a sus pintores cuadros conmemorativos de las grandes hazañas y batallas que tuvieron lugar en América, prefiriendo decorar las paredes de sus palacios con pinturas de las batallas que tuvieron lugar en Europa. Este hecho, más que significar menosprecio u olvido a lo que allí ocurría, significaba que los reyes eran refractarios a reflejar hazañas que ellos no habían protagonizado en primera persona para no dar más poder, del que ya tenían, a los conquistadores del otro lado del Atlántico. Es decir: una cuestión de celos.

Fue un gran militar y estratega. Perdió solo durante la Noche Triste, pero posteriormente venció en la batalla de Otumba con 400 hombres a más de 100.000 aztecas. Claro que ello se debió también a su alianza estratégica con los indios sometidos por los aztecas, la cual resultó mutuamente beneficiosa. Durante la guerra se alía con la mayoría, y acabada aquella se muestra interesado en la justicia y en el bienestar de todos, sin distinción de raza o clanes. Mandó en su testamento que se restituyeran a los naturales las tierras que se les hubiera podido usurpar para viñas o algodonales. México debió llamarse Txalcala, pero muestra de que Cortés quiso integrar a los vencidos fue que ello no se produjo. Trató de integrar a todas las tribus y no guardó rencor a los mexicas. Hubo guerra, pero también mestizaje y reconciliación. Y no intentó nombrar a la nueva entidad ni ninguna ciudad con su nombre. Por otra parte, aunque se cuestione su relación con Isabel Moctezuma o con Doña Marina, a los hijos que tuvo con ambas (como el resto) los reconoció y se ocupó de ellos, a diferencia del encumbrado Thomas Jefferson, que trató como esclavos a los hijos que tuvo con una de sus esclavas.

Cortés arrastra la fama de cruel, pero era simplemente un militar de la época y, como en todas las guerras, mandó matar y defender a los suyos. Sin embargo, una vez acabada la campaña, no hubo rencor sino voluntad sincera de acercamiento e integración de todos. Sus oponentes tampoco eran precisamente santos. Ambos bandos fueron crueles. Si se pone la tinta sobre la matanza de Txolula —aunque no sepamos muy bien los detalles ni la influencia de sus aliados los tlaxcaltecas, profundos rivales de aquellos—, sorprende que no se diga nada de Tecoaque —antigua Zultépec, a cincuenta kilómetros al este de la Ciudad de México—, literalmente «lugar donde se los comieron», donde excavaciones recientes han demostrado que entre junio de 1520 y marzo de 1521 los mexicas apresaron una caravana que Cortés había dejado en retaguardia con heridos, enfermos, mujeres (españolas y mulatas) y niños que les acompañaban, junto a trescientos aliados tlaxcaltecas. No dejaron supervivientes.

Poseía un fuerte sentido de Estado y una sofisticada capacidad organizativa. Si no fuera por los celos que despertó su obra en Carlos I y Felipe II —el mayor enemigo de un hispano es siempre un hispano, aun el más notable y cercano—, sus «Cartas de Relación» (1519-1526) debieron pasar a la historia como un manual de gobernanza y teoría política. En esos escritos, dirigidos al monarca Carlos I, explicaba las normas que pensaba adoptar y cómo planteaba organizar *Nueva España* incluyendo: las bases del gobierno moderno y de un modelo institucional y económico que duraría tres siglos; una doctrina revolucionaria sobre la transmisión de la soberanía; disposiciones de un gobierno que fuera eficaz y justo, con una pionera división de trabajo entre los gobernadores, separando las funciones de legislar, aplicar y resolver; un sistema de impartición de la justicia cuyo principal objetivo era proteger a los indígenas y que la justicia se impartiera de forma justa y adecuada; una estrategia comercial visionaria; una política de alianzas que tuviera en cuenta el juego de la diplomacia...

En esas «Cartas» también hizo hincapié en los derechos de los primeros pobladores para que un gobierno eficaz y justo asegurara la «convivencia» con la sociedad indígena. En el espinoso asunto de la transmisión de la soberanía, Cortés consideraba que las tierras del Nuevo Mundo debían gozar de una categoría semejante a la de las tierras europeas que formaban parte del Imperio español, con un fundamento jurídico semejante al que Carlos I presentó para su candidatura al Imperio alemán. El rey de España aparecía como señor natural de esas tierras con títulos tan poderosos como sus predecesores, pues el propio Moctezuma había reconocido que una vez había sido extranjero en esas tierras. Este moderno empeño de Cortés en legitimar política, social y jurídicamente la conquista, al margen de las decisiones papales, le granjeó más problemas con otros dirigentes españoles que entre los indígenas, por el peligro que representaba su liderazgo. Y fueron esas suspicacias las que le obligaron a volver a España, y vivir ya retirado (y olvidado) en Castilleja de la Cuesta (Sevilla). Pero a Cortés no le echaron los indígenas, sino los celos de sus colegas peninsulares.

Su modelo tuvo éxito y duró 300 años. Dejó tres siglos de un gobierno estable con paz interna y una expansión que llegó a Alaska y Asia haciendo de Nueva España el polo comercial más importante del mundo. Sentó las bases de una gran expansión comercial e industrial —la ruta de la seda competiría con cualquiera de Europa— con el centro México-Tenochtitlan como gran sede de comercios y negocios, si bien destacaron igualmente otras localidades como Tlaxcala. Fuera como fuera la mítica Tenochtitlán, la México que se encuentra Humboldt a principios del siglo XIX era una de las ciudades más bellas del mundo e incomparablemente más rica que los villorrios del norte, esos a los que ahora el pueblo mexicano se ve forzado a emigrar.

De hecho, la prosperidad no abandonará México hasta... su independencia de España, que coincidirá (¿casualidad?) con su enfrentamiento con el vecino del norte, los «muy civilizados» Estados Unidos. Tras tres siglos de paz interna (con algunas excepciones, como los chichimecas) vendría la guerra con EE. UU. que acabó con derrota y pérdida de 2/3 del territorio. ¿Qué habría pasado si hubieran tenido en esa guerra como estandarte y referente el coraje y la estrategia de Cortés? Tal vez se habrían evitado casos como el del presunto traidor Santa Anna en Cerro Gordo. Se echa en falta alguna gran película objetiva sobre esa batalla. En todo caso, nada se dice de la reacción de los cristeros a la «revolución» mexicana, que produjo una guerra de cerca de nueve años (1926-1929 y 1932-1938) que dejaría más de 250.000 víctimas en ambos bandos. Una vez más, las revoluciones se hacen contra los campesinos, en este caso cristianos que veían amenazada su fe y que serían traicionados por sus obispos. ¿Por qué nadie aquí exige que pidan perdón?

Fue asimismo un gran promotor y constructor. Poco después de terminada la conquista de Tenochtitlán (1521), una de sus primeras decisiones fue construir cuatro hospitales, poniendo dinero de su bolsillo: el de San José, hoy derruido para ampliar la avenida de la Reforma, y el de la Limpísima Concepción, conocido en la actualidad como de Jesús Nazareno. Luego vendrían los hospitales de Puebla y Acapulco. Mandó edificar también el puerto de Acapulco (seguro que alguna placa lo recuerda) con la idea de abrir nuevas vías comerciales, que se verían reforzadas con el Galeón de Manila. En su testamento legó fondos para fundar y sostener esos hospitales, un convento y un colegio universitario: «con el que espera poder dar a Méjico una clase indígena preparada para sus altas funciones con la cultura universitaria europea» (citado por Madariaga, 1986: 558).

Y sin embargo, Cortés muere olvidado en tierras españolas, en Castilleja de la Cuesta de Sevilla. A pesar de ello, dio instrucción expresa en su testamento del 12 de octubre de 1547, para que su cuerpo fuera enterrado en México (Coyoacán). ¿Hay muchos militares extranjeros que puedan decir lo mismo en casos semejantes? Pero su tumba sería removida de su localización inicial para acabar escondida, no como la tumba perdida de Alejandro, sino olvidada por la leyenda negra que todo lo empaña. Se encuentra en el altar de la iglesia del Hospital de Jesús, que él mismo fundó y que todavía sigue en pie, dentro de un pequeño nicho en la pared a la izquierda del altar con una oscura placa que no está anunciada y que queda fuera de los circuitos turísticos ni se permite fotografiar.

Hernán Cortés fue un ejemplo de valor, aguante y coraje (eso que hoy pomposamente se llama «resiliencia»), emprendimiento, estrategia, diplomacia, motivación de su gente, capacidad de reinventarse y sacar partido a recursos escasos, y sí, también llegado el caso, de ejercicio de la fuerza. Hoy es despreciado por quienes se consideran, aunque sean de tez muy blanca, herederos de los aztecas y, por tanto, despreciativos del resto de tribus que se aliaron con Cortés. En realidad, es un referente que debiera ser compartido, pues naciendo español murió sintiéndose más de allá que de acá: un héroe de vocación universal. Como los españoles se reconocen en los romanos que mataron a los héroes numantinos y a tantos otros.

Tal vez alguien considere que estas líneas son un burdo intento de hacer una leyenda dorada. No existe el hombre sin pecados. Todas las personas, incluso las más grandes, como las empresas, tienen un debe y un haber, pero lo que cuenta es el saldo neto que constituye su legado. Y en el caso de Cortés, su saldo neto fue de muchas cifras. Busquen y comparen y si encuentran a alguien mejor... En Cortés, lo valiente no quita al estadista o al emprendedor. En la estela de Alejandro, fundó ciudades, construyó cuatro hospitales para frenar tanto las epidemias europeas como las locales, y levantó el primer puerto de la zona en Acapulco, que sirvió para fabricar los barcos que permitieron surcar el mar del Sur, viajar a Perú y Filipinas, o que el propio Cortés llegara a California. Y para financiar todas esas empresas utilizó su propio patrimonio. Alejandro Magno conquistó el mundo oriental, desde Persia hasta más allá del Indo, con la fuerza de una espada que no cortaba nudos gordianos sino gordos y delgados cuellos, pero no se le apela «el Conquistador». Hernán Cortés fue un gran hombre, un gran militar, un gran estadista y un gran emprendedor que debería estudiarse en las Escuelas de Negocios, en lugar de ser olvidado y vilipendiado. En un continente inexplorado creó las alianzas necesarias para hacer caer el mayor imperio de Mesoamérica, que asolaba con sacrificios de máxima crueldad a los pueblos que sometía. Su sueño duró trescientos años, el de Alejandro apenas trece. Pero a Hernán no se le apela «el Magno». ¿Por qué esta doble vara de medir en la Historia?

¿No deberíamos todos pedirle disculpas a Cortés por no haberle honrado, ni en América ni en España, ni en el resto del mundo, como se merece? ¿Por qué españoles y mexicanos, en lugar de golpes de pecho o exabruptos, no reconstruimos juntos el legado de un gran hombre que es de todos? No por vanidad ni por ninguna leyenda dorada, sino por simple justicia histórica: a similares méritos, similar reconocimiento. Y es que lo Cortés no quita lo Magno. Valor y astucia, impulso emprendedor y generosidad, inteligencia y lealtad: tres combinaciones que hemos olvidado en el mundo hispano y que serían una base firme para un nuevo resurgir.

Pero en todo caso si quieren una comprensión más completa y atinada de este complejo y singular personaje no tienen más que seguir leyendo las páginas que siguen. Pues Magno el personaje y Magno el autor de este libro. Disfruten de la lectura como lo he hecho yo.

Alberto G. Ibáñez

El Sacro Imperio Romano Hispánico:
una mirada a nuestro pasado para una nueva Hispanidad.

NOTA DEL AUTOR

Todo libro tiene una explicación y origen. En este caso, es la insistencia de Alberto G. Ibáñez para que convirtiese en relato el extenso hilo de Twitter (ahora, X) que, a modo de diario, escribí desde junio de 2018 hasta agosto de 2021, en «fecha real del hecho, más cinco siglos después» relatando los hechos acerca de la epopeya de Hernán Cortés.

¿Por qué un hilo así? Porque una mañana saludé a Lorenzo Silva en la Feria del Libro de Madrid en 2017 y hablamos de las efemérides que estaban por llegar. Hablamos de 1521; él dijo Villalar y yo Tenochtitlan. Él publicó *Castellano* y yo he tardado algo más en escribir este libro.

¿Por qué Hernán Cortés? Porque al salir del Parque de El Retiro comprobé que nadie representaba al Capitán en la red social mencionada, a pesar de que existían en ella cientos de cuentas de personajes históricos. Ya conocen que Twitter es un arma de intoxicación masiva; jamás la Humanidad ha tenido antes una herramienta tan poderosa para manipular a tanta gente en tan poco tiempo. Unos cuantos como yo pensamos que esta herramienta puede usarse de otra manera, divulgando los hechos y animando a los demás a investigar por su cuenta, a leer, a estudiar, a conocer lo que décadas de nefasta política educativa han hecho desaparecer de los libros de texto. Ellos saben quiénes son. Así que me eché la manta a la cabeza y estuve tres años contando a diario, 3127 tuits en total, la Conquista de México. Otros cuantos emplean Twitter para seguir divulgando las mismas mentiras sesgadas y eso me ha procurado muchas agrias discusiones durante estos años. Ellos también saben quiénes son.

Hernán Cortés es una de nuestras extraordinarias figuras históricas que, sin embargo, es a diario vilipendiado e injustamente tratado por la Leyenda Negra. Sí, no es un mito, la Leyenda Negra existe hoy día y así aparece en series de televisión, películas, cómics y juegos de ordenador; se siguen exagerando o inventando nuestros errores, se ocultan o roban nuestros éxitos y logros, se obvia constantemente la coyuntura y análisis comparativo temporal, se insiste en una presunta anomalía española (nuestro pasado tiene los mismos o menos conflictos externos e internos como cualquier otro europeo y tiene hechos gloriosos y singulares como ningún otro en el mundo que merecen ser conocidos), se analiza todo según los prejuicios actuales (gafas XXI) y, para remate, se tiñe todo de ideología. Somos un país que ha dejado que su Historia la escriban sus enemigos. Tanto, que parece que necesitemos de hispanistas para que nos defiendan (y esta es realmente la única excepcionalidad). El desconocimiento que han provocado y provocarán unos planes de estudio cada vez más reducidos y tergiversados es devastador. La pérdida de referentes históricos trabaja en contra del futuro y de las oportunidades de esos chicos en un mundo laboral competitivo. Ya sé que parece exagerado, pero otras naciones no cuestionan su propia Historia, ni cuestionan otras conquistas, solo la nuestra.

Para los que conozcan las fuentes originales, ya les anticipo que van a encontrarse con algo distinto. Me explicaré. Hernán escribe formales informes secretos a Sus Majestades que, incomprensiblemente, acaban en las imprentas con notable éxito de ventas, excitan las mentes y, por ese motivo, son prohibidos. Gracias a esa prohibición de los Habsburgo, López de Gómara escribirá la *Historia de la Conquista de México* para que no se olvide la gesta. Cuando la lea Bernal se enfadará tanto que escribirá la *Historia verdadera de la conquista de la nueva España*. Todos salimos ganando pudiendo leer tres versiones. El reto ha sido sumarlas, complementarlas, darles el exclusivo punto de vista personal de Hernán y hacer con ello un único hilo cronológico, como si fuese su diario. Ya me dirán vuestras mercedes si lo he logrado. Para los que no conozcan las fuentes originales (textos en cursiva), encontrarán un relato resumido, con un texto más sencillo de leer, ligero, con humor. Pero mi obligación es aconsejarles que las lean y cotejen.

YO, HERNÁN

I

No le engaño a nadie si digo que siempre he hecho lo que me
ha dado la real gana sin prestar oídos a la prudencia, pero
hoy sí me gustaría tener a mis señores padres aquí a mi lado
para poder consultarles el negocio que Diego Velázquez me
lleva ya varios días insistiendo. Les imagino a ambos a la vera
fresca del Guadiana, en la romana Medellín donde nací. A mi
señora madre atendiendo la casa y sus labores y asistiendo a sus
misas, rezando y esperando tener noticias del tarambana de su
único hijo —Dios dispuso que yo no tuviera hermanos—; y a
mi señor padre repasando las cuentas en su despacho, atento
a las rentas anuales, a su molino de trigo y sus colmenas,
soñando y suspirando aún con aquellos tiempos pasados de la
gloriosa cruzada contra el moro en la que la familia sacó beneficios, pero no la fama y los honores que creyó justo merecer y
que se repartieron las mismas familias de siempre. Por fortuna
e inconformismo, de aquel limitado futuro pude escaparme;
monaguillo sin convencimiento ni vocación y sin posibilidad
de entrar al servicio de los Portocarrero condes de Medellín,
de puro enfermizo. Si no en la forma que mis señores padres

hubiesen preferido como bachiller en leyes por Salamanca, aunque tampoco como soldado de los Tercios en las guerras de Nápoles contra el francés, sí al menos como comerciante aquí en Las Indias y Justicia de la ciudad de Santiago. No me ha ido mal desde que llegué hace algunos años a La Española y regularmente puedo mandarles algo de oro y plata. Cuando llegué, entré directamente a las órdenes de Lizaur, secretario del Gobernador Ovando, que me envió a la villa de Azúa donde conocí a Diego Velázquez de Cuéllar. Le acompañé durante la conquista de La Fernandina, aunque no me anoté ningún hecho de armas y solo fui responsable de guardar el quinto real. Pude haber pasado antes a Veragua con Nicuesa, pero una buba en la pierna me lo impidió, y mejor así, porque allí cayeron muchos hombres y buenos. Al Diego le nombraron gobernador de la isla, y este a mí su secretario, y así obtuve una encomienda de ganado en Asunción de Baracoa, a medias con el Juan Xuárez, que luego se trajo a las hermanas y todo empezó a enredarse por culpa de ellas. En Cuanacan hallé oro en el río, fundé una hacienda y tuve una hija mestiza, Leonor Pizarro, que el mismo Velázquez apadrinó. Discutimos más tarde por el reparto de los indios cubanos y nuestra relación empezó a torcerse, sufriendo varios encontronazos. Diego andaba encamado con una hermana de Catalina y estoy seguro de que ella le daba la tabarra todas las noches con las reclamaciones de matrimonio de la otra: ¿y por qué tendría yo que atarme a una sola mujer, habiendo tantas y tan tiernas flores indias a mi alcance llenando la isla? Como me negué a casarme con ella, me quitó el cargo de secretario y encerró en la cárcel, escapé y le ayudé a sofocar una revuelta al oeste, donde casi me ahogo en las Bocas de Bany, y todo para terminar de todas formas casado con Catalina como premio a mi esfuerzo. Con el tiempo, hemos vuelto a ser amigos. Todo lo que sé de política lo he aprendido a su sombra, sin ir más lejos, de cómo retuvo la gobernación de Cuba tras enfrentarse al mismísimo Diego Colón, el hijo mayor del Almirante, hoy en la península, donde le hacen su juicio de residencia.

II

La otra noche, Velázquez andaba muy preocupado por la falta de noticias de su sobrino Juan Grijalva, que partió en abril al mando de la segunda expedición al Yucatán tras el fracaso obtenido el año anterior de la primera expedición, la del pobre Hernández de Córdoba. Cuando entré en su casa, me lo encontré hablando con el mohíno de Cristóbal de Olid. Diego le había ordenado salir en busca de Grijalva, y este le estaba contando que había desistido de seguir navegando cuando su carabela comenzó a hacer agua a la altura de Cozumel, para nuevo disgusto del tío. Enojo que aumentó cuando me levanté de la mesa de juego unas horas después con una buena bolsa llena de maravedís ganada limpiamente a los naipes y, de paso, me llevé a la hacienda a la hermosa india de piel canela a la que ambos habíamos echado el ojo. Debería tener más cuidado, un día voy a tener un serio disgusto con él y podría ser el último. Antes de irme, estando los dos a solas, pues el de Olid había marchado primero, me soltó de sopetón que quizás yo bien podría organizar una tercera expedición en auxilio de Grijalva. Reconozco que me lo tomé a broma, cosa del vino, y le contesté que no tratase de liarme, que yo no era el rescatador que tanto necesitaba sino un honrado hombre de negocios, mientras desnudaba con los ojos a la india que miraba nerviosa el suelo delante de sus pies descalzos. Él seguía muy serio y me dijo que ya tendría noticias suyas. Me encogí de hombros.

III

El asunto de su sobrino, creo más bien el de controlar nuevas islas, debe de ser muy importante para alguien tan avaricioso como Velázquez. Tanto es así que su secretario, Andrés de Duero, me ha traído esta mañana en persona a la hacienda el borrador de unas capitulaciones para armar esa tercera armada disfrazada de auxilio —aunque aquí el Diego ya no engaña a nadie— de la que me habló hace unos días y no he tenido más remedio que decirle que las dejase por ahí, que ya me las leería. Me confesó que fue él el que le había sugerido mi nombre a Velázquez, que este ya había descartado ofrecérsela a Vasco Porcallo, por violento e incontrolable, y que otros familiares, Bernardino y Antonio Velázquez, habían rechazado su plan pues no deseaban arriesgar su patrimonio en ello, que contentos estaban con lo ya ganado e, igual que Diego, preferían sentarse a mirar cómo se juegan otros el pescuezo o la bolsa o las dos cosas al tiempo. Y que, como ya no queda otro hombre de posibles en la isla y Diego no está por la labor de financiar nada más, quiere que sea yo quien aporte mis caudales a esta incierta aventura. Mira qué listo. Tirando por lo bajo, pensé, el coste de armar esta empresa debe de ser enorme, y aunque sea yo bien esquisto y toda mi hacienda, plantaciones, minas y despachos de mercancías con la península sean muy rentables, tendría que venderlo todo y aún endeudarme para poder financiarla. Duero me ha ofrecido sus dineros para unirlos a los míos y sugerido que pida préstamos a otros armadores, mientras él insistirá ante Diego para que me ofrezca en firme el mando y me asegura que el gobernador aún está esperando el plácet para poblar de los Jerónimos de Santo Domingo (gobernadores en ausencia del Diego Colón, en su juicio de residencia en Castilla), sin el cual no puede zarpar ninguna nave hacia poniente. Sosegaos, don Andrés, mantened la calma; ¿por qué yo? Porque tenéis cierto brillo en la mirada, don Hernán, y sé que os aburrís mortalmente en esta isla y buscáis algo más. Cómo me conoce el muy cabrón. Duero dejó bien claro que oficialmente se trataría de una Armada en misión de búsqueda y rescate de los seis cautivos cristianos que se sabe que están esclavos en Yucatán, de la Armada de Grijalva, que aún anda perdida y del auxilio que le ha enviado con el de Olid (aunque sabemos que ya ha regresado sano y salvo) y que, aunque conocemos que tampoco tiene el permiso real para fundar ciudades en Tierra Firme, su intención no escrita —me guiñó el ojo— sería bien otra. Naturalmente. Al final, hemos pasado todo el día juntos leyendo el documento y lo fuimos comentando, que no negociando:

...para ello, he acordado de encomendar a vos, Hernando Cortés, enviar por Capitán della, porque por experiencia que de vos tengo del tiempo que en esta isla en mi compañía habéis servido a Sus Altezas, confiando que sois persona cuerda y que con toda prudencia y celo de su real servicio daréis buena cuenta y razón de todo lo que por mí, en nombre de Sus Altezas, os fuere mandado acerca de la dicha negociación, y la guiaréis y encaminaréis como más al servicio de Dios Nuestro Señor y de Sus Altezas convenga; y porque mejor guiada la negociación de todo vaya, lo que habéis de hacer es mirar e con mucha vigilancia y cuidado inquerir e saber, es lo siguiente:

1. Primeramente, el principal motivo que vos y todos los de vuestra compañía habéis de llevar es y ha de ser, para que en este viaje sea Dios Nuestro Señor servido y alabado, y nuestra sancta fe católica ampliada, que no consentiréis que ninguna persona de cualquier calidad y condición que sea diga mal a Dios Nuestro Señor ni a su sanctísima Madre ni a sus sanctos, ni diga otras blasfemias contra su sanctísimo nombre por ninguna ni alguna manera, lo cual, ante todas cosas les amonestaréis a todos; y a los que semejantes delictos cometieren, castigarlos heis conforme a derecho con toda la más riguridad que ser pueda.

No me ocupa ninguna duda de que así lo haré cumplir.

2. Ítem, porque más cumplidamente en este viaje podáis servir a Dios Nuestro Señor, no consentiréis ningún pecado público, así como amancebados públicamente, ni que ninguno de los cristianos de vuestra compañía haya acceso ni coito carnal con ninguna mujer fuera de nuestra ley, porque es pecado a Dios muy odioso, y las leyes divinas y humanas lo prohíben; y proscederéis con todo rigor contra el que tal pecado o delicto cometiere, y castigarlo heis conforme a derecho por las leyes que en tal caso disponen.

Vaya con el Diego. Él no es precisamente ejemplo de esta rectitud moral que exige a los demás, con el lío que tiene con la otra Xuárez... Dígale vuestra merced que le haré caso y, llegado el caso, bautizaré y casaré a los hombres con las mujeres que hallemos para que el asunto de la coyunda sea legal.

3. Ítem, porque en semejantes negocios, toda concordia es muy útil y provechosa, y por el contrario, las disensiones y discordias son dañosas, y de los juegos de naipes y dados suelen resultar muchos escándalos y blasfemias de Dios y de sus sanctos, trabajaréis de no llevar ni llevéis en vuestra compañía personas algunas que se crea que no son muy celosas del servicio de Dios Nuestro Señor y de Sus Altezas, y tengáis noticia que es bullicioso y amigo de novedades e alborotador, y defenderéis que en ninguno de los navíos que lleváis haya dados ni naipes, y avisaréis dello así a la gente de la mar como de la tierra, imponiéndoles sobre ello ciertas penas, las cuales executaréis en las personas que lo contrario hicieren.

Bueno, eso ya lo iré viendo sobre la marcha pues creo que una partidita de vez en cuando no le hace daño a nadie y relaja a los hombres.

4. Ítem, después de salida el Armada del puerto desta ciudad de Sanctiago, tendréis mucho aviso y cuidado de que en los puertos que en esta Isla Fernandina saltáredes, no haga la gente que con vos fuere enojo alguno ni tome cosa contra su voluntad a los vecinos, moradores e indios della; y todas las veces que en los dichos puertos saltáredes, los avisaréis dello con apercebimiento que serán muy bien castigados los que lo contrario hicieren; e si lo hicieren, castigarlos heis conforme ajusticia.

Justa me parece tal condición y así me cuidaré de ello, que pierda cuidado.

5. Ítem, después que con el ayuda de Dios Nuestro Señor hayáis rescebido los bastimentos e otras cosas que en los dichos puertos habéis de tomar, y hecho el alarde de la gente e armas que lleváis de cada navío por sí, mirando mucho en el registrar de las armas, no haya los fraudes que en semejantes casos se suelen hacer, prestándoselas los unos a los otros para el dicho alarde; e dada toda buena orden en los dichos navíos e gente, con la mayor brevedad que ser pueda, os partiréis en el nombre de Dios a seguir vuestro viaje.

Que el fraude en el número de armas es necedad y tontería, pues solo importa la cuenta real de las que llevemos. Las que no llevemos con nosotros, no podrán ayudarnos ni defendernos.

6. Ítem, antes que os hagáis a la vela, con mucha diligencia miraréis todos los navíos de vuestra conserva, e inquiriréis y haréis buscar por todas las vías que pudierdes, si llevan en ellos algunos indios e indias de los naturales desta isla; e si alguno hallardes, lo entregad a las justicias, para que sabidas las personas en quien en nombre de Su Alteza están depositados, se los vuelvan, y en ninguna manera consentiréis que en los dichos navíos vaya ningún indio ni india

Bueno. Verá que fácil es negociar conmigo, aún no le he regateado ninguna de las instrucciones.

7. Ítem, después de haber salido a la mar los navíos y metidas las barcas, iréis con la barca del navío donde vos fuéredes a cada uno dellos por si, llevando con vos un escribano, e por las copias tomaréis a llamar la gente de cada navío según la tenéis, repartida, para que sepáis si falta alguno de los contenidos en las dichas copias que de cada navío hobiéredes hecho, porque más cierto sepáis la gente que lleváis; y de cada copia daréis un treslado al capitán que pusierdes en cada navío, y de las personas que halláredes que se asentaron con vos y les habéis dado dineros y se quedaren, me inviaréis una memoria para que acá se sepa.

Sea también, tendrá el rol completo con el nombre y oficio de cada uno de los embarcados en los navíos de la Armada.

8. Ítem, al tiempo que esta postrera vez visitáredes los dichos navíos, mandaréis y apercibiréis a los Capitanes que en cada uno dellos pusierdes, y a los Maestres y piloto que en ellos van y fueren e cada uno por si e a todos juntos, tengan especial cuidado de seguir e acompañar el navío en que vos fuéredes, e que por ninguna vía y forma se aparten de vos, en manera que cada día todos os hablen, o a lo menos lleguen a vista y compás de vuestro navío, para que con ayuda de Dios Nuestro Señor lleguéis todos juntos a la isla de Cozumel, donde será vuestra derecha derrota y viaje, tomándoles sobre ello ante vuestro escribano juramento y poniéndoles graves y grandes penas; e si por caso, lo que Dios no permita, acaesciese que por tiempo forzoso o tormenta de la mar que sobreviniese, fuese forzado que los navíos se apartasen y no pudiesen ir en la conserva arriba dicha y allegasen primero que vos a la dicha isla, apercebirles heis e mandaréis so la dicha pena que ningún Capitán ni Maestre, so la dicha pena, ni otra persona alguna de los que en los dichos navíos fuere, sea osada de salir dellos ni saltar en tierra por ninguna vía ni manera, sino que antes siempre se velen y estén a buen recaudo hasta que vos lleguéis; y porque podría ser que vos o los que de vos se apartasen con tiempo, llegasen a la dicha isla, mandarles heis y avisaréis a todos, que a las noches, faltando algún navío, hagan sus faroles por que se vean y sepan los unos de los otros; y asimismo, vos lo haréis si primero llegardes, y por donde por la mar fuéredes, porque todos os sigan y vean y sepan por dónde vais; y al tiempo que desta isla os desabrazáredes, mandaréis que todos tomen aviso de la derrota que han de llevar, y para ello se les de su instruición y aviso, porque en todo haya buena orden.

Trataré de no perder ni que tampoco me abandone ningún navío por el camino.

9. Ítem, avisaréis y mandaréis a los dichos capitanes y maestres y a todas las otras personas que en los dichos navíos fueren, que si primero que vos llegaren a algunos de los puertos de la dicha isla algunos indios fueren a los dichos navíos, que sean dellos muy bien tractados y rescebidos, y que por ninguna vía ninguna persona, de ninguna manera e condisición que sea, sea osado de les hacer agravio, ni les decir cosa de que puedan rescebir sinsabor ni a lo que vais, salvo como están esperando, y que vos les diréis a ellos la causa de vuestra venida; ni les demanden ni interroguen si saben de los cristianos que en la dicha isla Sancta María de los Remedios están captivos en poder de los indios, porque no los avisen y los maten, y sobre ello pondréis muy recias y graves penas.

Acepto, me cuidaré mucho de que nadie ofenda a los locales y de que no avisen a nadie de que estamos buscando a esos cristianos para que antes los maten.

10. Ítem, después que en buen hora llegáredes a la dicha isla Sancta Cruz, siendo informado que es ella, así por información de los pilotos como por Melchior, indio natural de Sancta María de los Remedios, que con vos lleváis, trabajaréis de ver y sondar todos los más puertos y entradas y aguadas que pudiéredes por donde fuéredes, así en la dicha isla como en la de Sancta María de los Remedios e Punta Llana, Sancta María de las Nieves, y todo lo que halléredes en los dichos puertos haréis asentar en las cartas de los pilotos, y a vuestro escribano en la relación que de las dichas islas y tierras habéis de hacer, señalando el nombre de cada uno de los dichos puertos e aguadas e de las provincias donde cada uno cayere, por manera que de todo hagáis muy cumplida y entera relación.

Es obligación señalar todo en las cartas y portulanos de los pilotos para futuras expediciones, va de natural. Digo yo que tendré que esperar a que los dos indios que capturó Hernández de Córdoba, Julianillo y Melchorejo, regresen vivos con Grijalva y si de veras saben hablar castellano.

11. Ítem, llegado que con ayuda de Dios Nuestro Señor seáis a la dicha isla de Sancta Cruz, Cozumel, hablaréis a los caciques e indios que pudiéredes della y de todas las otras islas y tierras por donde fuéredes, diciéndoles cómo vos ir por mandado del Rey, nuestro señor, a los ver y visitar, y darles heis a entender cómo es un Rey muy poderoso, cuyos vasallos y súbditos nosotros y ellos somos, e a quien obedescían muchas de las generaciones deste mundo, e que ha sojuzgado y sojuzga muchas partidas dél, una de las cuales son en estas partes del mar Océano donde ellos e otros muchos están, y relatarles heis los nombres de las tierras e islas; conviene a saber, toda la costa de Tierra Firme hasta donde ellos están, e la Isla Española, e Sant Joan e Jamaica y esta Fernandina y las que más supiéredes; e que a todos los naturales ha hecho y hace muchas mercedes, y para esto, en cada una dellas, tiene sus Capitanes e gente, e yo, por su mandado, estoy en esta Isla; y habida información de aquella adonde ellos están, y en su nombre, os invío, para que les habléis y requiráis se sometan debaxo de su yugo, servidumbre e amparo real, e que sean ciertos que haciéndolo así e serviéndole bien y lealmente, serán de Su Alteza y de mí en su nombre muy favorescidos y amparados contra sus enemigos, e decirles heis cómo todos los naturales destas islas ansí lo hacen, y en señal de servicio le dan y envían mucha cantidad de oro, piedras, plata y otras cosas que ellos tienen; y asimismo Su Alteza les hace muchas mercedes, e decirles heis que ellos asimismo lo hagan, y le den algunas cosas de las susodichas e de otras que ellos tengan, para que Su Alteza conozca la voluntad que ellos tienen de servirle y por ello los gratifique. También les diréis cómo sabida la batalla que el Capitán Francisco Hernández, que allá fue, con ellos hubo, a mí me pesó mucho; y porque Su Alteza no quiere que por él ni sus vasallos ellos sean maltratados, yo en su nombre os invío para que les habléis y apacigüéis y les hagáis ciertos del gran poder del Rey Nuestro señor, e que si de aquí adelante ellos pacíficamente quisieren darse a su servicio, que los españoles no tendrán con ellos batallas ni guerras, antes mucha conformidad e paz, e serán en ayudarles contra sus enemigos, e todas las otras cosas que a vos os paresciere que se les debe decir para los atraer a vuestro propósito.

La diplomacia será la primera de mis armas y así haré para que los locales que encontremos sean nuevos vasallos del Rey nuestro señor y en mi ánimo siempre obrará la manera de evitar las batallas. Tampoco es que tenga mucha experiencia militar, casi ninguna.

12. Ítem, porque en la dicha isla de Sancta Cruz se ha hallado en muchas partes della, y encima de ciertas sepulturas y enterramientos cruces, las cuales diz que tienen entre sí en mucha veneración, trabajaréis de saber a inquerir por todas las vías que ser pudiere e con mucha diligencia y cuidado la significación e por qué la tienen; y si la tienen, por que hayan tenido o tengan noticia de Dios Nuestro Señor, e que en ella padesció hombre algunos, y sobre esto pondréis mucha vigilancia, y de todo por ante vuestro escribano tomaréis muy entera relación, así en la dicha isla como en cualesquier otras que la dicha cruz halláredes por donde fuéredes.

Investigaré, que pierda cuidado, que veré qué son esas cruces, aunque creo que serán tumbas de españoles arrojados a aquellas costas.

13. Ítem, tendréis mucho cuidado de inquerir y saber por todas las vías y formas que pudiéredes, si los naturales de las dichas islas o de algunas dellas tengan alguna secta o creencia o ricto o cerimonia en que ellos creen o adoren, o si tienen mesquitas o algunas casas de oración, o ídolos o otras semejantes cosas, y si tienen personas que administren sus cerimonias, así como alfaquís o otros ministros, y de todo muy por extenso traeréis ante vuestro escribano entera relación, por manera que se le pueda dar fee.

Así lo haré, descuide vuestra merced, investigaré las creencias que tienen los naturales que, seguro que contrarias a Cristo que son, pues no ha llegado aquí aún la Palabra. Siguiente.

14. Ítem, pues sabéis que la principal cosa que Sus Altezas permiten que se descubran tierras nuevas, es para que tanto número de ánimas como de innumerable tiempo acá han estado y están en estas partes perdidas fuera de nuestra sancta fee, por falta de quien della les dé conoscimiento verdadero, trabajaréis por todas las maneras del mundo, si por caso tanta, conversación con los naturales de las islas e tierras donde vais tuviéredes, para les poder informar della, cómo conozcan, a lo menos, haciéndoselo entender por la mejor vía e orden que pudieredes, cómo hay un solo Dios verdadero, criador del cielo y de la tierra y de todas las otras cosas que en el cielo y en el mundo son, y decirles heis todo lo demás que en este caso pudieredes y el tiempo para ello diere lugar, y todo lo demás que mejor os paresciere que al servicio de Dios Nuestro Señor y de Sus Altezas conviene.

Que para tal cosa mejor deberé de llevar hombres de Dios conmigo. Conozco a alguno.

15. Ítem, llegados que a la dicha isla de Sancta Cruz seáis e por todas las otras tierras por donde fuéredes, trabajaréis por todas las vías que pudiéredes de inquerir y saber alguna nueva del Armada que Joan de Grijalva llevó, porque podría ser que el dicho Joan de Grijalva se hobiese vuelto a esta isla e tuviesen ellos dello nueva y lo supiesen de cierto, e que estuviesen en alguna parte o puerto de la dicha isla; e asimismo, por la misma orden, trabajaréis de saber nueva de la carabela que llevó a su cargo Cristóbal de Olid, que fue en seguimiento del dicho Joan de Grijalva. Sabréis si llegó a la dicha isla, e si saben qué derrota llevó, e si tienen noticia o alguna nueva della e adónde están y cómo.

Dicho de otra manera, me ordena ir al rescate de su sobrino y del que fue a rescatarle (y todos sabemos que volvió sin él). Raro. Ya se está cubriendo Velázquez las espaldas.

16. Ítem, si dieren nueva o supiéredes nuevas de la dicha Armada que está por allí, trabajaréis de juntaros con ella, y después de juntos, si hubiéredes sabido nueva alguna de la dicha carabela, daréis orden y concierto para que quedando todo a buen recaudo o avisados los unos de los otros de adónde os podréis esperar y juntar, porque no os toméis a derramar, e concertaréis con mucha prudencia cómo se vaya a buscar la dicha carabela e se traiga adonde concertáredes.

Don Andrés sabe tan bien como yo que Olid ya ha regresado a La Fernandina sin encontrar a Grijalva, tras soltar las anclas en Cozumel porque su carabela hacía agua y tenía miedo a un temporal. Diego sigue disfrazando el mandato escrito de esa expedición y de la de Olid como si de verdaderos rescates se tratasen.

17. Ítem, si en la dicha isla de Sancta Cruz no supiéredes nueva de que el Armada haya vuelto por ahí o esté cerca, y supiéredes nuevas de la dicha carabela, iréis en su busca, y hallado que la hayáis, trabajaréis de buscar y saber nuevas de la dicha Armada que Joan de Grijalva llevó.

Esta instrucción está repetida hasta dos veces; sabemos que Olid regresó ya.

18. Ítem, hecho que hayáis todo lo arriba dicho, según y como la oportunidad del tiempo para ello os diere lugar, si no supiéredes nuevas de la dicha Armada ni carabela que en su seguimiento fue, iréis por la costa de la isla de Yucatán, Sancta María de los Remedios, en la cual, en

poder de ciertos caciques están seis cristianos, según y como Melchior,
indio natural de la dicha isla, que con vos lleváis, dice que os dirá, y
trabajaréis por todas las vías y maneras que ser pudiere por haber los
dichos cristianos por rescate o por amor, o por otra vía donde no inter-
venga detrimento dellos ni de los españoles que lleváis ni de los indios,
y porque el dicho Melchior, indio natural de la dicha isla, que con vos
lleváis, conoscerá los caciques que los tienen captivos, haréis que el dicho
Melchior sea de todos muy bien tractado y no consentiréis que por nin-
guna vía se le haga mal ni enojo, ni que nadie hable con él, sino vos solo
y mostrarle heis mucho amor y hacerle heis todas las buenas obras que
pudiéredes, porque él os le tenga y os diga la verdad de todo lo que le
preguntáredes y mandáredes, y os enseñe y muestre los dichos caciques;
porque como los dichos indios en caso de guerra son mañosos, podría
ser que nombrasen por caciques a otros indios de poca manera, para que
por ellos hablasen y en ellos tomasen experiencia de lo que debían de
hacer; y por lo que ellos dixesen e tiniendo al dicho Melchior buen amor,
no consentirá que se nos haga engaño, sino que antes avisará de lo que
viere, y, por el contrario, si de otra manera con él se hiciere.

Mire, don Andrés, usaré a Julianillo y Melchorejo, si es que
están vivos, siguen con Grijalva, les encuentro y sirven para
algo, pero que tampoco me fiaré mucho de ellos por si me pro-
curan alguna trampa.

19. Ítem, tendréis mucho aviso y cuidado de que a todos los indios
de aquellas partes que a vos vinieren, así en la mar como en la tierra,
adonde estuviéredes, a veros y hablaros o a rescatar o a otra cualquier
cosa, sean de vos y de todos muy bien tratados y rescebidos, mostrán-
doles mucha amistad e amor e animándolos según os paresciere que el
caso o a las personas que a vos vinieren lo demanda, y no consentiréis,
so graves penas, que para ello pondréis, que les sea hecho agravio ni
desaguisado alguno, sino antes trabajaréis por todas las vías y mane-
ras que pudiéredes, cómo cuando de vos se partieren vayan muy ale-
gres, contentos y satisfechos de vuestra conversación y de todos los de
vuestra compañía, porque de hacerse otra cosa Dios Nuestro Señor y
Sus Altezas podrían ser muy deservidos, porque no podría haber efecto
vuestra demanda.

Que no haré de otra forma que la que Diego indica, que trataré bien a los locales, que no se me ocurre otra, don Andrés.

20. Ítem, si antes que con el dicho Joan de Grijalva os juntárades, algunos indios quisieren rescatar con vos algunas cosas de las que vos lleváis, porque mejor recaudo haya en todas las cosas de rescate y de lo que dello se hobiese, llevaréis una arca de dos o tres cerraduras y señalaréis entre los hombres de bien de vuestra compañía los que os paresciere que más celosos del servicio de Sus Altezas sean, que sean personas de confianza, uno para Veedor y otra para Tesorero del rescate que se hobiese y rescatáredes, así de oro como de perlas, piedras presciosas, metales e otras cualesquier cosas que hobiere; y si fuere el arca de tres cerraduras, la una llave daréis que tenga el dicho Veedor y la otra el Tesorero, y la otra tendréis vos o vuestro Mayordomo, y todo se meterá dentro de la dicha arca y se rescatará por ante un escribano que dello de fee.

Así ha de hacerse y así se hará. Decidle al Diego que sé a quién puedo nombrar Veedor y Tesorero para la expedición.

21. Ítem, porque se ofrescerá nescesidad de saltar en tierra algunas veces, así a tomar agua y leña como a otras cosas que podrían ser menester, cuando la tal nescesidad se ofresciere, para que sin peligro de los españoles se pueda hacer, inviaréis, con la gente que a tomar la dicha agua y leña fuere, una persona que sea de quien tengáis mucha confianza y buen concepto, que sea persona cuerda, al cual mandaréis que todos obedezcan, y miraréis que la gente que así con él enviaredes sea la más pacífica y quieta y de más confianza y cordura que vos pudiéredes y la mejor Armada, y mandarles heis que en su salida o estada no haya escándalo ni alboroto con los naturales de la dicha isla, y miraréis que salgan e vayan muy sin peligro, y que en ninguna manera duerman en tierra ninguna noche ni se alexen tanto de la costa que en breve no puedan volver a ella, porque si algo les acaeciere con los indios, puedan de la gente de los navíos ser socorridos.

Y así lo haré, podéis decírselo al Diego, ¿cuántas instrucciones más he de cumplir? ¿Me decís que son treinta? Esto ya se va alargando.

22. Ítem, si por caso algún pueblo estuviere cerca de la costa de la mar, y en la gente del viéredes tal voluntad que os parezca que segura-mente, por su voluntad e sin escándalo dellos e peligro de los nuestros, podáis ir a verle e os determináredes a ello, llevaréis con vos la gente más pacífica e cuerda y bien Armada que pudiéredes, y mandarles heis ante vuestro escribano que ninguno sea osado de tomar cosa ninguna a los dichos indios, de mucho ni poco valor, ni por ninguna vía ni manera, so graves penas que cerca dello les pondréis, ni sean osados de entrar en ninguna casa dellos ni de burlar con sus mujeres, ni de tocar ni llegar a ellas, ni les hablar, ni decir, ni hacer otra cosa de que se presuma que se pueden resabiar, ni se desmanden ni aparten de vos por ninguna vía ni manera, ni por cosa que se les ofrezca, aunque los indios salgan a vos, hasta que vos les mandéis lo que deben hacer, según el tiempo y nescesi-dad en que os hallaredes e viéredes.

Sea. Abreviemos ya, don Andrés.

23. Ítem, porque podrá ser que los indios, por os engañar y matar, os mostraran buena voluntad e incitaran a que vais a sus pueblos, tendréis mucho estudio y vigilancia de la manera que en ellos veáis; y si fué-redes, iréis siempre muy sobre aviso, llevando con vos la gente arriba dicha y las armas muy a recaudo, y no consentiréis que los indios se entremetan entre los españoles, a lo menos muchos, sino que antes vayan y estén por su parte, haciéndoles entender que lo hacéis porque no que-réis que ningún español les haga ni diga cosa de que resciban enojo; por-que viéndose entre vosotros muchos indios, pueden tener cabida para que abrazándose los unos con vosotros, salgan los otros, que como son muchos podríades correr peligro y perescer, y dexaréis muy apercibidos los navíos, así para que estén a buen recaudo, como para que si nescesi-dad se os ofresciere, podáis ser socorrido de la gente que en ellos dexáis, y dexarles heis cierta seña, así para que ellos hagan, si en nescesidad se vieren, como para que vos la hagáis si la tuviéredes.

Estas ya son reglas de combate y tácticas, don Andrés, y para ello tendré que llevar buenos hombres de armas y apren-der de ellos, que mi experiencia es limitada, pues si bien ayudé al Diego en La Fernandina, fue bien poco y hace años de eso y ahora soy un hombre de negocios, minero, ganadero y labrador.

24. Ítem, habido que, placiendo a Nuestro Señor, hayáis los cristianos que en la dicha isla de Sancta María de los Remedios están captivos, y buscado que por ella hayáis la dicha Armada y la dicha carabela, seguiréis vuestro viaje a la Punta Llana, que es el principio de la tierra grande que ahora nuevamente el dicho Joan de Grijalva descubrió, y correréis en su busca por la costa della adelante, buscando todos los ríos y puertos della hasta llegar a la bahía de Sant Joan y Sancta María de las Nieves, que es desde donde el dicho Juan de Grijalva me envió los heridos y dolientes y me escribió lo que hasta allí le había ocurrido, e si allí le fallaredes, juntaros heis con él; y porque entre los españoles que lleváis y allá están no haya diferencia ni disinsiones, juntos que seáis cada uno tenga cargo de la gente que consigo lleva, y entramos juntamente y muy conformes consultaréis todo aquello que vieredes que más e mejor al servicio de Dios Nuestro Señor e de Sus Altezas sea, conforme a las instrucciones que de sus Paternidades y mías el dicho Juan de Grijalva llevó, y esta que en el nombre de Sus Altezas agora yo os doy, y juntos que, placiendo a Dios Nuestro Señor, veáis, si algún rescate o presente hubiere de valor por cualquier vía, recíbase en presencia de Francisco de Peñaloza, veedor nombrado por sus Paternidades.

¿Perdón? ¿Diego dice aquí que Grijalva, o parte de su Armada, ha regresado a Cuba? Duero, pillín, qué bien os lo habéis callado hasta ahora, debéis explicaros inmediatamente. Tampoco aclara bien quién comandará la suma de las Armadas en el feliz caso de encontrarse y eso me hace anticipar problemas con el sobrino. Por ahora, todo son órdenes e instrucciones, me habéis propuesto que me juegue toda mi hacienda, que venda, enajene, hipoteque y aún pida empréstitos para armar la nueva expedición, pero nada aún de lo que yo puedo sacar de este tal negocio.

25. Ítem, trabajaréis con mucha diligencia e solicitud de inquirir e saber el secreto de las dichas islas e tierras y de las demás a ellas comarcanas y que Dios Nuestro Señor haya sido servido que se descubran e descubrieren, así de la maña e conversación de la gente de cada una dellas en particular, como de los árboles y frutas, yerbas, aves, animalices, oro, piedras preciosas, perlas, e otros metales, especiería e otras cua-

lesquier cosas que de las dichas islas y tierras pudiéredes saber e alcanzar, e de todo traer entera relación por ante escribano, e sabido que en las dichas islas e tierras hay oro, sabréis de dónde y cuándo lo han, e si lo hobiere de minas y en parte que vos lo podáis haber, trabajar de lo catar e verlo para que más cierta relación dello podáis hacer, especialmente en Santa María de las Nieves, de donde el dicho Grijalva me envió ciertos granos de oro por fundir e fundidos, e sabréis si aquellas cosas de oro labradas se labran allí entre ellos, o las traen o rescatan de otras partes.

No soy un científico, como bien sabéis, pero procuraré llevar en la Armada doctos en todas las materias que me indiquéis y prestaré oídos al negocio del oro, que podéis darlo por hecho. Otra más, a ver si acabamos, que me estaba mareando con el humo de su cigarro.

26. Ítem, en todas las islas que se descubrieren saltaréis en tierra ante vuestro escribano y muchos testigos, y en nombre de Sus Altezas tomaréis y aprehenderéis la posesión dellas con toda la más solemnidad que ser pueda, haciendo todos los autos e diligencias que en tal caso se requieren e se suelen hacer, y en todas ellas trabajaréis, por todas las vías que pudieredes y con buena manera y orden, de haber lengua de quien os podáis informar de otras islas e tierras y de la manera y nulidad de la gente della; e porque diz que hay gentes de orejas grandes y anchas y otras que tienen las caras como perros, y ansí mismo dónde y a qué parte están las amazonas, que dicen estos indios que con vos lleváis, que están cerca de allí.

Este punto es muy importante (y es aquí donde reside el quid de la cuestión; habrá que comprobar en cada caso si se trata de una isla o no).

27. Ítem, porque además de las cosas de suso contenidas que se os han encargado e dado por mi instrucción se os pueden ofrecer otras muchas, e que yo, como ausente, no podría prevenir en el medio e remedio dellas, a las cuales vos, como presente e personas de quien yo tengo experiencia e confianza que con todo estudio y vigilancia teméis el cuidadoso cuidado que convenga de las guiar y marcar y encaminar y proveer como mías al servicio de Dios Nuestro Señor e de Sus Altezas convenga, pro-

veeréis en todas según e como más sobradamente se puedan y deban
hacer e la oportunidad del tiempo en que os hallaredes para ello os diere
lugar, conformándoos en todo lo que ser pudiere con las dichas instruc-
ciones arriba contenidas, e de algunas personas prudentes e sabias de
las que con vos lleváis, de quien tengáis crédito e confianza, e por expe-
riencia seáis ciertos que son celosos del servicio de Dios Nuestro Señor
e de Sus Altezas, e que os sabrán de dar su parecer.

Lo que leo aquí es que Velázquez me da carta blanca para actuar según mi parecer y el buen consejo de los que me acompañen en este negocio, por si surge alguna situación que no estuviese contemplada en estas instrucciones.

28. Ítem, porque podría ser que entre las personas que con vos fueren
desta isla Fernandina hobiere alguno que debiere dinero a Sus Altezas,
trabajaréis por todas las vías que pudieredes en todos los puertos que en
esta isla tocaredes y gente quisiere ir con vos, si alguna dellas debe por
cualquier vía en esta isla dineros algunos a Sus Altezas, e si los debiere
fagáis que los paguen, e si no los pudieren pagar luego, que den fianzas
en la isla bastantes que los pagarán por la tal persona, e si no los pagare
o diere fianzas, que por él los pague, no lo llevaréis en vuestra compa-
ñía por ninguna vía ni manera.

Claro como el agua; el que no tenga las cuentas claras con el almojarife no puede venir conmigo.

29. Ítem, trabajaréis después que hayáis llegado a Santa María de
las Nieves, o antes si antes os pareciere o hubieredes fallado la Armada
o carabela, de con toda la más brevedad que fuere posible de me enviar
en un navío, del que menos necesidad tovieredes y que bueno sea, toda
la razón de todo lo que os hubiere ocurrido y de lo que habéis hecho y
pensáis hacer, y enviarme heis todas las cosas de oro e perlas y piedras
preciosas, especiería e animalicos e frutas e aves e todas las otras cosas
que pudieredes haber habido, para que de todo yo pueda hacer entera
e verdadera relación al rey Nuestro Señor, y se lo envíe para que Su
Alteza lo vea y tenga muy entera e completa relación de todo lo que hay
en las dichas tierras e partes, e tengáis noticia que hay o pueda haber.

Eso ya lo iremos viendo.

30. Ítem, en todas las causas así ceviles como criminales, que allá entre unas personas con otras o en otra cualquier manera se ofrecieren o acaecieren, conoceréis dellas y en ellas conforme a derecho e justicia e no en otra manera, que para todo lo suso dicho e para cada una cosa e parte dello, e para todo lo a ello anexo e conexo e dependiente yo, en nombre de Sus Altezas, vos doy e otorgo poder cumplido e bastante como he, según que yo de Sus Altezas mando a todas e cualesquier personas de cualquier estado, calidad e condición que sean, caballeros hidalgos, pilotos mayores e maestres e pilotos, contramaestres e marineros e hombres buenos, así de la mar como de la tierra, que van o fueren o esto vieren en vuestra compañía que hayan y tengan a vos, el dicho Hernando Cortés, por su capitán e como a tal vos obedezcan e cumplan vuestros mandamientos, e parezcan ante vos a vuestros llamamientos e consultas e a todas las otras cosas necesarias e concernientes al dicho vuestro cargo, e que en todo y para todo se junten con vos e cumplan e obedezcan vuestros mandamientos, e os den todo favor e ayuda en todo e para todo, so la pena o penas que vos en nombre de Sus Altezas les pusieredes, las cuales e cada una dellas, vos las poniendo agora por escrito como por palabra, yo desde agora para entonces e de entonces para agora las pongo e he por puestas, y serán ejecutadas en sus personas e bienes de los que en ellas incurrieren e contra lo suso dicho fueren o vinieren o consintieren ir o venir o parar, o dieren favor c ayuda para ello, e las podades ejecutar e mandar ejecutar en sus personas e bienes.

Según lo que he entendido del documento, don Andrés, Velázquez me da plena autoridad para formar una gran Armada con el título de capitán general y capacidad de impartir justicia, para ir al rescate del Grijalva del que no sabe nada desde hace meses (aunque se deduce que algo sí se sabe) y del de Olid que fue a rescatarle después (aunque ya sabemos que regresó en seguida). Una vez hallado al sobrino y ambas Armadas agrupadas, debemos rescatar a los cristianos que se sabe viven en Yucatán, investigar a sus gentes, lenguas, religiones, plantas, animales, buscar oro y riquezas y cartografiarlo todo, comunicar a todos los que hallemos que son súbditos de Sus Majestades la Reina doña Juana y el Rey don Carlos, y expandir la verdadera Fe y todo ello usando la diplomacia, sin pelear con ellos, para unir sus tierras a la Corona. Mucho me pedís, señor. ¿Seguro que no os habéis dejado nada en el tintero?... Ah, que existe provisión para que actúe según mi conciencia y consejo de los que me acompañan. Eso lo ha dejado bien por escrito, que no quiero que luego se me queje Diego, de llegar la ocasión, de tener que ejercerla. No hemos llegado a hablar de mi parte en el negocio. Yo lo arriesgo todo. De fracasar, estaré en la ruina. Si tengo éxito, ¿qué saco yo de ello?... ¿Y ahora me confesáis que ya ha arribado a Santiago la nave de Pedro de Alvarado porque Grijalva le ordenó volver? A Dios gracias, están todos vivos (tengo que hablar pronto con él). Y Velázquez, que está muy contento con el oro rescatado y pensando en esta tercera expedición, pues ha sabido por Pedro que existe un gran Reino de Culúa y que el sobrino se ha negado a poblar. Yo tampoco leo tal orden escrita en este borrador de capitulaciones, pero me repetís que esa es la secreta intención de Diego que el sobrino o no entendiese o se negase a cumplir. Mucho he de meditar este paso.

IV

Se me ha ocurrido comentarle el posible negocio a Catalina durante la cena y para qué habré hablado; se ha puesto hecha una fiera, que quién me creo que soy, que si Alejandro Magno o Julio César o el Gran Capitán, que vivimos muy bien en La Fernandina, que hacemos buenos negocios vendiendo todo el matalotaje a estos locos aventureros en pos de sus locos sueños, que para qué queremos jugarnos todo en esta insensata aventura, que aún no le he hecho hijos (no parece que sea yo el que tenga problema en hacerlos, dicho sea de paso), que sabe de mis devaneos con otras mujeres, que por qué quiero que me maten unos salvajes y dejarla viuda e indefensa. Me ha lanzado una mirada rabiosa y retirado a la cámara, arrojándose sobre la cama, llorando sobre los cojines, envuelta en ese olor dulzón de las flores tropicales que a mí me aturden. Ha quedado clarísimo que no quiere que participe en el negocio y que lo arriesgue todo. En vano le he explicado que se trata de firmar un contrato exclusivo con la Corona que me autoriza a crear esta empresa privada bajo ciertas condiciones que podrían hacernos más ricos aún y tal vez llevarnos a la Corte, a la península, como muchos otros antes lo lograron tras demostrar su valor, que me otorga carta blanca para actuar como Capitán General y Justicia ante las muchas cosas que pueden acaecer que sean imprevistas. No ha querido escuchar, no entiende que es una gran oportunidad de fama, títulos y fortuna y de llegar a oídos del Rey, que lo de ganar mucho oro vendiendo lo necesario está bien, pero que nadie tiene el recuerdo de un mercader, que hay algo dentro de mí que me llama a ir, en esto Duero tiene razón, tal vez emular a mis mayores. Le dije que había invitado a Pedro de Alvarado a pasar unos días con nosotros aquí en la hacienda para hablar con él largo y tendido de todo lo que ha ocurrido en la expedición de Grijalva antes de tomar la decisión y me dijo que, nada, que a lo mío, que siga pensando en esa locura. Mujeres.

V

Alvarado me ha contado la gran riqueza de Yucatán, del mucho oro que han rescatado allá y traído a Velázquez ,y que Grijalva es un flojo que no se ha atrevido a poblar, porque ocasión la ha habido. Está convencido de que más allá de las islas de Cozumel y Yucatán y del arenal de San Juan de Ulúa hay otra costa, otro estrecho y que el paso hacia Catay o la India debe de estar muy cerca. Me ha dicho también que Diego teme que algún otro se le adelante, que Sedeño, el contador de Puerto Rico, envió hace meses cuatro naves a Tierra Firme y que nunca se ha sabido más de ellas. Que está loco por enviar otra Armada para que conquiste y pueble aquella tierra, pero no tanto por ensanchar la Fe, sino por enriquecerse y ganar más honra, para lo cual está tratando de hacer otra compañía para este viaje y que Andrés de Duero y Amador de Lares, los privados de Velázquez, son los que le hablan de mí, que le dicen soy persona de temple y discreto para saber mandar (siento mariposas en el estómago), pero que, para poder poner en ejecución el viaje, aun negociando conmigo las capitulaciones, Velázquez aún debe obtener la licencia para poblar de los Jerónimos en Santo Domingo; fray Luis de Figueroa, fray Alonso de Santo Domingo y fray Bernardino de Manzanedo, que tienen la gobernación de las islas en ausencia de Diego Colón, de retorno en la península para afrontar su juicio de residencia. Y que mientras no disponga de ella, Diego no puede ir a buscar a Grijalva, que aún no ha regresado, ni descubrir ni conquistar, pero que está seguro de que se la darán pronto. O sea, que aún no hay tal *plácet*.

VI

Me he ido unos días lejos de casa para meditar si todo esto es una insensatez o me atrevo a dar el paso y me juego todo mi patrimonio en este negocio, lejos de Catalina, de su hermana y de Diego, que están insoportables, cada uno por distinto motivo. Me ha acompañado Pedro de Alvarado. Su entusiasmo es contagioso ahora que le he confesado que ya había hablado con Andrés de Duero y que ya sabía del interés de Velázquez por ofrecerme el mando de una nueva expedición. No ha parado en sus críticas a Grijalva por su abulia y desidia y de la alegría en la cara de los totonacas recibiendo a los castellanos. Grijalva y él eran claramente incompatibles y, antes de que las cosas se pusieran aún más feas, le mandó adelantarse a Cuba y acató encantado. Cree de veras que existe ese imperio más allá de las montañas que viesen desde San Juan de Ulúa al que tenemos de ir. Me contó las atroces escenas que viesen en esas extrañas mezquitas, todas cubiertas de sangre seca, con restos de las víctimas con sus pechos abiertos, el corazón ausente, los ojos desorbitados, la lengua seccionada con los propios dientes... Y me recorrió la espalda un escalofrío: ¿qué gentes pueden hacer tales atrocidades? Le pregunté, «Pedro, suponga vuestra merced que me decido, ¿cuántos hombres, barcos y bastimentos son necesarios para este viaje?». Y me dijo que, si me embarcaba en ello, podía contar con su espada y la de sus hermanos y que me ayudaría en hacer una lista de todo lo necesario, pero que, a pesar de tener licencia real en La Fernandina para construir barcos, no cree que tengamos tiempo de hacer otros nuevos, que hay muchos otros lanzados ya a la carrera. Le dije que yo disponía de tres carabelas además de la suya y las de Grijalva, si es que aún flotaban, las encontramos y se unen a mí, y me contestó que aún hacían falta más. Eso son muchos hombres y muchas bocas que alimentar.

VII

He ido preguntando, como quien no quiere la cosa, por los puertos y las ciudades quién se atrevería a venir conmigo y he visto buena actitud. Hay en los muelles mucho soldado ocioso y descontento con su fortuna aquí que me puede ser útil en campaña. O un dolor de cabeza. Antes de reclutar esos brazos, debería encontrar capitanes, pues ahora solo cuento con Alvarado. Nos hemos topado de casualidad con Cristóbal de Olid y sentado con él en una taberna. Nos ha contado que llegó hasta Cozumel y tomó posesión de esta, que bajó por la isla de Yucatán hasta Boca de Términos y regresó a Cuba sin hallar pista alguna de Grijalva. Que estaría dispuesto a venir conmigo, pero solo si dispongo de más naves. De vuelta a Santiago,

Diego me ha seguido asediando cada vez que me veía; que si su sobrino era un fracasado, que si las nuevas islas son ricas en oro y no las tierras del Pedrarias, que si voy a ganar mucha fama, que él me pone tres barcos (supongo que serán los de Grijalva, si es que vuelve o les encontramos), que yo ponga otros tantos y que de seguro reúno a mucha tropa pues soy hombre de posibles y de palabra, que la gente entera se fía de mí. Yo ya estoy casi decidido a ir, pero como aún no he acordado con Velázquez cuál es mi premio, me he callado.

VIII

Hoy hemos sido despertados a cañonazos. ¡La Armada de Grijalva ha arribado a Santiago! De las naves se han desembarcado en el muelle sacos de especias, jaulas con pájaros desconocidos, pieles curtidas y lo que seguro era un tesoro dentro de una gran caja de caudales con varios candados. Los hombres me han parecido delgados, exhaustos, pálidos, con la barba hirsuta y llenos de cicatrices. Grijalva, muy avejentado, ha marchado a pie con sus comandantes al palacio del Diego a rendir el informe de la expedición, se les ha unido Alvarado, y todos les hemos seguido en comitiva para ser testigos de su entrega. Tras escuchar su informe, Velázquez estaba muy enfadado: que si había sido demasiado prudente; que parecía tan asustado como una vieja hasta de su propia sombra; que si creía que solo le había mandado a hacer trueque con los nativos; que si no era el mejor intermediario, siempre una buena espada desnuda en la mano. He visto que Grijalva se mordía la lengua de rabia. Sabía que su vida dependía de la respuesta que le diera entonces a su tío Diego. Y habló. Tranquilo. Dijo que su excelencia estaba errado, que había perdido treinta hombres en la misma playa en la que habían masacrado a Hernández de Córdoba, que la espesura era tal que no se podía entrar más que un tiro de mosquete y que le pareció un continente muy poblado por pueblo guerrero, que era necesario que retornase allí con más hombres armados. Diego explotó: «¿Retornéis? ¿Qué le hace pensar a vuestra merced que os renovaré el mando y os enviaré allí con más hombres para volver a intentar lo que ahora no habéis sabido hacer y no a otro más capaz y despierto?». Nos recorría con ojos brillantes a todos los hombres presentes en la sala, como esperando a que alguno diera un paso al frente. Me pareció que mantenía un poco más de tiempo mi mirada. Mi corazón desbocado enviaba órdenes, pero eran desobedecidas por el cerebro. No era momento de precipitarse. Salí mareado del palacio y me dirigí al puerto donde, en medio del trajín del desembarco, me tropecé con el piloto Alaminos —el mismo que llegó a las Indias como grumete del Almirante Colón y llevó a Juan Ponce de León a descubrir La Florida y esa corriente del golfo que empuja a nuestras naves para cruzar felices el océano de vuelta a casa—, que me presentó a un soldado, un tal Bernal Díaz del Castillo. Me contó que andaba tan aburrido en La Española junto a otros ciento diez peones a los que Velázquez había permitido venir a La Fernandina, pero que luego no les había premiado con encomienda e indios tras la conquista de la isla, que se había enrolado en la primera expedición de Hernández de Córdoba y en esta segunda con Grijalva. Ha sido él quien me ha contado los hechos de ambas armadas mientras dábamos cuenta de varias botellas de vino sentados en una taberna, hartos ellos del pulque de los locales. Pregunté al piloto si era cierto que había un gran continente y me dijo que había estado allá con el Almirante en su cuarto y último viaje, que la tierra era firme y sin duda era un continente, que allí los locales eran distintos, no simples salvajes, que tenían vestidos, dioses y usaban lanzas y flechas, que habían encontrado templos hechos de cal y canto, ídolos, marcas y otras piedras que usaban para medir el tiempo, que esos indios trabajaban sus ídolos de piedra con unos cinceles de piedra negra como pedernal que golpeaban con unas mazas con cabeza de cobre, que habían entrado en uno de esos templos y hallaron algún oro y trabajos hechos de plumas, que en un altar manchado de sangre quedaban restos humanos y afuera vieron un enorme montón de calaveras blanqueadas por el sol, algunas cubiertas de plumas y pinturas, que allí no vivían cuatro pobres diablos como estos indios de aquí, que seguro tienen *kan* o semejante que dirija el reino. Le pregunté también si era cierto eso de que Grijalva no había osado investigar el país y me contestó que eran muy pocos para intentar hacer tal cosa, que Alvarado había solicitado quedarse en esas tierras con algunos hombres y armas y Grijalva se lo prohibió. Entonces, ¿era necesario llevar mucha gente para triunfar allá? Suspiró y dijo: «A mi entender, solo nos ha faltado uno; un buen comandante que condujese a los hombres y que supiera bien lo que quería hacer, pues los demás le hubiesen seguido a cualquier sitio». Bernal intervino para decir que estaba convencido de que tierra adentro debía encontrarse un gran y magnífico país, que había visto plantaciones y canales de riego que llegaban de lejos, muchos grandes graneros con maíz separados por media legua y que, cuando les preguntaban a los indios qué había en esa dirección, les decían *Mexi... Temix...* muertos de miedo, pero no pudieron saber si se trataba de ciudad o de un reino. Indagué quiénes estarían dispuestos a volver y me dijeron que todos lo harían si tuviesen el líder que andaban buscando, alguien con seso, arrestos y el corazón en su sitio.

IX

Bernal me contó que partió con Hernández de Córdoba en febrero de 1517, que llevaba orden de Velázquez para ir a buscar esclavos a otras islas cercanas, ante la falta de estos en La

Fernandina, pero que el oculto objetivo del viaje, confiado de palabra y no incluido en las capitulaciones que firmaron entre ambos, era hallar nuevas tierras y fundar en ellas plaza. Como Diego no tenía autorización para hacer tal viaje, no quiso dejar nada por escrito que más adelante pudiera reclamársele (y sigue sin tenerla, como ya conozco). Córdoba se llevó dos navíos y un bergantín, con Lope de Ochoa, Cristóbal Morante y el piloto Alaminos. A primeros de marzo, llegó a Cabo Catoche y descubrió una ciudad a la que llamó Gran Cairo al ver allí las primeras construcciones de piedra que se habían visto en las Indias y que les recordó a las mezquitas. Bajó con un trozo de desembarco a la playa y, al intentar internarse en la tierra, tuvo una pelea con los locales en la que casi todos sus españoles resultaron heridos, tan solo un tal Berrio salió ileso del lance. Mató a quince indios y capturó a dos, que bautizó Julianillo y Melchorejo, para ver si podía usarles como guías o traductores. Siguió costeando hacia al sur hasta Campeche, donde halló varias cruces pintadas en las paredes de las casas, pero no pudo saber nada más, pues unos sacerdotes de pelos mugrientos cubiertos de sangre seca le echaron de malos modos. Dio ahí la vuelta para ser sorprendido por un fuerte temporal que duró cuatro días y le obligó a hacer aguada en Champotón, donde fue masacrado otra vez por los locales. Él mismo recibió diez flechazos. Sin recoger el agua volvió a embarcar y, como había perdido tanta gente, decidió quemar una de las naves al no tener hombres suficientes para gobernarla (cuando escuché esto a Bernal, me caí de la banqueta. Se me partió el alma; madre mía con lo que cuesta hoy día una nave y los castigos que merecen los que las pierden, pudiendo vararla, remolcarla o llevarla con tripulación reducida). Alaminos intervino para contar que trató de impedírselo, pero que no hubo manera. Le aconsejó volver a Cuba por La Florida, que aquello lo conocía bien. Allí, bajó a la playa a hacer aguada, fue atacado por locales y perdió más hombres. Berrio, esta vez, no tuvo tanta suerte y se lo llevaron vivo. La expedición acumulaba ya cincuenta y siete españoles muertos. De vuelta a La Fernandina, Córdoba no pudo recuperarse de las heridas y murió a los diez días. La primera expedición, de cerca de tres meses de duración, había sido un completo y absoluto desastre.

X

Velázquez se enfureció y se puso enseguida a preparar una segunda Armada (la que acaba hoy de regresar) al mando de su sobrino Juan de Grijalva, demasiado joven y blando para tales negocios. Grijalva partió de Matanzas el ocho de abril de este año 1518, con las dos naves que habían regresado con Córdoba y otras dos que le aportó su tío Diego. En esta ocasión, se apuntaron ciertos baquianos, Francisco de Montejo, Pedro de Alvarado y Alonso de Ávila, que pronto se les subieron a sus chapetonas barbas, más otros doscientos cuarenta españoles. Repetía Alaminos el viaje y Camacho de Triana, Manquillo y Sopuerta llevaban las otras tres carabelas. Otra vez embarcó Bernal (que es quien me cuenta todo lo acaecido con gran lujo de detalles; tengo que agradecerle su portentosa memoria que me ha de venir muy bien) y los dos indios capturados en la anterior expedición, Julianillo y Melchorejo, que ya chapurreaban algo en cristiano. Recaló Grijalva en Yucatán, que ahora sabemos que en lengua local quiere decir «no entiendo», pero que los primeros españoles que llegaron a esa orilla pensaron que los indios les respondían que el sitio se llamaba así y de esta manera impropia quedó llamada aquella isla, o tierra, que aún no sabemos bien qué es. Y tanto es así, que Alaminos la llamó Isla Rica. El tres de mayo llegó a una pequeña isla, a la que puso Santa Cruz de Puerta Latina. Caboteando al oeste y luego virando al sur, desembarcó para hacer aguada en el mismo sitio donde masacraron a Hernández de Córdoba, en Champotón. O a Alaminos le gusta mucho el riesgo, o buscaba venganza y librarse de alguno. Esta vez, Grijalva sí venció en la escaramuza pues iba avisado. En junio, llegó al estuario de un río y Juan le puso su nombre. Desembarcó en Potonchan, señorío de Tabscoob, y le regaló su jubón de terciopelo verde al cacique. Pasó de largo el crecido río Coatzacoalcos, donde parece ser que Alvarado se separó de la Armada para navegar río Papaloapan arriba sin permiso, y le costó mucha bronca de Grijalva, que seguía aún molesto por el saetazo que se había llevado en la boca unos días antes y que le saltó dos dientes y tuvo otras siete bajas y sesenta heridos mientras hacía otra aguada. Allí, el soldado San Martín les gritó que veía un pico nevado por encima de las nubes y todos pensaron que estaba ido o borracho pues, con estos calores del trópico, todos creyeron que tal cosa era imposible, aunque al final les convenció y le dejaron ponerle su nombre. Les salió también gente en la costa agitando mantas y lo llamaron río Banderas. Grijalva bajó con soldados a tierra para saludar a esos tres caciques amistosos y uno le dijo que era el jefe impuesto por un tal Moctezuma y que le había enviado para saber quiénes viajaban en esas casas flotantes. Siguió costeando hasta toparse con tres islas. Desembarcó en la mayor donde, en una pequeña torre, descubrió un hecho espantoso; los cadáveres de dos jóvenes con el pecho abierto y el corazón arrancado. Junto a la piedra de sacrificios había un león con el cérvix agujereado en la que se había vertido la sangre de los dos infelices. Julianillo y Melchorejo, que los llevaba a todas partes con él, le dijeron que todo había sido hecho por mandato del terrible señor de Culúa, ese tal Moctezuma. Debió de ser cuando todo esto sucedía, y Velázquez se consumía de impaciencia aquí en Santiago sin noticias del sobrino, que llevaba más tiempo fuera que Córdoba, que buscó una nave a la que mandar en su búsqueda, y tanteó a Cristóbal de Olid para que largase velas en busca del sobrino perdido. Por entonces, nada de esto me inquietaba lo más mínimo, que yo seguía más atento a mis negocios de cerdos, azúcar y vino, mis juegos de naipes y mis mujeres. Me siguieron los dos contando que la flota se quedó varios días fondeada enfrente de Chalchicueyecan y los hombres bajaban a tierra todos los días para hablar con los locales, pero que todos dormían a bordo y hacían guardias en previsión de ataques. Como era por San Juan, llamó a la isla San Juan de Ulúa, aunque se negaba en rotundo a fundar una ciudad. Los capitanes pensaban de otra manera, pues ya habían visto cuán rica era la tierra. Grijalva, terco, insistía en que no había venido a sentar plaza, que no tenía esas órdenes. Alvarado y Alonso de Ávila le dijeron que, aunque no las tuviera, nadie se lo había prohibido. En esas tiranteces estaban los españoles cuando Grijalva les leyó el requerimiento a los totonacas y proclamó Chalchicueyecan, o mejor, San Juan de Ulúa, territorio de Castilla. Los capitanes siguieron insistiendo a Grijalva para que fundase una ciudad, la poblase y se adentrasen todos en busca de esa ciudad de Culúa. Pero él siguió resistiéndose, alegando que no era su misión. Advirtiendo ya que se le iban a insubordinar, ordenó a Alvarado que volviese a Cuba con todo el oro que habían podido rescatar hasta entonces. Liberado de Pedro, un Grijalva más relajado siguió costeando varias jornadas más hasta la desembocadura del río Pánuco, donde Alaminos le aconsejó dar la vuelta. La armada observó de nuevo el crecido río Coatzacoalcos y entró en el río Tonalá para reparar la carena de uno de los barcos que iba haciendo agua. En los días siguientes tuvieron muchas visitas de locales con los que intercambiaron cuentas de colores por una especie de hachas que parecían de oro, pero que eran de cobre. Aquí, me dice Bernal que aprovechó la estancia para plantar unas semillas de naranja cerca de la orilla y que, mientras reparaban, siguió al veedor Peñalosa y fray Díaz en un paseo por tierra y encontraron señales de un reciente sacrificio en una pirámide cercana. El fray se quejó, desilusionado, de Grijalva: «*Y si hubiéramos tenido un capitán esforzado, sacáramos de aquí más de dos mil castellanos, y por él no pudimos rescatar brujerías, ni poblar la tierra, ni hacer nada bueno con él*». Los otros dos capitanes que le quedaban a Grijalva, Montejo y Ávila, también estaban cada vez más hartos del sobrino de Velázquez y no veían el día de volver a La Fernandina. «¿Y qué os faltó para tener éxito?». «Otra forma de hacer las cosas, don Hernando, otro líder con otro estilo».

XI

Cuando vuelvo a casa, soñando con conquistas, me encuentro a Catalina que sigue llorando en la cama. Así lleva días. Menudo teatro. «Entonces, ¿te vas a ir?». «Sí». Me ha sorprendido oírme tan rotundo, de tan seguro que he contestado, pero ¿cómo explicarle que me ahogo en La Fernandina, que ya me dan igual los negocios, que sufro de un irrefrenable deseo de gloria? Al punto, he mandado a un indio con un billete para Duero, en el que le digo que puede decirle a Velázquez que estoy en disposición de aceptar el mando de esa tercera expedición, si es que antes acordamos cuál es mi recompensa.

Esta mañana, Andrés de Duero se ha llegado muy contento al real con dos copias del documento que habré de signar con el gobernador, una para cada uno. Me ha comunicado por fin las condiciones económicas; un quinto para el rey, otro para Velázquez, el tercero para mí y los dos restantes para repartir entre los que me acompañen, a mi entera discreción. Bien, que me place. Hemos hecho juntos un repaso breve de los treinta apartados que contiene la instrucción y que ya negociamos (por decir algo; son lentejas) hace algunas semanas y al que no se le ha cambiado ni una coma, a pesar de las ya conocidas últimas novedades (no le he mencionado lo del *plácet* pendiente, no vayamos a liarla; yo, como si Velázquez ya lo tuviera); encontrar a Grijalva y Olid (todos sabemos que ambos están de vuelta sanos y salvos, pero es la manera de Velázquez de excusar ante los Jerónimos que se trata de una misión de rescate y no una expedición de conquista. De hecho, todos sus hombres y pilotos, estoy seguro de ello, se van a venir ahora conmigo), rescatar a los seis españoles náufragos cautivos en poder de los caciques en Yucatán de los que se tiene noticia, expandir la mayor gloria de Dios, transmitir la Fe y la Palabra a los locales, ningún vicio es permitido a bordo, nada de juegos de naipes ni de dados, las mujeres españolas no pueden embarcar y las locales no se pueden tocar, investigar las cruces que se han visto en la costa, determinar si los locales profesan otra religión, si obedecen a un *kan*, hallar a las amazonas y a las gentes con cara de perro, cartografiar las costas, puertos, bajíos, recoger muestras de animales y de plantas, comunicarles a los locales que son todos súbditos del Rey Carlos y su madre la Reina Juana, llevar contador, veedor y una caja de caudales para separar el quinto del rey.

Por la tarde, en el ingenio del azúcar, Juan Xuárez me ha dicho que su hermana Catalina anda conspirando junto a otra hermana, la amante de Velázquez, para que me retire el ofrecimiento del mando de la Armada y me quede aquí con ella, pues teme perder su posición si algo me ocurriese. Me he quedado a cuadros y le he preguntado: «¿Y qué sabes tú de estas cosas?». Que no se fuera muy lejos, que luego hablaríamos. Así que me he ido corriendo a hablar con Duero, ¿pero será mala pécora esta Catalina? La contestación del secretario me ha dejado helado, resulta que no solo ella, sino que también hay otros familiares de Velázquez que están incómodos con mi elección pues no me creen capaz de tal empresa. Pues si tan capaces son ellos, ¿cómo es que Agustín Bermúdez, Antonio

Velázquez Borrego o Bernardino Velázquez no han dado un paso al frente y se han ofrecido? Me dijo que solo malmetían, que están bien asentados y que no quieren aventuras, ¿no hay manera de adelantar la firma de la capitulación?, que me sosegase, que era cosa hecha que el veintitrés de este mes de octubre me reciba, que perdiera cuidado, que Velázquez no tiene a otro, que le dejase hacer a él.

De vuelta al ingenio me he ido directo a por Juan Xuárez, antes socio que cuñado, a preguntarle cómo es que ya sabía, pero bobo de mí, me di cuenta de que se lo ha contado su hermana. No hacía falta que disimulase, sabía bien de qué le hablaba, del ofrecimiento del mando de Diego, que seguro que se ha enterado por ella. Pues claro, ella le contó y pensó que era invención de enamorada; «No hace mucho que la desposasteis y teme perderos». Le he dicho que le iba a dejar firmado un poder de ruina para que atendiese mi hacienda y negocios y el pago de mis deudas y se ha quedado pasmado, que le honraba con tanta confianza, pero que por qué necesitaba hacer tal cosa, que si se me había derretido el seso con tanta humedad y calor. Le dije que iba a aceptar la oferta de Velázquez y que pronto empezaría a alistar naves, hombres, armas y bastimentos, a firmar algunos préstamos y garantías, y necesitaba a alguien cabal que cuidase de la explotación y también, cómo no, de su señora hermana. Me dijo que claro que podía contar con él, pero que esperásemos a firmar ese poder a que tuviese bien amarrado el negocio con Diego. Me pareció una idea muy sensata. Juanito siempre es hombre muy cabal. Abrimos una botella de vino y brindamos.

XII

Duero no mentía y hoy, veintitrés de octubre de 1518, nos hemos reunido en Santiago en la casa del gobernador Diego

Velázquez de Cuéllar, actuando en nombre del almirante don Diego Colón y de los padres Jerónimos, el secretario Andrés de Duero, el escribano Alonso de Prada, Alonso de Escalante y Vicente López, y yo mismo, además de otros caballeros, abastecedores y armeros, para atender a la firma de las capitulaciones para el mando de esta nueva tercera expedición. Se cotillea en la estancia que Diego, apresurado, en cuanto llegó Alvarado envió a Sevilla a su capellán Benito Martín a defender ante el obispo Fonseca sus avances, a la espera de su licencia y adelantamiento, no sea que alguien se le anticipe. Uno de mis competidores ha expresado en voz alta que no confiaba en mi capacidad, que si bien sabía que era rico, minero, ganadero, agricultor, mercader y naviero, también sabía que mi experiencia militar era nula, siendo aquí muy necesaria, pues mi intervención con el propio Velázquez en la conquista de La Fernandina fue de poca monta. Así que no he tenido más remedio que defenderme: «Excelencia, caballeros, saben que la última flota importante que desde Santiago se hizo a la vela hacia el sur aún era comandada por el Almirante. Desde entonces, todo lo que se ha hecho es un juego de niños comparado con esta expedición que me propongo. Juro en nombre de Cristo que, llegado allí, no he de regresar con solo un medio puñado de oro. Sé que les preocupan sus préstamos, barcos, mercancías y géneros, pero yo les hablo de reinos y países, de reyes y de tesoros, de ganar almas para Dios y tierras para nuestro rey y si me preguntan si tengo fe en la empresa, les he de decir que mi confianza es tan grande como la del Almirante, que hasta el fin de su vida buscó al *Gran Kan* al otro lado del océano. Saben que me juego en ello todo mi patrimonio; hacienda, venta de enseres, las joyas de Catalina, tres navíos propios y dos a medias, y los préstamos obtenidos y el dinero de mis amigos, unos doce mil castellanos en total. Si mi plan fracasa, volveré hecho un mendigo ¿no les es suficiente con lo dicho? ¿Es preciso decir más a quienes, como yo, han empezado de cero y ganado su patrimonio con el trabajo de sus manos?» «El problema, Hernando, es que no vuelvas para hacer frente a tus deudas» Duero, hábil, ha zanjado: «Démosle un voto de confianza a don Hernando, es hombre de palabra y resuelto».

Nadie ha sumado su palabra al molesto incordio y hemos pasado a la firma de las copias del pergamino y a lacrarlas con cera. Salimos después al jardín a almorzar y Diego me ha sentado a su siniestra: «Mi querido Hernando, como ya os adelantó Duero, un quinto es para el rey, otro entero para mí, el tercero para vuestra merced y los dos restantes para los que repartáis a discreción entre los que vayan con vos. Os acompañará mi mayordomo en vuestro viaje, Diego de Ordás, que acaba de regresar con Grijalva. Es baquiano, leonés y fue superviviente con Alonso de Ojeda en Turbaco, donde murió el pobre de Juan de la Cosa, pero eso ya lo sabéis, que fue también compañero de conquista aquí en La Fernandina. Hasta se llevará a su yegua, *una rucia machorra, pasadera y lenta*». Ya me ha colado a su espía. Tras la comida y, para celebrar mi nombramiento, me he comprado ropa acorde a mi nuevo rango; un terno de terciopelo negro con lazos dorados, cadena y medalla de oro y un bonete adornado por una pluma. Bien guapo que estoy.

XIII

Si bien al principio la bandera de enganche fue con mucho entusiasmo, hace días que ya no se alistan más hombres. Mi estandarte amarillo con el lema que recuerda al emperador Constantino en la batalla del puente Milvio contra Majencio (*Hermanos y compañeros, sigamos la señal de la Santa Cruz con fe verdadera, que con ella venceremos*) y el pendón real ya no atraen a nadie más. He de hacerme a la mar en cuanto acabe la temporada de lluvias o a finales de noviembre como muy tarde, pues los hombres ya están a mis expensas. He reunido algunos caballos, culebrinas, falconetes, arcabuces y ballestas y he de agenciarme alguna bombarda. Velázquez me presiona para que me haga a la mar, mandando aviso de que no está contento con este ritmo, que a qué estoy esperando, que he de partir pronto. Sus aduladores siguen socavando mi crédito, le dicen que debió haber elegido a otro, obviando que se lo ofreció a varios y ninguno aceptó por comodidad, ni tampoco disponía del capital necesario para acometer el negocio. Mi socio Juan me dice que su hermana sigue igual, vagando como alma en pena y envenenando el juicio a Diego para que me revoque el mando. Sé muy bien que tengo que salir de aquí lo antes posible, pero todavía ando en precario. Después de misa, un bufón de los de Velázquez ha soltado una chanza: *Viejo compadre Velázquez, has sabido elegir al hombre que necesitabas... En Medellín crecen bizarros mozos... Se hacen a la vela y desaparecen pronto de la vista... Excelencia, de allá sopla un viento fuerte...* Furioso, eché mano a la espada, pero Duero me sujetó el brazo y le dio un pescozón: «¡Calla, borracho loco!». Camino de la hacienda, me llevaban los demonios, ¿quién ha puesto tales palabras en boca de ese bufón? Andrés me ha insistido: «Hernán, debéis partir ya, el ambiente es irrespirable».

XIV

Esta mañana ha venido una anciana a contarme una triste historia y hacerme una petición entre lágrimas que he jurado cumplir en la medida de mis fuerzas: «No quisiera importunaros, don Hernando, pero la noticia de vuestro viaje ha llegado a mis oídos. Hace diez años regresaba del Darién a Jamaica con mi hijo, un licenciado, Jerónimo de Aguilar se llama. Cerca de la costa nos sorprendió una tormenta que hundió la nao en la que viajábamos y nos separó. Solo gracias a Dios pudimos salvarnos unos cuantos. Mi hijo, en otra barca, no se quedó solo, que había otros diez o doce con él. Si vais a aquellas costas, mi señor, buscadle, por favor os ruego, que bien sabe Dios hacer milagros».

Ya no puedo disimular más la creciente preocupación que me causan los rumores y las indirectas que me llegan y le he comunicado a Velázquez que los preparativos están muy avanzados, que la galleta ya está casi cocida y que pronto me hago a la vela. Duero ha golpeado el cristal de la ventana. Venía de hablar con Lares, el asunto se tuerce y mucho, Diego le ha dicho que se arrepiente de darme el mando, que debía habérselo dado a otro con más experiencia, que solo había conseguido alistar a vagabundos y aventureros y aún le preguntó si era posible que me convencieran entre los dos para que abandonase la empresa, que ya me nombraría *Notario Real* el año próximo. Vaya cara más dura tiene, me ha exprimido como a un limón y después de haberme sacado todo el jugo cree que puede echarme a un lado. Ya he gastado todos mis fondos y mis hombres están listos; aún me faltan, sí, pero no pienso ceder el mando ahora. Me dijo que el gobernador no podía revocarme el mandamiento porque ya había sido autorizado por los padres Jerónimos en La Española, que actuase ya como Capitán General, que no me diese por enterado de nada y partiera, que tenía amplios poderes para hacerlo y valían lo mismo que antes. Y, después, una de dos, o el plan tenía éxito y entonces no estaría solo, pues todo el que alcanza gloria y dinero siempre tiene la razón o, por el contrario, todo sale mal y en ese caso me sería indiferente el motivo cierto de la caída en desgracia. Ha sido siempre así toda la historia. Julio César no dudó en cruzar el Rubicón (o sí).

Resulta que Velázquez ha pasado de las amables sugerencias y veladas amenazas a los hechos y comenzado a estorbarme seriamente, ordenando que no se me vendan más víveres ni pertrechos de guerra ni demás bastimentos para la Armada. Así que hoy a la comida, con los hombres muy cargados y excitados por el vino, ha tenido lugar una fuerte discusión con sus seguidores que ha acabado en trifulca con muerto de por medio, un tal Juan de Pila. No hemos podido descubrir al autor del navajazo, pero antes de que el alboroto fuese a mayores hemos salido corriendo de allí, acogiéndonos a sagrado en la iglesia, por si acaso, para contarle a fray Bartolomé de Olmedo. El páter ha coincidido en la gravedad de la situación y en que ya no podría encontrar más apoyo en Santiago, que debía largar velas de inmediato. Le he pedido que se viniera conmigo pues necesito de su consejo y llevar la Palabra y, gracias a Dios, ha aceptado. En la hacienda, le he dicho a Catalina que partía y dejaba al cuidado de su hermano Juan, y se ha puesto hecha una fiera, que me quedase con ella, que si yo era un terco y un insensato, que si me creía mejor que Hernández de Córdoba y Grijalva, y que también cruzaría palabras con su hermano, por meticón. Le dije que era demasiado tarde, que mi mente y mi espíritu navegaban hacía semanas en busca de esas nuevas ciudades y que triunfaría y la llamaría a mi lado. Me ha dicho que me largase con viento fresco. Catalina. Luego, he hablado con mis capitanes: «Caballeros, he trazado el plan y ya no hay vuelta atrás. El derecho está de mi parte, así me lo afirman los padres Jerónimos. El desafuero lo inició Velázquez, no yo. No quiero ni una pendencia más. Mañana nos hacemos a la mar. Embarquen esta tarde en silencio cada uno con su compañía y díganle que vamos a practicar unos ejercicios nocturnos. Al alba, levaremos anclas y nos iremos. Descuiden que ya me encargaré yo de la despedida del gobernador. Es mi palabra de hombre; ¡juren que no traicionarán jamás mi consigna!».

XV

Le he tomado a Fernando Alfonso todos los puercos y carneros que le quedaban, a cambio de mi cadena de oro por los animales y para que pague la multa. Una vez embarcados todos los hombres y caballos y con los pocos bastimentos que hemos podido reunir y nos quedan en las seis naves, he botado una chalupa al muelle para despedirme del gobernador, sin acercarme demasiado, pues alguien le había avisado. Velázquez, mudo y rojo de ira y rodeado de sus paniaguados, no se ha atrevido a decir nada. «Excelencia, hoy dieciocho de noviembre de 1518, pongo rumbo a Yucatán, cumpliendo así con la orden recibida del rey, de los padres Jerónimos y de vuestra misma excelencia. Deseadme una feliz travesía. Sabed que observaré cada instrucción recibida y que volveré rico para hacer aún más rica a su excelencia o no volveré». De nuevo a bordo, Alaminos me preguntó por el rumbo a seguir y le dije que siguiera el mismo camino del sol, igual que hizo el Almirante, al oeste, rumbo a Macaca. Ordené disparar salvas de despedida con las culebrinas y los valencianos ejecutaron prestamente. Cómo les gusta hacer ruido a estos levantiscos, qué dolor de cabeza me han levantado.

Después de treinta y cuatro leguas de navegación en conserva, buena mar y flojos vientos, las seis naves hemos arribado y fondeado en Macaca, cuatro chozas mal contadas, lo bastante lejos de Velázquez como para que podamos estar tranquilos unos días. Debido a la urgencia de nuestra partida, andamos muy justos de bastimentos y matalotaje para los trescientos hombres que salimos de Santiago. Así que he ordenado al sevillano Pedro Xuárez ir con su carabela a Jamaica, para que compre allí todo lo que pueda, y después se dirija al cabo de Corrientes o al de San Antonio para agruparse de nuevo con la Armada antes de cruzar a Yucatán. Pedro lleva la bodega repleta de toneles de vino recién llegado de la península que alcanzará allí mejor precio que en La Fernandina y podrá canjearlos por pan cazabe y tocinos. Luego he cerrado tratos con Francisco Dávila y Tamayo, que aquí tiene propiedades, y les he comprado pan cazabe y algunos puercos. El trigo no termina de adaptarse a este húmedo clima y se sigue usando la mandioca para hacer el pan de yuca o cazabe, que tiene la ventaja de aguantar muchos días a bordo.

Va para una semana que arribamos aquí a Macaca y este lugar no puede ofrecernos nada de lo que necesitamos, tan solo permitirnos abrigar las naves de las tormentas y las lluvias. Así que, tan pronto escampe, partiremos a Trinidad. Ya se lo he dicho a los capitanes. Por cierto, he visto a Diego de Ordás tratando con un aldeano y, al cabo, le he visto salir al galope hacia el este, hacia Santiago. Seguro que le habrá enviado nota a Velázquez contando lo poco aún que llevamos acumulado para el negocio y nuestra intención de ir a Trinidad. Treinta y cuatro leguas al trote deben llevarle un par de días al menos. Otro para que Diego se organice con su gente, otro par de vuelta (a la única nao disponible en puerto le estaban dando carena), así que antes de cinco días tenemos que levar el ancla.

XVI

Cuatro singladuras después, setenta leguas, hemos arribado a Trinidad, donde esperaba hacer más matalotaje y sumar más brazos a la empresa. El alcalde Francisco Verdugo, los principales de la villa y todos los demás vecinos han salido a recibirnos y nos han aposentado en las casas del capitán Juan de Grijalva. Detalle importante a no olvidar es que Francisco Verdugo fue cuñado de Diego Velázquez, pues estuvo casado con su hermana y este le nombró alcalde mayor de Trinidad. Habré de andarme con tiento, quizá tenga órdenes de prenderme. He puesto de nuevo el estandarte y el pendón real a la puerta de mi estancia, tal y como hice en Santiago, ordenado dar pregones y mandado buscar todo género de armas y comprar las otras cosas necesarias y más bastimentos. También he escrito a la villa de Sancti Spíritus, a dieciocho leguas, para hacer saber a todos sus vecinos que iba aquel viaje para servir a su Majestad y para que se unan a mí. He cerrado la compra de otra nave con Alonso Guillén y así la Armada ya cuenta con siete naves. A otros hacenderos locales he comprado tres caballos y quinientas cargas de grano. Y, mientras estaba haciendo asientos con el contador, manchados de tinta los dos hasta los codos, he oído fuera un gran alboroto y ha entrado a la habitación un paje gritando que llegaba Alvarado con su gente. Nos hemos cruzado miradas y buscado el arma, por si acaso. Pedro ha entrado resuelto en la estancia con el Sol sacándole brillos a su pelo rubio, vestido de negro a la usanza española, con capa roja y cadena con piedras preciosas. Me ha hecho una profunda inclinación, nada burlona o al menos no me lo pareció, se ha desceñido la toledana y la ha dejado a mis pies. La he recogido del suelo y cortado el pesado aire con ella. Le pregunté qué negocios le traían a Trinidad. Me dijo que nada más que mi empresa, que mi imprevista salida le pilló fuera de la ciudad y puso rumbo a donde pensó que haría escala, que era muy feliz de haberme encontrado y se ponía a mi servicio, que esperaba mi éxito donde Grijalva había fracasado. Le dije que su experiencia en esas tierras era más que bienvenida y me aseguró que los locales eran distintos a los de aquí, más fieros, y hablaban otras lenguas. Para eso llevamos el par de intérpretes que me dio Velázquez y que él ya conocía. Al oír ese nombre, se tensó y me preguntó si era cierto el rumor que corría por la isla. Yo no sabía a qué se refería y me dijo que se dice, se comenta, que había partido rebelde. Di un respingo y grité que eso era mentira, que sí es cierto que Diego empezó a entorpecerme y hube de salir de Santiago, que nunca se me ha retirado el mando y que podía mostrarle ahí mismo el nombramiento firmado, sellado y lacrado por el gobernador y con la licencia de los padres Jerónimos de La Española. Más relajado y gatuno, me tranquilizó indicando que no era necesario, que estaba seguro de que había obrado recto. Me presentó a sus hermanos Gonzalo, Jorge, Gómez, Hernando y Juan. Todos llegaron a La Española con Diego Colón y participaron en la conquista de La Fernandina con Velázquez (yo trataba de cruzarme solo lo indispensable con esos valentones por entonces) y, ya lo sabía, acababan de regresar de la expedición de Grijalva. Puso a mi disposición sus dos naves. Ya cuenta mi Armada con nueve. Otros dos capitanes que han participado en la segunda expedición se han sumado también a mi hueste, el manchego Alonso de Ávila y el salmantino Francisco de Montejo. La experiencia de ambos, más la de Alvarado, seguro que me ha de ser muy útil en este negocio.

Los vigías dispuestos aquí en el puerto de Trinidad han avisado del paso de una carabela rumbo al Darién que, por su lento andar y bajo bordo, parecía que iba cargada de vituallas hasta la tapa de regala. Rápidamente, he ordenado a Diego de Ordás que le saliera al paso con su bergantín, *El Alguecebo*, y la apresara, cosa que hizo pronto en la canal de Jardines. Tras dispararle una salva de aviso con la culebrina, la carabela se puso al pairo y permitió su abordaje. Resultó ser la nave del madrileño Juan Núñez Sedeño y decía en su manifiesto de carga que llevaba cuatro mil arrobas de pan cazabe, mil quinientos cerdos, muchas gallinas y maíz para vender en unas minas de oro cercanas. He tomado posesión de todo para mi ejército y Sedeño no se lo ha tomado muy bien, alegando la pérdida de sus ventas, así que le he dado unas lazadas de mi jubón, otras piezas de oro y un reconocimiento de deuda. Ya más calmado, se ha sumado a la Armada, que ahora cuenta con diez barcos. A fe mía, *que hoy he actuado como un gentil corsario.*

Han llegado al real el cántabro Juan de Escalante y el linarense Cristóbal de Olid, aquel que partió en rescate de Grijalva y hubo de regresar a Santiago con la nave averiada sin haberle hallado. En el caso de Olid, curioso, es mi primer cumplimiento de las capitulaciones, pues Velázquez me ordenó rescatarle. También se han alistado Gonzalo Mejía, Pedro Sánchez Farfán, Baena y Juanes de Fuenterrabía, Lares el buen jinete, Ortiz el Músico, Gaspar Sánchez, Diego de Pineda, Alonso Rodríguez, Bartolomé García, Rodrigo Rangel y Gonzalo López de Jimena y otros hidalgos de los que ahora no me acuerdo de sus nombres. En total, que he sumado aquí en Trinidad cerca de doscientos hombres de los de Grijalva, que vivían allí, en Matanzas, Carenas y otros lugares. La mayor sorpresa ha sido la llegada desde Sancti Spíritus de dos paisanos míos de Medellín, Gonzalo de Sandoval, veterano de la conquista de La Fernandina, y Alonso Hernández Portocarrero, primo de mi señor el conde, al que he comprado una yegua rucia con otras lazadas de oro de mi jubón. Con ellos venía Juan Velázquez de León, segoviano de Cuéllar y primo de Velázquez, aunque no por ello muy bien avenidos, pues llegó a La Fernandina para pedir amparo tras una riña con muerto, un tal Altasi Rivas, en La Española. Con la llegada de todos estos veteranos, he repartido a los hombres en varias compañías para comenzar su adiestramiento militar. Donde hoy solo tengo un puñado de aventureros, mañana tendré un ejército. Todas las armas han sido traídas por cada hombre, ilustres veteranas de las guerras de Granada e Nápoles que lucharon a las órdenes de Ysabel o del Gran Capitán, forjadas en Toledo, Flandes o en las Alemanias. Muchas se antojan gastadas, antiguas y fuera de moda. Cascos cerrados, capacetes, celadas y morriones. Escudos de madera pesados y ligeras rodelas. Ninguno posee una armadura completa, aunque eso poco importa, ya que el hierro se calienta en este clima más que un pecador en el Infierno y los hombres sufren quemaduras en hombros, frente y muslos, además de soportar su peso. Es mucho mejor lucir cota de malla, coleto de cuero o el barato escaupil, que no es más que una camisa hecha con canvas, velas desechadas por el excesivo uso, relleno de algodón. Este se ha demostrado muy útil; las flechas se clavan en él, pero no llegan a la piel, te permite mover bien los brazos y es ligero. Lanzas, picas, espadas y montantes. Ballestas, pesadas y lentas en recargar. Arcabuces, aún más lentos, aunque cuento con su ruido, olor y efectos para desanimar al enemigo. Cañones pesados de bronce y ligeros de hierro, que se oxida en un par de días, y complicado transporte. Caballos, carísimos, difíciles de conseguir. Aún no sé cuántos voy a poder permitirme. Les hemos hecho escaupiles también y faldones de cuero, reciben más cuidados que los propios señores soldados. Perros; alanos y mastines, que ya se mostraron muy efectivos en guerras pasadas y sus instintos alerta permiten que los hombres puedan dormir tranquilos por la noche en el real.

Hoy celebramos, en total recogimiento, la venturosa llegada del Redentor, Aquel en cuyo Nombre y Palabra estos soldados de Cristo van a arriesgar sus vidas. Tras la misa, un soldado me ha confiado que Francisco Verdugo había recibido un correo con instrucciones de Velázquez para detenerme, y que se había asustado tanto que había llamado a Ordás y Morla porque no sabía cómo proceder, que Ordás le dijo que él había visto los papeles, que estaba bien nombrado por el gobernador y refrendado por los Jerónimos y jamás había visto en mis formas ninguna desviación de sus órdenes, que además yo estaba siempre bien rodeado de mis allegados y cualquier falso movimiento podía provocar una fatal reyerta y que no tenían hombres suficientes para detenerme, así que optó por el disimulo y esperar mejor ocasión; que Verdugo había escrito a Diego para explicarle la situación y pedirle más medios para poder ejecutar su orden sin hacer un derramamiento innecesario de sangre. Hay que largarse pronto de aquí. Partiremos mañana a La Habana, a cincuenta y dos leguas, cerca de la desembocadura del río Onicaxinal o Mayabeque, al sur de la isla.

XVII

Parto muy contento, Trinidad me ha reportado grandes beneficios en cuanto a hombres y matalotaje. He mandado a Alvarado ir por tierra con hombres y caballos para recoger todo lo que nos pueda ser necesario y yo me voy con la Armada. En la oscuridad de la noche, la flota se ha desperdigado y mi nao capitana, la Santa María de la Concepción, de cien toneles, ha varado en un bajío. No hemos hecho señal alguna, torpeza nuestra, y el resto de la Armada ha seguido camino sin detenerse. Imperdonable. Según el piloto Alaminos, el banco de arena no estaba cartografiado y hemos varado en algún punto de Los Jardines. Es necesario establecer una comunicación entre las naves para, en caso similar, acudir a su socorro. Para nuestra desgracia, la marea no nos ha liberado del abrazo de la arena y, con el día, hemos intentado hacerlo bogando desde el batel y chinchorros, sin éxito. Ni una vela en el horizonte, como si nadie nos echase de menos. Tirados en medio del Caribe. Así que hemos descargado la nave y, casi cincuenta viajes después del batel a un islote cercano, con un ligero estremecimiento, nos hemos zafado de la arena. La nao flotaba libre de nuevo y no parecía tener daños en el casco, ni hacía agua. Dimos gracias a Dios. La hemos acercado al islote, bien atentos a la sonda que llevaban unos marineros en el chinchorro, cargado de nuevo al punto y proseguido el viaje a La Habana. Cuando hemos alcanzado el puerto he sospechado del fingido entusiasmo de los hombres en el muelle, gritando alborozados: «¡Es el capitán, que por fin llega!», disparando salvas de bienvenida. Vi que se acercaba un bote con Ordás muy zalamero y algo me ha hecho sospechar; que habían temido por mí y enviado tres naves en vuestra búsqueda —¿dónde están?—, y que fuese a su nave a descansar del viaje (¡pero si ya estoy en una!), que tenía cartas para mí del gobernador que Gaspar de Garnica había traído. Le di las gracias, expliqué nuestro retraso y le abronqué por el hecho de que el Capitán de la Armada sufriese un problema y nadie se percatase de ello. Hay que pensar en algo para evitar que ocurra de nuevo. Rechacé su invitación, alegando dolor de estómago, y ordené que me subieran las cartas a bordo.

Esta mañana he bajado a tierra a saludar a Pedro Barba, soldado viejo de Nápoles a las órdenes del Gran Capitán y teniente de la Villa de La Habana, viejo amigo con el que he hecho antes muchos y buenos negocios. Le encontré cansado y herido, es otro de los que ha vuelto de la expedición de Grijalva, y me ha alojado en sus casas. Inmediatamente he hincado los pendones al lado de la puerta. Me preguntó por esta extraña tardanza en arribar y le conté lo del desconocido bajío y me quejé de una Armada poco disciplinada. Me soltó que había recibido orden de Velázquez para detenerme y que, como no lo había visto muy claro, le había pedido aclaraciones para ganar tiempo. «¿Cómo puedo agradeceros tanta ayuda?». «Sencillo; todo lo que consumáis aquí será pagado, no hay saco posible. Los soldados no se acercarán a mujer honrada, solo irán con las de las tabernas. ¿Nos entendemos, señor Capitán General? Así es como me lo podéis agradecer». Lo siguiente que me contó confirmó mis sospechas a bordo. En los tres días que había tardado en llegar, y mientras Alvarado enviaba las tres naves más rápidas y de menor porte en mi busca, Ordás y Morla habían tratado de alzar a los hombres contra mí y se disputaron el mando de la expedición, hasta que los vigías apostados en el puerto dieron voz del avistamiento de una vela en el horizonte y los partidarios de Velázquez se callaron. Sus temores se cumplieron cuando vieron que era yo. Ordás les dijo a sus hombres que era una gran oportunidad para aprehenderme antes de que desembarcase y de que mis amigos volvieran a arroparme, haciéndolo imposible. Mi sexto sentido me sirvió bien. He de cuidarme mucho de los amigos de Diego. Pedro también me dijo que, viendo el número y actitud de los hombres alistados en la expedición, pensaba que había vaciado la isla de hombres útiles, que era imposible que la flecha disparada volviese a su carcaj, que cuando un soldado va a por botín es imposible que abandone la idea. Así que hoy he enviado al revoltoso de Ordás a las haciendas del gobernador en la punta de Guaniguanico, a comprar allí todo el pan cazabe y puercos que hallase. Se me hizo el remolón, que por qué yo pensaba que se lo iban a vender y le dije que no esperaba que le negasen nada al mismísimo mayordomo de Diego Velázquez. Sin embargo, comprobé más tarde que las órdenes de entorpecerme en todo lo posible habían hecho cundir el temor entre los vecinos, que me negaban cualquier abastecimiento. Menos mal que Cristóbal de Quesada, que recauda aquí los diezmos del obispo, me ha vendido dos mil tocinos y otras tantas cargas de maíz, yuca y ajís. También he cerrado el negocio de la compra de otra nave de sesenta toneles a don Hernando Martínez, con lo que la Armada cuenta ya con once. Hemos bajado toda la artillería de los barcos a la playa, los tiros de bronce y los falconetes, para hacer pruebas de alcance y entrenar a los servidores de las piezas. Los maestros Mesa, Arbenga, Catalán y Usagre han limpiado antes las ánimas con vino y vinagre para refinarlas y les he dado piedras y pelotas y pedido que lo tengan todo muy a punto, y que no gasten más pólvora de la necesaria, pues está siendo muy complicado conseguirla. Lo mismo he ordenado para aderezar las ballestas y sus cuerdas y almacén de saetas y puntas, y que tirasen a sacos terreros y mirasen a cuántos pasos llegaba la fuga de cada una de ellas. Y como en esta tierra tienen mucho algodón, he pedido hacer petos de canvas muy bien acolchados para hombres y caballos, porque me dice Bernal que son buenos para ir contra los indios, que tiran muchas varas y flechas y piedras como granizo. Con Ordás alejado de La Habana, he sondeado a Juan Velázquez de León, pariente de Velázquez, que se nos unió en Trinidad desde Santi Spíritus. Durante el paseo, le he ofrecido una capitanía y me lo he ganado para mi causa tras un breve parpadeo. Hablando de capitanías, ya las tengo decididas. Once naves, once capitanes. Yo llevaré la Santa María de la Concepción; Pedro de Alvarado y sus hermanos, el San Sebastián; Alonso Hernández Portocarrero, Francisco de Montejo, Cristóbal de Olid, Diego de Ordás, Juan Velázquez de León, Juan de Escalante, Francisco de Morla, Escobar el Paje y Ginés Norte, para las otras nueve. He dispuesto en cada una a un piloto, y por piloto mayor a Antón de Alaminos, y comunicado las instrucciones por las que se ha de regir la navegación; banderas, salvas y señas de los faroles. No puede volver a ocurrir que una nave se separe o entre en problemas y que el resto no se entere.

Ha venido Bernal a contarme que solo hemos podido reunir dieciséis caballos para llevarlos con nosotros en la expedición, como si yo no lo supiera. Le he dicho que ya no me quedaba oro para comprar más, de tan alto que se ha ido su precio, que todo el mundo trata de aprovecharse. Yo llevo uno castaño zaíno. *Pedro de Alvarado y Hernán López de Ávila comparten una yegua alazana, muy buena de juego y de carrera. Alonso Hernández Portocarrero, la yegua rucia que le compré en Trinidad. Juan Velázquez de León, otra yegua rucia muy poderosa, que se llama Rabona, muy revuelta y de buena carrera. Cristóbal de Olid, un caballo castaño oscuro, harto bueno. Francisco de Montejo y Alonso de Ávila llevan a medias un caballo alazán tostado. Francisco de Morla, un caballo castaño oscuro, gran corredor y revuelto. Juan de Escalante, un caballo castaño claro tresalbo. Diego de Ordás, una yegua rucia machorra, pasadera, que corre poco. Gonzalo Domínguez, extremado jinete, un caballo castaño oscuro, muy bueno y gran corredor. Pero González de Trujillo, un buen caballo castaño, que corre muy bien. Morón, vecino del Bayamo, un caballo overo, labrado de las manos, bien revuelto. Baena, vecino de la Trinidad, un caballo overo, algo sobre morcillo. Lares, el mejor jinete de nosotros, un caballo muy bueno, de color castaño algo claro y buen corredor. Ortiz el Músico y Bartolomé García, un muy buen caballo oscuro que se llama Arriero, el mejor que llevamos en la Armada, y Juan Sedeño, una yegua castaña que va preñada.* Releyendo el rol de cada nave, veo que uno de cada tres españoles que me acompañan es andaluz de Sevilla o Huelva, uno de cada cuatro es castellano viejo y uno de cada seis, casi todos mis comandantes, extremeño. El resto, levantino, vasco, catalán y varios extranjeros.

Ha llegado Gaspar de Garnica a La Habana y al punto le he mandado de vuelta para Santiago con recado para Velázquez y así tranquilizarle de que todo esto lo hacía este seguro servidor para su mayor gloria y beneficio suyo, así como de España y de la Cristiandad. No le ha quedado más remedio. Si esperaba la ayuda de Ordás para prenderme, se ha quedado con las ganas. Aprovechando su corta visita le he dado cartas para mi Catalina y su hermano Juan para que estén tranquilos.

Tras la misa, he departido con mis artilleros. Comandados por Francisco de Orozco, los especialistas Mesa, Arenga, Catalán y Usagre, todos están deseando que partamos. Mesa me ha comunicado que ya ha terminado las pruebas de los tiros de bronce y los cuatro falconetes, preparado las tablas de ángulos y alcances y entrenado a los hombres. Nos llevamos indios cubanos para transportarlas, incumpliendo, pero es que no hay remedio, una de las instrucciones del Velázquez. Treinta y dos ballesteros, con Benítez y Guzmán, también están dispuestos. Cuento también con trece arcabuceros, que esperan darme otra Cerignola como al Gran Capitán, en llegando la ocasión, que no soy como el Paolo Vitelli aquel que le arrancase los ojos a los *scoppetieri* tudescos por considerar indigno que un caballero se rindiese a hombres corrientes con arcabuces. Vienen también con nosotros varias mujeres; dos hermanas de Ordás, cuatro criadas, dos amas de llaves, varias indias y un soldado: María de Estrada. Naufragó en La Fernandina, fue cautiva de un cacique y rescatada por nosotros durante la conquista de la isla, en el puerto de Matanzas, donde los indios de La Habana nos masacraron a los españoles. Mujer de armas tomar, respetada por todos. Pilotos, los mejores; Alaminos, Camacho, Álvarez y Sopuerta. Los tres primeros ya fueron con Hernández de Córdoba en la primera expedición y repitiesen con Grijalva, que añadiese al cuarto a la segunda expedición. Me sigue haciendo sonreír que los papeles de Velázquez me ordenen ir al rescate de Grijalva cuando llevo en mi Armada a los mismos pilotos que él se llevase y que yo supuestamente debo rescatar. Diego tiene permiso de los Jerónimos de Santo Domingo desde 1516 para explorar y conseguir esclavos, pero no para poblar. Esa licencia la ha empleado con Hernández de Córdoba, con Grijalva y conmigo, aunque las capitulaciones firmadas con cada uno sean contradictorias a la misma. El problema de Diego es siempre su propia ambición y el hecho de que haya multitud de exploraciones simultáneas ahora mismo; Sedeño, Garay, etc., todas buscando El Dorado, todas buscando el paso entre los dos océanos. No puede permitir que nadie se le adelante. Por eso me ordenó armar la tercera expedición en cuanto Alvarado se adelantó a Grijalva en su regreso. Para cuando pude marchar de Santiago, todas las naves, pilotos y hombres ya habían regresado y sumado a mí. Se le hacía necesario darle cobertura legal a todo el negocio y por eso se inventó lo del rescate.

Dos hombres de Dios vienen con nosotros en la Armada, pues uno de los principales objetivos es divulgar la Palabra. Juan Díaz, que ya fue con Grijalva, y Bartolomé de Olmedo. En el capítulo de salud, vamos bastante cortos; el cirujano Pedro López y la enfermera Isabela Rodríguez, dispuestos a coser brechas y heridas y parar hemorragias con vendas o mantas o grasa ardiendo, a la manera de las guerras europeas, a hacer amputaciones y entablillar huesos quebrantados. Diego insistió en que trajese a las lenguas, que apresó Hernández de Córdoba (solo queda Melchorejo, Julianillo se ha muerto de pena) y Grijalva (Francisquillo). Con ellos espero poder entenderme con los locales para que me den cuenta de los españoles náufragos que he de rescatar.

Esta mañana he hecho recuento del matalotaje con el contador y hemos hallado cinco mil tocinos, seis mil cargas de maíz, mucha yuca y gran copia de gallinas, vino, aceite y vinagre del que es menester, garbanzos y otras legumbres. También llevamos mucha buhonería o mercería para rescatar con los indios, porque, aunque nos cuentan que tienen mucho oro y plata, no hacen monedas de ellos, ni de otro metal, sino en ciertas partes, unas pequeñas almendras que dicen llaman *cacauatl*. Para hacer rescate llevamos gran cantidad de quincallería; cascabeles, espejos, sartales y cuentas de vidrio, agujas, alfileres, bolsas, agujetas, cintas, corchetes, hebillas, cuchillos, tijeras, tenazas, martillos, hachas de hierro, camisas, tocadores, cofias, gorgueras, zaragüelles y pañizuelos de lienzo; sayos, capotes, calzones, caperuzas de paño; todo repartido en las naves. Con este poco caudal partimos. Ni mayor, ni mejor, es la flota que llevamos a tierras extrañas. Ningún dinero llevo para pagar a mi gente, que antes voy muy adeudado. Pero no es necesaria paga para los españoles que andan en la guerra y conquista de Indias, que si por el sueldo fuera, a otras partes más cerca irían. Esta mañana, en una pradera cerca de La Habana, el ejército seguía entrenando. Rugosos veteranos, chusma de conventos, monjes huidos, antiguos galeotes, pisaverdes presumidos y, entre ellos, algún soldado de verdad probado en las guerras de Italia, preparando el último alarde antes de la partida. En el ala derecha, Mesa, con los tiros y los falconetes. Detrás, quince jinetes con armadura. Ortiz hizo sonar el cuerno y los veteranos avanzaron mostrando a los bisoños el orden de combate allá en Nápoles bajo el estandarte del Gran Capitán. Di la orden y las once compañías marcharon y, tras ellas, los indios arrastrando de los tiros, jinetes, arcabuces y ballesteros. Todos con escaupiles de algodón y casco en no muy buen estado. Hace unas semanas, no eran más que aventureros. Hoy ya verdaderos señores soldados, tan invencibles como aquellos que dominan los campos de batalla en Europa con puño de hierro. Los capitanes han hecho un gran trabajo y me han dado un ejército con que marchar a lo desconocido. Fray Bartolomé de Olmedo ha bendecido soldados, armas, bestias y naves; «Es una misión divina —nos ha remarcado a todos— [...] que nadie se olvide que llevamos la Palabra y el Verbo». Todo está ya dispuesto menos la mar, que anda algo revuelta. He dirigido una última arenga a los soldados, casi una oración:

Cierto está, amigos y compañeros míos, que todo hombre de bien y animoso quiere y procura igualarse por propias obras con los excelentes varones de su tiempo y aun de los pasados, así es que yo acometo una grande y hermosa hazaña, que será después muy famosa; porque el corazón me da que tenemos de ganar grandes y ricas tierras, muchas gentes nunca vistas, y mayores reinos que los de nuestros reyes y cierto, más se extiende el deseo de gloria, que alcanza la vida mortal; al cual apenas basta el mundo todo, cuanto menos uno ni pocos reinos. Aparejado he naves, armas, caballos y demás pertrechos de guerra; y vituallas y todo lo que suele ser necesario en las conquistas grandes gastos he hecho, puesto mi hacienda y la de mis amigos. Mas paréceme que cuanto de ella tengo menos, he acrecentado en honra. Hay que dejar las cosas chicas cuando las grandes se ofrecen mucho mayor provecho, según en Dios espero, vendrá a nuestro rey y nación de esta nuestra Armada que de todas las de otros y callo cuán agradable será a Dios nuestro Señor, por cuyo amor he de muy buena gana puesto el trabajo y los dineros. Dejaré aparte el peligro de vida y honra que he pasado haciendo esta flota; porque no creáis que pretendo de ella tanto la ganancia cuanto el honor que los buenos más quieren honra que riqueza. Comenzamos guerra justa y buena y de gran fama. Dios poderoso, en cuyo nombre y fe se hace, nos dará victoria y el tiempo traerá al fin que de continuo sigue a todo lo que se hace y guía con razón y consejo por tanto, otra forma, otro discurso, otra maña hemos de tener que Córdoba y Grijalva; de la cual no quiero disputar por la estrechura del tiempo, que nos da priesa. Empero allá haremos así como viéremos; y aquí yo os propongo grandes premios, más envueltos en grandes trabajos. Pero la virtud no quiere ociosidad; por tanto, si quisiéredes llevar la esperanza por virtud o la virtud por esperanza; y si no me dejáis, como no dejaré yo a vosotros ni a la ocasión, yo os haré en muy breve espacio de tiempo los más ricos hombres de cuantos jamás acá pasaron ni cuantos en estas partidas siguieron la guerra. Pocos sois, ya lo veo; más tales de ánimo, que ningún esfuerzo ni fuerza de indios podrá ofenderos que experiencia tenemos de cómo siempre Dios ha favorecido en estas tierras a la nación española; y nunca le faltó ni faltará virtud y esfuerzo. Así que id contentos y alegres, y haced igual el suceso que el comienzo.

Alaminos y los otros pilotos habían hecho su propio consejo aparte y me indicaron que pensaban que con estos vientos podíamos llegar fácil a Cozumel:

«Capitanes, señores soldados, suban a bordo de las naves! Mañana partimos». Los amigos de Velázquez no han conseguido encender la llama de la rebelión entre mis hombres y todos confían en mí. La Isla Fernandina ha quedado huérfana de barcos y hombres para perseguirnos, Velázquez va a tardar algún tiempo en organizar otra expedición detrás mía, si es que se atreve a hacerlo.

XVIII

Tras casi tres meses después de la partida de Santiago y de preparativos en Macaca, Trinidad y La Habana, hoy doce de febrero de 1519, después de oír santa misa y encomendándonos al Altísimo y a san Pedro, hemos salido para Cozumel. Y hemos empezado mal. Se ha levantado un temporal del nordeste y la flota se ha dispersado. Con el mal tiempo, el barco de Morla ha perdido el gobernalle de codaste, ha disparado una salva de aviso a la Armada (esta vez sí estaba atenta) que ha arriado velas, poniéndose al pairo. El mismo capitán se ha lanzado al agua atado a una soga y lo ha recuperado, mientras los arcabuceros andaban atentos a que no hubiese tiburones cerca. Se ha hecho como se ha podido una reparación de fortuna y la Armada ha seguido camino. El San Sebastián de Pedro de Alvarado y su piloto Camacho no se han dado por enterados o no han querido esperar y han seguido navegando, haciendo caso omiso a las instrucciones de navegar en conserva y atentos a la señal de socorro. Serán castigados por desobedientes cuando les alcancemos. La buena noticia es que la yegua de Sedeño ha parido a bordo entre el vaivén de las olas y ya llevamos dieciséis caballos y un potrillo. Todos los hombres lo han interpretado como un buen augurio.

Después de tres días de navegación y sin más problemas hemos arribado a Cozumel, felices de hallar allí a salvo al San Sebastián de Alvarado. En cuanto hemos desembarcado, he mandado poner en grillos dos días a pan y agua al piloto Camacho por saltarse las reglas de navegar en conserva. «Es la segunda vez que el capitán de esta Armada es dejado atrás y eso es intolerable. La próxima vez, el piloto que se adelante o me deje atrás, será colgado por los pulgares de una verga». Después, he mandado a Alvarado que devolviera todo lo que había tomado de un pueblo del interior; cuarenta gallinas, objetos de oro, dos indios y una india, y que entregara a cada indio una camisa de Castilla. Le he reprendido pública y seriamente por estas acciones cometidas por él y sus hombres, pues no es el modo de actuar que quiero para esta expedición. Y si no hubiese sujetado bien la lengua, la hubiese perdido ahí mismo. He usado a Melchorejo para hablar con los caciques y decirles que no nos tengan miedo. Han vuelto al poco con alguna gente al pueblo que ahora anda entre nosotros como si toda su vida nos hubieran tratado y he ordenado que no se les haga enojo ninguno. De seguido les he preguntado si saben si están aquí o saben dónde paran los náufragos españoles y los caciques me han dicho que aquí no, que están en Yucatán. Así que he ordenado a Ordás que se acerque con dos naves con cartas mías y que espere noticias en la playa ocho días. También he despachado con más cartas mías a unos indios que cruzan en canoa al Yucatán. En todas les digo a los cristianos que pueda haber en estas tierras que les espero en esta isla de Santa Cruz y que los indios llevan cuentas verdes para el pago de su rescate. Se ha desembarcado todos los caballos, que han pisado la playa inseguros tras estos días de navegación y espantado a los naturales, porque los necesito alerta y cerca mía por si los naturales que se esconden en la selva nos atacan.

Dos capitanes salieron de descubierta por la isla y, después de cuatro días, han regresado sin haber hallado a nadie. Está claro que los demás se esconden como fantasmas en la selva porque no se fían de nosotros, así que he llamado de nuevo al cacique local. Le he dicho por Melchorejo que diga a los demás jefes que no venimos a hacerles mal alguno, sino a decirles que vengan al conocimiento de nuestra santa fe, para que sepan que tenemos por señores a los mayores príncipes del mundo que aún obedecen a un mayor príncipe que ellos, que solo queremos que obedezcan también a nuestras altezas, que haciéndolo así serán muy favorecidos y no habrá quien los ataque pues serán defendidos por nosotros. El cacique ha enviado llamar a todos los principales de la dicha isla, que esta vez sí que han venido y atendido de todo lo que les ha dicho el señor de la isla.

He visto que Ordás había regresado y se acercaba a la playa en un bote. Cuando le pregunté me dijo que nadie se les ha acercado ni hecho señales desde la playa. «¿Y no se le ha ocurrido a V.M. desembarcar y explorar?». «No». No sé qué tipo de cagalindes vienen conmigo. Berrio ha denunciado el robo de comida cometido por siete hombres y he ordenado que los azoten cien veces y, si reinciden, que pierdan una mano». Me ha llamado la atención ver que los indios quemaban incienso en lo alto de un adoratorio donde había unas extrañas figuras y me he acercado a ver qué eran. Un indio viejo vestido con unas mantas parecía estar predicando y soltando un sermón. Le he preguntado a Melchorejo por lo que decía y me ha dicho que todo eran cosas malas. Al punto, he ordenado llamar al cacique, a todos los principales y al tal predicador. La lengua les tradujo mi discurso; si desean ser nuestros hermanos, deben quitar estos espantosos ídolos que son muy malos, les hacen pecar, no son dioses y van a enviar al infierno sus almas. Han de sustituirlos por una imagen de Nuestra Señora y una cruz de la Verdadera Fe. Como he visto que se negaban y no se atrevían a hacerlo, he ordenado a mis hombres trepar y echarlos gradas abajo y traer mucha cal para limpiar todas las costras de sangre y adecentarlo y hacer un altar y una cruz. Tras ello, Juan Díaz ha celebrado Misa.

XIX

Aquí hemos terminado. Estoy triste y decepcionado por no haber hallado a los cristianos cautivos. He mandado embarcar a hombres y caballos. Mañana partimos. Nos hemos despedido del cacique y de los principales, encomendándoles cuidar y reverenciar la imagen de Nuestra Señora y la Cruz y que todo lo tuviesen siempre limpio y enramado.

Embarcados así en las once naves, hemos largado velas y con muy buen tiempo íbamos a nuestra derrota en conserva cuando, desde una nao, nos han dado grandes voces y disparado una salva de aviso. Al oír el tiro desde la borda de la aleta de estribor, he visto arribar a un navío que se volvía a Cozumel. El soldado Luis de Zaragoza me dijo que se trataba del navío de Escalante, el que llevaba casi todo el pan cazabe, que estaba haciendo agua, y me dije; reza a Dios que no tengamos algún desmán. Así que ordené al piloto Alaminos que hiciese señas a todos los navíos para que arribasen de vuelta a Cozumel. Hemos hallado la imagen de Nuestra Señora y la Cruz donde las dejamos, todo muy limpio y puesto incienso, y nos alegramos. Luego ha llegado el cacique y demás principales a preguntarnos que por qué volvíamos, que ellos seguían siendo buenos, y les dije que hacía agua un navío y le queríamos dar carena. Les pedí que ayudasen a los bateles a sacar el pan cazabe de la nave y así lo hicieron.

Mientras se iniciaba la reparación del casco y nos organizábamos para salir de caza por la isla con unos cuantos, he visto que llegaba a la playa una gran canoa con ocho indios, así que mandé a Tapia que se acercase con dos soldados y que tomase cuidado. Al rato, uno de los soldados se me viene corriendo: «¡Ha venido un español en la canoa!». Así que me acerqué. Ante mí vi arrodillado en la arena a un indio muy moreno, con el pelo cortado a la manera de esclavo, con un remo al hombro y envuelto en una manta vieja: «¿Qué broma es esta, Tapia? ¿Dónde está ese español que me decís?». Seguía señalando al indio, que empezó a hablar en un español mal mascado y peor pronunciado. «Yo soy», dijo. «¿Cómo os llamáis? ¿De dónde sois? ¿Cuánto tiempo lleváis aquí?». «Me llamo Jerónimo de Aguilar y soy de Écija. Soy licenciado y sacerdote y volvía del Darién a La Española, cuando las diferencias entre Enciso y Valdivia. Hace ocho años que diecisiete españoles naufragamos y llegamos a estas costas. He sido su esclavo todo este tiempo». «¿Dónde están entonces los demás, decidme? (Caí en la cuenta de que era el hijo de la anciana que vino al real a verme, pero preferí callar en ese momento, ya se lo contaré más adelante, llegado el caso)». Me contó que todos fueron muertos, menos él y otro que se llama Gonzalo Guerrero, que es de Palos y hoy está casado con una india con la que tiene tres hijos. Que habló con él, pero que no quiso abandonarles. Extraño comportamiento para un cristiano el no querer volver a casa. Le dije que se aseara y descansase y le pedí a Tapia que le diese mejor ropa. Me quedé atónito al ver que Jerónimo se despedía de los indios en su lengua y estos se regresaban a la canoa. «¿Habláis su idioma?». «En estos años lo he aprendido». «Pues desde ahora os quiero siempre a mi lado». «¿Y a dónde se dirige vuestra excelencia, vuelve a Cuba o a Jamaica?». «No, por ahora, esta es una expedición a Yucatán». «¿Qué sabéis de un poderoso reino al oeste?». «Es un reino guerrero que reclama tributos a estos mayas y otros pueblos; cacao, plumas, sal, conchas y prisioneros para matar en espantosos e inhumanos rituales». «¿Los habéis presenciado? ¿Por qué hacen tales cosas?». «Los he visto, sí, y he entendido que temen que sus dioses impidan que el Sol salga de nuevo si dejan de hacerlas». Yo, de momento, ya le agradezco al Nuestro la merced que me hace al dejarme disponer de esta poderosa herramienta para comunicarme con los naturales.

Por la noche, más sosegado y aseado y vestido como un verdadero cristiano, Jerónimo me ha contado que su cacique recibió mi carta y las cuentas verdes y decidió liberarle. Inmediatamente salió corriendo en búsqueda de Gonzalo, soldado en Granada y Nápoles, que viajó en 1510 con Diego de Nicuesa, que ya andaba en rivalidades con Alonso de Ojeda, a La Española. Me dijo que pensaba que su condición de hombre santo le había salvado ese día de ser devorado en la playa como todos los demás. En cuanto a Gonzalo, sin duda, fueron sus habilidades militares las que enseguida llamaron la atención al cacique. Con los años se había convertido en *nacom* —capitán— al servicio del cacique maya de Chetumal, Na Chan Can, cuya confianza se ganó gracias a sus dotes guerreras y a su sentido de la estrategia, y se integró en la vida y cultura de los mayas. Vestía como un indio, llevaba agujereadas las orejas y el labio inferior, había adoptado todas las costumbres y estaba casado con la princesa Zazil Há, con la que tenía tres hijos, los primeros mestizos oficiales de Tierra Firme. En vano trató de convencerle para venir a nuestro encuentro. Le dijo que era muy feliz allá y no deseaba regresar. Solo sabe Dios cómo habrá perdido la sesera este muchacho para renunciar a volver con nosotros sus hermanos cristianos. Cuando Jerónimo me ha preguntado si sabía algo de su madre le he dicho que no la conocía, no tiene sentido hacerle sufrir con ello ahora si no vamos a regresar a Cuba. He ordenado de nuevo a los capitanes recoger a su gente y embarcar.

XX

Hoy cuatro de marzo de 1519, tras oír misa y dar gracias a Dios por el primer milagro de sumar a la expedición a Jerónimo de Aguilar, hemos salido de Cozumel hacia Boca de Términos, al mismo punto donde llegó Alaminos con Hernández de Córdoba y Grijalva. Esta isla de Santa Cruz de Puerta Latina ya no puede ofrecernos más y los bastimentos andan escasos para todo lo que esta gran Armada necesita y estas gentes ya no pueden darnos más agua ni alimento. Al cabo, hemos descubierto que nos faltaba la nave de Velázquez de León. He dado orden a la escuadra de ponerse al pairo a esperarle. Como a mediodía aún no nos había alcanzado, Alaminos ha dicho que seguro que había buscado refugio en alguna rada cercana, así que hemos desandado el camino y la hemos hallado atrapada en las corrientes donde sospechaba el piloto mayor, avergonzando con ello al piloto Álvarez el Manquillo. Mientras Alaminos sacaba el barco de la corriente, he mandado a Lugo de descubierta en dos bateles con hombres armados a una pequeña isla que ha encontrado vacía, salvo por unas extrañas figuras de mujer, así que ha llamado al sitio Punta Mujeres. Ordené también a Escobar el Paje, que lleva una nao muy velera, que se adelantase a la armada hasta Boca de Términos y mirase si era buena tierra para poblar, que nos dejase señal, quebrase árboles en la boca del puerto o nos dejase una carta donde la pudiéramos encontrar para hacernos saber si había entrado o aguardaba al resto de la armada barloventeando en la mar. Tapia ha pescado un tiburón al anzuelo y, al abrirlo, ha hallado en su estómago más de treinta tocinos de puerco, un queso, dos o tres zapatos y un plato de estaño, que por lo visto se cayeron de la borda del San Sebastián de Alvarado. Con un buen terral hemos llegado a Boca de Términos, pero no hemos encontrado allí a Escobar. He mandado a tierra a un batel con diez ballesteros y han encontrado árboles cortados y una carta clavada en ellos donde Escobar dice que es buen puerto, que ha visto mucha caza y que se vuelve a embarcar a ponerse al pairo a esperarnos. El piloto Alaminos cree que algún viento sur les ha metido lejos en la mar, así que he ordenado izar velas para ir a buscarle. De seguido le hemos encontrado y la Armada sigue pues completa. Me ha contado Escobar que cuando desembarcaron en la isla del Carmen, para su sorpresa, se les llegó corriendo una lebrela que debió abandonar en la playa Hernández de Córdoba o Grijalva, que nadie lo recordaba bien, gorda y lucia, moviendo el rabo, loca de contenta, que luego salió ella sola de caza, les llevó unos conejos y la han subido a bordo. Es buen augurio saber que nuestros perros son capaces de sobrevivir por su cuenta. Hemos alcanzado el pueblo de Champotón, en la costa de la Mala Pelea, el malhadado sitio donde le mataron a Hernández de Córdoba cincuenta y seis españoles y le dieron feroz batalla también a Grijalva. Los señores soldados me han suplicado desembarcar para darles una buena mano a los locales, pero Alaminos y los demás pilotos me han dicho que si parábamos ahí, no podríamos salir antes de ocho días por culpa de los vientos contrarios y que ahora que llevábamos buen viento, en dos días o así podríamos llegar a la boca del Río Grijalva. Así que, sintiéndolo mucho, les he dicho que tendríamos que dejarlo para otra mejor ocasión. Hombres y bestias ya están hartos de ir embarcados. Mañana llegaremos a Río Grijalva y bajaremos a tierra. Los veteranos de las dos anteriores expediciones han ido aleccionando al resto de las compañías durante el viaje. Todo está dispuesto.

XXI

A doce de marzo llegamos al río Grijalva, que se dice aquí Tabasco. Con la sonda y el escandallo hemos visto que el calado era poco profundo y el fondo de arena y conchas y así fondeamos fuera de la bocana. En la orilla ya nos esperaban miles de indios que no parecen en nada sorprendidos al vernos, antes, al contrario, que todos lucen muy agresivos, con sus armas y plumajes. Son muchos, demasiados. Mandé bajar hombres y ciertas piezas de artillería a los bateles y remamos hasta la Punta de Palmares, a media legua aguas abajo de un pueblo de casas de adobe y paja, con cercados de madera de gruesa pared y almenas y troneras para flechar y tirar piedras y varas. Por medio de Jerónimo, pedí a los indios que nos salieron a recibir en canoas que nos recibieran bien. Les dije que no veníamos a hacerles mal, sino a tomar agua dulce y a comprarles alimentos, que teníamos buena necesidad de ellos, que se los pagaríamos y nos iríamos. Se fueron en sus canoas y volvieron con panes, fruta y ocho gallipavos. Como era poca provisión para tanta gente como íbamos en la Armada les pedí que nos trajesen más comida o nos permitiesen ir al pueblo a abastecernos. Me pidieron una noche para dar respuesta y así hemos hecho campamento en una isla del río.

Después de oír misa con Olmedo, con las armas y bagajes a punto, sin recibir respuesta alguna de los indios, subimos río arriba hacia el pueblo mientras Alonso de Ávila, con cien soldados, entre ellos diez ballesteros, nos cubría a pie por el caminillo de la ribera. La orilla estaba llena de indios de guerra con todo género de armas que ellos usan, tañendo trompetillas y caracoles y atabalejos y otros nos salían en canoas gritando que nos detuviésemos, cosa que hicimos. Ordené parar y no soltar ballesta ni escopeta ni tiros. Y, como en todas las cosas legales convenía ir muy justificado, les leímos el Requerimiento a través del escribano del rey, Diego de Godoy, y la ayuda de Jerónimo, mientras ya nos llovía alguna que otra flecha y vara alrededor. Ninguna acción ofensiva puede tomarse —así lluevan flechas o chuzos de punta— mientras no se les lea a los naturales de estas tierras este documento jurídico redactado a partir de las Leyes de Burgos de 1512 por el jurista Juan López Palacios Rubios. Se les leyó a los indios el título de propiedad de los Reyes Católicos sobre estas tierras, la bula Inter Caetera de 1493 por la que Alejandro VI había partido el mundo en dos hemisferios; portugués y español. Después, se les contó las ventajas de hacerse súbditos para, luego, enumerarles las consecuencias de negarse a ello. El momento fue de mucha tensión; yo no me había visto antes en ninguna como esta. Pues bien, no nos hicieron ni caso y comenzaron muy valientemente a flecharnos, llamado a guerra con los tambores y venido todos muy esforzados contra nosotros, rodeándonos con las canoas. Era tanta la rociada de flecha, que nos pararon en el río cuando aún llevábamos el agua por la cintura. Como todo el fondo era fango, y no podíamos salir rápido, perdí una alpargata y llegué medio descalzo a tierra mientras todos arremetíamos apellidando a Santiago. Envueltos así con ellos, les llegó por detrás la columna de Alonso de Ávila desde los palmares y ya por fin entre todos les hemos empujado hasta un gran patio donde había unos aposentos y salas grandes y han salido huyendo. Mi primera victoria, una escaramuza en realidad, y espero que haya más. Tomé posesión de aquella tierra en su real nombre para su Majestad, dando tres cuchilladas con la espada a un árbol grande que se dice ceiba.

Esta mañana ordené a Alvarado hacer una descubierta de hasta dos leguas de aquí con cien soldados y quince ballesteros y escopeteros y que se llevase a Melchorejo con él. Cuando ha ido a buscarle resulta que el maldito indio había huido y su ropa estaba tirada en el suelo. Esto podría ser un serio problema si les cuenta a los otros indios cosas que no debe. Otra batida que había salido en la otra dirección al mando de Lugo, con cien soldados y doce ballesteros y escopeteros cayó en una emboscada y nos envió una petición de auxilio con un indio de Cuba, gran corredor, mientras se replegaba en perfecto orden de combate. Alvarado se había encontrado con muy mal terreno y había preferido dar la vuelta a tiempo de oír a Lugo disparar para defenderse y ha ido en su auxilio para volverse juntos. Aquí tampoco nos estábamos aburriendo precisamente, también nos estaban atacando para cuando llegó el cubano de Lugo. Salimos en su busca y en media legua encontramos a las dos columnas y volvimos todos juntos al real. Comprobamos entonces que habíamos sufrido las dos primeras bajas, soldados de la compañía de Lugo, además de once heridos, por quince muertos de ellos y traernos a tres prisioneros. Uno era un principal que nos contó que Melchorejo les había aconsejado que nos atacasen de día y de noche, que éramos muy pocos. Ya verá ese bellaco cuando le eche la mano encima. Como vi que los indios no paraban de aumentar en número ni de agruparse y que no nos daban tregua ni respiro, ordené bajar a tierra a los caballos desde los barcos y mantenerlos escondidos, pues estaba seguro de que nos iban a hacer falta pronto. Pisaron la arena torpes y temerosos, piafando, de puro mareo que llevaban los pobres. Les hemos vestido con los pretales de cascabeles, pues necesitamos que hagan el mayor ruido posible, tal y como hacíamos en La Fernandina hace unos años. Tres de ellos no terminaban de recuperase y los otros trece los he repartido entre los mejores jinetes: Olid, Alvarado, Portocarrero, Escalante, Montejo, Ávila, Velázquez de León, Morla, Lares, Domínguez, Morón, Trujillo y yo mismo. La orden es no parar de lancear hasta haberles desbaratado y pasar las lanzas por los rostros. Ordás se me ha enfadado un tanto al quitarle su yegua (el muchacho es bastante torpe montando y no estamos aquí hoy para inventos) y mandarle junto a los soldados, ballesteros y escopeteros de Mesa, que ya tenía los tiros muy a punto. Tras el toque de oración enterramos a los dos caídos. He visto a los hombres y caballos muy inquietos porque saben que ocurrirá mañana una batalla, pues notan en el aire que ya se vienen los indios a nosotros. Como los tambores y los ruidos de la selva no nos ayudan precisamente a reposar el ánimo, he tenido que ir tienda por tienda a hacerlo; no hemos venido aquí a morir a las primeras de cambio *«¿Cómo puede venir nada bueno si no volvemos por la honra de Dios, es decir, si no cumplimos en seguida con nuestro deber de cristianos y civilizadores?»*. Dios sabe bien que es mi primera batalla y a Él le pido que no sea la última, ni la de mi ejército.

XXII

Tras misa, hoy dieciséis de marzo, ordené el despliegue en unos prados que dicen de Centla, con piqueros e infantes delante, Mesa y la artillería al centro. Los de los caballos dimos un rodeo por unas ciénagas detrás de los árboles a mano izquierda, para ocultarnos a su vista y tratar de sorprenderles por el flanco, cuando ya aparecían al frente cinco escuadrones de indios, con grandes penachos y caras blancas, tocando tambores y trompetillas, con grandes arcos y flechas, lanzas, rodelas, espadas como montantes de a dos manos, muchas hondas de piedra y varas tostadas, y cada uno con su pecho acolchado con algodón. Bueno, el caso es que nos perdimos en la selva y casi llegamos tarde a la batalla. Así que Mesa y Bernal me han tenido que hacer después el relato; que se les echaron encima tan rabiosos lanzando tanta vara y piedra que nos mataron a un peón de un flechazo en el oído e hirieron a otros setenta, que los nuestros no hacían sino diezmarlos con los tiros, escopetas, ballestas y grandes estocadas, que una vez aprendieron lo que era el acero ya no se acercaban tanto, pero que les seguían lanzando varas y piedras y arremetiendo. Para cuando conseguimos salir de la selva con los caballos, muy angustiados porque oíamos los tiros y los alaridos de unos y de otros, el prado ya estaba cubierto de indios muertos, regado de su sangre y envuelto en el humo de la pólvora, les acometimos —«¡Santiago y a ellos!»— sorprendiéndoles por la espalda y alanceado una y otra vez a placer sus filas mientras veíamos el espanto en sus caras, pues de seguro que no sabían bien qué cosa éramos, pues si hombre, animal o centauro, hasta que, empujados por un lado por los caballos y por el otro los peones, han abandonado el campo y huido a los bosques, dejando atrás heridos y armas. ¡Victoria! Nos reunimos todos debajo de unos árboles cerca de las casas, dando gracias a Dios y al señor Santiago por habernos dado aquella victoria tan cumplida. Y como era el día de Nuestra Señora de Marzo, le llamamos a la villa Santa María de la Victoria. Teníamos tres jinetes y cinco caballos heridos y a todos les hemos apretado bien con paños y quemado las heridas con la grasa de un indio gordo muerto al que abrimos el vientre porque no llevábamos aceite. En los prados he visto que quedaban más de ochocientos muertos, los más de estocadas y otros de tiros, escopetas y ballestas. Hemos prendido a cinco indios, dos de ellos, capitanes. Como ya era tarde, estábamos hartos de pelear y aún no habíamos comido nada, nos volvimos al real. Después del toque de oración enterramos a los dos soldados que murieron heridos en la garganta y el oído, y ordenado la guardia con los perros.

He liberado a los cinco prisioneros que les hicimos y entregado cuentas verdes y azules. A través de Aguilar les pedí que le dijesen a los caciques que viniesen a hablar conmigo, que les queremos tener por hermanos, que no nos tengan miedo por aquella guerra de la que solo ellos tenían culpa. Nos han enviado esclavos suyos con las caras tiznadas de negro, con gallinas y pescado asado y pan de maíz y les hemos agradecido la comida y mandado de regreso a las aldeas con más cuentas azules y el mensaje de que si querían de verdad la paz, que vinieran en persona los caciques. Creo que les temen mucho a los caballos —deben pensar que ellos solos hacen la guerra— y a las bombardas. Así que ordené que me trajesen la yegua de Juan Sedeño, la que parió el otro día en el navío, para tenerla atada cerca. Después, cuando estuviésemos reunidos, que me llevasen el caballo de Ortiz el Músico para que oliese a la yegua y que preparasen el tiro mayor con buena pelota y bien cargado de pólvora, y estuviesen atentos a mi señal. A mediodía se presentaron en el real cuarenta caciques, con buenas maneras y mantas ricas, y nos saludaron. Traían sus inciensos y nos ahumaban con ellos a cuantos allí estábamos, nos han pedido perdón por lo ocurrido y dijeron que de allí adelante serían buenos. Les he respondido enojado por medio de Aguilar, que ya habían visto cuántas veces les había requerido la paz, que ellos tenían la culpa de todo, que ahora se merecían que matásemos a cuantos quedaban en todos sus pueblos, que somos vasallos de un gran rey y señor que nos ha enviado a estas partes, que es el rey don Carlos, que nos ha mandado que ayudemos y favorezcamos a todos los que entren a su real servicio, y que si no lo hacen soltaremos los truenos, que aún están enfadados. En ese momento, hice la señal para que disparasen la bombarda, que ha hecho su buen ruido y mandado la piedra zumbando por los montes con gran ruido. Ya tenía a los caciques espantados cuando me han traído al caballo. Este olió a la yegua, empezado a patear y relinchar, y han creído que lo hacía por ellos. Me levanté de la silla y me acerqué al caballo, hablándole y acariciándole, y mandé que se lo llevasen. A los indios les dije que se calmasen, que les había dicho a los truenos y a los caballos que estuviesen tranquilos, que los indios ya se iban a portar bien. Los indios, demudados, asentían.

Hoy vinieron de nuevo muchos caciques y principales de aquel pueblo de Tabasco y de otros cercanos haciéndonos mucho acato, trayendo presentes de oro, mantas y veinte esclavas. Les he agradecido los regalos y pedido que se volviesen todos al pueblo para conocer la paz, que dejasen sus ídolos y sacrificios pues solo hay un Dios verdadero y me prometieron que así lo harían. Pregunté a los caciques que por qué nos habían dado la guerra y me dijeron que el cacique de Champotón se lo pidió y que tuvieron que hacerlo para no ser tomados por cobardes y que un indio que traíamos con nosotros y escapado también se lo había aconsejado. Melchorejo. Les pedí que me lo trajeran, pero me dijeron que había tratado de escapar y fue capturado y muerto por dar malos consejos. Mejor, un problema menos. También les pregunté de qué sitio traían ese oro y me respondieron que Culúa y México, señalando a poniente. Culúa era el reino del que Alvarado me contaba. Le vi sonreír, gatuno, como diciendo «¿Lo oyes?, no te engañé». Cuando indagué la razón de traernos a esas mujeres, me dijeron que estaban muy extrañados de vernos ir sin las nuestras, pues no sabían quién nos molía y cocía el pan de cada día y nos lavaba la ropa. Pues bienvenidas sean. Ordené a los carpinteros Yáñez y López que hiciesen una cruz muy alta en una ceiba, cuya corteza suele reverdecer, y bajo ella fray Bartolomé de Olmedo ha celebrado la misa, bendecido la fundación de esta nueva ciudad de Santa María de la Victoria y bautizado a las veinte mujeres. Las he repartido entre mis capitanes y soldados de calidad.

XXIII

Domingo de Ramos. De buena mañana habían llegado todos los caciques y principales en sus canoas, con sus mujeres e hijos, y nos esperaban en el patio, donde habíamos dispuesto la cruz y el altar con muchos ramos cortados. Mis capitanes y yo entramos en procesión en el recinto detrás del mercedario Olmedo y del clérigo Juan Díaz. Se cantó misa y adoramos y besamos la Santa Cruz, con todos los indios mirándonos. Después, se han acercado los principales para darnos diez gallinas, pescado y otras legumbres. Nos despedimos de ellos después de encomendarles que mantuviesen muy limpias y reverenciasen a la santa imagen y santas cruces, que con ello hallarían mucha salud y buenas cosechas. Hemos embarcado todos para salir a navegar mañana hacia San Juan de Ulúa, justo donde llegó Grijalva y adonde pensamos llegar en un par de días. Bernal me ha ido describiendo la costa durante la navegación; «Señor, allí queda la rambla, que en lengua de indios se dice Ayagualulco y ese el paraje que se dice San Antón, y eso de más adelante es el gran río de Guazacualco». Juntos hemos visto el espectáculo de esos extraños pájaros pardos que tienen una gran bolsa bajo el pico; se dejan caer en la mar como si hubiesen sido abatidos por un tiro de escopeta, para salir después con ese extraño pico rebosante de peces. Me ha señalado la sierra nevada que vio el soldado San Martín por encima de las nubes cuando todos pensaban que estaba borracho. También la roca partida y el río de

Alvarado, el que subió Pedro cuando iba con Grijalva, y luego el río de Banderas, donde rescataron dieciséis mil pesos de oro. Y por fin, la isla Blanca, la Verde y la de los Sacrificios, en la que hallaron los altares con esos pobres indios destripados. Nada me quita la sensación de estar siendo continuamente espiado desde la costa por estos salvajes. Hemos de tener cuidado.

XXIV

Hoy, Jueves Santo de la Cena, llegamos a mediodía a San Juan de Ulúa. Alaminos engalanó la nao capitana y a la media hora los vigías gritaron que se aproximaban dos canoas cargadas con muchos indios. Fuimos todos al castillo de proa para conocer qué intenciones traían. Con los arcabuces apoyados en la borda y las mechas encendidas, Aguilar empezó a hablar con ellos, que abrían los brazos en señal de incomprensión. El guerrero al mando respondió y Aguilar tampoco le entendió. Y si no le entendía Jerónimo, que era nuestro intérprete oficial y esa habilidad nos había vendido, menos aún los demás. «¡Pues sí que empezamos bien!». Estaba seguro de que iba a poder comunicarme con ellos y esto es un desastre. Andaba pensando ya el número de azotes que iba a darle a Aguilar por liante, cuando se me acerca resuelta una de esas indias morenas que nos dieron en Centla, casi una niña, me da un caderazo para hacerse hueco en la borda, se asoma, les habla, los indios embarcados le responden y empieza a fluir la conversación. «Jerónimo dígame qué dicen». «Ni idea». «Coño, pues pregúntele a la india, que ella sí les entiende». Ah. Muy espabilado tampoco es. O los años de aislamiento lejos de otros cristianos. La india le dijo que hablaban la lengua de sus padres y que querían hablar con el jefe de la casa flotante. Cierto, este cascarón es nuestro hogar. Les invité a subir a bordo y le dije a Jerónimo que luego me contase más de esa india. Portocarrero me miró extraño y entonces recordé que era la que habíamos bautizado como Marina y que le había regalado. Entendí en seguida. Hablaron los unos con los otros y la canoa se nos abarloó. Los indios treparon a la nave, tanteando inseguros la cubierta con los pies, donde ya estaba expectante toda la tripulación reunida. Yo, con un intérprete a cada lado. Marina esta vez no esperó a mi curiosidad para preguntarles, iba lanzada. Los indios le preguntaron si era mi criada y les dijo que todos eran nuestros criados, que éramos grandes y poderosos. Le pidieron que no usásemos contra ellos esos dioses que arrojan fuego y muerte. ¿Dioses? ¡Ah, los tiros! Les dije que quedasen tranquilos. A través de esta doble y lenta traducción, que me ahorro trasladar aquí al papel, conseguimos trasladar nuestros comunes deseos de paz e intercambiar regalos y así los mensajeros se marcharon muy contentos. Nos aseguraron que al día siguiente volverían con comida a la playa, saltaron a sus canoas y se marcharon. Me llevé a Jerónimo y a Marina a mi camareta y les dije que los quería a los dos en todo momento a mi vera. Dios nos ha vuelto a sonreír al proveernos de otra herramienta para conocer bien estas tierras: Marina. Junto a Aguilar, podremos comunicarnos con los naturales. Jerónimo me ha contado después que es hija de los caciques de Painalá. Cuando su padre murió, siendo ella muy niña, su madre se casó con otro cacique con el que tuvo otro hijo. Como querían darle a este el cacicazgo y la niña les estorbaba, una noche la vendieron a unos indios de Xicalango y contaron en la aldea que había muerto. Los de Xicalango la vendieron a los de Tabasco y estos nos la regalaron después de la batalla de Centla. Una superviviente. He tenido que decir a Portocarrero que tendré que buscarle otra india para retozar. Otra vez me ha mirado mal. Otra duda que de pronto me asalta es hasta qué punto podré confiar en la exacta traducción de estos dos, provenientes de mundos tan distintos. Son capaces de liarme una buena.

XXV

Viernes Santo de Dolor. Desembarcamos a todos los hombres, puesto a seguro los caballos y emplazado la artillería en baterías, según dispuso Mesa, que ha repartido pólvora y pelotas. Los hombres se han puesto a construir cabañas de madera para los capitanes, mientras ellos van a dormir al raso en la arena. A este primer establecimiento hemos decidido llamarle Villa Rica de la Veracruz. Repartimos las guardias y los puestos para los centinelas, con los perros muy atentos. No queríamos tener ninguna mala sorpresa en esta primera noche en tierra, lejos de la protección de los barcos. Ahora caigo que los fenicios no arriesgaban tanto de primeras y se quedaban a suficiente distancia de la costa. También se ha construido un altar para celebrar misa y recordar la muerte de Nuestro Señor Jesucristo en la cruz, que se sacrificó para expiar los pecados de los hombres.

Hoy, sábado, víspera de la Pascua de la Santa Resurrección, han venido muchos indios en nombre de un principal llamado Pitalpitoque. Nos han traído regalos; mantas, gallinas, pan de maíz y joyas de oro. Dijeron que vendrán mañana con él para traernos más bastimento. Se lo hemos agradecido mucho y dado ciertas cosas de rescate; piedras verdes y azules y espejuelos con los que se fueron muy contentos.

Domingo de Resurrección. La guardia nos avisó de la llegada de unos embajadores, acompañados de decenas de indios con comida y regalos. Han llegado desarmados y entrado al campamento, con toda la guardia prevenida, no fuese esto una trampa. Era el tal Pitalpitoque, acompañado por otro principal, Tendile, que dijo hablar en nombre de su gran señor Moctezuma. No es la primera vez que oímos tal nombre y eso nos confirma que al oeste existe un gran reino. Llegaron justo a tiempo de acompañarnos durante la Santa Misa, que iba a celebrar Díaz, mientras Olmedo cantaba. Tras ello, nos sentamos a comer con los nativos y mantuvimos una agradable conversación a través de los dos intérpretes y nos intercambiamos regalos. Nos contaron que eran los gobernadores de las provincias de Cotustan, Tustepeque, Guazpaltepeque y Tataltelco y de otros pueblos que tienen bajo control en nombre de ese gran señor Moctezuma. Les dijimos que éramos cristianos y vasallos del mayor señor que hay en el mundo, el rey don Carlos, que tiene por vasallos y criados a muchos otros grandes señores y que quería conocer a su señor, a lo que Tendile me replicó: *Acabas de llegar y ya le quieres hablar. Toma mejor este presente que te traemos en su nombre y ya me dices lo que quieres decirle.* Los regalos eran muchas piezas de oro, diez cargas de ropa blanca de algodón y de pluma, y mucha comida, gallinas, fruta y pescado asado. Les dimos a cambio cuentas torcidas y otras cosas de Castilla y pedimos que avisaran a todos en sus pueblos para que viniesen a cambiarnos oro por esas cuentas de colores con nosotros y así quedaron en hacerlo. Ordené que me trajeran la silla de cadera con la medalla de oro de San Jorge y le dije a Tendile que se la llevase a su señor junto a un gorro y cuentas de colores que le mandaba nuestro rey en señal de amistad y que me indicase día y sitio para irle a ver. Tendile los recibió con cara rara y me dijo que su señor Moctezuma es también un gran señor, y seguro que le encantará conocer a nuestro gran rey, que le llevará ese presente y que me traerá respuesta. Venían con ellos grandes pintores que, tras pedir permiso, se dedicaron a pintar mi cara, la de todos mis capitanes y soldados, caballos, navíos, Marina y Aguilar, lebreles, tiros y pelotas, y todo el ejército que traíamos, para que su señor Moctezuma lo viese. Le pedí a los artilleros que cebasen bien las bombardas con un buen golpe de pólvora para que hiciese gran trueno, y los gobernadores y todos los indios se espantaron de ver y oír cosas tan nuevas para ellos. Ordené a Alvarado y a todos los de a caballo que se aparejasen con pretales de cascabeles para que aquellos criados los viesen correr por la playa y cabalgué junto a ellos. Tendile le tomó el casco a un soldado, medio dorado y mohoso, que igual había participado en la toma de Granada, y que le recordó a algo de sus antepasados, pues lo llevaba su dios Huichilobos, y que a Moctezuma le gustaría ver. Le dije que podía enseñárselo, pero que me lo devolviese lleno de oro para enviarlo a nuestro rey, pues tenemos cierta dolencia en el corazón que solo la cura el oro. Después de todo esto, Tendile se despidió de todos nosotros y dijo que volvería con la respuesta con toda brevedad. Pitalpitoque se ha quedado con nosotros, un poco apartado del real, con su séquito y mujeres que le hacen su pan de maíz, gallinas, fruta y pescado. Está claro que lo hace para espiarnos, pues los pintores que se quedaron lo siguen dibujando todo y los mensajeros salen corriendo a cada poco con los dibujos.

Los alanos comenzaron a ladrar y se dio la voz de alarma. Se llegaron al real varias columnas de indios, dijeron que por orden de Tendile, que nos traían más oro de las aldeas cercanas a cambio de nuestras cuentas azules y verdes de vidrio por ellos tan apreciadas. Todos contentos. Negocio redondo. Veo a Marina caminar por el real junto a Jerónimo de un lado a otro todo el día, ella siempre muy curiosa y preguntando por todo, me parece se llevan bien y me digo si sabrán lo principales que son para esta expedición.

XXVI

El contador, Alonso de Ávila, y el tesorero, Gonzalo Mejía, llevan varios días metidos en mi cabaña sin ver el Sol, anotando y describiendo cada regalo que recibimos de los locales, separando y guardando en la caja de caudales el quinto correspondiente al rey. Los capitanes me han comentado en consejo que los soldados se quejan de los mosquitos de estos arenales, zancudos y chicos, que les acribillan y no dejan dormir. Se han reportado casos de hombres con extrañas fiebres. Tal vez este no sea el mejor sitio para poblar. Y, mientras esperamos la vuelta del jefe Tendile, la guardia sigue bien atenta y el resto de los hombres descansa en la arena, o sale de pesca y marisqueo, cuando no entrena con las armas. Me ha dicho Alvarado que han cazado un extraño y torpe dragón, que han asado en la playa y que le ha sabido a pollo.

Ha regresado hoy Tendile acompañado de otro principal y cien indios porteadores cargados de regalos. El otro se llama Quintalbor y es clavado a mí. Los capitanes de seguida han comenzado las chanzas en el real: «¿Qué Cortés? ¿El nuestro o el suyo?». Nos compartieron el mensaje de Moctezuma, que enviaba saludos y un regalo de piedras preciosas para nuestro rey y decía que estaba muy contento de recibir a tan esforzados caballeros —nos llamó teules— que de tan lejos veníamos y que nos servirá en todo lo que necesitemos mientras estemos aquí en la playa. Y, en eso, comenzaron a desfilar los indios por la tienda, soltando sobre las esteras todo lo que cargaban, todo brillante, todo dorado...: una rueda de oro tan grande como de carreta y otra, aún más grande, de plata. El casco que se llevó del soldado ahora venía lleno hasta el borde de pepitas de oro, y miles de figuras de animales también de oro, y plumas y cargas de ropa de algodón... Me dio tal apuro recibir así tamaño tesoro que ordené entregarles lo más vistoso que llevásemos; una copa de cristal florentino, labrada y dorada, con muchas arboledas y monterías que estaban en la copa, y tres camisas de Holanda y otras cosas, les agradecí los presentes, solicité de nuevo entrevistarme en persona con Moctezuma y partieron con mi petición.

Despachados los embajadores de vuelta a Culúa, he ordenado a Montejo tomar dos naves y buscar otro fondeadero más al norte, que sea más salubre que este cenagal, porque yo también estoy harto de estos dichosos mosquitos. Le di diez días para encontrarlo y le advertí de no entrar en disputa con la gente de Garay, el gobernador de Jamaica, pues podría topársela, y que se llevase a Alaminos y a Manquillo, que ya conocían esas aguas de ir con Grijalva y podrían aconsejarle en escoger un mejor puerto.

XXVII

Hace ya un par de días que los indios de Pitalpitoque no nos traen comida al real, así que he ordenado a los capitanes mandar a sus hombres salir a pescar y mariscar. Me comentan los jefes que tampoco han traído nada de oro para rescatar. Les digo que estén todos bien atentos hasta que regrese Tendile.

Cosa que ha hecho hoy mismo, junto a Pitalpitoque. Han traído mantas y plumas y cuatro piedras preciosas verdes para nuestro rey, chalchihuites han dicho que se llaman. Esmeraldas como soles verdes. Nos hemos reunido en mi cabaña, con las lenguas, y nos dijeron que Moctezuma ha holgado mucho de nuestros regalos, pero que ya no le hablemos más de visitas y ni le mandemos más mensajeros a Culúa. Contrariedad. Les agradecí sus nuevos presentes y concedí que su señor debía de ser muy grande y rico, y que algún día debíamos ir a visitarle. Mis capitanes asentían con los ojos brillantes de codicia. En esto sonó la campana, pues era hora del Ave María, y fuimos todos a arrodillarnos delante de la Cruz que teníamos puesta en un brazo de arena. Tendile y Pitalpitoque nos vieron así y nos preguntaron que por qué nos humillábamos delante de aquel palo hecho de aquella manera. Algún capitán los miró furibundo y quise quitarle hierro al asunto, a fin de cuentas, eran ignorantes de nuestra fe y no era cuestión de iniciar ahora el conflicto religioso, que tiempo seguro habrá más adelante. Pedí a Olmedo que les explicase cosas de nuestra fe y les dijese que nos habían enviado para que dejaran de adorar a sus ídolos y detener los sacrificios. Pusieron cara de extrañeza.

Ya han pasado tres días de su visita y hoy vimos que todos los indios han desaparecido de la playa. Hemos buscado a Tendile y Pitalpitoque en demanda de explicaciones y tampoco estaban. Como me olió muy mal, puse en alerta al real ante un posible ataque. La comida escasea y los soldados pasan hambre, y he visto que el poco oro que han rescatado por su cuenta y que nos han escamoteado al rey y a mí, han empezado a cambiarlo por pescado para comer. Yo les dejo hacer, mientras veo a los amigos de Velázquez hacer corrillos, cada vez más envalentonados. Bernal se ha llegado a mi tienda acompañado de cinco indios que venían andando por la playa, muy distintos a los que hemos visto hasta ahora, que traen los labios y las orejas agujereadas y adornadas con piedras azules y oro. Repiten: «Lope, luzio. Lope, luzio». Marina ha hablado con ellos y me traduce que vienen de Cempoala, donde somos bienvenidos, que saben que somos esforzados y que no se han acercado antes a saludarnos por miedo a los de Culúa que estaban en el real con nosotros. De estas pláticas con ellos he aprendido cosas muy interesantes y convenientes, como que resulta que el gran señor Moctezuma también tiene enemigos y contrarios y eso es bueno de saber, pues un gran beneficio nos puede traer. Les he dado regalos para su señor y el mensaje de que iré a visitarle muy pronto.

XXVIII

Montejo regresó de su descubierta con Alaminos y me dijo que han encontrado un mejor puerto a doce leguas al norte, al lado de un peñón y aconseja nuestro traslado allá, a Quiahuyztlán. Y estoy de acuerdo con él; vamos a empezar a desmontar el campamento y embarcar. Primer conato de motín. Los amigos de Velázquez se quejan y dicen que quieren ya volver a La Fernandina, que nos quedan apenas bastimentos y los que restan están mohosos y llenos de cucarachas, que para qué vamos a hacer tal viaje, que ya hemos tenido treinta y cinco muertes y que ya no vamos a conseguir pasar más lejos, que los poblados cada vez son más grandes y los indios nos van a dar mucha guerra y que ya tenemos mucho oro rescatado y joyas y presentes de Moctezuma. Les dije que no era momento de volver sin motivo, que tenemos fortuna y hemos de dar gracias a Dios, que hemos tenido bajas, sí, pero que en todas las guerras y trabajos pasa, que nos será muy útil saber lo que hay en la tierra y que ya comeremos del maíz y bastimentos que tienen estos indios en los pueblos cercanos. Parece que de esta se han quedado tranquilos, aunque no creo haberles convencido, así que deberé tener mucho tiento con ellos y pulsar rápido cuantos hombres están de mi lado, que esto puede complicarse de súbito. Ya tengo pensado el modo.

Sentados en mi tienda, paladeando una botella de tinto demasiado caliente, con Portocarrero, Pedro de Alvarado y sus hermanos, Olid, Dávila, Escalante y Lugo, he soltado la bomba: «Caballeros, he cumplido con las órdenes de Velázquez y estoy pensando en regresar a Santiago».

Uno se atragantó con el vino, otros mostraron sus caras de estupefacción y el resto sus risas nerviosas. Me dijeron que de qué les estoy hablando ahora, que todos se alistaron a la expedición porque precisamente les dije que tenía poderes del gobernador para venir a poblar. «Ya, pero es que resulta que las capitulaciones firmadas no dicen eso, que las he vuelto a leer con mucho detenimiento, que Velázquez dijo una cosa y escribió otra». Me exigieron ver ese contrato y les dije que ya se los mostraré en otro momento. Les digo que nada me gustaría a mí más que poder hacerlo y que esa era mi intención original y que estoy desolado, pero que, llegados a este punto, digo que también podríamos fundar un pueblo, nombrar un cabildo a modo de concejo abierto con todos los vecinos de la villa y pedir al rey que nos acogiera, al modo de nuestros abuelos durante la Reconquista, que el bueno del rey Alfonso X el Sabio lo dejó recogido en la primera de sus Siete Partidas. Seríamos así autónomos, fuera del alcance del Gobernador. Algunas caras de espanto, hasta me pareció oír un traidor por lo bajo. Me soltaron que si hacemos eso nos iría la cabeza en ello, como le costó al pobre Vasco Núñez de Balboa, pero que llegados hasta aquí y viendo la posibilidad de más riquezas, que me seguirán al fin del mundo, que no quieren volver a Cuba para darle todo el oro al Diego y que hemos de convencer a suficientes hombres para hacerlo con garantías, sin sangre. Los amigos de Velázquez salieron bufando de la tienda. Tampoco ha ido mal este primer tanteo. Recapitulando. A favor, Portocarrero, Alvarado, Escalante y Lugo. En contra, Montejo, Olid, Ordás y Morla. Escobar y Ginés no saben qué hacer. Velázquez de León es duda, pero no es que se lleve muy bien con el primo. Sandoval es paisano mío y tampoco va a desairar al primo del conde de Medellín.

Y, mientras mis capitanes salen rápido a convencer a los hombres, me encierro en mi tienda a ver cómo le doy forma jurídica al negocio, que he de pasar algunas ideas a limpio que se me han ido ocurriendo, para que luego no se me olviden llegado el momento. Como era de prever, la noticia ha corrido como la pólvora y los amigos de Velázquez, más numerosos que mi facción, me exigen regresar a Cuba de inmediato porque dicen que no hay bastimentos ni gente suficiente para poblar y que tienen miedo de acabar muertos con el pecho abierto y el corazón fuera del mismo, que ya se dan por satisfechos con su parte del oro y que no podemos contrariar al gobernador so pena de muerte por traición. Montejo, Morla y Ordás me han pedido de muy malas formas las capitulaciones que firmé con Velázquez, las leen detenidamente, discuten y finalmente coinciden conmigo en que la misión encomendada ya se ha cumplido. Yo les digo que acepto y acato sus conclusiones y que no iré contra las órdenes del teniente de gobernador. «Capitanes, recojan el campamento y embarquen las armas y caballos, nos volvemos a Cuba». Al punto, los que estaban de mi parte han saltado enojados, gritando que les habían engañado para venir, que lo mejor que se puede hacer ahora es poblar, que en Cuba yo pregoné que venía a poblar y ahora digo que solo vengo a rescatar, que Velázquez les ha engañado diciendo que tenía provisiones de su Majestad para hacerlo, que exigen poblar en nombre de Dios Nuestro Señor y de su Majestad y que el que quiera que se vuelva a Cuba. Era tal el desconcierto y griterío y bronca que les ofrecí de nuevo la posible solución; si querían quedarse allí, ya les dije hace unos días que lo mejor que podían hacer era fundar un cabildo entre todos los vecinos, así que me he levantado y les he dicho: «¡Renuncio a mis títulos de Capitán y Justicia Mayor!». Se hizo el silencio. Me levanté solemnemente y me retiré a mi tienda; es lástima no seguir el viaje a la vista de tanta riqueza, creía llevar conmigo a un ejército de valientes y no uno de viejas asustadas. Sé que me la he jugado con este último comentario, vi manos cerrarse sobre las empuñaduras de las espadas. Han seguido discutiendo a voces toda la noche.

A la mañana, me despertaron para comunicarme que la decisión que había tomado la mayoría es la de crear un cabildo y de ofrecerme los mismos cargos que tenía hasta ayer (bien, parece que ha funcionado). Dicen que quieren nombrarme Capitán General y Justicia Mayor y que mande enviados a Castilla a dárselo a conocer al Rey y a decirle que lo hacemos para su mejor servicio. La diferencia no es baladí. De aceptar, ya no seguiré nombrado por el Gobernador, sino designado por las autoridades elegidas de la nueva ciudad, conforme a los usos y costumbres de España. Me ruegan que los acepte y les digo que solo lo haré si me dan amplios poderes y un quinto de lo que quede después de sacar el real quinto. Aceptaron. Y el escribano del rey, don Diego de Godoy preparó el nombramiento. Y así es como después de hacerme mucho de rogar, he aceptado su encargo:

Tú me lo ruegas e yo me lo quiero.

Acordamos llamar a la nueva ciudad Villa Rica de la Vera Cruz. Rica como la misma tierra que la rodea y Vera Cruz porque llegamos aquí el Jueves de la Cena y desembarcamos el Viernes Santo de la Cruz. Se eligieron alcaldes y regidores a Portocarrero y a Montejo que, como no estaba muy bien conmigo y por meterle entre los primeros y principales, le he nombrado alcalde. Y se ha puesto una picota en la plaza y una horca fuera de la villa. Por capitán para las entradas se ha señalado a Pedro de Alvarado; maestre de campo a Cristóbal de Olid; alguacil mayor a Juan de Escalante; tesorero a Gonzalo Mejía; contador a Alonso de Ávila; alférez a Hulano Corral; y alguaciles del real a Ochoa y a Alonso Romero. Los más allegados a Velázquez andan enojados y rabiosos, no reconocen mi nombramiento y se quieren volver a Cuba porque dicen que contravengo las órdenes de rescatar y no poblar del Gobernador y que, por mi culpa, el ejército se ha partido en dos. Les he dicho, así de primeras, que dejásemos las cosas claras, que yo no retenía aquí a nadie que no quisiera o se atreviese a quedarse, que todo aquel que quisiera licencia para volver a Cuba, que podría marcharse libremente y que, por mí, como si me quedaba solo en el negocio. Con esto he calmado a casi todos, excepto a Velázquez de León, Ordás (mal asunto), Escobar el paje y Escudero y otros amigos de Diego, que se han puesto tan violentos que he tenido que avisar a los alguaciles para prenderles y ponerles en grillos hasta que se calmen un poco. Más tarde, he llamado a Escalante para que junte los poderes que me concedió el Cabildo con las capitulaciones firmadas con Velázquez, que habremos de hacérselas llegar al obispo de Burgos, Juan Rodríguez de Fonseca, aunque me temo que es más favorecedor de Velázquez.

XXIX

Andamos tan justos de bastimentos, que he ordenado a Alvarado salir a buscar comida por los pueblos cercanos y que se llevase con él a cien soldados, quince ballesteros y seis escopeteros. La mitad de ellos, amigos de Diego. El resto de los míos, aquí en el real, guardándome bien de malos encuentros. A su vuelta, Pedro nos contó que hallaron varias aldeas despobladas. En sus templos encontraron un buen montón de torsos de hombres y muchachos, sin brazos o piernas, que parece que deben llevárselos para comérselos, que no hay otra explicación. Las paredes y altares de sus ídolos estaban cubiertos de sangre, así como las piedras sobre las que parece los matan y los cuchillos de pedernal con que les abren el pecho para sacarles los corazones. Todos los hombres, aun los más duros, no han dejado de estremecerse ante su relato, y los amigos del Velázquez han reanudado sus lamentos de viejas y plañideras para aconsejar nuestra marcha antes de acabar de igual forma. El resto, les he acallado y llamado cobardes. Al menos, la descubierta ha conseguido traer unos cuantos sacos de maíz, algunas gallinas y legumbres. Hoy he ido repartiendo unas cosillas de oro aquí y allá, algunas promesas, regalando oídos, he convencido a algunos de pasarse a mi lado y los he sacado de los grillos, excepto a Velázquez de León y Ordás, que siguen con cadenas en los barcos.

Sin comida y masacrados por los mosquitos, aquí no hacíamos nada más, así que nos pusimos en marcha hacia Quiahuyztlán, donde trasladaremos la villa. Llevaba a Marina sentada en la grupa y le hacía repetirme en su idioma las cosas que le señalaba y que yo le enseñaba en castellano. De pronto, dejé de verla como una niña y empecé a valorarla como a una joven y me gustó mucho lo que vi. Ordené a los pilotos costear hasta allá con los navíos, sabía que podía fiarme de Alaminos, y el ejército fue por tierra conmigo. Salimos hacia el norte, con los caballos desplegados y bien atentos guardando al ejército en el centro y, tras cruzar con mucha fatiga un río, llegamos a un poblado vacío. Dentro de las casas de sus ídolos, hallamos las piedras donde matan a sus gentes con sangre derramada aún fresca, copas con incienso humeante, plumas de papagayo y libros de su papel. El hedor era insoportable, como a matadero. «Haremos aquí la noche, pero poca cena vamos a hacer».

A la mañana, salimos de caza y topamos con un venado. Alvarado le metió buena lanzada, pero, herido, se nos escapó. Las tripas ya nos gruñían cuando llegaron una docena de indios con gallinas y pan de maíz. Nos dijeron que su señor nos espera en Cempoala y les dije que iríamos. La mitad de ellos se adelantó para avisar de nuestra llegada y la otra se quedó para guiarnos hasta allí. He dispuesto orden de combate, arcabuceros y ballesteros al frente, con la caballería en las alas, adelantada. No quería ninguna sorpresa.

A cosa de una legua de la aldea, nos salieron al paso veinte indios principales a decirnos que el cacique no podía salir a recibirnos porque es muy grueso y pesado. Esto provocó una mezcla de risa y desasosiego en la hueste, pues hubo alguno que preguntó en voz alta que qué comería el cacique. El sitio es el más grande que hemos encontrado por ahora, muy poblado, muy cuidado, con una gran plaza y casas encaladas, tan blancas que uno de los de a caballo, por el efecto del sol y de sus cortas entendederas, lo ha tomado por plata, cosa que ha encendido la risa, pero también la codicia de la tropa. Abracé como pude al cacique Xicomecóatl, que en verdad es un hombre muy grueso, y nos llevaron a unos aposentos grandes y amplios donde nos trajeron de comer. Es tal la abundancia de comida que hemos encontrado que alguno ha pensado llamar Villaviciosa al lugar y otros Sevilla. Ordené que nadie saliera de la plaza. Ya comidos, el cacique gordo vino con veinte principales a traernos mantas y joyas. Marina y Aguilar nos han traducido que decía que sentía no poder traernos mejores regalos. Le dije que no tuviera cuidado, que ya nos lo pagaría con mejores obras, que somos vasallos del rey Carlos que nos envía para ayudarles, deshacer agravios, castigar a los malos y prohibir que se sacrifiquen más ánimas. Al oír estas palabras, el Cacique Gordo ha comenzado a suspirar y quejarse de Moctezuma y sus gobernadores, diciendo que hace muy poco que se han llevado el oro y que él no puede hacer nada contra sus vasallos y ejércitos de guerra. Asunto grave. Le he pedido que nos deje seguir a Quiahuyztlán a aposentarnos, que después hemos de hablar más despacio de estos agravios que les hace Moctezuma.

XXX

Por la mañana seguimos camino. El cacique gordo nos ha prestado cuatrocientos indios de carga, que en estas partes los llaman tamemes, y que son capaces de llevar dos arrobas de peso a cuestas y caminar con ellas cinco leguas, cosa que le ha venido de perlas a los soldados que llevaban sus mochilas. Ordenados hemos llegado por fin a Quiahuyztlán, que es pueblo con fortaleza entre grandes peñascos y altas cuestas que si nos opusiera resistencia sería malo de tomar. Ver los barcos, fondeados plácidamente en la rada, me ha dado tranquilidad. Han escogido buen puerto. Dávila ha dejado manco de una lanzada a un soldado que iba en mala ordenanza y he tenido que reconvenirle, pues necesitamos de todas las manos disponibles aquí, que no sabemos qué nos depara el viaje. Al entrar al sitio, no hemos encontrado a nadie hasta llegar a una plaza en lo alto donde nos ha salido un indio con incienso y otra docena detrás con mantas. Nos dice que el resto se ha escondido porque no sabe quiénes somos ni qué son esos ciervos que montamos. Les he hablado de nuestro Dios y de nuestra Fe y que somos vasallos de un gran Rey. Le di unas cuentas verdes y algunas cosas de Castilla y nos trajeron algunas gallinas y pan de maíz, y le pedí que regresasen todos al pueblo, que nada han de temer de nosotros. En esto, que nos dicen que está llegando el cacique gordo, que le traen en andas desde Cempoala y viene con muchos de sus principales que nos han seguido hasta acá. Desde que ha llegado no ha parado de quejarse, sollozando y suspirando, del Moctezuma y de cómo les somete, abusa de ellos y pide muchos hijos e hijas para matar o esclavizar, de cómo sus recaudadores toman sus mujeres e hijas, si son hermosas, y las fuerzan, y que otro tanto hacen en toda aquella tierra de la lengua totonaca, que son más de treinta pueblos. Me he comprometido a ayudarles en todo lo que podamos para acabar con aquellos abusos, que para estos negocios nos ha enviado aquí nuestro rey. En verdad temen mucho a este Moctezuma. Aún estábamos en estas pláticas, cuando han llegado indios corriendo para avisar que llegaban cinco recaudadores del Moctezuma. Se han quedado todos blancos de miedo y empezado a temblar. Está claro que nos han seguido y quieren saber qué está pasando. Y no nos hemos enterado de nada. Estupendo. Hoy debe de ser el día más animado de Quiahuyztlán, no ha parado de llegar gente al lugar: «Esto ya parece la feria de Medina del Campo», comenta Bernal. Nos ha dejado solos para recibir a los mexicas, ahora nos enteramos de cómo les llaman. Los cinco recaudadores han pasado por delante de donde estábamos, soberbios y altivos, sin pararse ni a saludarnos, los han acompañado a una sala y llevado gallinas y una bebida aromática, que luego me han dicho que era *Xocolátl*. Delicioso. Estos mexicas traían ricas mantas bordadas y el cabello alzado, como atado a la cabeza. Portaban todos rosas que iban oliendo y les seguían unos criados que les espantaban las moscas. Una vez comieron, mandaron llamar al cacique gordo y demás principales y han empezado a gritarles de malos modos delante de nosotros, que seguíamos formados, impasibles. He preguntado a Marina y a Jerónimo qué estaba ocurriendo, y me dicen que les están riñendo por alojarnos en sus pueblos, que Moctezuma no está contento de aquello, que sin su permiso no pueden acoger ni dar joyas de oro, y que les han exigido veinte indios e indias para sacrificarles y aplacar a su dios Huitzilopochtli por el agravio cometido. «Ni de broma va a morir gente aquí por nuestra culpa». Luego el negocio se ha relajado un poco porque los recaudadores se han ido a descansar, mientras esperaban el tributo humano exigido. He mandado llamar al cacique gordo y a todos los más principales y preguntado quiénes eran aquellos indios a los que hacían tanta fiesta. Me han contestado lo mismo que me habían adelantado las lenguas. Les he dicho que no entreguen ese tributo de sangre, que no tengan miedo, que nosotros estábamos allí para evitarlo y que también les castigaría. Vamos a jugar a dos barajas. Los capitanes me previenen para que me ande con mucho ojo mientras nos hacemos una idea de a qué nos enfrentamos y les digo que estos indios de aquí tienen la fuerza que no tenemos y los otros de allá el oro que queremos. El negocio es convencer a los totonacas para que se rebelen y encierren a los recaudadores mexicas, prometiéndoles protección. Después, liberar a los mexicas sin que los totonacas se enteren, haciendo escándalo de ello, para que le lleven a Moctezuma nuestras buenas intenciones. «Mientras llevemos nosotros la mediación, aquí no se entera nadie». Me ha dicho Alvarado que confío demasiado en las lenguas y no sabemos si Marina traduce bien nuestras palabras. «A las malas, le digo, nos liquidan ambos pueblos a la vez». «Si es que pueden, me contesta Pedro». «Bueno, calma». Les he pedido al cacique gordo y a los demás principales que capturen y engrillen a los mexicas, que nosotros les protegeremos. Todos han dado un brinco, asustados. El primero en reaccionar ha sido el gordo, que ha asentido ansioso. Los demás totonacas han empezado a discutir entre ellos; que ello significa rebelión y que de seguro envían al ejército y no pueden resistirle. Les he dado mi palabra de que nosotros estaremos aquí, con nuestros aceros, arcabuces, caballos, perros y cañones para defenderles si antes se avienen a ser nuevos vasallos de Castilla. Así lo han jurado. Han ido a por los cinco recaudadores que seguían descansando. Cuatro han sido fáciles de atrapar, pero el quinto se ha resistido y le han dado una buena tunda de palos. He ofrecido a mi guardia para custodiarles. La rebelión, controlada por nosotros, está en marcha; los mexicas creen que la idea es totonaca. Ha sido comprenderles y darles la idea de negarse al pago del tributo, capturar a los recaudadores y alzarse, y han comenzado a llamarnos teules. Según las lenguas viene a ser como semidiós. Herejía. Dios nos libre de creernos tal cosa, que solo somos mortales servidores suyos para su mayor Gloria. A la noche, he pedido a la guardia que me trajesen a los dos mexicas que les pareciesen más avispados para preguntarles por qué razón estaban presos y me han dicho que habían sido los totonacas, que han perdido el juicio. He pretendido horrorizarme del asunto y los he liberado al punto, criticando a los totonacas por hacerles tal perjuicio. Las lenguas me han seguido bien el juego, pues saben que nos va la vida a todos en ello. Los hemos llevado costeando en un batel hasta lejos de los dominios de Cempoala, para que fuesen a Culúa a contarle a Moctezuma lo ocurrido, que somos sus amigos y que les hemos liberado, que haremos lo mismo por los otros tres y que queremos visitarle. Por la mañana, ha habido un gran escándalo en la plaza cuando han descubierto la fuga. He simulado enfadarme y castigar a la guardia por dormirse («Anda, idos un rato lejos a reíros, pero que no os vean») y me he llevado a los otros tres a los barcos, pues los totonacas los quieren matar ahí mismo. Con los totonacas ahora realmente asustados por si vienen los mexicas, les he dicho que ya no hay vuelta atrás y que lucharemos juntos. Así dieron obediencia a su Majestad ante Diego de Godoy, el escribano, y mandado a decirlo a los más pueblos. Ya tenemos una primera alianza. Como no sabemos si Moctezuma se va a creer lo que le digan sus liberados ni si enviará un ejército contra los rebeldes totonacas, ni el tiempo que se tomará en hacerlo, vamos a preparar nuestra defensa. Así, hemos escogido unos llanos a media legua de la fortaleza de Quiahuyztlán para hacer la Villa Rica de la Veracruz. Hemos preparado un modelo de trazado con lo que recuerdo eran los campamentos romanos, marcado el cardo y decumano y las cuadras, delimitado la plaza de armas con el rollo, elegido solar para iglesia, cabildo y palacio de justicia y planeado unas atarazanas y fortaleza. Yo mismo, con todos mis capitanes, dando ejemplo, he sacado tierra y piedras para preparar los cimientos del fuerte. Todos los hombres se han puesto a ello con ahínco. Ya estamos construyendo en Tierra Firme, esto va en serio. Velázquez de León y Ordás, tras dos semanas encadenados en los barcos, se han ablandado por fin. Y el ejercicio cavando ahora zanjas para los cimientos les viene muy bien, como a todos. La guardia dio la alarma y todos dejamos palas y hachas y azadones buscando la espada. En realidad, era solo una pequeña comitiva mandada por dos que dicen ser sobrinos de Moctezuma y vienen acompañados de cuatro ancianos, todos grandes caciques. Di orden de doblar la guardia y a Alvarado de salir a caballo con otros cinco capitanes a dar una batida por los alrededores, por si había algún ejército emboscado cerca. Les hemos hecho entrar al real y, como está a medio construir, disculpado por el trajín de las obras. Parecían asombrados. Los pintores que vienen con ellos han empezado a dibujar en esas telas todo lo que ven. Bien. Que copien y vean en la corte. Las lenguas ya están a mi vera. Nos saludamos. Parece que el ardid de soltar a los dos recaudadores ha funcionado, pues veo que nos traen regalos, mantas y oro, y agradecen que hallamos liberado a esos dos recaudadores. Preguntan por los otros tres, pues que temen hayan sido muertos y por nuestras intenciones. Alvarado regresa de su descubierta por los alrededores y me dice al oído que no hay moros en la costa. Perfecto. Me quedo tranquilo. Les agradezco los regalos y mando traer de los navíos a los otros tres recaudadores y se los entrego sanos y salvos, cosa que les asombra y me agradecen. Y empiezan las quejas; que por qué dejamos a los totonacas levantarse contra Moctezuma, que ahora le niegan tributo y obediencia, que mientras estemos allí, por ahora y por amor a nuestro común antepasado y linaje (no sé de qué me hablaban, tengo que preguntar quién es ese Quetzalcóatl), habrá paz, pero que cuando nos vayamos, irán con su ejército contra ellos. Les dije que yo también tenía quejas, que una noche en San Juan de Ulúa, Pitalpitoque desapareció del real sin despedirse y que estoy seguro de que tal cosa fue mandada por Moctezuma y que por dejarnos solos sin bastimentos tuvimos que venir a estos pueblos. Y que, si no han recibido el tributo, es porque estos pueblos son ahora vasallos de mi rey y que mal pueden servir a dos señores. Les he entregado muchas cuentas verdes y, ya que Alvarado no había aún desensillado el caballo, le he pedido que hiciese unas escaramuzas con otro caballero para asustarles un poco. Se quedaron contentos y marcharon a Culúa con los tres liberados a contarle las nuevas a Moctezuma. Les he insistido de nuevo en que nos permita visitarle en su palacio, y así lo transmitirán a su señor. Los totonacas, sorprendidos de ver que no llegaba el ejército mexica y de que los de Culúa nos traían regalos, parlamentábamos con ellos y les dejábamos marchar aún más contentos, estaban maravillados y se confirmaban así mismos en que éramos teules, que no solo Moctezuma no nos daba miedo, sino que veían cómo nos rendía pleitesía. Yo les dejo creer lo que quieran.

He sufrido una tragedia; se me ha muerto el caballo aquí en los arenales de alguna enfermedad que arrastraba y tenido que comprarles al Arriero a Ortiz y a García, con un par de bolsas de pepitas de oro de esas mis arcas. Magnífico caballo castaño oscuro al que ya tenía echado el ojo desde La Habana.

XXXI

Ha venido al real el cacique gordo con otros principales a quejarse de que en Cingapacinga, a ocho leguas de Cempoala, hay guerreros mexicas de Culúa que les hacen estragos y matan a su gente y reclaman nuestra ayuda para echarles. Tenemos que demostrarle que somos amigos, pero tampoco me fío mucho de él y no quiero separar las fuerzas ni arriesgar a mis capitanes y soldados mientras no lo vea claro, pero es evidente que he de ir a ver qué de cierto tiene esto que me cuenta, pues de ser cierto, hay un ejército cerca. He pensado hacerles creer que uno de nosotros basta para desbaratar a aquellos indios guerreros que están en el pueblo y enviado a Heredia el Viejo (otro soldado viejo de Nápoles, escopetero vizcaíno barbudo, con la cara medio acuchillada, tuerto y cojo) a que se acerque con ellos al río, meta un escopetazo cuando llegue allí y regrese. Los totonacas iban muy ufanos con él, gritando que un teule iba con ellos. Cuando han vuelto, les he dicho que el asunto era serio y que yo en persona iría a aquellas tierras y fortalezas y que me diesen gente para llevar los tiros. Ya se habían presentado los principales con los tamemes y teníamos listos cuatrocientos soldados y catorce de caballo y ballesteros y escopeteros para ir al sitio, cuando me han dicho mis capitanes que siete soldados, todos amigos de Velázquez, dicen que no quieren venir y que andan armando bulla. He mandado traer a los siete revoltosos, que me han dicho muy alterados que a dónde creo que voy a poblar con tan pocos soldados, tan rodeado de indios, y que vaya yo solo con aquellos que quieran, que ellos ya están cansados de andar de un sitio para otro y que se quieren volver a Cuba a sus casas y haciendas, que les había prometido en San Juan de Ulúa que podían hacerlo y que quieren que les pague lo que han perdido por venir, que no quieren más, que con eso les basta. Les he dicho que era cierto, pero que me parecía era muy mala idea abandonar ahora, pero que, si es lo que ellos querían, se podían marchar y llevarse comida con ellos. Como esperaba, han saltado las autoridades de la Villa Rica y sus alcaldes y regidores a proclamar que yo no puedo dar licencia a nadie para embarcar y dejar estas tierras so pena de muerte por dejar desamparada su bandera y capitán en la guerra y peligro, según las leyes de lo militar. Así que los siete revoltosos, después de darse cuenta de lo serio del negocio y de asustarse mucho, han tenido que regresar rezongando a sus capitanías para chanza del resto. Pacificada la hueste, nos hemos puesto en marcha a Cempoala, donde haremos noche y se nos unirán dos mil indios de guerra en cuatro capitanías. Esto va tomando cuerpo y se va pareciendo a un ejército de verdad. Aunque lo cierto es que los capitanes no les quitan el ojo de encima no vaya a ser que se vuelvan contra nosotros. «Esto es guerra, señores, y la confianza solo se gana tras combatir hombro con hombro». Hemos marchado en buen concierto hacia Cingapacinga y en el camino hemos podido comprobar que en esta tierra hay todo género de caza y animales y aves conforme a los de nuestra naturaleza, ciervos, corzos, gamos, lobos, zorros, perdices, palomas, codornices, liebres, conejos, así que en aves y animales no hay diferencia de esta tierra a España, y hay leones y tigres. A unas cinco leguas de la mar hay una gran cordillera de sierras muy hermosas, algunas de ellas muy altas, entre las cuales hay una que excede con mucha altura a todas las otras, tan alta que si el día no es claro no se divisa su cima, porque de la mitad hacia arriba está cubierta por nubes, y cuando es claro el día, se ve lo que creemos nieve, y los naturales nos dicen que lo es, pero no hemos llegado tan cerca y, por ser esta región tan cálida, no sabemos si de verdad lo es. La gente que vive en esta tierra desde la isla de Cozumel y punta de Yucatán hasta donde nosotros estamos es de mediana estatura y cuerpos y gestos bien proporcionados, excepto que en cada provincia se diferencian ellos mismos en pequeños gestos: unos horadándose las orejas y poniéndose en ellas muy grandes y feas cosas; otros horadándose las ternillas de las narices hasta la boca y poniéndose en ellas unas ruedas de piedras muy grandes que parecen espejos; otros se horadan los labios de la parte de abajo de los dientes y cuelgan de ellos unas grandes ruedas de piedra o de oro tan pesadas que les hacen caer los labios y parecen deformados. Los hombres traen tapadas sus vergüenzas y encima del cuerpo unas mantas muy delgadas y pintadas a la manera morisca y las mujeres comunes traen unas mantas muy pintadas desde la cintura hasta los pies, y otras que les cubren las tetas, y todo lo demás traen descubierto y las principales andan vestidas con unas delgadas camisas de algodón muy grandes y bordadas. Hay maíz y ajís como en las islas, patata yuca, pesquerías y cazas, y crían muchas gallinas que son tan grandes como pavos. Hay pueblos grandes y bien concertados. Las casas son de cal y canto, y los aposentos de ella pequeños y bajos, muy amoriscados; y en las partes donde no alcanzan piedra, las de adobe y los encalan por encima con techos de paja. Las casas de los principales son muy frescas y de muchos aposentos, que hemos visto casas de cinco patios dentro de una sola casa, y sus estancias muy ordenadas, con pozos de agua y habitaciones para esclavos y gentes de servicio. Tienen también sus templos y adoratorios redondos y muy anchos, de paredes labradas, con los ídolos de piedra que honran y sirven. Son estas las mayores construcciones que hay en los pueblos, y todos los días sus servidores queman incienso en ellas y les ofrecen sangre de sus mismas personas, cortándose en la lengua o en los lóbulos de las orejas o acuchillándose el cuerpo con unas navajas. Echan la sangre por todas partes de aquellas mezquitas o tirándola al cielo con mucha ceremonia, que ninguna tarea comienzan sin que primero hagan algún tipo de ofrenda. Lo que nos ha espantado y es digno de tener, porque no lo hemos visto antes en ningún lado desde tiempos de los fenicios, es que a cada vez que quieren pedirle algo a sus dioses toman muchas niñas y niños y aún hombres y mujeres de mayor edad y en presencia de aquellos ídolos les abren vivos el pecho y les sacan el corazón y las entrañas y los queman delante de los ídolos, ofreciéndoles en sacrificio aquel humo. Incluso mis duros veteranos de las guerras italianas me dicen que es la cosa más horrible y abominable de presenciar que jamás han visto. Y lo hacen tan a menudo que, según hemos sido informados y avistado en lo poco que en esta tierra estamos, parece que no hay año en que no sacrifiquen a cientos de ánimas en cada mezquita. Esta bárbara costumbre tienen desde Cozumel hasta esta tierra, y hemos de suponer que tierra adentro será igual.

Hemos llegado a las primeras casas de Cingapacinga subiendo por riscos y peñascos en formación de combate, con los exploradores a caballo por las alas y guías delante, todos bien avisados, los tiros situados en un alto cercano, atentos todos. Ningún ejército nos ha salido al paso, solo ocho indios principales llorando se han venido hasta agarrarse a mi silla, y cuando le pregunto a las lenguas qué me están diciendo, me traducen que por qué los queremos matar si ellos no han ofendido a nadie. Les pregunto que por qué están atacando a los de Cempoala con ayuda de los de Culúa y me explican que están mal con ellos por viejos agravios por unas tierras, pero que, aunque es verdad que los mexicas tenían una guarnición allí, desde lo de los recaudadores, se habían marchado. Mis exploradores lo certifican, allí no hay retén alguno ni ejército cerca. Así que no hay tales ofensas. Xicomecóatl nos ha engañado y querido sacar ventaja de nosotros. He indicado a Alvarado y Olid que ordenen a los totonacas que no suban hasta aquí. Tarde. Los totonacas ya habían comenzado el pillaje por su cuenta, así que ordené que me trajesen a sus capitanes para exigirles que devolviesen todo lo robado y, que como me habían mentido y no había ejército mexica y venían solo a matar y robar, que eran dignos de muerte, pues nuestro Rey no nos había enviado hasta aquí para hacer tales maldades y que como se repitiese el engaño no quedaría uno con vida. Han devuelto todo lo robado; sal, mantas y mujeres, les he ordenado acampar fuera de la ciudad y se han ido asustados. Aquí solo quiero españoles conmigo. Los ocho caciques me han agradecido este gesto de justicia para con ellos y no atacarles ni matarlos ni robarles y, con ayuda de Olmedo y Díaz, les hemos explicado cosas de nuestra fe y de cómo deben de dejar la suya, la idolatría, los sacrificios y la sodomía (el pecado nefando que hemos detectado entre los naturales). Han repetido la misma letanía contra el Moctezuma escuchada en todos los pueblos que visitamos y les he tranquilizado diciendo que nuestro señor nos había enviado para ayudarles contra él y todos han prometido obediencia a su Majestad. En consejo con mis capitanes, me han mostrado su descontento por el engaño del cacique gordo, que nos ha tomado por su ejército personal para resolver sus rencillas por unas lindes con los vecinos. Hemos convenido aprovechar esta compleja realidad y las malas disposiciones entre ellos para atraerlos de nuestro lado. He mandado llamar a los capitanes de Cempoala y han venido temblando, pensando que les iba a castigar, pero lo que he hecho es ordenarles que hicieran las paces con los caciques de Cingapacinga, cosa que han hecho al punto, aliviados e incrédulos por su suerte. Marchamos de vuelta a Cempoala y a la Villa Rica de la Veracruz por otro camino y hemos pasado por otros dos pueblos y parado en uno a descansar, que las huestes venían deslomadas con las armas a cuestas bajo este sol de justicia. Aquí he sorprendido a un soldado robando gallinas, le he hecho detener y ordenado ahorcar de un árbol. Alvarado ha llegado a tiempo de cortar la soga antes de que se asfixiase. No voy a tolerar ni un exceso. Llegamos a Cempoala y el cacique gordo, con otros principales, estaba temeroso, aguardándonos en unas chozas con comida, pues los guías totonacas habían salido corriendo a avisarle de nuestra actuación en Cingapacinga, muy alejada de lo esperado por él. En la mesa, he abroncado al cacique por habernos mentido acerca de guarniciones mexicas cercanas y por querer usarnos para resolver sus pleitos vecinales, que tales no son nuestras tareas, que venimos a desagraviar y quitar tiranías. No sabían dónde meterse. Y ahora temen que después de engañarnos, nos vayamos y Moctezuma envíe a su gente de guerra contra ellos. También dicen que, pues ya que somos amigos, que nos quieren tener por hermanos, y que será bueno que tomemos a sus hijas y parientes para hacer generación. Nos traen a ocho indias, todas hijas de caciques, y a mí me dan la sobrina fea del cacique gordo y otra a Portocarrero. Vienen todas vestidas con ricas camisas y ataviadas a su usanza, y llevan collares y pendientes de oro y acompañadas de criadas. Les digo que para poder recibir a estas mujeres y seamos de veras hermanos, deben abandonar esos ídolos en los que creen y adoran, pues los tienen engañados, y dejar de sacrificar cada día delante de nosotros a esos cuatro o cinco indios para ofrecerles sus corazones y cortarles piernas y brazos y muslos, y dejar de comérselos como a las vacas que se matan en los mataderos de nuestra tierra, pues incluso lo venden por lo menudo en los mercados, y que si así lo hacen, seremos hermanos y estas mujeres serán cristianas. Y también deberán dejar las sodomías, que vemos muchachos vestidos como mujeres de mal oficio y que cuando estas costumbres se quiten, que no solamente seremos amigos y hermanos, sino que serán señores de otras provincias. Silencio. La cara del cacique gordo es un poema. Los caciques y principales han respondido que no pueden dejar sus ídolos y sacrificios, que aquellos sus dioses les daban salud y buenas tierras para sembrar y todo lo necesario, y que en cuanto a lo de las sodomías, que tampoco. Escuché aquella respuesta tan desacatada y recordé todas las crueles matanzas que habíamos visto de camino. Todo era más de lo que podía soportar. Así que hice aparte consejo con mis capitanes: *¿Cómo podemos hacer ninguna cosa buena si no servimos a la mayor gloria de Dios, quitando los sacrificios que hacen a los ídolos?* Todos han coincidido en que esto es una crueldad y atrocidad nunca vista que hemos de detener y que estaban a lo que yo indicase. Les he ordenado que avisen a todos sus señores soldados al arma y que, aunque nos cueste la vida, en mejor servicio de Dios, subiremos ahora mismo a esas mezquitas para hacer rodar esos ídolos gradas abajo. Dicho y hecho. Las capitanías se han desplegado rodeando el templo, con los capitanes a caballo, que piafaban nerviosos, los piqueros abajo y los escopeteros subidos en la primera grada, con las mechas encendidas, mientras he vuelto a la choza a ver al cacique gordo y sus principales, que me ven llegar muy serio. Le he dicho que como no atienden a razones, vamos ahora a derribar a sus ídolos nosotros mismos. Xicomecóatl ha visto que no iba de farol y ha llamado a su ejército a defender los ídolos. Marina me ha dicho que es por temor a Moctezuma si eso hacen o nos permiten hacer. Necios, ya están rebelados desde lo de los recaudadores ¿o es que ya no se acuerdan? Le he dicho que les había pedido mil veces dejar estas atrocidades, que no me habían hecho caso y que esto ya se había acabado, que o los derribaban en ese momento o yo mismo lo haría. No se han movido. Esto es hecho. Mientras el grueso del ejército y los capitanes a caballo nos han cubierto a pie del templo, cincuenta hombres hemos trepado las gradas y echado abajo esas espantosas figuras que parecían dragones, grandes como becerros, y otras figuras de hombre, que han caído rodando, haciéndose trozos. Cuando los han visto hechos pedazos, los caciques y sacerdotes les han llorado y pedido que les perdonasen en su lengua totonaca, que ellos no tenían culpa, sino que éramos nosotros, los teules, quienes los derribaban. En este momento se han llegado las capitanías de los indios guerreros a querer flecharnos, muy alterados y preguntándonos que por qué habíamos hecho tal deshonor a sus dioses, que ahora todos ellos perecerían y nosotros con ellos. Desde que los hemos visto venir, hemos echado mano al cacique gordo y a los otros principales y apoyado una daga en el cuello a cada uno, y les hemos dicho que si hacían algún mal movimiento iban a morir todos ellos. «Atentos, señores soldados». La situación ha sido muy tensa entre los dos ejércitos y casi podía cortarse con un cuchillo el denso y pegajoso aire. El sol, en todo lo alto, nos abrasaba. Todos los insectos de la selva, gritando a la vez. «Decidles que se detengan u os mandamos al infierno, viciosos, que os debéis creer que no nos hemos dado cuenta. ¡Santiago y cierra, España!». Entonces, el cacique gordo, asintiendo, con lágrimas en los ojos, ha accedido y ordenado a sus capitanes que se retirasen y no nos hiciesen guerra. Ha sido un alivio para todos. Victoria. Ya más calmados los ánimos y retirados los capitanes totonacas con sus ejércitos, he ordenado a los sacerdotes que se llevasen los pedazos de los ídolos para quemarlos. El aspecto de estos sacerdotes es muy harto desagradable; tienen los pelos largos pegados a la cabeza, llenos de sangre seca y costras, unas mantas manchadas de sangre seca les tapan las magras carnes, los lóbulos de las orejas destrozados de hacerlos sangrar cada día, huelen a perro muerto, no tienen mujeres y son sodomitas. «En estos templos ya no habréis de tener más ídolos, sino a la madre de Nuestro Señor Jesucristo, aquí os dejo con Olmedo y Díaz para que os hablen de nuestra fe». He mandado venir a sus albañiles para que encalen y limpien todo esto y quiten las costras de sangre y que lo adornen con muchos ramos de rosas de esta tierra, bien olorosas, y ordenado que lo tengan limpio y barrido de continuo. He escogido a cuatro sacerdotes para que se encarguen de cuidarlo y limpiarlo, después de cortarles esas greñas y cambiado sus costrosas mantas por otras blancas. Como no puedo fiarme de que repongan los ídolos, voy a dejar en Cempoala a un soldado a vivir con ellos para que compruebe que atienden cumplidamente con lo que les he ordenado y me avise si es que fallan, para volver y demandar su juramento. Lo cierto es que ha sido el cordobés Juan de Torres, cojo y viejo, quien me lo ha pedido en persona, pues ya anda muy cascado el pobre. He ordenado a los carpinteros que construyan una cruz y la pongan en un pilar que ya teníamos encalado. Delante de la nueva cruz, hoy Díaz ha cantado misa junto a Olmedo para mayor gloria de Nuestra Señora. Como ambos no estaban muy complacidos de que dejase aquí al cargo a cuatro sacerdotes totonacas no bautizados, que, seguro que secretamente seguían adorando a sus diablos, les he preguntado si quería alguno quedarse y rápidamente me han contestado a dúo que les harán una breve instrucción, pero que su misión era acompañarme y aconsejarme cómo enfocar estos negocios de la fe con los locales. Ya me parecía a mí. Hemos enseñado a los totonacas a fabricar velas con la cera de las abejas, pues no las sabían hacer y usaban unas teas apestosas e inseguras, para que las tengan siempre encendidas en el altar de Nuestra Señora.

XXXII

Hoy, a Misa, han venido los más principales caciques de Cempoala y de otros pueblos cercanos y han traído con ellos a ocho indias para volverlas cristianas, que hasta hoy estaban aún con sus familias. Fray Olmedo les ha dicho que ya no han de sacrificar almas ni adorar a esos ídolos, sino que han de creer en Nuestro Señor Dios y les ha enseñado muchas cosas tocantes a nuestra Santa Fe. Después, ha bautizado a las ocho jóvenes. Xicomecóatl me ha entregado a su fea sobrina, ahora llamada Catalina, nombre que me hizo recordar a mi olvidada esposa dejada atrás hace cuatro meses en Santiago, ahora que, discretamente, Marina me calienta el lecho por las noches, para enfado de Portocarrero, que se queja de que se la había regalado a él. Los hombres, detrás, no podían contener la risa. Así que, para desagraviarme con el primo del conde de Medellín, le he entregado a la hermosa hija del otro gran cacique, ahora Francisca, y me ha perdonado. Sencillo. Cuando he oído voces quejosas por este supuesto trato de favor (¡pues claro!) he entregado a las otras seis a los señores soldados y que se organicen ellos con ellas. Aquí hemos terminado, nos hemos despedido de los caciques y principales y mañana nos volvemos a nuestra flamante Villa Rica de la Veracruz. Dos jornadas por delante. Exploradores totonacas, al frente. Un par de caballos con ellos y el resto distribuidos en las alas y a retaguardia a un cuarto de legua, para dar aviso si nos preparan celada. Todos bien avisados. Como hemos hecho noche a mitad de camino, los hombres me han pedido permiso para salir a pescar, para variar la dieta de estos últimos días. Al llegar a la Villa, ha sido maravilla encontrar en el puerto la carabela que compré a Alonso Caballero, vecino de Santiago de Cuba, y que había dejado dando carena con Francisco de Saucedo. Este fue en su día maestresala del almirante de Castilla, de la familia de los Enríquez, emparentados con los Trastámara, y era natural de Medina de Rioseco. Le apodábamos el Pulido o el Galán, por el cuidado que siempre se tenía. Nos reunimos en mi cabaña, seguro de que podía fiarme de él y traía noticias. Había llegado hacía dos días, siguiendo las indicaciones de los indios de la costa que le decían que continuase, y estaba maravillado de haberse encontrado con una ciudad. Venía con Luis Marín, diez soldados y una yegua. Contó que mi esposa Catalina se encontraba bien de salud y que me enviaba cartas dentro de un cofre que me entregó junto a su llave. También venían documentos de mi socio Juan, pero que no me preocupase, que mi hacienda y negocios estaban perfectamente cuidados. Que La Fernandina, a la que casi dejé desierta sin hombres, había ido recibiendo a otros y algunos venían con él; «¿Cómo es que Velázquez os había dejado partir?». A su entender, el motivo de tal permiso era para poder transmitirme las provisiones que el Gobernador había recibido hacía algunas semanas de Sevilla por el obispo Fonseca, nombrándole Adelantado de Cuba y permitiéndole rescatar y poblar. Los amigos de Diego han gritado alborozados, pues esto le da gran ascendencia sobre lo que yo había hecho hasta ahora y querrá apropiarse de mis fatigas. La Corona ha entendido por fin las razones que nos han llevado a buscar nuevas tierras lejos de La Fernandina, pero es muy mala noticia para mí. Esto hace que tenga que enviar rápidamente procuradores a la península para que busquen a mi señor padre y defiendan entre todos mis justos actos ante la corte, pero ¿a quién puedo confiar tan importante misión y que no me traicione? ¿De quién podría desprenderme? Creo que lo sé. Voy a ordenar viajar a Portocarrero y a Montejo a Sevilla. No solo en calidad de emisarios míos, sino de alcaldes y procuradores de la Villa Rica de la Veracruz, con cartas para la Reina y el príncipe, con regalos y peticiones para que reconozcan la nueva ciudad. Portocarrero, que no se distinguió mucho en las batallas de Potonchan y Centla, siempre en retaguardia, es más de brocados y pláticas que de espada. Para confiar aún más en sus cortesanas maneras, le he dado dos mil pesos de mis propias arcas para que hable bien de mí y se olvide de una vez de Marina. Montejo tiene ideas propias y prefiero que gaste su fogosidad lejos, apoyando mi negocio ante la Reina y el príncipe. Sé que solo puedo confiar en un piloto, Antonio Alaminos, para llevarlos sanos y salvos a la península en la nao capitana. Ya tenemos la fortaleza casi acabada y en el campamento no hay secretos y sí muchos rumores y conversaciones interesadas difundidas por mis capitanes o por los velazquistas, y unos me dicen que ya llevamos tres meses en esta tierra y que sería bueno ir a ver qué cosa era el gran Moctezuma y buscarnos la vida y nuestra ventura, pero que antes de entrar en camino, deberíamos enviar a besar los pies a su Majestad y darle cuenta y relación de todo lo acaecido desde que habíamos salido de La Habana. Ya había pensado en ello y empezado a redactar los escritos (en realidad, en uno de ellos ya puedo copiar fácil lo que aquí ya llevo anotado, aunque deberé darle un tono más oficial si quiero que la Reina Juana y el Rey Carlos me tomen en serio) junto a Vázquez de Tapia, Portocarrero y Montejo, que también han aceptado la misión de ser procuradores del Regimiento de la Villa Rica de la Veracruz y tendrán que conseguir que las Cortes de Castilla la reconozcan como ciudad y luego negociar los impuestos correspondientes. Para mejor defensa de nuestra causa, nada mejor que enviar a SS. MM. todo el oro rescatado y no solo el quinto obligado. Ordás y Montejo han ido a recogerlo soldado a soldado, dando este parlamento en cada capitanía: «Señores, saben que queremos hacer un presente a SS. MM. del oro que aquí hemos rescatado, y por ser este el primero que enviamos de estas tierras, tiene que ser cuanto más mejor, y nos parece que todos debemos entregar incluso las partes que nos tocan. Los caballeros ya lo hemos hecho. Todos lo han entregado (o eso he pretendido creer). He preguntado a Alaminos por la condición actual de la Santa María de la Concepción. Dice que está perfecta, que es el casco de las otras lo que le preocupa. Él lleva ya unas semanas aquí aburrido fondeado, así que la idea de volver a Sevilla con nuestros procuradores y volver a ver a los suyos le ha animado. Le he ordenado no hacer escala en La Fernandina e ir directo a Sevilla, así que debe hacer provisión suficiente. «Sin problema». En la canal de Bahamas encontrará esa corriente que le devolverá a casa. Me ha preguntado por la carga: «Todo el oro y los dos pasajeros mencionados». «¿Todo?». «Bueno, casi todo, aún se necesita algo aquí para hacer frente a gastos imprevistos». «Ya». Su pregunta iba sin maldad, necesitaba saberlo para calcular el lastre. «¿Cuándo?». «En cuanto yo termine unos escritos que aún me faltan y vuestra merced decida cuándo usar el mejor viento y marea». Ha regresado a la nave a preparar la partida. Al enviar de vuelta a la península a Portocarrero y Montejo he tenido que nombrar nuevos alcaldes de la Villa Rica de la Veracruz y he escogido a Alonso Dávila, Alonso Grado y nombrado a Vázquez de Tapia como regidor. Me he retirado a mi cabaña a terminar las cartas, la relación y las instrucciones para mi señor padre Martín Cortés de Monroy y para Alonso de Céspedes, juez de Grados de Sevilla, que han de interceder por mí. Menos mal que me ayuda el sevillano Pedro Hernández, escribano de la Reina Juana, que se juega perder la mano si altera en algo los escritos. En la carta de relación que he preparado se hace detallado relato a SS. MM. la Reina doña Juana y el Rey don Carlos, de todo lo acaecido desde que partimos de Santiago y de misiempre buen hacer y juicio, y luego la firman todos los hombres como notarios. En la carta del cabildo, dejo que los procuradores hagan su propio relato para apoyar el primero mío, pero también les suplican a SS. MM. que no le den merced alguna en estas tierras a Diego Velázquez, ni de adelantamiento, ni gobernación perpetua, ni cargos de justicia (he considerado importante destacar que se trata de tierra y no isla pues, según las capitulaciones que firmé con Velázquez, el poder otorgado por los Jerónimos se le limita a islas y océanos. Al ser esta nueva Tierra Firme, es posible la fundación del Cabildo). Que, si Diego ya tuviese concedida alguna, que le sea revocada de inmediato porque no le conviene a la Corona. Que el oro, plata y joyas que aquí junto les entregamos a SS. MM. no era voluntad suya hacerlo, sino quedárselo para sí, como así lo han confesado cuatro criados suyos. Que, de ganar alguna merced, todos los expedicionarios serían maltratados por él, de la misma forma que lo ha estado haciendo en la isla Fernandina durante todo el tiempo que ha gobernado, donde no se le ha hecho justicia a nadie más de por su voluntad y contra quien a él se antojaba por enojo y pasión y no por justicia ni razón. Que si de esto SS. MM. nunca tuvieron noticia es porque siempre compró a todos los procuradores que llegaron a su corte. Que suplican a SS. MM. que manden un pesquisidor para que investigue, que todo será bien probado y que manden dar su cédula real a Hernando Cortés, capitán y Justicia Mayor para que él imparta justicia y gobernación, hasta tanto que esa tierra esté conquistada y pacífica, como así se lo pidió el Concejo y Villa. Esta carta la firman Portocarrero y Montejo, procuradores de la Villa Rica de la Vera Cruz a seis de julio de 1519. Y luego va la prolija descripción del tesoro, firmada por Alonso de Ávila y Alonso de Grado, tesorero y veedor reales, y también todos los demás hombres. En la instrucción del Cabildo a los procuradores les hemos ordenado que deben solicitar la concesión de armas, el pendón y sello para la villa; solicitar el envío de escribanos y de alguaciles; comunicar el reparto de solares entre los soldados: solicitar permiso de libre rescate con los indios; reclamar derechos sobre las salinas; pedir que se nombre un fundidor de oro que venga con el cuño real, además de ciertas ventajas fiscales. También le hemos pedido al obispo Fonseca la bula de absolución para todos los españoles que mueran en campaña, igual que se la concedieron a nuestros abuelos durante la Reconquista, pues estas son tierras salvajes donde son costumbre los sacrificios, antropofagia e idolatría. Cerradas y lacradas estas cartas y dadas a nuestros procuradores, les he encomendado mucho que no entren en La Habana, ni vayan a la estancia que tiene allí Montejo, Marién, para que Velázquez no tenga noticias de nuestro movimiento.

XXXIII

A veintiséis de julio de 1519, después de la misa oficiada por el padre de la Merced, Olmedo, encomendándoles al Espíritu Santo para que les guiase, han partido los procuradores a Sevilla Nuestras esperanzas están en ellos y en el éxito de sus gestiones. Curiosamente, muy pocos hombres me han pedido licencia para volver a casa con Alaminos en la Santa María de la Concepción. Hasta los amigos de Velázquez parece que están más interesados ahora en quedarse. Nos hemos quedado todos en la playa hasta que la hemos visto desaparecer en la línea del horizonte. Algún suspiro he oído.

He mandado a Alvarado salir a cazar con doscientos soldados a Cempoala y a los otros pueblos cercanos de la sierra a por bastimentos, que andamos con necesidad de ello. Los capitanes me han traído de nuevo las quejas de los hombres cercanos a Velázquez, que si no les di la licencia para volver a La Fernandina que les había prometido —un poco pesados están, parece que aún no les quedó claro que eso no lo permitió el Cabildo—, que si les requerimos el oro que enviamos a Castilla. Son los mismos hombres que callan a mi paso y me dedican miradas torvas. Algo están tramando contra mí, estoy seguro. Mis próximos, a mi lado siempre, me guardan bien ante cualquiera intento de atacarme.

Me han despertado quedas voces a medianoche y me he sorprendido de ver en mi mano la daga que guardo bajo la almohada. La he devuelto a su sitio cuando he visto que era Alvarado que, junto a otros, traían a mi choza a un tal Bernardino de Coria, empapado. Este, llorando, ha contado que, a punto de embarcarse para Cuba, se ha arrepentido y ha vuelto a la playa para contarme que ahora mismo hay un grupo de hombres desertando y robando una nave. He dado la alarma a tiempo de impedir su partida. Hemos tomado la nave y sacado las velas, aguja de marear y timón. Los que en ese momento estaban a bordo han sido puestos en grillos y serán juzgados conforme a los usos de la guerra. Ayúdame, Señor. Mañana he de dar ejemplo de firmeza y justicia o nadie en la armada me respetará ni me seguirá en la marcha hacia Culúa. Los delitos son muy graves y como tales han de recibir su justo castigo. Ilumíname, solo te pido. Cuando veo a los sediciosos, resulta que todos son criados y amigos de Velázquez; Escudero, Cermeño, Umbría, los hermanos Peñates y el padre Díaz. Me he quedado helado al verle entre ellos. Han confesado al tribunal que habían decidido tomar un bergantín del puerto, matar a su maestre y navegar a la Isla Fernandina para hacerle saber a Diego que habíamos fundado una nueva ciudad y enviado a Sevilla una nave con procuradores e iban a pedirle que mandase en su persecución. He condenado a la horca por rebelión a Escudero y Cermeño, cortarle los dedos de un pie al piloto Umbría y azotar de nuevo a los revoltosos Peñates, igual que en Cozumel cuando le robaron la comida a otro soldado. He perdonado, por esta vez, al padre Juan Díaz, pues necesitaré hombres de Dios, con la advertencia de que la próxima ocasión no seré tan clemente. Sé que es buen hombre y le han confundido.

¡Oh, quién no supiera escribir, para no firmar muertes de hombres!

Los capitanes y la hueste han quedado tranquilos tras presenciar las ejecuciones de las penas, y este ha sido un buen aviso para todos de que no se anden con motines porque no me temblará el pulso. Sin embargo, no me ha dejado buen sabor de boca estrenar así el cargo de Justicia Mayor, aún debo de acostumbrarme al mando, y tengo que evitar otro intento. Así que he reunido en consejo de guerra a todos mis capitanes y pilotos y les he ordenado que vayan contando la bicha a sus hombres de que ninguna de las naves está en condiciones de navegar y que tratar de hacerlo es muerte segura. Los pilotos me han replicado que, si bien atacadas por la broma unas más que otras, a todas pueden darle reparación y carena. Les he ordenado vaciar todas las bodegas, no reparar ninguna, incluso abrir más grandes los agujeros en sus tablazones y dejar de achicarlas. Desmontar también todo el hierro, velas, timones y agujas de marear y echarlas a la costa para que todos pierdan la esperanza de volver a La Fernandina. Solo así podré hacer mi camino más seguro y sin temor de que deserten los que voy a dejar atrás en la playa cuando marchemos. Una a una, las naves han sido varadas en la arena y, puestas de través del oleaje, el mar no ha tardado en zozobrarlas. La única forma de regresar se ha despedazado ante los ojos desconcertados de todos los soldados, mientras unos lloraban de miedo y otros blasfemaban ante el inédito espectáculo desarrollado en la orilla. Sin ocasión de volver, solo resta avanzar. Incluso los capitanes me han mostrado su descontento; que había perdido buenos caudales —eso es cosa mía— y eliminado la vía de evacuación si éramos atacados aquí. Les he dicho que no pensaba quedarme, que preparasen la marcha. Hemos salido para Cempoala con

doscientos soldados y quince de caballo, dejando como alguacil en la Villa Rica de la Veracruz a Juan de Escalante, casi mi
hermano, con ciento cincuenta hombres y dos caballos. Son
los marineros sin barco, los heridos y los demasiado viejos
para hacer la marcha y se quedan para terminar la fortaleza
que anda casi acabada. Un par de chinchorros que rescatamos
de las naves les servirá para salir a pescar. Después de misa,
he hablado a los hombres y dicho que esperaba que hubiesen
entendido el negocio que acometíamos y que, a pesar de ser
muy pocos, estaba seguro de que íbamos a vencer en todas las
batallas con la ayuda de Nuestro Señor Jesucristo, del patrón
Santiago y de nuestro buen pelear y fuertes corazones. Todos
a una me han respondido que harán lo que les ordenase, que
todos sus servicios eran para servir a Dios y a su Majestad, y
la suerte de nuestra buena ventura estaba bendita. *Alea iacta
est*. Más tarde, me he sentado con el padre Olmedo a tomar-
nos juntos un *xocolátl*, y me ha abroncado: «Hernán, ¿por qué
habéis hundido los barcos? Sois un loco. ¿Sabéis algo que no me
compartís?». Le permito que me hable así y mucho más. Le he
contestado que un barco es siempre nostalgia, que ya vio cómo
casi todos los hombres deseaban volver a Cuba con el poco oro
obtenido. Y que no se crea que están perdidos, solo inutiliza-
dos, que pronto podrían estar alistados de nuevo si nos fuesen
necesarios para regresar.

XXXIV

Ya en Cempoala, con los últimos preparativos para iniciar la
marcha, el cacique gordo me ha regalado una tela de henequén
con un supuesto mapa con la ruta a Culúa. Y digo supuesto
porque no hay quien lo entienda. Los locales señalan en ellos
los hechos ocurridos y no los lugares, así que le he dado las gracias y pedido que mejor me preste algunos buenos guías, cin-

cuenta hombres de guerra y doscientos tamemes para llevar la artillería. Ha accedido.

Y en eso, entra al real Escalante al galope para contarme que han llegado cuatro navíos a la costa y, cuando se ha acercado a ellos en una barca a preguntarles, le han dicho que eran una armada de Francisco de Garay, teniente y gobernador de Jamaica, que venían a descubrir y habían visto la fortaleza. Qué inoportunidad, justo ahora que nos marchábamos. He dejado a Alvarado al mando del ejército aquí en Cempoala, mientras vuelvo a Veracruz a ver qué intenciones tiene esta armada y si es de veras de Garay. No puede ser de Velázquez, seguro, que le dejé sin navíos ni gente de armas en Cuba. En la cabalgada, Escalante me ha relatado que les dijo que yo ya tenía poblada esta tierra en nombre de SS. MM. y hecha villa y puerto, donde podían entrar y hacer las reparaciones que necesitasen, pero que no lo han hecho aún. Llegados a la costa, vimos los cuatro navíos fondeados. Parecía que aún nadie había bajado a tierra. Seguimos por la orilla, ocultos tras la primera línea de árboles, y nos hemos topado con tres españoles; un escribano y dos testigos de la lectura del requerimiento, como si fueran ellos los primeros en llegar a la tierra y no yo, aunque tampoco veo a quien se lo están leyendo. Les asusta nuestra repentina aparición. Cuando les he requerido quiénes son y qué estaban haciendo, me dicen que son cristianos viejos, que son una armada de Garay enviada a reconocer y poblar estas tierras en nombre de SS. MM. «Tarde llegan, ya están tomadas y pobladas por mí, Hernando Cortés, Capitán General, y que, al norte, hallarán puerto y fortaleza de la Villa Rica de la Veracruz...». Me interrumpen groseramente para decir que ya la han visto, que eso queda a cinco leguas de aquí y que puedo repartir con ellos el negocio. Les invito a ellos y a su capitán a venir a la ciudad, que podemos ayudarles en lo que necesiten, pues si vienen en servicio de SS. MM., no deseamos otra cosa que ayudarle.

Como se niegan muy vehementemente, he ordenado prenderles y ponerles en grillos. Hemos hecho noche en la playa, esperando otro desembarco. Visto que nadie bajaba a tierra, les he hecho quitarse la ropa a los tres y ponérsela a otros españoles de mi compañía para que llamasen a los de los navíos. El ardid ha surtido efecto y se ha llegado a la playa una barca con hasta diez o doce hombres con ballestas y escopetas. En cuanto seis de ellos han pisado la arena, han sido cercados y prendidos por mi gente. Uno de ellos, maestre de una nao, le puso fuego a una escopeta y casi mata a Escalante, si no es porque Nuestro Señor le apagó la mecha. El resto, en el batel, ha bogado de vuelta a la nave, olvidando a sus compañeros, que nos han contado luego que habían llegado a un río a setenta leguas por la costa, pasada Nautla, que tuvieron buena acogida por los naturales que les dieron de comer y algo de oro por rescate, que, aunque vieron algunos poblados, no saltaron a tierra. Se vienen a Cempoala, ya no tengo más tiempo que perder.

XXXV

Dieciséis de agosto de 1519. Salimos de Cempoala hacia el sitio de Jalapa, todo cuesta arriba, con quince de caballo y trescientos peones lo mejor equipados para la guerra que hemos podido. Nuestro Señor Jesucristo y Nuestra Señora la Virgen de los Remedios velarán por nosotros. Dejo la provincia y su sierra pacificadas, que son cincuenta mil hombres de guerra y cincuenta villas y fortalezas, todos ya por leales vasallos de SS. MM., que antes eran súbditos de Moctezuma por fuerza. Para mayor seguridad de los que se han quedado en la villa, traemos con nosotros algunos de sus principales, que también pueden ser provechosos en el camino. Al cuarto día de marcha, hemos entrado en la provincia de Sienchimalen donde hemos visto una villa muy fuerte en la ladera de una sierra muy áspera, con una entrada que es solo un paso de escalera, imposible de pasar sino por gente a pie. En todas las aldeas amigas de Cempoala que no tributan a Moctezuma nos han dado de comer y les hemos puesto una cruz y contado, con la ayuda de Marina y Jerónimo, las cosas de nuestra fe, que éramos vasallos del Rey y que nos había enviado a parar los sacrificios de hombres. Por fin, hemos cruzado todas las sierras y al último puerto le hemos llamado Nombre de Dios, tan agro y alto que no hay en España otro más dificultoso de pasar. El paisaje que contemplamos ahora es bien diferente; la verde exuberancia de la costa ha dado paso a un desierto en el que hace mucho frío y graniza y llueve. Nos llega un viento helado de la sierra de al lado, ahora vemos bien que sí es nieve, que nos hace temblar. Como venimos de Cuba y Villa Rica y de todas aquellas costas tan calurosas, no traemos mucho abrigo para estos rigores, y algunos indios de Cuba han muerto. Para más inri, esta última noche nos ha faltado comida. Estamos tiesos de frío y pasando más hambre que el perro de un afilador. El puerto de ayer no era el último, que hoy hemos pasado otro, y en su cumbre había una torre pequeña con ciertos ídolos, y alrededor más de mil carretas de leña cortada, así que le pusimos de nombre Puerto de la Leña y quemado unas cuantas cargas para entrar en calor. A la bajada, entramos en un valle poblado de gente hasta el pueblo de Caltanmí, con las mejores casas que hemos visto hasta ahora, donde hemos sido bien recibidos por su señor, Olintecle, aposentados y alimentados. Le pregunté si era vasallo de Moctezuma o de otra señoría y, casi admirado de lo que le preguntaba, me respondió que allí todos lo eran, como queriendo decirme que era señor del mundo. Le dije que veníamos de lejanas tierras por orden del Rey Carlos, de quien son vasallos otros muchos y grandes señores, para que él también le diese obediencia. Que, de hacerlo, sería favorecido. Pero, de no obedecer, sería castigado. Que nos enviaba para decirle que dejase de sacrificar y matar indios, que no comiese carnes de sus prójimos, que no les robase las tierras ni hiciese sodomías porque así lo manda Nuestro Señor Dios, que es el que adoramos y creemos, nos da la vida y la muerte y nos ha de llevar a los cielos. Nos ha hablado del gran poder de Moctezuma y de los miles de guerreros con los que mantiene a todas las provincias sujetas y de una fortaleza suya construida sobre un lago, Tenochtitlan, de cómo estaban sus casas también sobre el agua, que de una a otra solo se puede pasar por un puente o en canoa, que para entrar en su ciudad hay tres calzadas principales que parten de la tierra firme y que en cada una hay cuatro o cinco aberturas para que pase el agua de una parte a otra y que en cada abertura hay un puente de madera y con solo con alzar cualquiera de ellas, ya nadie puede entrar o salir. Nos dijo que Moctezuma guardaba allá mucho oro, plata y piedras preciosas. Para qué más. Suficiente para motivar cien ejércitos que viniesen conmigo. Le pedí algo de ese oro para mandarle a SS. MM. y me dijo muy desabrido que él no tenía y que, de tenerlo, tampoco me lo daría a no ser que su señor así se lo mandase. Tuve que morderme la lengua ante tamaña descortesía y, por no liarla ahí mismo, disimulé lo mejor que pude y le dije que más pronto que tarde Moctezuma le mandaría que me diese el oro y todo lo demás que tuviese. Como ya teníamos que seguir, le dije a Olmedo que dejase una cruz y me dijo que no merecía la pena, que esos bárbaros la iban a quemar, que mejor más adelante. Vale. Los guías de Cempoala que vienen con nosotros me han dicho que estamos cerca de Tlaxcala, que son amigos suyos y muy enemigos de los mexicas, y que sería buen negocio que nos confederásemos. Cuidado, no la liemos. Hay que conocer antes bien el paño, no vaya a ser que nos equivoquemos de aliado y de enemigo. Despacio. Les he dejado enviar a mensajeros para sondearles. Hemos seguido el orden de marcha, sin ofensa alguna, esto está muy tranquilo por ahora. No hay reporte ni señales de ejércitos cercanos. Han llegado dos señores de pueblos de este valle, nos han dado unos collares de oro malo de poco peso y siete u ocho esclavas y nos han invitado a que sigamos hasta Istacmastitán. Este sitio está en el fondo de un valle a la ribera de un río pequeño y, en un cerro muy alto está la casa del señor en fortaleza, cercada de un muro con barbacanas. Aquí también hemos sido acogidos por el señor Olintecle, que nos ha dicho ser vasallo de Moctezuma. Descansaremos unos días de las fatigas del desierto, mientras esperamos la respuesta a los mensajeros a Tlaxcala y saber si seremos allí bien recibidos. Me cuenta Marina que los indios preguntan por nuestros lebreles y alanos y los de Cempoala les dicen que los usamos para comerse al que nos enoja si es que antes no le lanzamos piedras con esos tubos. Nos va bien que le teman a todo. Pero, para miedo, el habernos encontrado en la plaza a tres indios cuidando de más de cien mil calaveras amontonadas y muy ordenadas y de otros tantos rimeros de huesos de muertos, tantos que no se pueden contar, que han hecho estremecerse a los soldados.

Llevamos ocho días aquí y, cuando le pregunto a los de Cempoala por sus mensajeros, me dicen que Tlaxcala está lejos y no pueden volver tan pronto. Me parece a mí que o los mexicas corren más que estos o deben tener otro sistema, como de posta, porque recuerdo que las noticias rápido iban y venían de Tenochtitlan a la costa. La ruta alternativa para ir a Culúa es por Cholula que, según el cacique Olintecle, es mejor camino y más llano. Pero los de Cempoala me dicen que no se nos ocurra ir por ahí, que son muy traidores, que Moctezuma tiene allí siempre guarniciones de guerra y que es mejor que vayamos por Tlaxcala. Cuando le he consultado a Alvarado, me ha recordado que los de Cempoala son poco de fiar, que nos la jugaron con lo de Cingapacinga y nos usaron para sus fines.

Hemos esperado unos días más al regreso de los mensajeros, pero no han vuelto. Viendo entonces que los de Cempoala me certificaban la amistad y seguridad de ir por Tlaxcala, he decidido que salgamos para allá, ya no podemos perder más tiempo, que Dios lo encamina todo.

XXXVI

He pedido veinte guerreros a Olintecle para que nos acompañen y sirvan de guías, y en orden de combate hemos llegado a Xalacingo, desde donde hemos mandado otros dos mensajeros a Tlaxcala para avisar de nuestra llegada. Yendo con otros seis caballeros en vanguardia, a media legua por delante del grueso del ejército, hemos topado con una muralla de piedra que atraviesa todo el cañón de una sierra a la otra. Era tan alta como estado y medio, ancha de veinte pies, con un pretil de pie y medio de ancho para pelear desde encima y una única entrada de diez pasos, doblada a manera de revellín, tan estrecho como cuarenta pasos, de manera que la entrada es a vueltas y no a derechas. Pregunté por la causa de aquella cerca y me dijeron que era la frontera con Tlaxcala, que son enemigos de Moctezuma y tienen siempre guerra con ellos. Me llamó la atención que no hubiera guardias apostados en ella: ¿Quién hace tal obra y luego deja abierta la puerta? «¡Atentas todas las compañías, puede ser una trampa! Señores —le dije al ejército—, sigamos nuestra bandera con la señal de la santa cruz, que con ella venceremos». Hemos atravesado la muralla muy atentos y no ha habido problemas. Después de cuatro leguas, llegando a lo alto de un cerro, dos de caballo que iban delante han visto indios con plumajes, espadas y rodelas que han salido corriendo. Incauto, me he acercado a ellos para decirles que no nos temieran y se nos han echado encima tirándonos cuchilladas y dando voces a su gente que tenían abajo en el valle. Peleaban tan bravo que nos han herido a dos caballos. Para cuando llegaron en nuestro auxilio los otros caballeros, ya subían del valle cientos de indios. Hemos arremetido todos contra los primeros mientras esperábamos a que también llegasen los infantes que había mandado avisar con uno de caballo. Así hemos matado a veinte por cuatro heridos nuestros y peleado recio hasta la puesta del sol, que ha sido cuando los indios han empezado a retirarse. Al llegar a las primeras casas, hemos dejado de perseguirles. Los capitanes me han dicho que hemos capturado a tres vivos y van a ver qué les pueden sacar con la ayuda de nuestras lenguas. Hacemos aquí la noche, al lado de un arroyo, aprovechando que los indios nos han dejado de cena esos perrillos que ellos crían al abandonar las casas y curamos las heridas y cortes con la grasa de otro indio gordo de los que hemos matado, que tampoco hoy llevamos aceite. He dispuesto que la guardia esté muy a punto con escuchas, buenas rondas y corredores del campo y los caballos ensillados y enfrenados, por si acaso se les ocurre atacarnos.

Después de Misa, nos pusimos de nuevo en marcha. La orden es que los de caballo vayan delante y no se alejen, que lleven la vara terciada y que entren y salgan y que no se separen de nosotros, no dejar que nos rompan en dos. Enseguida nos han salido al paso dos escuadrones de guerreros con gritos, tambores y trompetillas, arrojando flechas y lanzas. Ordené parar la marcha y soltar a los tres prisioneros de ayer, a los que no conseguimos sacar ni media palabra de lo aterrados que estaban, con el mensaje de que no nos den guerra, que les queremos tener por hermanos. Conmigo, Godoy el escribano, levantando acta de que les habíamos ofrecido paz, para que luego no nos demandasen las muertes y los daños. El funcionario real pudo observar cómo los guerreros no atendían nada de lo que les decían los liberados y nos acometían con más furia. Tomó nota de todo y se retiró, prudentemente, a retaguardia.

¡Santiago, y a ellos! El sitio era muy rocoso y lleno de quebradas para aprovechar bien a los caballos, pero aún podíamos cargar y causarles muchos muertos. Con la formación intacta y cegados por la arena llegamos a un llano mientras nos volaban piedras y flechas. Vi como Morón arremetía contra sus escuadrones y le atrapaban la lanza. Mira que le había dicho que les entrara a la cara, sin alancear. Le cortaron los montantes de la silla y varios indios le tiraron al suelo y acuchillaron salvajemente. A su yegua, la de Sedeño que pariera a bordo, le cortaron la cabeza de un solo tajo con esas espadas de pedernales, para pasmo nuestro, y ahí se quedó tiesa. Pudimos rescatar y llevarnos a Morón, muy malherido, y aún pudimos recuperar su silla, cortándole la cincha. Los indios cortaron a la yegua en pedazos y se la llevaron. Los pedreros, bien situados, nos ayudaban y les hacían mucho daño, porque eran tantos e iban tan juntos, que con cada piedra les abríamos un buen agujero en sus filas. Y, aun así, seguían apareciendo más y más indios. Todos peleábamos a una como varones por salvar nuestras vidas y para hacer lo que estábamos obligados, porque ciertamente las teníamos en gran peligro, como no lo tuvimos antes. Los de caballo nos fuimos turnando en primera línea, para darles reposo, durante todo el día hasta la puesta del sol, que los indios empezaron a retirarse. ¡Victoria! ¡Gracias sean dadas a Dios! Vi que nuestra gente salía detrás de ellos en persecución y les ordené parar y retroceder a unos templos que estaban en alto como en fortaleza, fáciles de defender, para descansar y pasar la noche. Hemos encontrado en ellos muchas gallinas y perrillos, así que vamos a poder comer y descansar en cuanto se distribuyan las guardias. Los capitanes me han confirmado las malas noticias; Morón ha muerto de sus heridas, otros cinco peones y dos caballos, la yegua de Morón y el de Olid (trece me quedan), y hay quince soldados heridos y cuatro caballos. He ordenado enterrar en secreto a los muertos (hemos hecho quince prisioneros, dos de ellos capitanes) para que los indios no vean que nosotros morimos también. No sabemos cuántas bajas les hemos hecho ya que se han llevado a sus muertos del campo. Mientras la hueste se repone y cura, hemos salido los de caballo y tomado algunas aldeas para que estos de Tlaxcala crean que no necesitamos descanso. La gente que llevamos de Istacmastitán, la que nos prestó Olintecle, se ha entretenido en quemarles las casas y les he reconvenido que tampoco es eso. He soltado a los dos prisioneros principales para que lleven mensajes que les transmiten Marina y Jerónimo; que no sean más locos y que vengan en paz, que queremos ayudarles y tenerles por hermanos. Pero la respuesta que nos llega al poco de un tal capitán Xicoténcatl el Joven no puede ser menos halagüeña: ...que sí, que vayamos a su pueblo, que harán las paces con nosotros mientras se hartan de nuestras carnes y honran a sus dioses con nuestros corazones y sangre. Olé. Estupendo. Marina me cuenta lo que los prisioneros le dijeron, que las fuerzas de Tlaxcala son cuatro señoríos, Tizatlán, Ocotelulco, Tepetícpac y Quiahuixtlan, y pueden juntar hasta cinco capitanías de diez mil guerreros cada una. Alvarado cree que mienten y es un ardid. Si es cierto lo que dicen y vienen por nosotros, apenas cuatrocientos hombres entre españoles y aliados, más nos vale confesarnos y encomendarnos a Dios, pues antes de acabar con el último de ellos, nuestros brazos habrán dejado de obedecernos de puro agotamiento de matar indios. He ordenado que esta noche se cante en el real, hay que subir la moral, mientras los padres atienden las almas de todos. Tras amanecer, hemos oído Misa con los padres Díaz y Olmedo, y puesto a los caballos en concierto. He visto que ninguno de los soldados heridos ha dejado de ayudar en todo lo que ha podido. He repartido las últimas consignas, todas orientadas a economizar el esfuerzo y sobrevivir: los ballesteros y escopeteros deben escoger bien el disparo; los de los tiros han de apuntar al centro de sus formaciones; los de espada y rodela no deben permitir que se acerquen tanto, atravesarles de barato las entrañas y no salirse del cuadro; y los de a caballo han de ayudarse y llevar las lanzas terciadas a las caras y ojos, entrando y saliendo a media rienda, que no se repita lo de Morón. Hemos salido del real en formación y ni a media legua he visto asomar los campos llenos de guerreros con sus grandes penachos y divisas de grullas blancas, con mucho ruido de trompetillas y bocinas. «Hasta aquí hemos llegado, señores soldados, por Dios y por Santiago». Lentamente se han desplegado y nos han rodeado. Cuatrocientos, muchos heridos aún del otro día, contra una multitud que parece llegar al horizonte. Pregunté a las lenguas qué cosa nos gritaban y me tradujeron que «…hoy no iban a dejar a ninguno de nosotros con vida, que no iban a esperar a sacrificarnos más tarde…». Pues mira, ya es un alivio saber que no hemos de acabar con el pecho abierto sobre una piedra, muertos como cochino en matadero, sino de pie y con el arma en la mano. Se nos han venido encima en masa con grandes gritos, apedreando con hondas y tirando flechas que atraviesan a los hombres donde no llevan defensa. Con orden y concierto, nuestra artillería y escopetas y ballestas, les hemos hecho mucho daño, de tan juntos que van. Los que se llegaban a nosotros con sus espadas y montantes se llevaban sus buenas estocadas. Mientras los de caballo barríamos sus filas, el cuadro ha aguantado durante horas el diluvio de piedras que se le venía encima. Su táctica es muy primitiva y eso nos ayuda a aguantar; atacan de frente, tan prietas las filas que van cayendo según llegan, y es evidente que no saben cómo luchar contra nosotros porque observamos a sus capitanes discutir entre ellos y a los hombres atacarnos de mala gana hasta que han comenzado a aflojar y retirarse. ¡Victoria! Nos volvimos al real, donde los capitanes me han informado de que hemos prendido a tres indios principales y tenido una baja después de tantas horas de combates, además de sesenta soldados y todos los caballos heridos. ¡Alabado sea Dios! ¡Solo un baja! Ordené enterrar al muerto en una cueva dentro de una casa y derribarla para que no le encontrasen y sigan creyendo que somos teules, como ellos dicen, inmortales. Con todo, rezamos para que estos salvajes nos den una tregua pues no podremos aguantarles mucho más este ritmo de guerras. Para tratar de conseguirlo, he liberado a los tres principales y enviado al pueblo con dos mensajeros de nuestros aliados de Cempoala con más mensajes de paz y peticiones de cruzar sus tierras camino de Culúa. Quiero que les cuenten cómo les ayudamos contra los recaudadores de Moctezuma y que les prevengan de que, si no se avienen y continúan atacándonos, que los mataremos a todas sus gentes. Los mensajeros volvieron contando que encontraron a sus señores muy tristes, llorando la pérdida de los suyos. No han atendido nuestra petición de paz y los muy ladinos nos han atacado esta noche. Las velas han dado la alarma y, como andamos todos muy atentos y dormimos calzados y con el arma en la mano, hemos dado cuenta de ellos a costa de un amigo nuestro de Cempoala, y dos soldados y un caballo heridos. Al amanecer, hemos encontrado veinte muertos suyos.

XXXVII

Llevábamos un par de días tranquilos, esperando noticias acerca de nuestra oferta de paz, cuando hemos visto que se acercaba un otomí reclamándonos un guerrero para un desafío. Un indio de Cempoala me ha pedido permiso para aceptar el reto y he accedido. Y mejor así, que enviar a un español con un acero me pareció injusto. Así que los dos ejércitos nos hemos sentado a ver cómo empezaban a repartirse leñazos y mis hombres se han cruzado apuestas. Muy pronto, nuestro aliado ha alcanzado al otro en el cuello, derribándole y ha rematado la faena en el suelo, cortándole la cabeza, que ha mostrado desafiante a los otros. Poco ha durado el espectáculo y algún oro que se me ha escamoteado ha cambiado de manos. Los de Tlaxcala han quedado tristes y mudos mientras mis soldados y aliados han vitoreado al indio nuestro, que me parece que hemos escogido bien a los amigos.

Desde que iniciamos la marcha de Cempoala hace cuatro semanas, hemos perdido ya a cincuenta y cinco hombres y dos caballos. Los vivos, hombres, caballos y alanos, renqueamos todos, pasamos mucho frío y no hallamos sal para cocinar. A mí me han entrado fiebres y calenturas, que van y vienen, de la paliza que llevamos encima. Hemos conseguido comida en un pueblo cercano, Zumpancingo, donde nos han dicho que el Xicoténcatl les había prohibido darnos. Me han venido siete pesimistas a pedirme que volviéramos a la Villa Rica, que si así de duros son los tlaxcaltecas y aun así son sometidos, que mucho peor deben de ser los mexicas, que no deberíamos tentar tanto a la suerte, que si no han venido a nosotros estos últimos días es que algo gordo están tramando, que están muy cansados y que les antoja muy mal negocio tratar de llegar a México y que, de no haber dado los barcos al través, pedir refuerzos o volver a Cuba podríamos. Cuidado. Ahora no es el momento para otro motín. Les he dicho que ya sabía todo lo que me contaban y que tenían razón. Pero también les he dicho que no he visto mayor valor ni esfuerzo en estos españoles que van armados y prestos de continuo, con rondas, poca comida y mucho frío, que, si Dios nos había ayudado tres veces hasta ahora, que no había motivo para pensar que iba a dejar de hacerlo, y que, si nuestros aliados nos viesen ahora flaquear, se nos vendrían también encima porque verían que no les íbamos a ayudar contra Moctezuma. Más vale morir por buenos que vivir deshonrados. He terminado advirtiéndoles que no les quiero volver a escuchar nada parecido y que como pille a alguien desanimando al resto, le caerán cien azotes. Xicoténcatl el Joven, que debe de andar desesperado al creer que no ha matado a uno solo de mis hombres, ni siquiera capturado a uno, hoy nos ha enviado al real a cuatro viejas, que vienen acompañadas de cincuenta hombres que traen trescientos pavos y doscientas canastas de tamales. El mensaje que traen es «...si sois teules bravos, como dicen los de Cempoala, y queréis sacrificios, tomad estas cuatro mujeres para que las matéis y comáis de sus carnes y corazones. Como no sabemos de qué manera lo hacéis, no las hemos sacrificado antes y os las traemos vivas. Si sois hombres, comed de esas gallinas y pan y fruta. Y si sois teules mansos, os traemos copal y plumas de papagayos para que hagáis vuestros sacrificios con ello...». Les respondí que ya les había enviado decir que quiero paz y no guerra, y a conminarles en nombre de Nuestro Señor Jesucristo, en quien creemos y adoramos, y del Rey don Carlos, cuyos vasallos somos, que dejasen de matar y de sacrificar a ninguna persona, como suelen hacerlo. Que somos hombres de carne y hueso como ellos, y no teules, sino cristianos, que no tenemos por costumbre de matar a nadie, y que, si matar quisiéramos, podríamos haber aprovechado todas las veces que nos dieron guerra de día y de noche. Les agradecí la comida que nos traían (se la dejé a probar antes a los aliados) y que no sean más locos de lo que han sido y que vengan en paz.

Ahora resulta que el detalle de Xicoténcatl el Joven de enviarnos comida no era más un ardid para meternos espías en el real, los tamemes, para mirar nuestros ranchos, chozas, armas y caballería. Lo ha denunciado Teuch, un totonaca, quien ha pillado a los espías anotándolo todo y corriendo se lo ha contado a Marina, que rápido nos ha advertido a través de Jerónimo. Hemos detenido e interrogado a uno de los tamemes que ha confesado todo, después de unas pocas caricias de Alvarado. Al punto, hemos prendido a otros diecisiete y les hemos cortado la mano derecha a unos y a otros los pulgares, y les hemos mandado de vuelta a su pueblo. Hemos redoblado la guardia.

Han pasado otros tantos días y no me gusta esta calma, creo que algo se está fraguando. Así que, aprovechando que tengo a casi todos los hombres y caballos disponibles, hemos salimos de batida y quemado unos pocos pueblos. He dejado a los de Istacmastitán y Cempoala ir delante, para no arriesgar a mis españoles. Al atardecer, hemos vuelto a salir a caballo de razia. Hacía mucho frío y varias monturas se cayeron despatarradas sobre el suelo helado. Al quinto corcel caído, los capitanes han empezado a hablar de malos augurios y les he ordenado continuar (parecían viejas miedosas) y hemos entrado en un pueblo del que los locales han huido presas del pánico al vernos llegar. No les hemos perseguido ni hecho ningún daño ni quemado sus casas. Hemos trepado las gradas de la torre de su templo y contemplado una gran ciudad. Tizatlán, nos han dicho los guías que se llama.

Los tlaxcaltecas han dejado de atacarnos y construido unos tianguis enfrente de nuestro real donde muchas mujeres cocinan la comida que nos envían cada día; cientos de porteadores les suministran materias primas y luego nos traen los platillos elaborados a nuestras tiendas. Mis españoles descansan y siguen curando de sus heridas mientras fabrican saetas. La paz con Tlaxcala es inminente y así nos lo hacen saber unos principales que han venido al real a excusar su comportamiento porque nos habían tomado por amigos de los mexicas al ver a aliados suyos mezclados con nosotros (llevar con nosotros a los guías de Istacmastitán del jefe Olintecle se ha revelado como un grave error) y por ese motivo no se creían nuestros mensajes con ofertas de paz y que los primeros que nos dieron guerra eran chontales y otomíes y que lo hicieron sin su consejo y que, en dos días, Xicoténcatl vendrá con otros caciques a dar relación de su buena voluntad y deseos de amistad. Ya. Les hablé serio acerca de que, desde que habíamos entrado en sus tierras, solo habíamos enviado mensajes de paz y ofertas de ayudarles contra los mexicas que ellos habían desoído y que nos habían guerreado hasta tres veces. Que les agradecíamos la comida que nos entregaban cada día y que esperábamos a sus capitanes y principales para certificar las paces que nos dicen ahora o entraríamos en sus pueblos a darles guerra. Se han devuelto a su lugar con un montón de cuentas azules en señal nuestra de paz y han prometido volver en pocos días.

Al amanecer, los centinelas han dado aviso de que llegaban cinco indios principales, embajadores de Moctezuma. Han venido a darnos la bienvenida al llano y a felicitarnos por nuestras victorias ante sus enemigos los tlaxcaltecas (han debido de anotarlo bien todo). Parece que las noticias vuelan aquí en el valle. Nos han traído mil pesos de oro en joyas muy labradas y veinte cargas de ropa fina de algodón y transmitido que su señor Moctezuma acepta ser vasallo de nuestro rey y que, aun estando tan cerca ya de su ciudad, no hace falta que vayamos a verle a Tenochtitlan, que él nos entregará cada año el tributo correspondiente en oro, plata, piedras preciosas y ropa, y de esa forma nos ahorraremos el penoso camino hasta allá. He agradecido a los embajadores los presentes y el mensaje de Moctezuma, y les he pedido que se queden con nosotros unos días hasta ver cómo termina el asunto de la guerra con Tlaxcala, que solo entonces le daré mi mensaje para su señor.

Reunido en consejo de guerra con mis capitanes, juntos discutimos qué será lo más conveniente. Ya lo dijo san Marcos: *Omne regnum in se ipsum divisum desolabitur.* Me ponen caras raras. Les traduzco: «Todo reino dividido contra sí mismo será devastado». Mexicas y tlaxcaltecas intentan cada uno por su parte atraernos a su lado. Estas tierras están cualquier cosa menos unidas y eso es ventaja nuestra. Alvarado se lanzó:

«Debemos andarnos con ojo, mi general, estamos rodeados de mentirosos e interesados, hay que elegir bien en quién confiar, pues somos muy pocos si se revuelven contra nosotros». Le respondí que ese mismo era nuestro juego, ver quién puede apoyarnos contra Moctezuma mientras le hacemos creer que es nuestro amigo. Los regalos que nos envía son para comprarnos y tenemos que ver hasta dónde llega cada uno y qué se temen los unos y los otros. Ambos enemigos han comprobado nuestro rendimiento en batalla y ahora quieren que seamos sus exclusivos aliados. Vamos a dejarnos querer por unos y otros hasta elegir lo que sea mejor a nuestros intereses.

En este juego de audiencias, hoy es el turno de los tlaxcaltecas. Ha llegado Xicoténcatl el Joven, que por fin le hemos puesto cara, y viene acompañado por cincuenta indios principales. He salido a recibirles y los he llevado a mi tienda, junto a capitanes y lenguas. El joven capitán me ha dicho que venía por orden de su padre para que aceptásemos la amistad de Tlaxcala, que deseaban ser vasallos de nuestro rey y venían a pedir perdón por habernos dado guerra y matado dos caballos, que con gusto nos pagarían su coste. Les he contestado que se olvidasen de los caballos que (mentí) venían otros mil detrás nuestra, que habíamos venido de muy lejos para buscar su amistad, enviado mensajeros para anunciar nuestra visita y nos habían combatido, y ahora no sabíamos si podíamos fiarnos de ellos. Me dice que nos atacaron pensando que éramos amigos de Moctezuma, que usa muchas de estas astucias para entrar en sus tierras y robarles. Que son muy pobres, que no tienen oro, plata, ropa de algodón o sal, porque el tal señor no se lo permite (será mal bicho) y que, viendo que somos invencibles, quieren ser nuestros amigos y vasallos de nuestro rey, pues saben que con nosotros sus personas, mujeres e hijos y tierras estarían guardadas. Les he dicho que son muy bienvenidos, que por supuesto que les recibimos como amigos y vasallos del nuestro rey y que les protegeremos de todo. Muy contento, Xicoténcatl el Joven nos ha invitado a visitar su ciudad, que nos esperaban allá para convidarnos. Le dimos unas cuentas verdes y dijimos que aún debíamos despachar a los enviados de Moctezuma, que nos esperasen, que iríamos muy pronto. También le advertimos que esperábamos que las paces fuesen ciertas y no engaños, y que, de no ser así, entraríamos en su ciudad y la destruiríamos y mataríamos a todos. El capitán contestó que eran paces firmes y verdaderas, y que se quedarían ellos mismos de rehenes nuestros para demostrarlo. Le dijimos que no haría falta, que confiábamos en su palabra. Victoria. Todos mis hombres celebran la paz.

Marchado Xicoténcatl, los embajadores de Moctezuma que habían presenciado todo nos dicen que no nos fiemos de ellos, que es paz fingida y burla, que son traidores y que, si entramos en su ciudad, nos matarán (¡Hum!, eso es que nos les ha gustado esta alianza). Y que nos esperemos seis días antes de ir, que van a consultar rápido con Moctezuma y vuelven. Alvarado tenía razón, aquí ya no sabe uno en quién creer ni de quién fiarse. Hace unos días, que si íbamos por Cholula o Tlaxcala, ahora que si de cuál hemos de ser amigos o enemigos. Creo que seguiré haciendo caso del criterio de los de Cempoala, que hasta ahora no me ha ido mal, a pesar de la que me colaron con el negocio de Cingapacinga.

Mientras esperamos su vuelta y decidimos qué hacer, nos han llegado al real las dos botijas de vino y las hostias que habíamos dejado enterradas en la Villa Rica, y que le había pedido a Escalante hace unos días que nos enviase. Mañana podremos celebrar la Eucaristía como Dios manda.

Han vuelto los embajadores con las respuestas de Moctezuma, trayéndonos aún más regalos; más de tres mil pesos de oro en joyas y doscientas piezas de ropa de mantas, y con más felicitaciones suyas y advertencias de que no confiase en los tlaxcaltecas, que no vaya a su ciudad, pues me robarán y matarán. Y, claro, a continuación, han llegado los tlaxcaltecas, pues se vigilan los unos a los otros. Esta vez, los jefes en persona. Mis españoles, entre curiosos y divertidos, ya se toman a chacota el negocio viendo cómo unos y otros nos adulan, tratando de comprar nuestra amistad. El problema es que, como nos equivoquemos al escoger, no salimos de esta porque nos acaban. Los cinco jefes: Xicoténcatl el Viejo (me ha palpado toda la cara y mesado bien la barba porque es ciego), Maxixcatzin, Chichimecatecle, Tecapacaneca y Guaxolocín, nos preguntan que por qué no hemos ido aún a sus casas, que hace días que nos están esperando. Como si no lo supiesen. Las lenguas nos traducen su parlamento: «*Malinche* (así me llaman por ser el dueño de Marina/Malintzin y me gusta), muchas veces te hemos enviado a rogar que nos perdones por hacerte la guerra y ya te dimos cuenta de las razones, que fue por defendernos del malo de Moctezuma y sus grandes poderes y de haber sabido entonces lo que ahora sabemos, no digo de haberos ido solo a buscar a vuestros barcos, sino a barreros todo el camino hasta aquí y a daros bastimento cada día y puesto que ya nos habéis perdonado, lo que ahora os pedimos yo y todos estos los caciques es que vengáis a nuestra ciudad, y allí os daremos todo de lo que tengamos y os serviremos con nuestras personas y haciendas y mira, Malinche, no mudes de idea cuando nos hayamos ido, porque sabemos que estos mexicas te contarán mentiras de las que suelen decir de nosotros, y no has de creerles, que en todo son falsos, y tenemos entendido que por causa de ellos no has querido venir a nuestra ciudad». Les respondí que sabía que ellos eran buenos y por eso me extrañé de que nos diesen guerra, que los mexicas seguían ahí con nosotros porque esperaban un mensaje que yo tenía que enviar a Moctezuma y que les agradecía sus bastimentos diarios, que se lo pagaré con buenas obras y antes hubiese ido a su ciudad de tener quien cargase con los tiros y lombardas (esto se me ocurrió sobre la marcha). De inmediato, se ofrecieron a llamar a quinientos indios de carga para que los trasladasen a su casa. Decidido pues. Vamos a Tizatlán. Me fío más de estos tlaxcaltecas. «Señores capitanes, mañana marcharemos a su ciudad en orden de batalla, que nadie se despiste, mucho ojo todo el mundo». Los embajadores mexicas no se han marchado, seguirán acompañándonos y estarán en todo momento guardados por nosotros para que no sufran deshonor ni ofensa alguna, mientras vemos en qué acaba este negocio con Tlaxcala.

XXXVIII

Muy de mañana hemos comenzado a marchar camino de Tizatlán con mucho concierto, tanto la artillería como los de caballo y las escopetas y ballesteros y todos los demás, según teníamos por costumbre. A un cuarto de legua de la ciudad, han salido a recibirnos los cinco señores principales de los señoríos de Tlaxcala junto a sus sacerdotes que, con sus pelos mugrientos con costras de sangre y sangrando por las orejas y lenguas, nos ahumaban. Hoy, veintitrés de septiembre de 1519, en contra del consejo de Moctezuma, ya veremos qué sucede, hemos entrado en Tizatlán, en el corazón de Tlaxcala. Es más grande y poblada que Granada. Veíamos a todo el mundo muy alegre y sonriente de recibirnos, las calles y las azoteas llenas. Mis hombres, con la mosca detrás de la oreja, muy atentos a cualquier señal hostil. Xicoténcatl el Viejo y Maxixcatzin me tomaron de la mano y llevado a unos aposentos, seguidos por los aliados y los embajadores de Moctezuma que lo miraban todo con odio y desdén. Trajeron después mucha comida, gallinas, tunas, pan de maíz, legumbres y otras cosas de esta tierra, que parece muy abastecida. Avisé a los capitanes de estar muy atentos, no fuese una trampa. La actitud de estos llamó la atención de los caciques que me dijeron: «Malinche, no pareces confiar en nosotros cuando ordenas a tus hombres estar vigilantes y eso es por culpa de los mexicas que te han engañado siempre, pero pide todo lo que quieras, nuestras personas e hijos, que te lo daremos, que seremos rehenes. Tu propuesta de paz nos resultó muy sospechosa, pues si ya es raro que un extranjero se presentase aquí en son de paz con una propuesta de alianza contra los mexicas, mucho más que estuviera acompañado de mexicas (los guerreros que Olintecle nos prestó)». Agradecí sus tranquilizadoras palabras, pero les dije que ya era costumbre nuestra en estas tierras estar siempre apercibidos, que es mejor prevenir que curar. Olmedo y Díaz, a lo suyo, ya han instalado un altar y celebrado hoy misa con el vino y las hostias que Escalante mandó de la costa, acompañados de Xicoténcatl el Viejo y Maxixcatzin, que asistieron observadores y curiosos. Por cierto, que Olmedo no anda muy allá, flaco y enfermo. Después, trajeron unos pocos regalos y se excusaron por no traer más: «Malinche, bien creemos que, como es poco esto que te damos, que no lo recibirás con buena voluntad. Ya te hemos enviado a decir que somos pobres y que no tenemos oro ni ningunas riquezas, y la causa de ello es que esos traidores y malos de los mexicanos y Moctezuma que nos han quitado todo cuanto solíamos tener, por paces y treguas que les demandábamos para que no nos diesen guerra. Y no mires que es de poco valor, sino recíbelo con buena voluntad, como cosa de amigos y servidores que te seremos». Les dije que de eso no se preocupasen, que tenía su amistad en más alta estima y que les ayudaríamos en todo contra esos mexicas (no teníamos a ninguno cerca escuchando), pues ya eran aliados y vasallos de nuestro Rey. Lo siguiente me descolocó un poco: «Malinche, porque más claramente conozcáis cuánto bien os queremos y que deseamos en todo contentaros, nosotros os queremos dar a nuestras hijas para que sean vuestras mujeres y hagáis generación, porque queremos teneros por hermanos, pues sois tan buenos y esforzados». Les agradecí el ofrecimiento y le consulté a Olmedo si ese sería buen momento para pedirles que dejasen a sus ídolos y de sacrificar, y me dijo que mejor en otra ocasión, que mejor empezásemos cristianizando a esas mujeres. Hoy han traído a cinco indias a los aposentos, todas doncellas y mozas, lozanas y de buen parecer y ataviadas, cada una acompañada de un ama. A mis capitanes les gustaba mucho lo que veían. Y Xicoténcatl el Viejo me dijo: «Malinche, esta es mi hija, que no ha sido casada, que es doncella, tomadla para vos». Le agradecí los regalos, pero les pedí que, de momento, las guardasen en casa con sus familias. Ofendido, me preguntó que por qué no las tomábamos de inmediato y le contesté que antes de poder hacerlo debían quitar esos ídolos, dejar de hacer sacrificios y abrazar a nuestro Dios, Único y Verdadero, mientras Olmedo les enseñaba la imagen de Nuestra Señora con el Niño en brazos y les explicaba que ella era la Madre, que Él fue concebido por obra del Espíritu Santo y otras cosas tocantes a la fe y que, si querían ser amigos y hermanos nuestros, debían de creer en Nuestro Señor y que solo entonces podríamos tomar a sus hijas. Los jefes replicaron: «Malinche, entendemos que es buena cosa la que nos proponéis, pero ¿cómo podemos dejar de hacer eso que venimos haciendo por costumbre desde hace tanto tiempo, sin que todos los sacerdotes y vecinos y mozos de estas provincias se levanten contra nosotros?». Olmedo, bien práctico el mercedario, me dijo al oído que igual no era conveniente forzar mucho la mano y que quizá fuese mejor esperar a que conozcan mejor nuestra fe como lluvia fina y no toda de aguacero de golpe. Asintieron Velázquez de León y Lugo con él, ansiosos, con las pupilas brillantes. Concedí hacer como decía el páter, poco a poco, y conseguí que al menos se retirasen los ídolos y se pusiera una cruz y la imagen de la Virgen. Y que bautizasen a las cinco mozas antes de que los capitanes les pusieran las manos encima. A la hija de Xicoténcatl el Viejo, Tecuelhuetzin, la llamamos María Luisa y se la entregué a Pedro de Alvarado que ahora viene a ser el cuñado del Xicoténcatl el Joven, asunto que les pone a ambos muy contentos (yo me excusé de un nuevo matrimonio, diciéndoles que ya estaba casado). A la hija de Maxixcatzin se la bautizó como doña Elvira y la di a Juan Velázquez de León. Las otras tres, tampoco presté mucha atención a sus nuevos nombres, se las he dado a Sandoval, Olid y Dávila, que se han alegrado mucho. Solucionado el tema matrimonial, los capitanes y yo hemos preguntado a Xicoténcatl el Viejo y Maxixcatzin muchas cosas acerca de Moctezuma y de México. Nos dijeron que el terrible señor de los mexicas es muy poderoso, que tiene un ejército de cien mil hombres que les daba guerra desde hacía más de cien años. Nos extrañó oír tal cosa, pues si Moctezuma en verdad tenía tantos hombres, cómo era que no había acabado ya con todos. Han podido siempre resistirles con gran coste gracias al pueblo de Huejotzingo y a otros que les vienen a ayudar. Nos dijeron que los mexicas tenían el apoyo de Cholula, a una jornada de aquí, que son grandes traidores y que es donde Moctezuma deja estacionadas sus capitanías. Todos mis capitanes me han dirigido una mirada de preocupación y desasosiego. A seis leguas, podría haber un gran ejército esperándonos; esto es tierra de frontera. Todos los pueblos del valle del Anáhuac son vasallos de Moctezuma y tienen que mandarle tributo de oro, plata, plumas, piedras preciosas, mantas, algodón e indios e indias para servir y para sacrificar, que es tan gran señor que todo lo que quiere lo tiene, y que las casas en donde vive en Tenochtitlan están llenas de las riquezas que ha robado y tomado por fuerza a quien no se lo ha dado de buen grado, y que todas las riquezas de la tierra están en su poder. «¿Y cómo es esa ciudad?». «Es una fortaleza construida sobre una isla en un lago a la que se entra por calzadas que tienen puentes de madera a cada trecho que, si se alzan, queda aislada. Usan canoas para llevar las cosas y las gentes. El agua dulce les llega desde una fuente en la loma de Chapultepec». Les preguntamos cómo es que eran tan grandes enemigos si tan cerca estaban unas tierras de otras. Nos contaron que, antes que ellos, en esas tierras vivían unos gigantes a los que tuvieron que matar. Como prueba de ello, nos trajeron unos zancarrones tan altos y gruesos como nosotros y lo dimos por cierto. También nos ha contado que los mexicas estaban esperando a que sus dioses retornasen por donde nace el Sol para señorearles de nuevo y nos han preguntado si en verdad lo éramos, pues holgarían mucho sirviéndonos porque somos muy buenos y esforzados y eso era buen motivo para que sus hijas tuvieran hijos nuestros. Díaz y Olmedo se persignaron ante tamaña herejía. Les dije que los españoles no éramos dioses, que solo hay un Dios y que nos envió a su único Hijo para expiar nuestros pecados, que les perdonábamos porque estaba claro que no sabían lo que decían y que ya habría mejor momento de explicarles.

XXXIX

Ordás me ha pedido hoy permiso para escalar una de las montañas de fuego y se lo he concedido, siempre y cuando se lleve con él indios locales y escolta. Me ha dicho que quiere comprobar que desde lo alto se ve la ciudad del lago. Maxixcatzin me ha contado una bonita leyenda acerca de los volcanes: Iztaccíhuatl (la mujer dormida) era una princesa enamorada de Popocatépetl (el hombre humeante), un guerrero a las órdenes de su padre. El futuro suegro le envió a una batalla a Oaxaca, jurando darle a su hija en matrimonio si regresaba victorioso, con la cabeza de su enemigo clavada en su lanza. Popocatépetl cumplió su misión con éxito, pero, cuando regresó, halló que ella había muerto (me recuerda a una historia parecida sobre un tal conde Vlad de Transilvania), así que se la subió en brazos al monte y los dioses la convirtieron en volcán. Él tomó una antorcha y juró que ningún viento apagaría el fuego que velaba el cuerpo de su amada. Así pues, los dioses le convirtieron en otro volcán. Qué bonito.

Me llega Díaz sin resuello a contarme que circula la bicha por el real de que estas indias nos están dando de comer carne de otros hombres y que todos se han espantado y vomitado el pozole y corriendo han ido a él y a Olmedo a pedirles confesión. Habladurías, le dije, somos nosotros los que cazamos lo que nos comemos y tengo a Jerónimo vigilando las ollas, que sabe de las viandas y venenos de aquí. He ordenado a Sandoval prender al chismoso, uno de Lepe, y darle veinte latigazos, para que calme la imaginación y refrene la lengua. A Díaz, que hablase con Olmedo, y que en el próximo sermón ambos tranquilicen a todos, que si comemos lo que no queremos porque no sabemos lo que comemos, que Dios sabrá perdonarnos, pues será por ignorancia y no por barbarie.

Ha vuelto gritando Ordás, medio quemado y oliendo a azufre, cual diablo escapado del infierno. Le he pedido que se sentara y calmase. Ni caso. Muy excitado, ha referido que los indios le han dejado tirado a media subida por miedo a sus dioses y él ha seguido subiendo con otros dos españoles, mientras el volcán les escupía grandes llamaradas de fuego y piedras medio quemadas y ceniza y temblaba toda aquella sierra. Que descansaron un buen rato hasta que se calmó la cosa y siguieron trepando hasta llegar a su boca redonda, de un cuarto de legua de diámetro. A través del humo pestilente, han podido ver un valle muy grande y verde, y una gran laguna rodeada de otros pueblos blancos hechos como de plata. En el centro, sobre una isla, con sus torres y sus mezquitas y sus templos, a unas doce leguas, la gran ciudad de Tenochtitlan. Los tlaxcaltecas no nos han mentido. Estamos ya muy cerca.

Hemos hallado unas jaulas llenas de indios que estaban siendo cebados para sacrificar y comer y al punto las hemos quebrado y desecho. Los pobres no se han atrevido siquiera a escapar y se han quedado con nosotros. He ordenado a los capitanes romper todas las jaulas con indios que encontremos en cualquier ciudad en la que entremos y a Xicoténcatl el Viejo que viniera a mis aposentos. Le he amenazado con quemar y arrasar hasta los cimientos la próxima ciudad en la que halle gentes enjauladas para el sacrificio. Me ha prometido que no volverá a ocurrir, que ya da la orden. Veremos. Quizás para congraciarse conmigo, me ha entregado a un indio que le había robado su oro a un español y había sido capturado cerca de Cholula, para que hiciese nuestra justicia con él. He declinado hacer tal cosa, solo soy un invitado en su casa, y le dije que eran sus tierras y que lo hiciesen ellos a su costumbre y manera. Dicho y hecho, han subido al ladrón a un teatro en medio del mercado, un pregonero ha anunciado su delito y al punto otros muchos se han subido a la piedra y con grandes porras le han matado de golpes en la cabeza.

Tenemos que continuar la marcha. Llegados a este punto, no hay vuelta atrás. *¡Adelante en buena hora!* He preguntado a Xicoténcatl el Viejo por el camino más franco a Tenochtitlan y me ha dicho que ya que no podía convencerme para que nos quedásemos, que no nos descuidemos ni un momento y nunca nos fiemos de estos mexicas traidores, que no creamos en sus reverencias y humildades, que nos habrán de matar cuando menos lo esperemos. Anotado. Y que vayamos por Huejotzingo, que sus amigos allá nos procurarán sustento. Al oír estas palabras, los embajadores de Moctezuma de seguida se han ofrecido a hacer lo mismo por nosotros si aceptamos ir por Cholula. Y ha comenzado una bronca a gritos entre unos y otros que ni Marina ha sido capaz de traducirme, ni falta que ha hecho. El jefe tlaxcalteca ha impuesto el silencio: «Malinche, no vayas por Cholula, es trampa donde os van a matar a todos». Si digo la verdad yo ya no sé por dónde tirar ni de quién fiarme en este juego en el que podemos acabar todos comidos en el puchero del día, aunque creo que por esta vez me interesa mostrar amistad (y no miedo) hacia los que a cuya casa me dirijo, y lograr entrar allí sin tener guerra. Los tlaxcaltecas, para ir tanteando, han enviado a Cholula a su embajador de paz Patlahuatzin para cursar una invitación a venir a Tizatlán a hablar con nosotros.

Pues bien, nos han devuelto al señor embajador con la cara desollada y también los brazos hasta los codos. Creo que esto significa que no habrá paz. Lógicamente indignados, los tlaxcaltecas han agarrado las armas y Xicoténcatl el Joven me ha pedido que les ayudase a vengar la ofensa y así se lo prometí. Con el ambiente así de caldeado, no se les ocurre mejor momento de llegar a cuatro embajadores mexicas con más presentes de oro y plumas y mantas a decirnos que se maravillaban de que llevásemos tantos días sin problemas rodeados de ladrones y que los acompañásemos a Cholula, donde estaríamos más seguros. Vaya cuajo. Iremos por Cholula, les confirmé, sí, para también demostrarles que no les teníamos ningún miedo. Y me inventé que iba a mandar a pie a Tenochtitlan a nuestros propios embajadores, Alvarado y Vázquez de Tapia, que iban a presentar nuestros respetos a Moctezuma mientras los enviados se quedaban con nosotros para hacer el viaje juntos. Me dicen que Moctezuma estará muy honrado de recibir a Tonatiuh (a Alvarado, le han llamado como a su dios Sol, pásmate) y al otro capitán. Xicoténcatl el Viejo me dice que soy un terco y un suicida y, ya que mi deseo es ir por Cholula, que le permita aparejar a diez mil hombres de guerra para que nos acompañen y ayuden en todo. Le he aceptado la décima parte, que creo suficientes, pues no sería bueno entrar con muchos allí donde queremos hacer amistades. Dicho y hecho, mi ejército se acaba de convertir en una fuerza mixta, dirigida por españoles, eso sí, igual que los ejércitos europeos de mi Rey.

Hemos comenzado a marchar hacia Cholula con el mayor aviso y concierto que podemos; corredores y caballos delante y otros caballos por los flancos porque me temo que nos vamos a encontrar muy pronto con revueltas o guerras. Haremos noche a la orilla de un río a dos leguas de la ciudad. Gentes de Cholula ya nos han traído bastimentos de gallinas y pan de maíz y nos han dicho que los caciques y sacerdotes vendrán a vernos a la mañana siguiente, que les disculpáramos por no venir ahora tan tarde. Sin problema. He organizado dobles velas, escuchas y corredores de campo porque no me fío ni un pelo y no quiero ningún susto esta noche, que no sabemos quién anda cerca. Estas tierras son tanto de fiar para mí como las de los ladinos moros para mis abuelos.

Sentados al fuego, los guías nos cuentan que la villa de Cholula tiene más de veinte mil vecinos y está asentada en un llano debajo de dos volcanes (igual que Pompeya), y que es tierra agra de maíz y legumbres y donde fabrican mucha loza de barro con la que abastecen a todo el valle. Tiene más de cuatrocientas treinta torres y una muy alta a modo de pirámide.

XL

Hemos llegado a la ciudad de buena mañana y nos han recibido en la entrada los caciques y sacerdotes, ahumándonos, como ya es habitual. Nos dejamos hacer. Mis lenguas, bien a mi vera. Tras unas primeras buenas palabras, han empezado a gritarles a los tlaxcaltecas, diciéndoles que no los quieren en la ciudad y menos con armas, y que se vuelvan a su ciudad o queden fuera.

No nos ha hecho mucha gracia empezar así y hemos tenido que acceder, pero les he dicho que se queden en un campo cerca por si necesito de su ayuda mandarles aviso. Su cara era un poema. En cambio, sí han permitido la entrada a los de Cempoala que empujan los tiros. El cholulteca se disculpó por no habernos ido a ver a Tizatlán (no comentó nada acerca del embajador tlaxcalteca que habían matado, claro), y que la culpa la tenían Xicoténcatl el Viejo y Maxixcatzin, pues les constaba que contaban cosas terribles de ellos, todas mentiras y falsedades, pues era mucho odio el que les tenían (pues lo del último embajador no se lo han inventado, que lo hemos visto todos). Le dije que nada de eso nos importaba mucho, que aquí estábamos ya y que nuestro Rey y señor tenía grandes poderes y bajo su mando a muchos grandes príncipes y caciques, y que nos había enviado a mandarles que no adorasen ídolos ni sacrificasen a más hombres, ni comiesen de sus carnes, ni hiciesen sodomías, ni otras torpedades. Y que por ser este el mejor camino para ir a Tenochtitlan para ver a Moctezuma, veníamos a su ciudad para hacerles nuestros hermanos, pues otros caciques ya habían dado la debida obediencia a nuestra Majestad. Me contestó que aún no había entrado en su casa y ya le estaba mandando cosas que no podía dejar de hacer, aunque sí podía dar obediencia a nuestro Rey. Bien. Me pareció que era mejor dejarlo todo claro desde el primer momento. Esto dicho y hecho. Hemos entrado ya en su ciudad, llena de gente cubriendo todas las calles y azoteas hasta abarrotarlas porque nunca habían visto hombres como nosotros ni caballos. Nos han aposentado a todos juntos en unas grandes salas, con nuestros amigos Cempoala y unos pocos tlaxcaltecas que han dejado entrar porque llevaban fardaje, y después nos han traído mucho de comer. Ordené a Alvarado, Sandoval y Olid que situaran hombres en la azotea, que enviasen a otros a hacer una descubierta y que establecieran puntos de guardia en cada cruce. En suma, que estuviesen todos muy atentos, que esto podía ser una trampa.

Llevamos tres días aquí y no es que tampoco nos hayan hecho mucho caso, como si no supiesen de qué forma tratarnos o estuviesen esperando algo o a alguien. De hecho, hoy han dejado de traernos comida y cuando se la he reclamado a los caciques que han venido a vernos, no se han acercado a nosotros y se reían entre ellos. Todo raro. Marina se ha ofrecido a investigar.

Hoy han llegado mensajeros de Moctezuma, esta vez sin regalos, y muy groseramente nos han dicho que no vayamos a Tenochtitlan, que Moctezuma no tiene para darnos de comer, que nos volvamos a la costa y que necesitan de mi respuesta para su señor de vuelta. Les he pedido que por favor me esperen unos días. En un aparte con los capitanes, les pedí que estuviesen muy alerta, que parece que alguna maldad estaban tramando y que a lo peor se venían contra nosotros y me dijeron que la ciudad estaba extrañamente silenciosa y vacía. Feo. Nadie más ha venido a vernos en todo el día y apenas nos dejaron unas pocas gallinas y pan para comer entre más risas burlonas y cada vez más sospechosas. Hemos pedido a los embajadores de Moctezuma que reclamen más comida para nosotros, sin éxito. La situación es muy delicada. Atrapados en estos patios, sin apenas comida, estamos trescientos españoles, cuatrocientos indios de Cempoala y unos veinte tlaxcaltecas. Les he pedido a mis hombres que me trajesen a un par de sacerdotes de la ciudad para interrogarles. Les hemos dado unos chalchihuites a cada uno y preguntado la razón de que los caciques no vengan ya a vernos, y nos han dicho que no lo saben, pero que les llamarán. Y así ha sido, se han llegado los caciques y principales de Cholula y les he reclamado el juramento de obediencia que nos dieron hace unos días y exigido que nos trajesen comida. Ante nuestras presiones y unos pocos cariñosos zarandeos, han terminado confesando que tienen órdenes de Moctezuma de no darnos más de comer ni de dejarnos pasar de allí hacia Tenochtitlan. Suficiente. Salimos para allá de inmediato. He pedido dos mil hombres para nos guíen y escolten en el camino a Tenochtitlan y me han dicho que mañana los tendré y se han marchado entre más risas.

Los de Cempoala me han dicho después que han encontrado unos hoyos hechos en las calles, tapados con mantas y arena, con estacas afiladas en el fondo capaces de destripar al caballo y caballero que caigan en ellos. Y un capitán de Tlaxcala me ha comentado que los de Cholula habían sacrificado la noche anterior a cinco niños y dos hombres ante sus ídolos para pedirles la victoria contra nosotros y le he dicho que esté atento de llamar a los suyos que aguardan afuera. Así que la ciudad está lista para atacarnos. Estamos solos y rodeados. Estando aún perplejo en esto, Marina viene y me cuenta que una anciana le ha pedido que huya y se refugie con ella, que diez mil soldados de Moctezuma ya están en la ciudad y cerca hay otros veinte mil que vienen a matarnos esta noche o mañana, que se lo ha dicho su marido, principal de Cholula, y que la quiere para casarse con su hijo, un capitán, que quieren capturar a veinte españoles vivos para llevarlos al sacrificio a Tenochtitlan y me ha dado un mareo. Esto no pinta nada bien, pero tampoco deseo precipitarme. Llamo a los capitanes y me cuentan que no hay mercado, ni tiendas, ni mujeres, ni niños, que la ciudad está vacía, que solo hay hombres que los miran y se ríen, que los caminos de entrada y salida de la ciudad están cerrados con barricadas y que han hallado gran acopio de piedras en las azoteas y cuerdas y sogas y varas. Esto es hecho. No queda más remedio que pasarnos a la acción. Discretamente. Sin alboroto, todo el mundo al arma, esto es muy grave. Les cuento que Marina me ha dicho que la ciudad entera es una trampa (me miran con cara de «hombre, Hernán, ya era hora de que te dieras cuenta») que Moctezuma ha entrado con tropas en la ciudad y aún más estacionadas en el camino que de seguro van a venir sobre nosotros en cuanto salgamos a la calle. Las opciones que tenemos son pocas; o marchar a Huejotzingo, o volver en paz a Tizatlán, o no dejar pasar estas traiciones y atacarles antes y que Santiago nos ayude. No hay vuelta atrás, me recuerdan. Que ya peleamos en Potonchan, en Centla y por tres veces en las barrancas de Tlaxcala. Que, si hoy no les hacemos aquí frente, nos perderán el poco miedo que aún podamos darles y nos empujarán hasta el mar y más allá. Con dos cojones. Sea pues, señores. Mañana, dieciséis de octubre de 1519, a mi señal, les madrugaremos antes de que nos madruguen. Llamen a Olmedo, que celebre misa esta noche y que todos los hombres se confiesen y comulguen. Santiago y a ellos.

XLI

Al amanecer, el patio ya estaba lleno de guerreros cholultecas, nuestra presunta escolta, muy divertidos todos pensando en cómo iban a guiarnos al matadero y volverse contra nosotros en la primera barranca del camino. Los soldados de espada y rodela, apostados cerca de las puertas para no dejar salir a nadie. He llamado a los caciques a mis aposentos que se han llegado confiados y les hemos prendido y cerrado las puertas. Les he dicho que ya no íbamos a salir de viaje, que no necesitábamos su escolta, que por qué razón querían matarnos y capturar a veinte de nosotros para el sacrificio y que sabíamos todo de su traición. Se han quedado pálidos y confesado con la mirada baja: «Malinche, todo lo que dices es cierto, son órdenes de Moctezuma». «Esto es traición y las leyes reales la castigan con la muerte». Tras bien atarles y amordazarles, he ordenado a Alvarado que diese la señal de atacar.

Desde la azotea se ha oído el disparo de un arcabuz. Con las puertas de los patios cerradas, en ausencia de sus líderes, los cholultecas no han sabido reaccionar y hemos caído sobre ellos. Ya tenían todas las calles tomadas y la gente a punto, pero como les hemos tomado por sorpresa ha sido muy sencillo desbaratarles porque les faltaban los caudillos que teníamos presos. Hemos quemado varias torres y fuertes casas allí donde se han defendido, y hemos seguido peleando por las calles, regando todo de sangre, dejando a buen recaudo el aposento, que era muy fuerte. A las dos horas de combatir sin pausa, se nos han llegado los tlaxcaltecas que estaban acampados fuera de la ciudad, a los que les ha costado mucha fatiga llegar, entretenidos por el camino en matar y robar, pues no ha habido manera de impedirles. Estos han aprovechado la ocasión de cobrarse años de afrentas. Y de vengarse por lo de Patlahuatzin, que también está muy reciente. Codo con codo, buenos guerreros, hemos seguido tajando de barato otras tres horas, hasta que hemos conseguido echar a toda la gente fuera de la ciudad, matando a lo largo del día a unos tres mil hombres. De la presunta amenaza de los otros veinte mil soldados de Moctezuma apostados fuera de la ciudad, no hemos visto noticia. Y gracias a Dios, que igual no habríamos podido con ellos. Esto debería hacer recapacitar a los líderes de Cholula; después de haberles exigido asesinarnos, los mexicas no han acudido en su ayuda.

De vuelta al aposento, he preguntado a los señores que manteníamos presos que por qué nos habían querido matar a traición y han respondido que ellos no tenían culpa, que eran vasallos de Moctezuma, que los había engañado diciéndoles que tenía un ejército cerca para ayudarles. Me han pedido que soltase a uno de ellos para avisar a la gente de la ciudad y que retornasen a ella todas las mujeres, niños y ancianos que tenían fuera, rogando que les perdonase y que de allí adelante nadie les engañaría y que serían muy ciertos y leales vasallos de nuestra alteza y amigos. Les di buena bronca a causa de su yerro, les solté y al poco estaba otra vez toda la ciudad llena de mujeres, niños y ancianos como si no hubiera pasado nada. Han recogido y enterrado a todos sus muertos y limpiado de sangre las calles. Ahora caigo que nadie me ha reportado siquiera una baja. Gracias, Señor. Pobre Cholula, abandonada por sus dioses y engañada por Moctezuma. Al olor de la derrota, ha llegado a la ciudad más gente de Tlaxcala para cobrarse todos los agravios pasados. He pedido a Olid que trajese a mi presencia a los capitanes de Tlaxcala que no cesaban en su pillaje de sal, esclavos, mantas y algodón y les he reprendido, ordenado que paren inmediatamente el saco de la ciudad y mandado acampar fuera de ella otra vez. Solo se han quedado con nosotros los de Cempoala, gente más tranquila.

Cubierto aún de sangre, me he retirado a mi pieza en nuestros aposentos para asearme y descansar un rato. Me estaba aún quitando la ropa para lavarme en una jofaina, cuando he notado que Marina se había deslizado detrás de mí y me ayudaba a desvestirme. Su olor me ha envuelto y sus ojos eran explícitos. A la tensión del combate, a ese constante rondar con la posibilidad de muerte, se le ha sumado otra tensión más familiar y urgente y, de pronto, me he encontrado arrancándole la ropa y besándole el cuello, camino del jergón. Pasión por la muerte y la vida.

XLII

A la mañana siguiente, los caciques y principales de Cholula que habían concebido la emboscada, los que nos confesaron la traición y la mujer que le había contado todo a Marina han venido al real para que les perdonara. Delante de los embajadores de Moctezuma, a los que tuvimos también a buen recaudo durante la acción preventiva, y que aún no dan crédito a que hayamos sobrevivido a la trampa y siguen perplejos ante la inasistencia de su ejército, les he perdonado y prometido que no asolaré la ciudad como sin duda merecen, y les exigí que de ahora en adelante no hubiera más traiciones. A los de Tlaxcala he ordenado que devuelvan todo lo que habían robado; sal, algodón, y me han dicho que no lo pensaban hacer y que mucho más les habían robado los de Cholula a ellos antes. No voy a insistirles. Ya hemos luchado contra ellos y ahora están a nuestro lado. Necesito de estos buenos soldados.

Hoy ha vuelto la normalidad a las calles y abierto el mercado, que rápido se ha llenado de gente. Es como si estuviesen tan acostumbrados a la muerte que la vida sigue como si nada. Me han pedido que nombrase a nuevo cacique, que el que lo era antes cayó de los primeros en el patio (pensé que teníamos retenidos a todos). Pregunté que a quién tenían ellos previsto y me dijeron que a su hermano. Pues listo, solucionado. De seguido hemos llamado al resto de principales, a quienes les hemos dejado muy claras las cosas de nuestra fe y exigido que dejasen ya de adorar ídolos, de sacrificar hombres, de comer carne humana y de robarse los unos a los otros. Que recordasen que esos ídolos les habían engañado prometiéndoles una victoria que nunca les dieron y que han de derribarlos y poner una cruz en su lugar. Y, no está de más, que recordasen toda la vida cómo su señor Moctezuma les había utilizado para luego abandonarles. Me cuentan que la noticia de la jornada de Cholula ya se conoce por todo el valle de Anáhuac y todos piensan que somos dioses que lo adivinamos todo y que por eso no pueden ocultarnos nada. Por mí pueden pensar lo que quieran mientras no nos den guerra y muestren buena voluntad. Y, aun así, en cada paseo que damos por la ciudad, volvemos a hallar jaulas llenas de prisioneros para cebarlos para el sacrificio y las rompemos y dejamos escapar a todos. No es que no aprendan, es que no quieren aprender. Nos mienten y prometen y les pillamos otra vez y vuelven a prometer y les pillamos. No aprenden estos indios.

He tenido unas palabras con los embajadores de Moctezuma que vienen con nosotros acerca de la traición que Cholula nos había preparado por orden directa de Moctezuma, que no me parecía digno de tan gran señor enviarnos mensajeros a decir que era nuestro amigo y luego atacarnos por mano ajena, para luego disimular de culpa si el negocio no salía tal y como él pensaba. Y que, puesto que no cumplía su palabra ni decía la verdad, yo también cambiaba mi propósito y si hasta ahora quería ir a su tierra con voluntad de verle, hablar, tener por amigo y mantener mucha conversación y paz, que de ahora en adelante iré en guerra, haciéndole todo el daño que pueda como enemigo y que me pesaba mucho hacerlo, pero que no me dejaba otra opción. Los mensajeros me respondieron que llevaban con nosotros muchos días y no tenían idea de la encerrona, que estaban seguros de que no había sido orden de Moctezuma y me rogaron que antes de que determinase perder su amistad y hacerle la guerra que decía, que me informase bien de la verdad y diese licencia a uno de ellos para ir a hablarle, que volvería muy presto, que solo hay veinte leguas. Estos se creen que me chupo el dedo y que no veo el trajín de espías que se traen aquí todos los días, pero van a hacer exactamente lo que quiero; advertir a Moctezuma de que vamos en pie de guerra a su ciudad. Aviso a los capitanes de nuestra próxima partida hacia Tenochtitlan, que hemos de cumplir la promesa que le hicimos al Rey.

Han llegado seis principales de Moctezuma con un presente de oro y joyas, que valdrían unos dos mil pesos, y ciertas cargas de mantas. «Malinche (ya me he quedado con el nombrecito y me gusta), nuestro señor te manda este presente y lamenta la encerrona que te procuraron los de Cholula, que son malos y mentirosos y querían echarle a él la culpa de ello —aquí son todos unos liantes y se creen que nos hemos caído de un guindo); que puedes visitarle cuando quieras, pero, como anda corto de bastimentos, que igual no puede hacerlo tan cumplidamente y que procurará hacerlo por todos los pueblos por donde pases». Les he contestado que le agradezco con gran placer la invitación, que significa llegar allí en paz, y que cuente con que le iremos a visitar en breve, que comemos poco. Tres de los mensajeros han vuelto con nuestra respuesta y los otros tres se han quedado para servirnos de guías. Cuando se han enterado de nuestra partida, los señores Xicoténcatl el Viejo y Maxixcatzin nos han enviado nuevos mensajes y advertencias de no se nos ocurra ir a Tenochtitlán, que hay allí muchos guerreros y en cualquier momento se echarán sobre nosotros, pero que si aún queremos ir, que nos envían ahora mismo a diez mil soldados. Les he agradecido el gesto, y dicho que veo que es demasiada copia de guerreros, que con mil nos es suficiente para llevar el fardaje y los tiros y adobar algunos caminos. Esto coincide con que los de Cempoala me han pedido licencia para volverse, porque no quieren pasar de Cholula para que Moctezuma los mate. De nada me ha servido ofrecerles nuestra protección y he tenido que dejarles marchar, que nunca íbamos a llevar por la fuerza a estos indios que tan bien nos han servido. «Volved a la costa, mis hermanos, y contadle las noticias de nuestros progresos a mi hermano Escalante».

XLIII

Así salimos de Cholula con el gran concierto que nos era ya costumbre, con los corredores de campo a caballo descubriendo la tierra y peones muy sueltos juntamente con ellos, por si algún mal paso o amenaza surgiese se ayudasen los unos a los otros. Los tiros muy a punto, escopeteros y ballesteros, los de a caballo de tres en tres, y todos los demás soldados en gran orden.

Marina para siempre ya a la grupa. Llegamos a unos ranchos que están en una sierra, que es poblazón de Huejotzingo a cuatro leguas de Cholula donde nos salieron los caciques con un poco de oro a advertirnos de que no continuáramos a Tenochtitlan, que era una ciudad muy fuerte con muchos guerreros y correríamos mucho peligro. Por lo visto, ahora tenemos dos caminos: hacia Chalco o hacia Tamanalco. El uno está limpio, pero hay trampas y escuadrones mexicanos para matarnos. El otro está bloqueado porque han cortado muchos árboles y pinos muy gruesos para que no pasemos adelante, pero que, si queremos, nos limpian el camino. He dicho que seguiremos el consejo que nos den. Solo estamos a catorce leguas. Le he dicho a Ordás que vaya en vanguardia, que para eso ya se conoce el camino entre los volcanes y se ha puesto muy contento. Aún haré carrera de él. A mediodía llegamos a lo alto del puerto y pudimos ver los dos caminos que nos habían contado, uno limpio y el otro impedido por árboles recién cortados. Llamé a los embajadores de Moctezuma y les pregunté por qué camino habríamos de ir. Naturalmente, me indicaron que siguiéramos el camino barrido hasta Chalco, donde íbamos a ser recibidos por amigos de Moctezuma. El otro, el cerrado, tenía muy malos pasos y daba un rodeo por una ciudad muy pequeña. Como ya empezaba a conocer el paño, he optado por el camino trabado y pedido a nuestros amigos que lo desembarazasen de esos árboles cortados. Al ponerse el sol, ha empezado a nevar y hemos llegado a unos refugios donde hemos cenado y pasado mucho frío. Toda la guardia estaba alerta; corredores y alanos, todos muy atentos.

Al amanecer, desde el alto, vimos la gran Tenochtitlan en medio de la laguna y todos los españoles nos quedamos atónitos. Todos menos Ordás que, con cara de gato relamido, se iba pavoneando por las filas, repitiendo que él había sido el primero en verla: «¿Veis como era verdad? Ya estamos muy cerca».

Al bajar de la sierra hemos llegado a Tamanalco donde hemos sido bien recibidos y dados de comer por sus señores. Enseguida han llegado de los pueblos vecinos, de Chalco, de Amecameca, con algo de oro, mantas y ocho indias de regalo. Olmedo les ha hablado de cosas tocantes a nuestra fe y yo de la misión encomendada por nuestro Rey. Cada uno a su negocio, nos complementamos bien. Y de seguido han empezado a quejarse de Moctezuma, de sus robos, secuestros y violaciones de sus mujeres, de cómo les emplean como esclavos para plantar el maíz o acarrear madera. He prometido que les liberaríamos de aquel dominio. Los caciques nos cuentan que han sabido que el gran señor ha consultado a su dios Huichilobos y este le ha dicho que nos dejen pasar francos hasta Tenochtitlan, que allí nos matarán fácil pues está llena de guerreros. He contestado que nadie nos puede matar, salvo Nuestro Señor Dios, en quien creemos.

XLIV

Llegan nuevos embajadores, cuatro indios principales, con más oro y mantas, de parte de Moctezuma. La cara de Alvarado era de fastidio: «Y ahora, ¿qué querrán estos?». «Calma, vamos a dejarles hablar». «Malinche, este presente te envía nuestro señor; que dice que le pesa mucho el gran esfuerzo que habéis hecho para desde tan lejos venir a verle, pero que no continúes, que te dará todo el oro y plata y chalchihuites que quieras en tributo a vuestro Rey, a vos y a los demás teules que traes contigo, pero que no vengas a Tenochtitlan, que no pases de aquí adelante, que te vuelvas por donde viniste, que de ir a la ciudad estás excusado, porque todos sus vasallos están puestos en armas para no dejaros entrar». Les contesto que es maravilla que su señor sea tan voluble y que, habiéndose dado por nuestro amigo y siendo tan grande, tenga tantas mudanzas de pensamiento, y unas veces nos diga una cosa y otras la contraria. Que le agradecemos mucho el oro para nuestro Rey, pero que no sabemos qué pensaría él de nosotros si se enterase de que, estando ya tan cerca, nos dimos la vuelta sin cumplir su mandato. Que, si lo mismo hiciesen mensajeros de Moctezuma enviados a nuestro Rey Carlos y se volviesen sin hablarle, llegando cerca de su casa, los tomaría por cobardes y de poca calidad. Les he rogado que le digan que de una manera u otra hemos de entrar en su ciudad y que ya no dé más excusas sobre el caso, que hemos venido a saludarle en persona y, si después no gusta de ello, pues que nos volveremos por donde vinimos. Y que, si no tiene mucha comida, que no se preocupe, que con muy poco nos podemos sustentar, que somos hombres que con poca cosa que comemos aguantamos, y que ya que vamos camino de su ciudad, que cuide bien de nuestro camino. Asustados se han ido de vuelta. No contaban con nuestra firme determinación de seguir.

Hemos continuado hoy la marcha y nuestros nuevos amigos de Chalco nos han dicho que Moctezuma sigue consultando a sus dioses y sacerdotes si dejarnos entrar y le han dicho que sí, que así mejor nos matarán, y que lo pensemos bien. Somos hombres y tememos a la muerte, pero ni uno solo de mis hombres —ni los recalcitrantes amigos de Velázquez, que aún siguen medrando, pero ya menos— ha dicho de volver. Se les ha olvidado. Ah, el oro. Nuestras jornadas se hacen más cortas. La tierra está muy poblada y ya salen tantas gentes a recibirnos que el paso de la columna se hace difícil entre ellos y tenemos que encomendarnos a Dios y a su Bendita Madre porque en cualquier momento podrían decidir acabar con todos nosotros.

Nuestras velas y corredores han dado la alarma porque se acercaba una numerosa comitiva vistiendo ricas mantas. Ocho señores principales traen en andas a un joven que me dicen que es Cacamatzin, señor de Texcoco y sobrino de

Moctezuma. Antes de bajarse, los señores barren el suelo de polvo y paja ante él. Marina y Jerónimo, siempre a mi lado. «Malinche, venimos a servirte y darte todo lo que necesites para ti y tus compañeros, porque así es mandado por nuestro señor Moctezuma, que dice que le perdones por no venir a verte en persona, pero es que está indispuesto, no es por falta de su voluntad, y que todavía te ruega que si es posible que no vayas más allá porque padecerías mucha fatiga y necesidad y le da mucha vergüenza no poderte dar allá porque no puede proveerte como él desea». Los señores que le acompañaban porfiaban tanto que me ha parecido que solo les ha faltado decir que defenderían el camino con sus vidas si aún insistiésemos en seguir avanzando. No se dan cuenta de que es ya muy tarde para volvernos. Le he dicho a Cacama que le agradecíamos a su señor tío todas las mercedes que nos hacía cada día, pero que, estando tan cerca, ya queríamos saludarle y agradecérselo en persona visitando su casa. Nada, otro que se va de vuelta enfadado. Olmedo me comenta que si esta maravilla de comitiva trae el sobrino con él, qué no hará su tío cuando salga a recibirnos, que eso va a ser cosa maravillosa de ver, como las de los antiguos faraones de Egipto.

Con todos los caminos a reventar de gente, casi no podemos ya avanzar. Por una calzada ancha hemos llegado a Iztapalapa. Al fondo, sobre el lago, ya vemos Tenochtitlan. Parece obra como de encantamiento, como las que se cuentan en el libro de Amadís, con esos castillos y mezquitas de piedra como flotando en el agua. Los hombres han quedado mudos y no hay palabras para describir lo que vemos, que parece que estamos viviendo en un sueño, jamás hemos visto nada igual, tal es su majestuosidad y grandeza. Aquí los señores nos han aposentado en sus ricos palacios de cantería muy trabajada, madera de cedro y otras maderas olorosas, con grandes patios entoldados con telas de algodón, y traído más presentes de oro. Les hemos hablado de Nuestra Sagrada Misión y de nuestro Rey, mientras paseábamos por las huertas, maravillados por la gran diversidad de árboles y olores que cada uno tenía, con andenes llenos de flores y un estanque de agua dulce unido al lago en el que entraban y salían muchas canoas cargadas con bastimentos y otras vacías. En la Misa, trescientos españoles recordábamos las advertencias de nuestros aliados de no entrar en la ciudad, que pronto nos matarían; *¿qué hombres ha habido en el universo que tal atrevimiento tuvieran?* El millar de tlaxcaltecas aliados que nos acompaña también miraba con aprensión el camino mientras echábamos a andar por la calzada con mucho orden y concierto. Esta era de dos lanzas de ancho, permitía andar a ocho de caballo a la par y, de cuando en cuando, estaba abierta por una zanja para permitir el paso de las canoas de un lado a otro que se libraba cruzando por unos puentes de madera. Cada español pensó lo fácil que parecía que podían retirarse para dejarnos allí atrapados. La vía estaba llena de gente que venía a vernos y a los caballos, y cientos de canoas también llenas de gente a ambos lados.

XLV

Ocho de noviembre de 1519. ¡Atentas las compañías! ¡Que nadie se me despiste ahora! Con el sol en el cénit, ha salido una gran comitiva a recibirnos. Son los señores de Texcoco, Iztapalapa, Tlacopan y Coyoacán, que han tocado el suelo y se han besado luego la mano, y vienen por delante de unas ricas andas con muchas plumas verdes que trae al gran Moctezuma. Este se ha bajado de ellas, metido bajo un palio y se ha agarrado el brazo de sus señores caminando hacia nosotros, mientras unos esclavos iban barriendo el suelo delante de él y le ponían mantas para que no pisara el suelo. Me he fijado en que nadie le miraba a la cara. Debe ser algo mayor que yo, de buena estatura y proporción, pocas carnes, no muy moreno, cabellos negros, no muy largos, hasta las orejas, pocas barbas, rostro algo largo y alegre y ojos muy expresivos. Me he trabado con el estribo y casi me caigo al bajar del caballo a ir a darle un abrazo de paz, cosa que me han impedido sus señores, espantados. «Ninguna mano humana puede tocarle», me dice Marina al oído. Qué rápido ha aprendido el castellano la niña. Ya podía haber sido igual de rápida en avisarme de esto. Necio de mí, nunca se me hubiese ocurrido hacer tal cosa a alguien de su mismo rango en Europa. Este es el primer encuentro entre dos mundos, soy como el gran Ruy González de Clavijo llegando a Tamorlán, y voy y casi la lío parda.

Con ambas lenguas a mis flancos, me descubrí ante el Gran Señor y barrí el suelo con la pluma que llevaba en la cimera del casco. Moctezuma se nos aproximó junto a los señores y se dirigió a mí, que aún me temblaban las canillas: «Malinche, eres bienvenido a la tierra de mis antepasados, espero que no te haya fatigado mucho el viaje desde la costa hasta aquí, que sé que es muy trabajoso y lleno de peligros (qué taimado, como si no nos los hubiese procurado él mismo)». «Mi señor, no hay esfuerzo o riesgo tan grande que sea capaz de frenar nuestras ansias por llegar a tu casa a saludarte». Nos hemos intercambiado collares, uno de cuentas de vidrio para él y otro de camarones de oro para mí. Me ha tomado de la mano para asombro de su propia gente (me fijé en que rechazó la de Marina) y juntos hemos caminado por la estrecha lengua de tierra hacia la ciudad con ambas comitivas detrás nuestra, rodeados por los asombrados habitantes que llenaban las azoteas de las casas y las canoas con comida a ambos lados de la calzada. Lo cierto es que la mayoría de mi hueste iba igual de asombrada mirándolo todo, que tampoco son de visitar grandes ciudades, que antes vienen todos de pequeños pueblos de Extremadura y de Andalucía. De esta forma, hemos llegado enfrente de una gran estancia: «Malinche, esta fue la casa de mi padre Axayácatl y ahora es vuestra casa y de vuestros hermanos, entrad y descansad aquí de vuestras agotadoras jornadas». Interiormente, he dado las gracias a Nuestro Señor Jesucristo por habernos concedido la tan gran merced de dejarnos llegar tan lejos para llevar su Palabra y Gloria.

En cuanto nos hemos quedado a solas españoles y aliados, he decretado servicio en el real y nadie puede salir del recinto, que pronto habíamos de fortificar; abrir trincheras, reforzar puertas, apuntalar y empalizar muros y construir nichos para los tiros, por si las moscas. En la torre, un tambor indica la novedad y el paso de las horas. Apenas un año después de partir de Santiago, nueve meses de La Habana y solo tres meses desde que se iniciara la marcha a pie desde la Villa Rica de la Veracruz, hemos llegado a Tenochtitlan. Después de mil juegos diplomáticos, engaños y escaramuzas varias, batallas y demostraciones de poder, hemos llegado por fin a la ciudad del lago. Nadie en la hueste lo creía posible y ahora nadie se atreve a abrir el pico. Hemos entrado en paz al corazón de este reino.

XLVI

Una vez aposentados y comidos, se presentó Moctezuma en el real con gran copia de principales y familiares. Dispusieron de dos asentadores en el suelo para que platicáramos. Los demás se las apañaron alrededor nuestra, en el suelo, de pie. Las lenguas, como siempre desde San Juan de Ulúa, a mi vera. El Terrible Señor empezó a hablar y la doble traducción hacía lenta la conversación (y a ver qué tal nuestro entendimiento), la reunión iba a ser larga. «Malinche, estoy muy feliz de recibir en mi casa a gente tan esforzada, que hace ya dos años supe de vuestras casas flotantes y el año pasado también (hablaba de las expediciones de Hernández de Córdoba y Grijalva), pero nunca pasaron de la costa. Sabemos a través de las escrituras de nuestros antepasados que no somos naturales de esta tierra, sino llegados a ella desde otras partes extrañas. El señor que nos dejó aquí su generación regresó a su tierra por donde sale el Sol y siempre hemos sabido que sus descendientes volverían de allí para sojuzgar esta tierra y a nosotros como a sus vasallos». Le agradecí las grandes mercedes recibidas cada día y le confirmé en todo aquello que me pareció que me convenía, en especial en hacerle creer que éramos nosotros a quien ellos esperaban, que ciertamente veníamos de donde sale el Sol y que somos vasallos y criados de ese gran señor y de su señora madre, que tienen sujetos a sí muchos y grandes príncipes, que nos hicieron venir a estas partes para rogarles que sean cristianos como ellos y todos nosotros, que así salvarán las ánimas de él y de todos sus vasallos y que adoramos a un solo Dios verdadero. Prosiguió: «Las cosas que nos contáis de esos grandes señores que os envían, las creemos y tenemos por ciertas, está claro que son nuestros señores naturales, en especial cuando decís que hace mucho tiempo que saben de nosotros y, por tanto, tened por cierto que os obedeceremos y tendremos por señores a esos grandes señores que os envían y en ello no habrá engaño alguno. Podéis mandar a vuestra voluntad en toda la tierra que yo poseo, porque será obedecido y todo lo que tenemos está a vuestra disposición, pues este es vuestro reino. Holgad y descansad del trabajo del camino y guerras que habéis tenido, que conozco bien todo lo que habéis pasado desde Potonchan hasta aquí y también sé que los de Cempoala y Tlaxcala os han dicho muchas cosas malas de mí. No creáis más que a vuestros ojos y cuidaos de aquellos que son mis enemigos y de los otros que eran mis vasallos y que hoy se me han rebelado con vuestra venida y por ganar vuestro favor, esos mismos que os han contado que mis casas tenían las paredes de oro, así como esteras de mis estrados y otras cosas de mi servicio y que si yo era un dios. Las casas, ya las veis, son de piedra, cal y tierra (en eso, se puso en pie y alzó las vestiduras y nos mostró su cuerpo) y yo soy de carne y hueso como vos y como cada uno soy mortal y palpable. Comprobad que os han mentido. Tengo aquí algunas cosas de oro de mis abuelos, es vuestro si lo queréis, yo me voy a otras casas donde vivo, que ya os proveerán de todas las cosas necesarias para vos y para vuestra gente. Y no tengáis pena alguna, pues estáis en vuestra casa». Nos trajeron a todos más regalos de oro y mantas y labores y plumas, y fuimos muy bien provistos de muchas gallinas, pan, frutas y otras cosas necesarias, especialmente para el servicio del aposento, y con esto se despidió y marcharon todos.

Reclamé a Godoy y a todos los capitanes que se acercasen: «¿Podemos entender de este amable intercambio que Moctezuma ha aceptado esta noche ser súbdito de SS. MM.?». «Sin duda alguna, Capitán General». «Pues pasadlo a limpio».

¡Virgen Santa! ¿Cómo podré explicarle a la Reina Juana y al Rey Carlos toda esta maravilla? Yo, que solo conozco Salamanca, Toledo y Sevilla y que reconozco que las tres palidecen ante la gran Tenochtitlan. Cumplido he de sobra con Dios y con SS. MM. hasta hoy mismo, que les he procurado tierras y miles de vasallos, aunque falte mucho por hacer en el negocio de la fe, pero que para eso hace falta mucha ayuda de doctos señores de Castilla y no aventureros como nosotros. ¿Será este el final del viaje?

XLVII

Esta mañana, hemos ido una pequeña comitiva a cumplimentar a Moctezuma a su palacio; Olmedo, Díaz, Alvarado, Velázquez de León, Ordás, Sandoval, nuestras lenguas y una escolta de cinco soldados. Me ha sorprendido que ninguna guardia de corps saliera a nuestro encuentro y que pudiéramos deambular libremente por sus estancias. Ha salido él mismo a recibirnos junto a sus sobrinos, me ha tomado de las manos y nos hemos sentado en unas sillas en el centro de la sala, rodeados por los demás. «Mi señor, como os dije anoche, venimos de parte de un gran Rey para deciros que somos cristianos, adoramos al Dios verdadero que hizo el Cielo y la Tierra y todo lo que hay en el mundo, y nos envió a su hijo Jesucristo, que padeció muerte y pasión en la cruz por salvarnos y resucitó al tercer día, y que estos que tenéis por dioses, que no lo son, que en verdad son demonios. Nuestro gran Rey, doliéndose de la pérdida de las almas, que son muchas las que aquellos sus ídolos llevan al infierno, nos envió para que esto que ha oído lo remediéis presto y que no adoréis más a aquellos ídolos ni les sacrifiquéis más indios ni indias, pues todos somos hermanos, ni consintáis más sodomías ni robos en el tiempo andando, enviará nuestro Rey y señor unos hombres que entre nosotros viven muy santamente, mejores que nosotros, para que se lo den a entender, porque al presente no venimos más que a notificárselo, y así se lo pide por merced que vuestra merced lo haga y cumpla». Me contestó muy calmadamente: «Malinche, ya os oí estas pláticas ayer y conozco las que ya habéis hecho en otras partes y no os respondí porque aquí adoramos a nuestros dioses y los tenemos por buenos y nuestros padres ya nos hablaron de su creación del mundo y que se fueron y volverían por donde sale el Sol, como hace dos años que vimos que vinieron otros como vosotros. Decidme, ¿sois todos unos?». «Sí, mi señor, todos somos hermanos y vasallos del mismo Rey». «Me hubiese gustado ver a esos otros aquí para honrarles como a vosotros. Y si alguna vez os dije de no venir es por el miedo que os tiene mi pueblo que conocen que echáis rayos y relámpagos y matáis a muchos guerreros con vuestros ciervos y que sois teules y varias niñerías más, pero ahora ven que sois hombres como nosotros. Descansad, estáis en vuestra casa». Después de esto, nos han traído mucha copia de ropa fina y regalos de oro para todos y collares y mantas, nos hemos despedido y hemos dejado que el señor comiese. Con esto ya hemos cumplido, como primer toque.

XLVIII

Como llevamos cuatro días aquí sin que nadie nos haga el menor caso y sin hacer gran cosa más que curiosear y pasear por huertas y jardines, he mandado decir a Moctezuma que queremos dar una vuelta por la plaza mayor, y este se ha ofrecido a acompañarnos en andas junto a varias decenas de principales a su lado. Nosotros a caballo y atentos al arma, hemos atravesado juntos el mercado, maravillados de la cantidad de gentes y de productos que allí se negocian; oro, plata, plumas, mantas, esclavos, cacao, algodón, legumbres, gallinas, conejos, fruta, loza, tabaco, sal, cuchillos de pedernal, dulces. Hemos trepado las ciento catorce gradas de uno de los templos de Tlatelolco, que nos dicen que es el de Huichilobos, con seis sacerdotes y dos principales, y arriba estaba ya Moctezuma junto a unos espantosos ídolos, haciendo sacrificios y el suelo lleno de sangre fresca. Me ha soltado: *Cansado estaréis, Malinche, de trepar hasta aquí arriba.* Y yo respondido: *Nosotros no nos cansamos nunca, mi señor* (mientras disimulaba que estaba echando el bofe). Me tomó de la mano y me enseñó la ciudad, las otras cercanas, unidas por las tres calzadas principales, las sierras y volcanes lejanos que hace poco cruzamos, el acueducto de Chapultepec y el lago que nos rodeaba, lleno de canoas que iban y venían cargadas con bastimentos.

Mis capitanes tenían otra idea acerca de esta visión: «General, los capitanes os hacemos notar que esta ciudad es muy mala de defender y peor de evacuar; si ellos levantasen los puentes de las calzadas nos quedaríamos aislados y nadie podría venir a ayudarnos». Concedí que debíamos estar muy atentos y les sugerí que pensasen en cómo bloquear esos puentes para que no pudieran izarse.

Y, ya que estábamos metidos en harina, le dije a Olmedo que le iba a pedir a Moctezuma que nos dejase hacer una iglesia aquí en lo alto y no le gustó mucho la idea, es más diplomático que yo. «Mi señor, ya que hasta aquí hemos subido, os ruego que nos enseñéis vuestros dioses». Extrañado por mi petición, el Terrible Señor consultó a sus sacerdotes, que le dijeron que por qué no, y nos hizo pasar a un adoratorio donde estaba la figura de Huichilobos, su dios de la guerra, con ojos terribles, ahumado con el copal y el humo de tres corazones de esclavos sacrificados esa misma mañana. El lugar apestaba como el peor matadero de Castilla, con las paredes manchadas de sangre seca y las moscas zumbando. Al lado de este ídolo había otra figura de Tezcatepuca, su dios de los infiernos, que tenía al cargo las ánimas de los mexicanos, todavía más sucio de sangre seca y de peor olor, con otros cinco corazones frescos depositados ante él, un altar lleno de sangre y unos tambores de cuero que no quisimos preguntar de qué o de quién. La visión y la peste eran tan insoportables que ya nos estábamos mareando y no sabíamos cómo salir de allí. Me lancé: «Mi señor Moctezuma, no sé yo cómo un tan gran sabio varón, no ha visto que estos dioses son en verdad diablos. Hacedme una merced y dejadme poner la imagen de Nuestra Señora y una cruz en lo alto de esta torre y veréis el temor que de ello tienen esos ídolos que os tienen engañados». Moctezuma me ha mirado estupefacto: «Si llego a saber que ibais a cometer tal deshonor no os hubiese mostrado a mis dioses, a los que tenemos por buenos, pues nos dan salud, lluvias, buenas cosechas y cuantas victorias en la guerra necesitamos y es por ello por lo que los tenemos que adorar y ofrecer sacrificios. No os diré más, idos de aquí». Le he pedido perdón. Olmedo me comentó mientras destrepábamos las gradas:

«¡Cómo se ha puesto Moctezuma, General!». «Cierto, no le ha gustado mucho la petición, no. Tampoco era para tanto, ponerse así por una sencilla imagen y una cruz». Y nos hemos vuelto a nuestro real. Mañana nos van a doler a todos los muslos.

XLIX

Si ayer Moctezuma se enfadó mucho conmigo después de mi petición en lo alto de la pirámide, hoy me ha dado permiso para hacer una capilla dentro del real. Y resulta que, buscando el mejor sitio para hacer el altar, los hombres han dado con un tabique de estuco fresco que, al retirarlo, ha dado acceso a una estancia llena hasta el techo de un inmenso tesoro de oro y piedras preciosas que nos ha dejado a todos sin habla. He ordenado tapiar de nuevo la cámara ante las quejas de los soldados y prohibido comentarle nada al Terrible Señor sobre nuestro hallazgo. Ya veremos cuándo y cómo sacarlo. Si hay esto, habrá mucho más.

El día ha continuado con más sorpresas. En consejo de guerra con mis capitanes, me han recordado lo precaria que es nuestra situación —como si yo mismo no hubiese podido comprobarlo desde lo alto de la pirámide—, que esta ciudad es una gran fortaleza, que podemos quedar aislados si retirasen los puentes de las calzadas a la orilla, que recordase que nuestros aliados ya nos advirtiesen de la posible trampa y que nos matarán aquí a todos si Moctezuma cambiase de ánimo, o nos retirase la comida o agua, y que estamos rodeados de gran copia de guerreros... Y cuando les pregunto que qué remedio me proponen para evitarles su tal zozobra, me sueltan que prender a Moctezuma como rehén si es que queremos de veras asegurar nuestras vidas y que mejor lo hagamos hoy que mañana: «¿Pero es que acaso se han vuelto locas vuestras mercedes? ¿Quieren prender a nuestro anfitrión en sus propios palacios?». «Que los antiguos siempre han hecho tales cosas, que Filipo II, el padre del gran Alejandro Magno, ya fue garantía de los ilirios y confinado en Tebas». «Pero que eso fue tras una guerra y que esto no es lo mismo, que nos han recibido en paz. Y, díganme, ¿cómo podríamos hacer tan grande atrevimiento, teniendo tan cerca a sus gentes de guerra sin que pudiese llamarlos y nos combatiesen?». «Con maña y engaño... Le traemos aquí con buenas palabras, le prendemos y le hacemos saber que pagará con su persona si diese voces». «Es locura». «Es seguro nuestro». «Déjenme pensar, es un tema muy delicado y he de valorar su beneficio». Por un lado, su propuesta no puede ser más descabellada; prender al señor que nos ha invitado a entrar en su casa, pero, por otro, nos daría una gran tranquilidad tenerle por escudo y seguro de nuestras vidas.

L

Han llegado dos indios con cartas de petición de socorro de la guarnición de la Villa Rica de la Veracruz, con pésimas noticias: Juan de Escalante, mi amigo y hermano y Justicia Mayor, ha sido muerto. Según me cuentan, los mexicas se llegaron al pueblo a reclamar de nuevo los impuestos y, como se les negó el pago, presentaron batalla. A la primera de cambio, los totonacas huyeron y dejaron solos a los españoles frente a los mexicas. Le hirieron a él y a otros seis soldados, mataron a un caballo y capturaron vivo al leonés Argüello, que no se sabe dónde está desde entonces y si sigue vivo. Escalante murió de sus heridas a los tres días. Maldita sea. Al punto, he ordenado a Alvarado que envíe inmediatamente a Alonso de Grado con un destacamento para socorrer a los supervivientes, y a los servidores de Moctezuma les he dicho que queremos ver a su señor ahora mismo. Los capitanes tenían razón, necesitamos tener un seguro de vida. Sea pues, lo haremos y que Dios nos ayude. He

182

avisado a Sandoval, Velázquez de León, Lugo, Dávila, Bernal, Marina y Aguilar, para que estén al arma. Como un torbellino hemos entrado en su palacio y ha salido él mismo a recibirnos. Aún no sé leer en su expresión qué sabe y qué me miente y engaña. Las lenguas, atentas, con los ojos como platos, tradujeron asustadas mi discurso. «Mi señor Moctezuma, maravillado estoy que, siendo vos tan valeroso príncipe y dado por amigo, haya mandado a sus capitanes tomar armas contra mis españoles, robar en los pueblos que están bajo la jurisdicción del rey, exigirles indios para sacrificar y matar a un español, hermano mío, y a un caballo. Habéis repetido lo de Cholula, esta vez con éxito. Sí, no pongáis ese gesto. Conozco bien la celada que nos tratasteis de hacer allí y he callado hasta ahora ante vuestra merced por deferencia. Tengo fundadas razones para creer que estáis planeando hacer lo mismo aquí y, como no quiero comenzar a destruir la ciudad, conviene que sin hacer alboroto venga vuestra merced a nuestros aposentos, que allí seréis bien servido y mirado, como aquí en vuestra propia casa. Si dais voces seréis muerto ahora mismo por estos mis capitanes, que no los traigo para otro efecto». Ahora su cara sí que es un poema. No da crédito a lo que escucha, jamás se le habría ocurrido que podía ser objeto de tal cosa, pero ha entendido. Jerónimo me traduce lo que le habla a Marina: «Malinche, nunca he mandado a mis capitanes contra vos, ni a Cholula ni a la costa, que ahora mismo les llamo y, si es cierto, se castigarán, pero no puedo acompañaros a vuestras casas, pues mi pueblo no lo entendería». Velázquez de León ha perdido los nervios, desenvainado la espada y comenzado a dar voces, asustando todavía más a Moctezuma, que se veía ahí mismo muerto: «¿Qué hace vuestra merced ya con tantas palabras? ¡O le llevamos preso o dalle hemos de estocadas!». Moctezuma le ha preguntado a Marina: «¿Por qué grita tanto este capitán, qué le pasa?». «Señor Moctezuma, aconsejo que vayáis con ellos a su aposento sin ruido ninguno, que yo sé que os harán mucha honra, como gran señor que sois, y si no, aquí mismo quedaréis muerto. Allí se conocerá la verdad de lo que decís». *Malinche, no puedo ir con vos, pero si queréis que así sea, tengo un hijo y dos hijas legítimos, tomadlos en rehenes y a mí no me hagáis esta afrenta. ¿Qué dirían mis principales si me viesen llevar preso?* A lo que respondo: *Es su persona quien debe venir con nosotros y no ha de ser otra cosa.* Por fin ha accedido y le hemos indicado que diga a sus capitanes que viene por su propia voluntad porque así se lo ha revelado su dios Huichilobos, que convenía para su salud y guardar su vida vivir con nosotros. Han traído sus andas y sus capitanes, obedientes, le han acompañado a nuestro aposento, donde le hemos puesto guardas y velas, y todos cuantos servicios y placeres que le podíamos hacer y no se le ha echado prisión alguna. Aliviados estamos de que, por ahora, esto haya salido bien.

LI

Hoy han venido a ver al Terrible Señor todos los mayores principales mexicas y sus sobrinos para saber la causa de su prisión, y si mandaba que nos diesen guerra (tengo a las lenguas bien atentas a la conversación) y Moctezuma les respondió que no se preocupasen por nada, que holgaba de estar unos días con nosotros, de buena voluntad y no por fuerza, que cuando él algo quisiese, que se lo diría, que no se alborotasen ellos ni la ciudad ni tomasen pesar dello, porque esto que ha pasado, que Huichilobos así lo quiere. Bien. Podemos estar tranquilos, de momento.

De la diaria convivencia con el señor le hemos notado quizás un poco obsesionado con su limpieza personal, pues se baña una vez al día, a la tarde, y se cambia de mantas y ropas muy a menudo. Recibe muchas visitas de mujeres amigas, hijas de

184

señores y de sus dos legítimas esposas. Y a todas deja bien atendidas. Es todo un campeón. Al menos, me dicen los guardias, es limpio de sodomías. Para comer, le traen a diario hasta treinta maneras distintas de guisados, aves, gallos, patos, venados, hechos a su manera y usanza, y se los ponen sobre pequeños braseros de barro para que no se enfríen. Cuando me he enterado de que le seguían sirviendo guisos hechos con carnes de muchachos de poca edad he tenido que reprenderle y ha ordenado que no le guisasen nunca más tal platillo. Si hace frío para comer le prenden unas cortezas que no hacen humo. Cuatro mujeres muy hermosas le ponen una tabla de oro y una silla baja y le acercan aguamaniles y toallas, y otras dos le dan las tortillas en platos de barro de Cholula y le cierran la puerta para que coma solo, aunque, a veces, han venido cuatro viejos a los que pregunta cosas y otros días han venido jorobados y truhanes que le han cantado y bailado. Le traen frutas y sirven *xocolátl* en copas de oro fino, que ahora me entero de que es para tener más acceso con mujeres (esto, que no lo noté cuando lo probé en Cempoala, voy a tener que comprobarlo). También le ponen en la mesa tres canutos dorados con liquidámbar revuelto con tabaco dentro, se los enciende en cuanto acaba de comer, toma su humo y se duerme. No vive nada mal este.

Uno de los que le visita a menudo es su Mayordomo Mayor, un gran cacique al que llamamos Tapia porque se parece a un soldado de la tropa. Trae siempre consigo unos libros hechos de su papel que se dice amate y hacen las cuentas juntos de todos los impuestos que recibe la ciudad.

En las inspecciones que hemos hecho en sus otros palacios encontramos dos casas llenas de todo género de armas, muchas de ellas de oro y pedrería, rodelas, macanas y espadas de a dos manos, con navajas de pedernal engastadas, que cortan más que nuestros aceros, lanzas, arcos y flechas, muchas hondas y piedras, y muchas armaduras de algodón acolchadas y ricamente labradas, con plumas de muchos colores, a manera de divisas, y capacetes y cascos de madera y de hueso, también muy labrados. Otra de las casas tiene un estanque de agua dulce lleno de aves; águilas reales y otras más chicas y otras de grandes cuerpos, y pajaritos muy chicos de diversos colores con los que hacen aquellos ricos plumajes que labran de plumas verdes, que se llaman quetzales. Y otra casa tiene llena de ídolos y fieras, tigres y leones, a los que alimentan con el torso de indios sacrificados a los que han aserrado el pecho, sacado el corazón para presentarlo a sus ídolos y quemado en copas de copal. Antes les cortan las piernas y brazos, que usan en guisos que se comen en banquetes, y la cabeza, que cuelgan de unas vigas. Y unas víboras y culebras emponzoñadas, que traen en la cola algo que suena como a cascabeles; que son las peores víboras de todas, y las tienen en cántaros grandes, donde ponen sus huevos y crían y les dan a comer de los cuerpos de los indios que sacrifican y otras carnes de perrillos. Hay en Tenochtitlan orfebres de oro y plata que labran piedras finas y chalchihuites, que son como esmeraldas, y otros que labran plumas, y pintores e indias tejedoras o labranderas, recogidas como monjas, que tejen multitud de ropa fina con muy grandes labores de plumas. Y otra gran cantidad de bailadores y danzadores y otros que traen un palo con los pies y de otros que vuelan cuando bailan por alto y de otros que parecen como matachines, y todos eran para darle placer.

Moctezuma está aprendiendo a jugar al ajedrez con Orteguilla, el paje, que parece que ambos han hecho buena amistad. Cada vez que el señor pierde, le da al otro una pieza de oro y este ya se va haciendo una buena bolsa. Luego, siempre tengo que recordarle que debe darme un quinto de ello para guardarlo para el Rey.

LII

Los mensajeros que envió Moctezuma a llamar a los capitanes que mataron a nuestros soldados en Nautla han regresado con ellos presos y nos los han traído atados al real para que hagamos justicia con ellos. Les hemos interrogado sin estar Moctezuma delante y, tras unas pocas caricias de Alvarado y Velázquez de León, han cantado como pajarillos. Nos han confesado que recibieron órdenes directas de su señor para cobrar los tributos a esos pueblos, por medio de la fuerza si fuese necesario y usarla también contra los teules si los defendiesen. Así que Escalante y su gente fueron leales y bravos. Confirmar lo que todos sospechábamos nos ha dejado desolados (¿y para qué entregarnos a sus capitanes, sabiendo que van a confesar y delatarle? O es muy retorcido y ladino el señor, o no tiene tan controlado a su ejército como pretende hacernos creer) y la desconfianza hacia Moctezuma ha aumentado entre mis capitanes, que me exigen que le apliquemos un castigo ejemplar y obtengamos más seguridad para el real. Coincido con ellos. Yo tampoco es que fíe mucho del gran señor. Así que nos hemos ido a hablar con él. Se ha puesto muy nervioso y lo ha negado todo, por supuesto. Le he dicho que mi Rey me exige castigar con la muerte a sus capitanes por el crimen cometido y que eso incluye también ajusticiar a la persona que les ha mandado matar a otros en su nombre. Pálido se ha quedado al oírlo. Como no me interesa hacerlo, de momento, mientras controlamos todo el territorio y sus riquezas, le he dicho que le quiero tanto y le deseo todo bien, que, aunque la culpa de todos estos crímenes tuviese, antes la pagaría yo por su persona que vérsela pagar a él. Ha recuperado con ello el color y el aliento y prometido señalarnos a los verdaderos instigadores. He simulado que creía a este zorro y aceptado sus delaciones.

Con tales confesiones y las acusaciones del gran señor,

hemos celebrado un breve juicio y sentenciado a la muerte en la hoguera a Cuauhpopoca, a su hijo, a tres de sus capitanes y a otros doce principales, por ser los culpables de la muerte de siete de mis hombres y un caballo en Nautla. Diecisiete postes con sus correspondientes piras de leña se han instalado rápido delante del palacio de Moctezuma y se ha atado a ellos a los condenados. El silencio incrédulo del pueblo mexica ante el duro espectáculo solo era roto por los gritos de dolor de los reos, que no han parado de acusar a Moctezuma como último responsable antes de desmayarse. Y para que no hubiese tumulto mientras los quemábamos, hemos puesto en grillos al mismo Moctezuma, que ahora sí que está claramente asustado y nunca había vivido en su persona ni imaginado nada semejante.

Después de ya quemados, le he quitado las cadenas y tranquilizado, que es mi hermano y que, si quiere volver a su palacio, que le doy licencia para ello. «Malinche, os agradezco la merced, pero ya no es el momento de volver a mi palacio, que antes me conviene estar aquí preso, porque mis principales, sobrinos y parientes vienen cada día a decirme que me quieren liberar y daros guerra y que me quieren atraer a ello y yo les he dicho que no quiero ver a mi ciudad metida en una revuelta, pero que, si no lo hago, alzarán a otro señor. Y yo les he dicho que estén calmados, que Huichilobos me ha dicho que es mejor que esté preso». «No en balde, mi señor Moctezuma, os quiero tanto como a mí mismo».

LIII

Tras las diecisiete ejecuciones, pareciese que el orgullo y la arrogancia de Moctezuma se tornasen docilidad e indecisión. Pero algo me dice que es un mero disfraz y tanta sutileza me indica que es de poco fiar.

Aprovechando que mañana comienza el tiempo de Adviento, le he pedido a Olmedo que empiece a explicarle al gran señor los asuntos de la fe verdadera y nuestra religión católica. El páter me ha reclamado que pida más vino a Cuba, pues anda corto de él para la misa, y le he dicho que lo racione mientras veo cómo atender su petición. Les he dejado a ambos con Marina y Jerónimo y las primeras palabras del mercedario: «Mi señor Moctezuma, hoy para los cristianos comienza el Adviento, período que abarca los cuatro domingos antes de Navidad, que nos prepara espiritualmente para la celebración del nacimiento del Hijo de Dios. Es tiempo de oración, reflexión, arrepentimiento, perdón y alegría...». Estas palabras me han transportado a mi corto periodo como monaguillo en Medellín y he tenido que excusarme cuando el recuerdo ya amenazaba con cerrarme la garganta.

LIV

México-Tenochtitlan es más grande que Sevilla o Córdoba y está fundada sobre una laguna dividida en dos por una albarrada que separa el agua dulce de la salobre. Tiene cinco entradas, unidas a la tierra firme por calzadas hechas a mano muy derechas y anchas como dos lanzas jinetas, por cualquiera de ellas que se quiera entrar a la ciudad hay dos leguas. Todas estas calzadas están abiertas de trecho en trecho y las atraviesa el agua de un lado al otro. En todas estas aberturas, algunas de ellas muy anchas, hay unos puentes de grandes vigas, juntas y recias y bien labradas, que por muchas de ellas pueden pasar hasta diez de a caballo juntos a la par. Si los naturales de esta ciudad quisieran hacernos alguna traición, lo tendrían muy sencillo; retirarían los puentes de las calzadas y nos dejarían morir de hambre sin que pudiésemos salir a la tierra o recibir socorro del exterior.

Por fortuna, llevamos con nosotros en la hueste a un carpintero de ribera, el sevillano Martín López, al que ya le he encargado cuatro bergantines para navegar a vela y a remo por la laguna, capaces de transportar a setenta y cinco hombres, cuatro caballos y cuatro cañones de bronce, por si tuviésemos la necesidad de abandonar la ciudad los españoles, al menos, si nos dejasen bloqueados. Con buen criterio, me ha preguntado que de dónde pensaba que iba a sacar la madera, no es que haya mucha en la ciudad, y le he enviado con nuestros aliados que vuelva camino de Tlaxcala para que él señale y le talen los árboles necesarios, mientras aquí le construimos unas atarazanas en la orilla. Cuando envié hace ya unas semanas a Alonso de Grado a socorrer a la guarnición de la Villa Rica de la Veracruz, le di instrucciones de traerse consigo las cadenas y áncoras de las naves varadas, pero aún no ha regresado. Así que he mandado a Gonzalo de Sandoval con Pedro de Ircio para que me lo traigan preso y, ya de paso, a un par de herreros con todas sus herramientas y todo el hierro que sacamos a los navíos antes de darlos de través en la playa.

LV

Olmedo sigue instruyendo al gran señor «Señor Moctezuma, desde nuestro papa Sixto IV en 1483, hoy celebramos los católicos la Inmaculada Concepción de María. Es el dogma de fe que declara que, por gracia singular de Dios, María fue preservada de todo pecado desde su concepción». Las dudas del gran señor: «¿Qué es un dogma? ¿Y un pecado?». Olmedo suspira, al entender la inmensa obra de evangelización que tiene por delante, y reza por que pronto lleguen más hombres como él para poder atender a tantas almas despistadas en Nueva España.

Todos los días, después de misa, cumplimentamos al Moctezuma para que no se nos acongoje de estar encerrado y detenido y para que nos diga su mandado. Él siempre nos contesta que holga mucho de estar preso, pues nuestro Dios o su Huichilobos así nos lo permite hacer. Las tardes las pasamos jugando con él al totoloque, que es un juego de mesa con unos bodoques chicos de oro con el que se tiran a unos tejuelos de oro algo lejos, y a cinco rayas se ganan o se pierden ciertas joyas ricas que se ponen como apuesta. Cuando yo le gano, le doy las joyas a sus sobrinos, y cuando gana él, lo reparte entre los soldados que le hacen guardia. Una tarde, pilló a Alvarado haciendo trampas a su sobrino —dice que siempre se pone una raya de más— y este se puso grana, enfadó, tiró todo al suelo y salió corriendo de la sala. Todos nos echamos a reír, menos él. Es un caso.

Moctezuma se ha quejado a Juan Velázquez de León del marinero Hulano de Trujillo. Parece ser que este, a pesar de darle alguna joya de oro, no le trata con suficiente acato y le hace mucho desprecio. Le ha caído buena bronca y se le ha retirado de la guardia del gran señor.

Otra queja suya me llega. Esta vez de Pedro López, ballestero y buen soldado, que en estando de guardia ha culpado con muy malas palabras de su dolor de vientre al señor Moctezuma. Así que he mandado que le azotasen y ahora le duelen más los lomos y costillares que las tripas.

El Bernal Díaz del Castillo, con sus buenas maneras y educación, va y le pide merced de una india al señor Moctezuma, con un par, y este se ha sonreído y le ha dado muy hermosa, además de tres tejuelos de oro y mantas: «Tratadla muy bien, señor Bernal, que es hija de hombre principal». Y el soldado ha salido corriendo con ella a catarla. Otro caso.

Olmedo sigue a lo suyo: «Mi señor Moctezuma, quedan nueve noches de peregrinaje de María y José desde Nazaret hasta Belén, buscando un lugar para alojarse y esperar el nacimiento del niño Jesús. Son las posadas». «¡Qué curioso, padre, coincide con la llegada de Huitzilopochtli!».

Hoy ha vuelto al real Ircio desde la Villa Rica, trayendo con ellos preso al tal Alonso de Grado, que en seguida quiso hablarme, pero que he ordenado ponerle en el cepo un par de días, ese que huele a espanto de ajos y cebollas, para que recapacite por sus necedades pasadas. Han traído también todo lo encargado.

LVI

Moctezuma me ha solicitado permiso para asistir al templo mayor a honrar a sus dioses. Le he dicho que puede ir y celebrar, pero que sin sangre ni sacrificios de indios y me ha contestado que su familia y capitanes no lo entenderían si no celebrase como siempre, que todos ellos están buscando el motivo para darme guerra y que al final no podrá impedirlo. «Hacedlo como mejor podáis, queráis y sepáis. Marchad en buena hora, os dejo una buena guardia y capitanes que os acompañen, y os repito que los sacrificios están prohibidos». «Sea, Malinche». Le he visto salir del real y partir hacia sus templos subido en sus andas, con la pompa habitual, seguido de todos sus ministros, caciques y sobrinos y con la guardia de mis capitanes Velázquez de León, Alvarado, Dávila y Lugo, y otros ciento y cincuenta soldados y el padre Olmedo, para evitar cualquier sacrificio de hombres, si es que aún se atreviese a hacerlos.

Cuando han regresado al real, la cara de Olmedo era un poema. Me dice que cuando llegaron al alto del templo, los sacerdotes han recibido al gran señor con grandes muestras de júbilo y tenían dispuestos a cuatro indios medio adormilados para el sacrificio. Mis españoles han tenido que morderse la lengua por no hacer escándalo y disimulado lo mejor que han podido, so color de hacer gran escándalo con tan poco número y tan lejos del real, pero me dice el mercedario que hubiesen tirado a los sacerdotes gradas abajo. Lo sé. Al poco, oyeron los cuatro gritos. Liquidado el negocio, Moctezuma salió del templo y entregó joyas de oro a todos los españoles, que afuera le estaban aguardando con la mandíbula bien prieta. Será cabrón. Me ha engañado. Hay que acabar con esto de inmediato.

«Mi señor Moctezuma, habéis abusado de mi buena fe y me habéis engañado. Espero que hayáis disfrutado mucho de la ceremonia, esos han sido los últimos indios que sacrificaréis. En el día de hoy se han terminado esas abominables prácticas contra natura. Voy a poner a Nuestro Señor en lugar de esos espantosos ídolos». «No puedo parar y dejarte hacer eso, Malinche, mi pueblo no desea cambiar de dioses». «Creedme si os digo que vuestro pueblo apreciará la diferencia, mi señor. Mientras vuestros falsos dioses reclaman sangre y constantes sacrificios, el mío se sacrificó por todos nosotros».

LVII

Hoy hemos celebrado los españoles en esta maravilla de Tenochtitlan nuestra primera víspera de Navidad. Los pífanos y atambores nos traen recuerdos de la vieja Castilla y de nuestra niñez, y son pocos a los que no se les escapa un suspiro. Hemos cenado junto a nuestros aliados tlaxcaltecas; guajolote, xocolátl, tortillas de maíz y diversos tipos de fruta. A medianoche, Olmedo y Díaz han celebrado la misa del gallo.

Las conversaciones y los intercambios culturales con Moctezuma son ya de continuo. «Mi señor, anoche celebramos el nacimiento de Nuestro Señor Jesucristo en Belén, el hijo de María. Es Navidad. Nos hemos preparado durante el Adviento para recibirle, comprometiéndonos a enderezar todo aquello torcido en nuestras vidas y renovado el compromiso de seguirle». «Malinche, me habéis hablado de su Madre, ¿quién fuese el padre?». El arcángel Gabriel le anunció a María que concebiría virgen en su seno y daría a luz un hijo, que le pondría por nombre Jesús. Este sería grande y llamado el Hijo del Altísimo». «¿Y sin conocer varón?». «Exactamente». «Pues eso me recuerda a Huitzilopochtli, que nació de Coatlicue (la de la falda de serpientes) al quedarse embarazada de una bola de plumas mientras barría los templos de la sierra de Tollan. Ya era madre de antes, esa es diferencia, pues nacieron antes que él sus cuatrocientos hermanos y su hermana Coyolxauhqui (la adornada de cascabeles). Todos estos, asumiendo la deshonra de que no era hijo de su padre Mixcóatl, decidieron matarlo en el momento de nacer. En el parto, el dios tomó la serpiente de fuego entre sus manos, mató a los cuatrocientos hermanos y los despedazó y tiró ladera abajo. También a la hermana, de la que tomó su cabeza y de una patada la mandó al cielo para que se convirtiese en la luna». «Note pues que no es lo mismo, mi señor, no me compare».

LVIII

Le hemos hablado del Evangelio de Mateo, de cómo cuenta que un día como hoy, el rey Herodes, aterrado al oír que había nacido Cristo, futuro rey de los judíos, ordenó matar a todos los niños menores de dos años nacidos en Belén y el morboso va y me dice, «sigue Malinche, me interesa; sangre y violencia».

En Tenochtitlan las mujeres tienen una similar posición social que las castellanas en la península y pueden poseer propiedades y negocios y acudir a la justicia sin permiso del marido, aunque pueden entregarse como regalo: «Cuando un padre te dé un marido, no le faltes al respeto y obedécele». Y, si bien la monogamia es lo normal, aquí mi señor Moctezuma colecciona concubinas. Bueno, en eso sí que nos parecemos.

Mañana acaba este año de Nuestro Señor de 1519 que tan grandes éxitos ya ha concedido a nuestra empresa, mientras esperamos la vuelta de nuestros procuradores Portocarrero y Montejo con la contestación de la RReina Juana y el Rey Carlos a nuestras peticiones. Para los mexicas, es un poco más complejo, pues ellos tienen dos calendarios; el agrícola de trescientos sesenta y cinco días, Xihuitl, dieciocho meses de veinte días y otros cinco inútiles y el de la cuenta de los destinos, Tonalpohualli, de trece meses de veinte días cada uno, que hacen doscientos sesenta días. Para que un día vuelva a repetirse han de pasar 18.980 y eso determina que un siglo suyo (o ciclo solar) solo tenga cincuenta y dos años de los nuestros. Los mexicas ya han cumplido cuatro soles y este quinto en el que estamos es el último, según una profecía. ¡Qué casualidad!

LIX

Martín López me ha entregado hoy los cuatro bergantines. Le han ayudado en su construcción un par de herreros, aserradores, un carpintero y dos ebanistas, y han empleado robles de Texcoco y cedros de Tlacopán. Me ha pedido dos mil pesos de oro por ellos y le he dicho que me los apunte en la cuenta, que ya le pagaré en andando el tiempo, que dónde está la prisa, que no me voy a ningún lado.

He invitado al gran señor a su estreno y se ha quedado maravillado cuando le he dicho que estos barcos no necesitan siempre de los remos, que se mueven con el viento que hincha sus velas. «En verdad sois poderosos, Malinche, si habéis convencido a Ehécatl (dios del viento) para que os lleve allí donde queréis». «Ya nos trajo del otro lado del océano. Un día me va a contar, mi señor, cuántos dioses tienen y a qué se dedica cada uno». «Bien. Aún haremos de ti un buen mexica, Malinche». «No sueñe con ello, mi señor, era mera curiosidad científica».

Mientras dos de las naves han partido para cartografiar el lago, con las otras dos nos hemos llevado a cazar al gran señor al coto real de la isla de Tepepolco, en Iztapalapa. Algunas de las piezas cazadas con trampas han sido llevadas a su privada colección. Cuando Moctezuma ha visto que las canoas eran incapaces de seguir nuestra velocidad se ha sonreído, pero eso no le ha perturbado lo más mínimo.

LX

Un gavilán ha entrado en el real en pos de una codorniz y Saucedo se ha quedado maravillado. Moctezuma nos ha preguntado la razón de tanto alboroto y Orteguilla, el paje, se lo ha explicado. Después, ha pedido que trajeran el gavilán y se lo ha regalado a Saucedo para que lo entrene en el arte de la cetrería.

«Hoy, mi señor, celebramos la Epifanía; tres hombres sabios rindieron reconocimiento al Hijo de Dios llevándole presentes de oro, mirra e incienso para poder así saber si su naturaleza era humana, mortal o espiritual». «¿De ahí viene vuestra afición por el oro, Malinche?». «No».

Moctezuma holga mucho de navegar con nosotros a la vela y nos pide salir cada día y, mientras él cree que es por darle gusto y placer, vamos cartografiando y sondando el lago a conciencia. Luego, volvemos a la ciudad, disparando uno de los tiros. Él se ríe y yo tengo a toda la ciudad asustada. En realidad, son cinco lagos interconectados; Xalcotan, Zumpango, Texcoco, Xochimilco y Chalco, pero me cuentan que no lo están durante todo el año. Su profundidad varía entre una y tres varas castellanas y el de Texcoco es el más bajo de todo el valle y por este drena. Está separado en dos por una larga albarrada, que deja las aguas salobres del lado de oriente y el agua dulce de Xochimilco y Chalco del lado de poniente.

LXI

Moctezuma viene muy serio: «Malinche, debo de alertarle de algo, mi sobrino, Cacamatzin, señor de Texcoco, anda buscando alianzas para daros guerra y venir a liberarme». «Recuerdo que le conocí el día antes de llegar a Iztapalapa. ¿Es tan grave el negocio?». «Podría serlo. Quiere convencer a sus primos, los señores de Coyoacán, Tlacopán e Iztapalapa para que le ayuden, siempre y cuando luego le nombren huey tlatoani, sustituyéndome». «¿Y cómo sabéis...? No me respondáis, necio de mí, es evidente... Prestadme a varios de vuestros capitanes y hombres para ir a Texcoco a prenderle y destruir la ciudad si fuese necesario antes de que vengan por nos». «No os daré hombres para eso». «Bien, trataré de dialogar yo mismo con el levantisco».

He reunido en consejo de guerra a mis capitanes: «Caballeros, el gran señor acaba de comunicarme que un sobrino suyo anda levantando a los distintos pueblos del lago contra nosotros. Avisad pronto a la guardia para que esté en alerta máxima, no sabemos si tendrá éxito su llamada». Me responden que ya tardaban mucho, que esto estaba demasiado tranquilo. Les he pedido guardar bien los bergantines, no fuera a ser que los necesitásemos, como medida de precaución, mientras, tratábamos de parlamentar con él y quizás consiguiésemos que se aviniese a deponer sus intenciones.

LXII

Recuerdo la insistencia del sobrino Cacamatzin para que nos diéramos la vuelta camino de Iztapalapa, que hubimos de dejar desatendida. Le he escrito que había llegado a mis oídos su inquietud por su tío, el gran señor Moctezuma, que parece que quiere venir en armas a rescatarle cuando no hay motivo para tal negocio, pues se encuentra muy feliz entre nosotros, que deseo ser su amigo y que es mejor que no ande con pensamientos de darnos guerra que solo pueden traerle su perdición y la de su pueblo. La contestación ha sido un poco desabrida: «Malinche, conozco bien vuestras lisonjas y halagos, y os ruego que vengáis vos mismo a contármelas en persona, que aquí en mi palacio de Texcoco podemos hablar de todo». Tentado he estado de cruzar el lago con las naves a Texcoco y arrasar la ciudad por inoportuno, pero me he contenido. Podría ser una trampa. Así que, en vez de navegar, le he escrito una réplica. «Mi señor Cacamatzin, no seáis loco y haced caso a vuestro tío, deponed esta necia actitud y no hagáis este deservicio a vuestro señor y Rey don Carlos, que en yendo nos a Texcoco, podríais pagar con vuestra vida de ello». Se nos ha enrocado. «Malinche, ya antes me hubiese gustado no saber nada de vuestro Rey ni de vos, que con palabras dulces engañasteis al gran señor». Pinta mal. Pues al tío que va.

«Mi señor Moctezuma, debéis hablar prestamente con vuestro sobrino Cacamatzin, que parece haber perdido el seso, no atiende a razones y temo que haga algo malo». «Le mandaré un mensaje con mi sello, Malinche, advirtiéndole que se atenga a razones, os dejo ayudarme en la tarea». «Os lo agradezco infinito. Sabed, mi señor Moctezuma, que, si fuese por mí, os dejaría marchar ahora a vuestros aposentos, pero que son mis capitanes los que no quieren que os deje marchar y sois vos mismo el que prefiere también estar aquí con nosotros, a salvo de intrigas de vuestros parientes». «Gracias, Malinche».

Moctezuma le ha escrito: «Querido sobrino, mi señor Cacamatzin, venid ante mí, que he de hablaros de amistad entre nuestro pueblo y los españoles y no os preocupe mi prisión, que si quisiese salir, mucha ocasión ya tuviese de hacerlo, pues Malinche ya me ha permitido irme a mis palacios dos veces, pero yo ni puedo ni quiero volver a ellos, que aquí cumplo con lo mandado por nuestros dioses, pues me dijeron que me quieren aquí preso y que si no lo estoy, que seré muerto».

Moctezuma, además de escribir al sobrino, ha mandado recado por otro lado a los capitanes de Texcoco que le son fieles: «He ordenado a mi sobrino venir a verme para hacer las amistades, cuidadle para que no se le trastorne el seso y venga en armas contra Malinche».

Los capitanes le han contado al gran señor que Cacamatzin les ha incitado a la rebelión contra él (le dijeron que eso era traición y casi les apresa) pues le considera un cobarde y culpable de toda la situación por no haberle dejado atacarnos cuando aún bajábamos por las sierras de Chalco, que hemos insultado a sus dioses, robado el oro de su abuelo Axayácatl (mentira, no lo hemos tocado, ahí sigue detrás del tabique), que quemamos a Cuauhpopoca porque había demostrado que no éramos teules (como si Moctezuma no lo supiese desde que pisamos la arena en San Juan de Ulúa), que le hemos hechizado y que nos dan cuatro días para liberarle antes de venir a matarnos a todos uno a uno y a hacer gran festín con nuestras carnes. Y dale, qué manía.

El tlatoani me dijo que su sobrino era un idiota y un loco que no atendía a razones y aproveché para pedirle hombres para ir a prenderle. Se negó, era un asunto familiar, yo no pintaba nada ahí y bajé la mirada. «No os permitiré que vayáis en armas contra mi sobrino, aún puedo contar con fieles a mí para prenderle, no todos están de su parte. Le sustituiré por su hermano, que está aquí conmigo, huyendo de él». «Siempre es buena cosa apoyarse en la familia, mi señor». Al cabo de unos pocos días, me dieron aviso de que traían preso al sobrino díscolo. Le traían en unas andas, con gran boato, junto a otros cinco de sus capitanes que mi señor Moctezuma ha liberado en el acto y dejado marchar. Se ha llevado adentro del real al sobrino y, al punto, han comenzado a oírse cómo se voceaban el uno al otro. Marina y Jerónimo, con los ojos abiertos como platos, me traducían. Le ha leído la cartilla; que quién se creía que era para desobedecerle mientras el otro le llamaba mujer y cobarde. Al cabo de un buen rato, me lo ha entregado atado y muy enfadado. Le hemos puesto en grillos y encerrado en una cómoda celda. Asunto resuelto. El señor ha enviado como nuevo rey de Texcoco a Coanacochtzin, hermano de Cacamatzin, más sosegado muchacho, al que nosotros hemos llamado don Marcos. A ver si podemos fiarnos de él. No sé yo. Adviértase qué gran señor era Moctezuma que, aun estando retenido, así al punto era obedecido. Y en esto era tan bien mirado, que todos le queríamos con gran amor, porque verdaderamente era gran señor en todas las cosas que le veíamos hacer.

LXIII

Desactivados en gran parte los asuntos de la política local, aunque aún quedan algunos otros revoltosos, la vida continúa en Tenochtitlan y, poco a poco, vamos tomando el control de la situación. Alvarado me ha comentado que los hombres están aburridos, esperando su parte del botín, inquietos y pendencieros con los mexicas y que habría que darles tarea pronto. Le dije que ya tenía pensadas varias tareas para ellos. Le noté algo desmejorado y cuando le pregunté la razón lo achacó a la fogosidad de doña Luisa. Le dije que haría mejor guardándose las fuerzas.

Olmedo me ha rendido cuentas de sus avances evangelizadores, notables para él, desazonadores para mí. Me dijo que unas veces le daba a Moctezuma a entender las cosas tocantes a nuestra santa fe y que parece que le entraban ya algunas buenas razones en el corazón y las escuchaba con atención, mejor que al principio; otras le daba a entender el gran poder del rey, nuestro señor, y de cómo le dan vasallaje otros muchos grandes señores de lejos tierras que le obedecen y que le dicen otras muchas cosas que se holga de oír; y las otras muchas veces jugaban al totoloque con el Moctezuma, igual que antes, y de esta manera siempre le tenían en palacio. Y él, como no es nada escaso, les daba cada día joyas de oro o mantas. He tenido que recordarle que reserve el quinto del rey.

Hablando del rey de Roma, se me llega el gran señor y me recrimina que hace días que no le llevamos a navegar el lago para ir a cazar (es cierto, ya lo hemos cartografiado y sondado a conciencia). Pues ahora mismo, mi señor. He aprovechado la excursión para recordarle ciertos rebeldes que andan aún enredando y me ha tranquilizado saber que mañana tendría respuesta.

LXIV

Dicho y hecho, han llegado presos los señores de Coyoacán, Iztapalapa y Tlacopán. Y otro de Tula, aunque este no sé muy bien por qué. El caso es que ya tenemos a todos los sediciosos a buen recaudo y superada la primera crisis. Con el Terrible Señor de nuestro lado, no tenemos oposición en el Valle del Anáhuac.

Y si tener el control del valle ya era cosa buena, hoy Moctezuma ha puesto la guinda. Me ha dicho que ha estado hablando con sus otros señores sobre cómo sus antepasados les dijesen que de donde sale el sol habrían de venir gentes para señorear estas tierras y han decidido que esos tales éramos nosotros (bien), que los sacerdotes no consiguen respuestas de Huitzilopochtli, a pesar de ofrecerle diarios sacrificios (mal, siguen haciendo lo que les da la gana), tantos que ya les ha dicho que por favor no le pregunten más. Y que, sabido del gran poder de nuestro Rey y señor, vienen a dar la obediencia al rey de Castilla (aquí ha estado muy bien Olmedo), mientras tienen otra mejor respuesta de sus dioses (ya le digo yo que no).

Así que, ante mí, mis capitanes, Díaz, Olmedo, muchos soldados y el secretario. Pero Hernández, el gran señor Moctezuma y los otros grandes señores han desfilado y jurado obediencia a su Majestad, y tanta tristeza mostraron, que Moctezuma no pudo sostener las lágrimas. Les recordé a los míos que hoy, primeros días de febrero de 1520, en guerra directa con los mexicas, solo hemos tenido seis bajas: el pobre Escalante, Argüello y cuatro soldados más a manos de Cuauhpopoca, al que juzgamos y ejecutamos.

LXV

Encerrados los caciques revoltosos y recibido el vasallaje de Moctezuma, nos queda aún un detalle de gran importancia. Como el gran señor nunca me atendiese y acabase ya con mi paciencia, hemos subido unos cuantos las ciento catorce gradas del Templo Mayor hasta donde tienen a sus ídolos; Huitzilopochtli (dios de la guerra, Huichilobos para nosotros) y Tláloc (dios de la lluvia, los rayos y los terremotos), en los que más fe y creencia tienen, los hemos derribado de sus peanas y despeñado escaleras abajo, que han llegado abajo partidos en pedazos, limpiado las capillas de costras de sangre de los sacrificios. Ya pondremos nuestras propias imágenes.

Moctezuma quedó horrorizado por nuestra acción, todos sus principales y el pueblo estaban consternados, y me dijo que ahora las comunidades del lago se levantarán contra mí (difícil me parece, tengo a todos sus líderes presos) porque confían en los dioses que les dan todos los bienes temporales, y que, al no impedirnos maltratarlos, se enojarán y no les darán nada, se secarán los frutos de la tierra y morirá la gente de hambre. Les hice entender con las lenguas, Jerónimo y Marina, cuán engañados estaban al poner sus esperanzas en aquellos ídolos que estaban hechos por sus manos (y de cosas no muy limpias) y que han de saber que solo hay un Dios, el cual había creado el cielo y la tierra y todos animales y todas las cosas, y que les hizo a ellos y a nosotros, y que Este era sin principio e inmortal, y que a Él solo había que adorar y creer y no a otra criatura ni cosa alguna. El tlatoani me respondió que ya me había contado que ellos no eran naturales de esta tierra, que hacía mucho tiempo que sus predecesores habían llegado a ella, y que quizás podían estar equivocados en ello, y que yo, como recién llegado, sabría mejor las cosas que ellos deben creer y que se las diga y haga entender, que ellos harán lo que yo les diga que es lo mejor. Se han quedado arriba con nosotros hasta que hemos terminado de apañar las nuevas capillas, con alegre semblante, y les conminé a no realizar más sacrificios como acostumbraban porque, además de ser muy aborrecible a Dios, nuestra Sacra Majestad por sus leyes lo prohíbe y manda que al que mate, lo maten. Hoy, Tenochtitlan ha abandonado por fin a sus dioses.

LXVI

Controlado y pacificado el valle, recibido el vasallaje de Moctezuma, encerrados los señores díscolos y prohibidos —al menos, en teoría— los cruentos sacrificios, vamos a dar el siguiente paso y determinar de dónde obtienen los mexicas sus recursos. El oro, lo primero. Pregunté al tlatoani por ello e inquirió si era para curar esa dolencia nuestra de corazón. Por supuesto, mi señor. Dijo que no tenían aquí cerca ese excremento de los dioses que colocasen bajo tierra o escondido en el agua para fabricar objetos para su adoración, que les llega desde otros señoríos; Zacatula, Malinaltepec, Tuxtepec y Chinantla. Voy a enviar de exploración a algunos de esos soldados aburridos.

He ordenado a Umbría que partiera con dos hombres y un guía hacia el oeste, a Zacatula, hacia la mar del sur que hallase Vasco Núñez de Balboa, a buscar esas minas de oro y valorar bien las cantidades que pueden extraerse y estar muy atento. Es el mismo Umbría al que le corté los dedos de un pie por su intento de rebelión en la Villa Rica de la Veracruz el mismo día que colgué a Escudero y Cermeño y azoté a los humanos Peñates, cuando planearon robarme una nave y volver con ella a La Fernandina. Ha estado muy tranquilo desde entonces. Espero que no me la líe. A otro de más fiar, un primo mío de los Pizarro, le he ordenado salir con cuatro hombres de su conveniencia y otro guía hacia las otras regiones del sur y sureste: Malinaltepec, Tuxtepec y Chinantla. Que llevase los ojos bien abiertos y no se fiara de nadie y volviese en tres semanas.

Moctezuma me ha regalado un mapa hecho de fibra de henequén, con la descripción de la costa del mar del norte y todos los ríos señalados, unas ciento cuarenta leguas de costa, desde Pánuco hasta Tabasco. Me ha llamado la atención un gran río al sur. «Es el Coatzacoalcos, Malinche, el lugar donde se oculta la serpiente. Quetzalcóatl fuese allí a bordo de una balsa y subió por el río hasta perderse en el horizonte, prometiéndonos regresar un día. Sus seguidores se quedaron en ese lugar, esperando su vuelta». «¿Es ese dios por el que vuestra merced me toma?». «Tuve dudas al principio, pero las despejé rápido». Al oírnos, Ordás se ha presentado voluntario para explorar este río y he accedido. Este chico no para. Le he pedido que se lleve a un par de hombres y caballos para ver esa manga de agua, sondearla por si es válida para hacer puerto y subirla por ella, por si pudiera ser el paso que buscamos hacia la Mar del Sur, y ver si se puede fundar ciudad antes de que el Garay se nos adelante. Moctezuma ha indicado que su señorío no alcanza esa ribera y le ha ofrecido sus guarniciones de esa frontera para que le acompañen. Ordás, receloso, ha aceptado.

LXVII

Una vez recibido el vasallaje de Moctezuma y de los pueblos de valle del Anáhuac, muchos de sus señores se dirigen directamente a mí para contarme sus agravios y sus pleitos o negocios, saltándose al Gran Señor, y yo, que para nada me interesa ni quiero ver en nada mermada su autoridad, les digo que se lo cuenten primero todo a él (y luego ya veré yo de discutir con él de cómo proceder en cada caso).

Juan Velázquez de León, por su cuenta, se hizo fabricar una gruesa cadena de oro (la llaman la Fanfarrona) con el oro de la tropa, y Mejía se la reclamó, este se negó y llegaron a las manos, tirando de espada, acabando ambos heridos. Cuando me he enterado de todo, he cargado a ambos de cadenas, pero esta vez de hierro. Al uno por descuidar el tesoro, al otro por tomar su parte antes del reparto. Juan hace tanto ruido por las noches arrastrando su cadena, como alma en pena, que ya ha despertado varias veces a Moctezuma y este ha venido a pedirme que por favor le libere. Y el asunto tiene su particular gracia, pues justo fue Juan el que estuvo a punto de ensartarle con un espetón como a un pollo el día ese que le invitamos a vivir en el real entre nosotros.

Olmedo y Díaz me han dicho que ya tenían preparadas las dos tallas de Nuestra Señora y San Cristóbal, patrón de los viajeros, y las querían colocar en lo alto del Templo Mayor, así que hemos celebrado una solemne procesión en ascenso a la pirámide y ahí las hemos dispuesto. Ya está el lugar consagrado, ya la Cruz vela la ciudad del lago, que ha sustituido a sus falsos dioses. Y ya es necesario, pues el clima en Tenochtitlan se va enrareciendo cada día más y los principales, sacerdotes y el pueblo murmuran y conspiran, la ciudad es pasto de rumores; «En el gran señor se encierra un alma de mujer... a estas horas, el Terrible Señor no es ningún guerrero... desde que quemaron a Cuauhpopoca nadie le ha oído reír, ni yacer con sus muchas mujeres quiere, y le han aparecido hebras de plata en sus cabellos y hasta su pluma de quetzal parece mustia y triste... ha entregado la ciudad a los teules, permitido el derribo de nuestros dioses para poner ahora estas imágenes, nos impide hacer más sacrificios ofendiendo a nuestros dioses, ha rendido fidelidad a otro soberano lejos de estas tierras y permite que se estén apoderando de todo ¿a qué más espera?».

LXVIII

Ha regresado Ordás y su gente de la expedición al río Coatzacoalcos y me ha hecho relación de su viaje. Tuvo que reprender por el camino a los soldados de Moctezuma porque causaban desmanes allí por donde pasaban. Allí ha conocido al cacique Tochel, que le dijo que ya mantuvieron contactos con Juan de Grijalva, y les mostró gran voluntad; les dio muchas y grandes canoas, y el mismo cacique y otros principales le ayudaron a sondar la boca del río, que era de tres brazas largas en la desembocadura y pueden entrar grandes navíos. Cuanto más arriba del río, más hondo. Junto a un pueblo que está poblado de indios pueden fondear las carracas. Pero me ha confirmado que no es el deseado paso a la Mar del Sur, todo es agua dulce. Vaya. En su opinión, no cree que sea buen puerto, pues a pesar de que está muy a mano de las islas de Cuba, Santo Domingo y Jamaica, queda lejos de Tenochtitlan y está rodeado de grandes ciénagas. Nos olvidamos pues. Me dice que la gente allá siempre estuvo quejándose de los mexicas, lo usual por aquí. Y que hace poco le dieron lo suyo a los mexicas en un sitio llamado Cuylonemiquis, que en su lengua quiere decir «donde mataron a los putos mexicanos». También ha rescatado cierto oro por cuentas de colores —traiga vuestra merced para acá— y le regalaron una hermosa india que le he permitido quedarse por su buen hacer.

Umbría ha vuelto de Zacatula con unas muestras de oro y excelentes informes; allá lavan la tierra de dos ríos con unas bateas chicas, que si fuesen buenos mineros sacarían bastante más, como en Santo Domingo o en Cuba. Han venido con él dos principales, con regalos de oro, que han rendido vasallaje a su Majestad y les hemos dado cuentas verdes de vidrio como rescate. Me ha sorprendido Umbría gratamente.

Y el último que faltaba por regresar, lo ha hecho hoy. El capitán Pizarro ha vuelto con un solo soldado de los que se fueron con él. Mala cosa. Vuelve de Malinaltepec, Tuxtepec y Chinantla con muy buenas noticias: hay oro a espuertas. Cuenta que allí no quieren ver a un solo mexicano, que dicen que los matarán con unas lanzas mayores que las nuestras y arcos y flechas si osan entrar, aunque vayan con nosotros. Los de Chinantla, en cuanto entendieron el objeto de su visita, juntaron gran copia de su gente para lavar oro y los llevaron a unos ríos, de donde se lo sacaron. Vienen dos principales con él para ser vasallos de su Majestad y pedir nuestra protección ante los mexicas, que siempre les roban. Que cuenten con ello. Cuando le pregunté en qué combate había perdido al resto de sus hombres, me cuenta cándido que Barrientos, Heredia el Viejo, Escalona el Mozo y Cervantes el Chocarrero están bien vivos y se han quedado en aquellas tierras para hacer granjas, que la tierra es buena de cachuáteles, maizales, aves y algodón. Al oír esta respuesta casi le mato yo. Al punto he ordenado a Alonso que vaya a buscar a esos insensatos y los traiga de vuelta. «Pizarro, desaparezca de mi vista».

LXIX

Tras oír los informes de los viajes de mis capitanes, a la vista estaba que Moctezuma era señor de ricas tierras, así que le he dicho que era momento de que él y todos sus señores tributasen en oro a nuestro Rey Carlos y su madre, la Reina Juana. Ha concedido y ordenado a sus consejeros recogerlo y traerlo a nosotros, aunque me ha advertido que muchos pueblos no tendrían más que antiguas joyas familiares. Un solo señorío se ha negado a entregarlo y su cacique ha llegado a Tenochtitlan encadenado, acompañado eso sí de su oro. El tlatoani me ha hecho entrega de la carga y me ha regalado el tesoro de su padre, ese que está en nuestros aposentos, pues sabía que lo habíamos encontrado tras la pared, aunque solo lo habíamos mirado todo y tornado a cerrar como estaba. «No somos ladrones, mi señor». «Lo sé, por eso os lo regalo ahora. Cuando se lo mandéis a vuestro Rey decidle en vuestras cartas que se lo envía su buen vasallo Moctezuma junto a unas piedras muy ricas para él que os daré, chalchihuites, que no son para otras personas, sino para ese vuestro gran señor, que vale cada piedra dos cargas de oro. Y tres cerbatanas con sus esqueros y bodoqueras, que tienen tales obras de pedrería, que se holgará de verlas». «Mi gran señor Moctezuma, no hay palabras para agradecer tanta generosidad para con nuestro rey, al que escribiremos para contarle este vuestro gran gesto, y os pedimos perdón por haber abierto las paredes de vuestro palacio y encontrarlo». El tlatoani ha mandado a sus albañiles derribar esa pared, abrir hueco y entregarnos toda la riqueza que había en aquella sala encalada. He puesto inmediatamente a mi gente a fundirlo y convertirlo en barras anchas, como de tres dedos, para que sea de más fácil transporte. A los oficiales del rey, Gonzalo Mejía, tesorero, y Alonso de Ávila, contador, les he ordenado marcarlas todas con un cuño de hierro con las armas reales, del tamaño de un tostón de a cuatro. La suma ha arrojado un total de más de seiscientos mil pesos, eso sin tener en cuenta la plata y otras muchas joyas que no se han pesado.

LXX

Lo sucedido a continuación ya me lo esperaba. Se han presentado ante mí varios soldados sin su capitán, que ya me enteraré cuál, y me han exigido hacer el reparto del botín, pues dicen que cada día que pasa, mengua el montón de oro y que ya le falta un tercio, pues que parece que alguien lo toma y esconde. Les he ordenado refrenar sus insinuaciones so pena de colgarles por insubordinación. Más calmados, han proseguido su queja, que yo ya sabía que todos habían embarcado para mejorar sus vidas y haciendas, que me seguirían allá donde les dijese, que llevaban más de un año jugándose el pescuezo cada día y que ya querían ver algo de esa recompensa prometida. «Bien, repartamos pues. Saquemos primero el real quinto. Después, el quinto mío que me corresponde como Capitán General y Justicia, según quedó señalado en el nombramiento que todos firmaron en la Villa Rica de la Veracruz. En él, también acordasteis compensarme por todos mis gastos en La Fernandina, el coste de los barcos quebrados, la parte de nuestros procuradores que fuesen a Castilla, la parte de los que quedasen en la Villa Rica, el valor del caballo que se me muriese en el arenal de San Juan de Ulúa, el de la yegua de Sedeño que nos mataron los de Tlaxcala, la parte de los frailes Olmedo y Díaz, la parte de los caballeros que traen los otros caballos, que es doble parte, y la de los escopeteros...». «Pare vuecencia de sacar oro del montón, que no nos quedará nada para los peones...». «Pueden vuestras mercedes tomar su parte o dejarla, como gusten». «La tomamos». «Os quedan unos cien pesos a cada uno». «¿Solo cien pesos? Traed para acá, ya veremos, esto no queda así».

Para prevenir posibles revueltas, he repartido algo de oro entre los soldados, pero de otra manera, más personal y discreta, para que todos queden contentos, a mi discreción, premiando lealtades y castigando cobardías. Ha sido una pésima idea. Los capitanes se han hecho gruesas cadenas de oro, como la Fanfarrona de Velázquez de León, y las llevan colgando de sus cuellos, los peones, que se las ven ahí puestas y las desean, se han empezado a jugar su exigua parte a los naipes, hechos con el cuero de los tambores mexicas, y ya han empezado las peleas y reyertas y tajos. Un tal Hulano de Cárdenas, marinero de Triana, plañe su descontento por la parte que le ha tocado, que dice que tiene mujer e hijos y que le parece mal mi parte y que les he engañado a todos al enviar al rey todo el oro que teníamos en la playa con los procuradores. Así que, antes de que el descontento fuese a más, he reunido a la hueste en el patio del real y comunicado que renuncio a esa mi quinta parte y que solo tomaré lo que me toque como Capitán General y que se lo repartan entre todos. Después me he llevado a un aparte al Cárdenas y le he prometido enviarle a Castilla con su mujer e hijos en el primer barco que salga para la península y dado secretamente trescientos pesos, que le han puesto muy contento.

LXXI

Ha venido Moctezuma con una india a mis aposentos: «Malinche, ved cuánto os amo que os doy a una hija mía muy hermosa para que os caséis con ella y que la tengáis por vuestra legítima mujer» (Oh, vaya, no está nada mal la moza). «Mi señor, me hacéis una gran merced, pero yo ya estoy casado y no nos está permitido tener más de una mujer y tampoco es cristiana, como las otras hijas de señores». «Es mi deseo emparentar con vuestra sangre, Malinche». Le he dicho que la llevase a Olmedo a que la bautizase y me la enviase esta noche a mi recámara, sola. «¿Y la Malintzin?». «Ya le diré yo que se busque otro sitio para dormir».

Desde que derrocamos a sus ídolos y colocamos las nuestras imágenes de Nuestra Señora y de San Cristóbal en lo alto del templo mayor, el ambiente se ha enrarecido más en Tenochtitlan. Según me cuenta Moctezuma, Huichilobos y Tláloc han hablado a los sacerdotes y les han dicho que se quieren ir de su provincia, pues se sienten maltratados por nosotros, que no les llegan ofrendas de oro y que tampoco quieren volver adonde ahora están aquellas figuras y la cruz, si antes no nos matan. En su opinión, debemos marcharnos todos lo antes posible, que esta situación ya no puede durar más, que le tenemos preso a él y a cinco grandes caciques más y que todos quieren que nos den guerra. Le he dicho que no me parece asunto tan grave, que la ciudad sigue calmada y que no vemos ningún signo de eso que su merced nos anticipa. «Eso es porque estáis ciegos a las señales y el oro os deslumbra, Malinche. Está todo ya dispuesto para acabaros a todos ante vuestras propias narices y no lo veis». «Exageráis». «Temo de veras por todos vosotros españoles». Le he agradecido en verdad el aviso, pero que había dos cosas que me pesaban y que había de decirle; que no tenemos navíos para volver a nuestras tierras y que él tendría que acompañarnos a ver a nuestro Rey (se me ha ocurrido de pronto), que era necesario construir tres navíos que tardarán en hacerse y que mientras los hacemos deberá detenerles las ganas que nos tienen, porque de empezar guerra todos van de morir. «Pero, si es deseo de mi señor, enviaré ahora mismo a los carpinteros a la costa para que empiecen a armarlos». La idea de vernos marchar le ha animado, pero me ha dicho que de acompañarnos, nada, que su sitio está con su pueblo y que nos prestará toda la gente que necesitemos para construir esas casas flotantes, que no me demorase en hacerlo; que mi vida y la de mis hombres estaba en peligro.

LXXII

He reunido a los capitanes, para decirles que pidan a todos los hombres que estén al arma y doblen las guardias, atentos por si esto se desmandase de repente. A Martín López, le he ordenado ir a la Villa Rica con Andrés Núñez y comenzar la construcción de tres naves: «General, ¿nos vamos entonces?». «No. Es comedia que debemos hacer ante el gran señor. Los construiremos de todas formas, por si acaso, porque siempre nos podrán ser útiles en el futuro. Emplead en ellos todo lo que pueda ser útil de lo que sacamos de los que varamos el pasado verano». El aviso dado a la hueste ha creado tal ambiente en el real que ya los hombres ni se descalzan ni se desvisten para dormir, andan con el arma siempre a punto y los caballos están enfrenados todo el día por si nos fuese la necesidad de tomarlos y salir de allí.

LXXIII

Se me ha acercado hoy Moctezuma muy risueño. «Malinche, venid». «¿Qué cosa, mi señor? Os noto muy alegre». Ved las noticias que traen de la playa en este henequén. Me dicen que han llegado dieciocho casas flotantes a la costa. ¿Amigos vuestros? (¡Joder!). Os quedáis mudo, ¿no los esperabais? (¡Joder!)». «Sí, claro, mi señor, estábamos esperando su llegada». «Es gran suerte, Malinche, ya no necesitas construir esos navíos que has ordenado, podéis volver en estos recién llegados». «Cierto, mi señor. Dios siempre provee y manda medios y gentes para ayudarnos. Permitidme que organice su recibimiento, os dejo mientras con Olmedo para que os siga explicando nuestra

Pascua». He salido apresurado de la estancia. Que se haya enterado él antes que yo es mala cosa.

«Capitanes, ha llegado una Armada a la costa». Caras de susto, aunque no todas. Raro es que Sandoval no nos haya mandado aviso. Eso puede ser porque los corredores de Moctezuma son más rápidos que nuestros caballos. Lo sabremos en unos días, si es que llega su mensaje. O que no hayan arribado a Villa Rica. O que hayan llegado al puerto y matado a los nuestros. En cualquier caso, hay que partir de inmediato a la costa y sabed quién los manda. Puede ser Garay de nuevo... o Velázquez que ha conseguido enviar a gente contra nosotros. O Montejo y Portocarrero con más gente nuestra. Demasiado pronto, eso significaría que habrían tenido un gran éxito en la corte. No adelantemos acontecimientos. «¿No os ha dicho nada más Moctezuma?». «No ha querido contarme más, estaba muy contento de que llegasen naves para que nos marchásemos».

LXXIV

Por fin me ha llegado un prolijo mensaje de Sandoval con el relato de lo acaecido estos últimos días en la costa y se lo he leído en voz alta a los capitanes. Ha fondeado cerca de la Villa Rica de la Veracruz una poderosa armada con dieciocho naves y miles de soldados al mando de Pánfilo de Narváez, con órdenes de Velázquez de prenderme. Diego ni siquiera tiene arrestos para venir en persona y manda a ese perrillo faldero suyo de Pánfilo, con lo torpe que es. Mejor. Narváez mandó por delante al cura Guevara, a Amaya y al escribidor Vergara, con otros tres testigos, para entregar un requerimiento del Gobernador y pedir a la ciudad que se rindiese. Sandoval no ha querido escucharlo ni recibirlo y ha prendido a los seis españoles, de los cuales nos envía a Tenochtitlan tres de ellos presos con el alguacil Solís. Buen muchacho. Según le han contado, parece ser que en el viaje a la península con Portocarrero, Montejo (traidor) obligó a Alaminos a detenerse en Cuba para poderle enviar un mensaje a Velázquez que envió una nave en su persecución, pero no pudo alcanzarles. En Sevilla, informaron al obispo Fonseca de la Casa de la Contratación y este armó la Armada que ahora ha llegado sin consultarlo con el regente, Adriano de Utrecht. La buena noticia es que los frailes Jerónimos de la Real Audiencia de Santo Domingo, avisados por el licenciado Zuazo (que le iba a realizar el juicio de residencia de Velázquez), han enviado a su propio Oídor Lucas Vázquez de Ayllón, que viaja con la Armada. También viene en ella el secretario Andrés de Duero (bien). En una aguada en una playa se les acercaron Barrientos, Heredia el Viejo, Escalona el Mozo y Cervantes el Chocarrero (los tres que desertaron del capitán Pizarro y Alonso no pudo encontrar luego, que parecen que saben nadar y guardar la ropa) y los pusieron al día de toda la situación; Tenochtitlan y su inmenso tesoro y el descontento de la tropa. Narváez ha usado a unos indios que iban con ellos para enviarle mensajes a Moctezuma explicando sus intenciones, advirtiéndole en ellos de que soy un renegado, que no tengo permiso de mi Rey, y que viene a prendernos o matarnos. Y este ya le ha enviado oro y mantas para atraerlo a su lado. O sea, que el Gran Señor ya lo sabía todo y no me lo quiso decir, pero ahora no sabe que yo sé que sabe. Qué cabrón. Habrá que ir con tiento en este juego de trileros a tres bandas.

Cuando han llegado a la ciudad del lago los tres españoles que nos envía Sandoval les he soltado inmediatamente de los grillos, excusando sus bruscos modales. No salen de su asombro ante todo lo que ven y, después de un largo paseo por Tenochtitlan, he deslizado en sus bolsillos suficiente oro y joyas como para comprar varias veces sus voluntades y contado que es mejor no alborotar la tierra ni que los indios vean divisiones entre nosotros los españoles. El páter Guevara y el escribano Vergara me han confesado que Narváez no viene bienquisto con sus capitanes y que si les enviase también a ellos algunos tejuelos y cadenas de oro muchos se pasarían a mí, porque dádivas quebrantan peñas. Evitar una guerra entre españoles y reforzar mi ejército puede ser muy buena cosa; doy oro y obtengo acero.

LXXV

Escribo a Pánfilo. «Señor de Narváez, estamos todos muy contentos de saber de la suya llegada a la nueva Villa Rica de la Veracruz, donde esperamos que haya sido bien recibido y atendido. Están aquí conmigo en Tenochtitlan vuestros enviados, que han quedado gratamente sorprendidos de nuestros logros y por eso mismo creo no es el momento de andar querellando entre nosotros, pues el Moctezuma al que habéis ya escrito y que está preso aquí conmigo, puede escaparse y conseguir que la ciudad se levante. Y entonces será para perder él, su gente y todos nosotros las vidas por los grandes poderes que tiene. Un sabio y esforzado varón como vuestra merced no debería ir diciéndole esas falsedades sin conocer bien la situación pues acabáis de llegar y vuestras fuentes son tres desertores. Os ofrezco toda mi hacienda y persona, para lo que gustéis tomar, si decidís venir».

He pedido al padre Guevara que le lleve a Narváez mi carta y a fray Olmedo que le acompañe con otras dirigidas al Oídor y a mi buen amigo Andrés Duero, explicándoles cómo anda el negocio, junto con suficiente oro y joyas como para comprar a dos ejércitos que pudiese traer Pánfilo.

LXXVI

Han pasado un par de semanas y llegado nuevas noticias de Sandoval. Cuánto me alegro de haberle enviado allí. Se han pasado a él cinco soldados amigos del Oídor de su Majestad, Vázquez de Ayllón, al que resulta que Narváez ha prendido y enviado en grillos a su mentor el obispo Fonseca a la península. Necio. Este Pánfilo se ha vuelto loco y se le va a caer el pelo. Allá él. Cuando retornaron a su campamento sus enviados y Olmedo, estos empezaron a hacer gran relato de lo que habían visto, para gran enfado de Narváez, que amenazó con colgarles allí mismo si no callaban. Como no cumplió su amenaza y los dejó libres para hacer por el campamento, pudieron entregar mis cartas secretas al Oídor y a Andrés de Duero y empezar a repartir discretamente oro por el campamento a todos los que veían dudosos de la legalidad de la misión y de la capacidad de su responsable. Narváez solo tiene un núcleo duro al que habrá que tener en cuenta; Salvatierra, Bermúdez, Hulano, Alonso, Gamarra, Bono. Cuando el Oídor le empezó a decir a viva voz a Pánfilo que esta misión estaba equivocada, este ya no pudo aguantar más y lo prendió a él y a otros cuantos, y los envió a Sevilla en una de las naves. Por último, se ha puesto en marcha a Cempoala, donde ya ha empezado a cometer desmanes, en su estilo.

LXXVII

Me he reunido a solas con Pedro de Alvarado para comunicarle mi decisión de resolver personalmente el negocio con Narváez, acudiendo a Villa Rica de la Veracruz, pues lo está enturbiando todo. Voy a dejar en sus manos el gobierno de Tenochtitlan hasta mi vuelta, no me queda más remedio. Ha aceptado y se ha comprometido a mantener el orden. Mientras no haga alguna trastada, que no tiene por qué, la cosa irá bien. Le he advertido acerca del ladino de Moctezuma, que anda en negocios secretos con Narváez, pero que no sabe que nosotros sabemos. Me dice que, a la mínima tontería, le mete en grillos, y le he pedido que haga las cosas con cabeza y tacto. A ver. Le voy a dejar ochenta soldados, tiros y pólvora, catorce escopeteros, ocho ballesteros y cinco caballos, que espero que se apañe bien con ellos, además de todos los que creo son amigos del Velázquez, pues no quiero que me apuñalen por la espalda y es mejor que se queden aquí. Se ha quejado de ello, pero le he dicho que no va a pasar nada. He ordenado que le traigan maíz, gallinas y otros bastimentos y que los hombres vayan haciendo unos mamparos y fortalezas con ciertos pertrechos, por si las moscas.

Al despedirme de Marina y Jerónimo, los voy a dejar aquí pues no los necesito para hablar con otros castellanos, les he dicho que Alvarado se queda al mando y que Jaramillo velará por ella. Y va y me suelta que Pedro es imprudente, violento y atolondrado, que el de Olid es más juicioso. Ya lo sé, pero resulta que es amigo de Velázquez y se la puede liar a Alvarado. Me ha rogado que tuviese mucho cuidado y volviese con ella.

También me he despedido de Moctezuma, que me ha dicho que últimamente se nos ve a los españoles muy desasosegados y que Orteguilla le ha dicho que vamos contra esos hermanos (será bocazas el mocoso) y que le vamos a dejar con Tonatiuh (Alvarado). «No vamos contra ellos, sino a aclarar un malentendido, mi señor, no sé qué sabéis u os han contado, pero son solo unas leves discrepancias, más bien una cuestión de celos profesionales». Me ha ofrecido su ayuda militar, pues dice que son muchos más que nosotros y que le han dicho que venimos huyendo de nuestro Rey. «Eso es mentira, mi señor», casi le grito. Le doy las gracias, pero rechazo a sus guerreros. Solo faltaría que yo usase un ejército mexica contra otros cristianos (igual se los pido a Tlaxcala, espera). En el fondo, Moctezuma está disfrutando de esta situación porque sabe que puede salir beneficiado. Eso es porque no conoce a Pánfilo. «Mi señor, entre los señoríos de mi Rey hay castellanos como nosotros y vizcaínos esforzados como los recién llegados a Cempoala, pero que no le pese a mi Señor, que pronto volveremos con gran victoria y ellos presos. Dadle a mi hermano Alvarado los bastimentos que necesite y guardad de que las cosas estén tranquilas en la ciudad y no le den guerra, pues a mi vuelta habrán de pagar con su vida todos aquellos que alboroten». Nos hemos mirado a los ojos como dos jugadores de naipes, calibrando las cartas del otro, y dado un abrazo. Ha insistido otra vez en que me llevase a cinco mil hombres suyos y he vuelto a rehusar. Y nos hemos abrazado de nuevo.

LXXVIII

Me he despedido de Alvarado, instándole a cuidar bien del señor Moctezuma, que no le falte de nada, pero que tampoco se le escape. Me ha preguntado si no me llevo algunos de estos indios. Le he dicho que de estos no, pero que pensaba pedírselos a Xicoténcatl y Maxixcatzin. Le he rogado que tenga los ojos bien abiertos y que me dé noticias cada semana. Y que no me la líe, por favor.

Mal empezamos. En Tlaxcala se ha negado a prestarnos guerreros, que dicen que no los quieren enviar contra teules como nosotros, que si fuera contra los mexicas nos los enviaban por miles y encantados. Por lo menos, nos han enviado comida. He mandado mensaje al capitán Sandoval para que se reúna con nosotros con todos sus hombres, aunque deje inerme a la Villa Rica de la Vera Cruz, y que tenga cuidado, que no se enfrente a Narváez. Marchamos con mucho concierto para pelear por si nos encontrásemos de pronto con gente de guerra de Narváez, corredores de campo van de descubierta una jornada por delante, soldados de confianza, que no van por el camino derecho, sino por otras partes para saber de los indios dónde anda gente de Narváez.

Nuestros exploradores cayeron ayer sobre un grupo mandado por Hulano de Mata y lo han traído hoy a mi presencia. Han venido hacia mí con gran reverencia y me he bajado del caballo. Sacaban unos pliegos de las alforjas y les he preguntado que si eran escribanos del Rey me mostrasen su título y los papeles originales de su Majestad y entonces les dejaría leerme esos escritos. No lo eran, así que les he dicho que se quedaran con los legajos, repartido entre ellos algo de oro por las molestias y rogado que se adelantasen para decirle a Narváez que íbamos de camino a verle. Y que cuando lleguen a la playa, que les digan a sus compañeros que de donde venimos hay oro para todos y que no hay razón para pelear entre españoles. Llevamos tanto oro y joyas a la vista que se han mareado. A todos estos, me los compro en una tarde.

Han llegado Sandoval y Olmedo con todos los hombres, sesenta, menos los viejos y dolientes, que se han quedado en unos pueblos de indios de nuestros amigos, más los cinco soldados parientes y amigos del Oídor Lucas Vázquez de Ayllón, los que huyeron del real de Narváez. Nos hemos dado un abrazo. Me cuenta que antes de venir, coló a un par de españoles muy morenos en el real de Narváez haciéndose pasar por indios vendiendo ciruelas y escucharon las bravuconadas de Salvatierra, al que le robaron el caballo con silla y todo. Já. Ahora andará más enfadado y con menos juicio, bien hecho. Olmedo me dice que la semilla está puesta y los ánimos a vuestro favor, el reparto del oro ha resultado muy conveniente y los hombres que vienen con Narváez están deseando ya venir a ayudarnos. Es pronto para confiarse. Le he dado otra carta y enviado de vuelta con el soldado Bartolomé de Usagre, que es hermano del artillero que tiene a cargo la artillería de Narváez.

LXXIX

«Señor de Narváez. Espero aún ansioso vuestra respuesta a la carta por mí enviada a vuestra persona en la que os daba la bienvenida a la Nueva España y os ofrecía toda mi hacienda si holgaseis de tomarla y, en vez de ello, habéis escrito al señor Moctezuma a mis espaldas, nos habéis llamado traidores a los que somos muy leales servidores de su Majestad y revuelto toda la tierra, cuando hay para todos bien repartir y solo debéis escoger y os respetaremos la elección. Os hemos pedido la merced de mostrarnos las provisiones de su Majestad que dicen vuestros mensajeros que traéis, pero tampoco nos enseñáis tales originales para ver y entender si vienen con la Real Firma y qué es lo que en ellas se contiene, para que luego que las tomemos como ciertas, los pechos por tierra, obedecerlas. Así que os damos tres días para mostrarlas o volveros a Cuba. Y que si otra cosa distinta hacéis, iremos a prenderos y enviaros a nuestro Rey, pues sin su real licencia venís a darnos guerra y desasosegar las ciudades y que todos los males y muertes y fuegos y menoscabos que sobre esto acaecieren, que sea a cargo de vuestra merced, y no al nuestro. Si esta carta os llega de mi mano y no de ningún escribano de su Majestad es porque ninguno quiere lleváosla por temor a verse preso como el Oídor Lucas Vázquez de Ayllón que viniese con vuestra merced y con el que tuvisteis gran desacato. ¿Dónde se vio tal atrevimiento de enviarle preso? Así que, como Capitán General y Justicia Mayor de esta Nueva España, se os cita y emplaza para justificaros, y se os demandará usando de justicia, pues es crimen de lesa majestad. Y ya una última cosa, Narváez, devolvedle al señor de Cempoala todo lo que le habéis quitado, mantas, ropa, joyas de oro y las hijas de señores, y mandad a vuestros soldados que no roben a los indios de aquel pueblo ni de otros. Espero vuestras noticias».

LXXX

Me llega una misiva de Alvarado, diciéndome que los mexicas le han pedido permiso para celebrar el Tóxcatl, unas danzas para honrar a sus dioses y agradecerles las lluvias y pedirles por la próxima cosecha, pero que no se fía mucho. Doña Luisa le ha dicho que se ejecutan a cuatrocientos mexicas jóvenes —guerreros águilas y jaguares—, simulando la cosecha del maíz, cortándole el tallo. Al final, se mata a un joven elegido que representa al dios Tezcapiloca, y que se ha reservado durante todo el año. Le he contestado que les recuerde que están prohibidos los sacrificios, que solo pueden bailar, y que siga muy atento.

He mandado a Tobilla, soldado viejo de los Tercios de Nápoles, ir a Chinanta, al sitio al que fue Barrientos a buscar minas de oro, a recoger lanzas largas de esa gente y cambiar las puntas de piedra afilada por otras de hierro y que nos las envíen junto con dos mil guerreros. Gonzalo Sandoval ha echado sus cuentas y somos doscientos cincuenta y seis españoles contra mil cuatrocientos españoles de Narváez. «Esa es la situación, capitán». Sí, solo espero haberles convencido de pasarse a nosotros —comprado— y rezo por no tener que luchar contra todos ellos.

Esta mañana, las velas dieron la alarma, se acercaba un numeroso grupo armado con Duero al frente. Mis hombres, bien atentos al arma. Descabalgó y vino serio hacia mí, nos dimos un abrazo. Le pregunté por Amador de Lares y me comunicó su reciente fallecimiento en Santiago. Me pesó saberlo. Nos felicitó por nuestros progresos, dijo que estaba gratamente asombrado, nada que ver con las anteriores dos expediciones. Saludé a Bermúdez, que en seguida me preguntó por el resto de mis hombres, abriendo burlonamente los brazos. «En Tenochtitlan —le dije—. Con Alvarado». «¿Ese loco?». «Sujetad vuestra lengua». Cortó Duero: «¿Confiáis en él?». «Naturalmente, la ciudad está tranquila, tenemos a su Rey y señores en nuestro poder, no va a pasar nada». Me dijo que Olmedo llegó repartiendo oro a manos llenas por el real de manera tan escandalosa que Narváez le puso en grillos. «Leer vuestra carta le sacó definitivamente de quicio, cree que habéis perdido el juicio». «Ya veis que no. El país está controlado, es muy rico y hay oro para todos. Duero, debéis decirle al Narváez que no hay motivo de disputa, que podemos repartirlo». «Tarde, Pánfilo cumple ciegamente lo que le dice el Velázquez y este lo que dice el Fonseca». «Dichoso obispo corrupto. Espero que mis procuradores llegasen a la Reina Juana y a su hijo Carlos». No confiaría mucho en ello, las noticias que llegan de la península son confusas, hay mucho malestar con los borgoñones. Se habla de una posible guerra. Las Comunidades están por levantarse. Estáis solo en esto». «Siempre he estado solo». Bermúdez intervino y, para mi sorpresa, me dijo que casi todos los capitanes de Narváez están convencidos de unirse a mí. «¿Y cómo es eso? Os creía de su parte». «Bueno, Pánfilo se está quedando con todo el oro que le envía Moctezuma y vos ya lo estáis repartiendo y eso abre muchas mentes». «Pues aquí tenéis un poco más. Quedaos con algo, pero repartid como yo lo hago».

Duero y Bermúdez subieron al caballo. Regresan a la playa con mi mensaje a Narváez y suficiente oro para los demás. «Iré detrás vuestro. En tres días ha de quedar este negocio resuelto, Duero, he de volver a la ciudad sobre el lago, no puedo dejarla tanto tiempo». «Estoy deseando que me enseñéis tanta maravilla». Me sugirió que Juan Velázquez de León los acompañase para convencer a su cuñado Pánfilo. Buena idea, puede tomarlo como amigo y contarle sus planes. «Juan, confío en vuestra merced, ya sabe lo que ha de hacer». Asintió. «Cauto me dejó la Fanfarrona y sus joyas para llevar solo el oro que había de repartir». Marcharon todos juntos.

LXXXI

Dos días ha tardado Juan en regresar. Y viene con Olmedo, al que Narváez ha expulsado de su real antes de tener que colgar al mercedario. Mucha fuerza trae el Narváez contra nosotros, aunque la mayoría está tan convencida por el oro repartido y espera ganar más del lado nuestro, que Juan cree que no habrá lucha. Dice que su cuñado es un lerdo y su hermana una santa por aguantarle, que no ha querido escuchar la oferta de repartirse la tierra y tratado de que se pasase a su lado después de hacer un alarde de sus fuerzas en la playa, que está determinado a prendernos o matarnos a todos, nos llamó traidores y estuvo a punto de desenvainar. Ha ofrecido dos mil pesos de su bolsa al que me mate o a Sandoval (me siento poco valorado). Dice que no sabe que su ejército le va a abandonar como a don Rodrigo en Guadalete. Bueno, no nos confiemos. Le he pedido que no cuente nada a los demás de esta ventaja, no quiero que nadie se confíe y se lleve un tajo. Recogemos el campamento, marchamos a Cempoala. Voy a hablar a los hombres.

«Señores soldados, bien saben vuestras mercedes que Velázquez me eligió por capitán general no porque entre vuestras mercedes no hubiese otros muchos caballeros merecedores de ello. Recuerden que todos creyeron que veníamos a poblar, pues así se pregonase, pero luego leyeron que solo nos enviaron a rescatar. Saben bien que me quise volver a Cuba, pero vuestras mercedes me mandaron que poblásemos esta tierra en nombre de su Majestad y creo fue cosa muy acertada. Y me hicieron su Capitán General y Justicia Mayor de ella, hasta que Su Majestad otra cosa mande, y que enviásemos a la Corte a nuestros procuradores con todo nuestro oro y plata y joyas, pidiendo a Su Majestad que no diera esta tierra en gobernación ni de otra cualquier manera a persona ninguna. Recuerden vuestras mercedes las veces que hemos llegado a punto de muerte en las batallas que hemos tenido, que no más de cincuenta nuestros han muerto en las batallas de Tabasco y Cingapacinga y Tlaxcala y Cholula, donde ya tenían puestas las ollas para comer nuestros cuerpos. Y ahora viene Narváez contra nosotros con mucha rabia y nos llama traidores y ha enviado cartas al gran Moctezuma con palabras no de sabio capitán, sino de alborotador y además de esto, tuvo el atrevimiento de prender a un Oídor de Su Majestad, que ya solo por ese gran delito es digno de ser muy bien castigado. Ya habrán oído cómo han pregonado en su real guerra contra nosotros a ropa franca, como si fuéramos moros. No sabemos si trae provisiones de nuestro Rey y señor, salvo favores del obispo de Burgos, nuestro nuevo contrario. Y que, si por ventura, caemos en sus manos, Dios no lo permita, todos nuestros servicios que hemos hecho a Dios primeramente y a Su Majestad tornarán en deservicios y harán procesos contra nosotros y dirán que hemos robado y destruido la tierra; cuando son ellos son los ladrones y alborotadores y deservidores de nuestro Rey y señor. Como buenos caballeros somos obligados a pelear por la honra de Su Majestad y las nuestras, y nuestras casas y haciendas. Y con esta intención viniésemos desde Tenochtitlan, teniendo confianza en Dios y nosotros. Y todos a una han respondido que saben que, con la ayuda de Dios, hemos de vencer o morir sobre Narváez.

Sea pues que, como el César, hemos de cruzar también nuestro Rubicón. Estas son sus órdenes, que por escrito se las doy a vuestras mercedes».

«Pizarro, se encargará de hacerse con los tiros que han dispuesto en el prado delante del real de Narváez. Lleve sesenta soldados con vos. Sin ruido, sin dar la alarma. Después hará fuego con ellos contra el real, a Salvatierra, cuando se os indique. Una vez sean nuestros, caeremos todos sobre Narváez, que ha puesto su tienda en lo alto de una pirámide según nos ha dicho aquí Velázquez de León. Sandoval, será el capitán de la partida de asalto con otros sesenta hombres. Si se resiste, matadle, pues gran deservicio ha hecho al Rey. Juan, tomará otros sesenta infantes y prenderá al sobrino de Velázquez. Ordás, con otros sesenta, a Salvatierra y demás capitanes. Yo me quedo con veinte para acudir en socorro del que lo necesite. Saben que son cuatro veces más que nosotros, pero están hartos de esperar y no hechos a las armas, terreno, humedad y calor. Les caeremos por sorpresa. El apellido será ¡Espíritu Santo, Espíritu Santo! Una última cosa, tres mil pesos al primer hombre que prenda a Narváez, dos mil al segundo y mil al tercero. Dios está con nosotros (no les he contado que ya tenemos a muchos rendidos, pero, para evitar sorpresas, les prefiero bien avisados y esforzados)».

En marcha, en orden de combate, por capitanías. La noche era espesa y lluviosa, con claros que dejaban pasar la luz de la Luna. Hemos iniciado la marcha en silencio. Al llegar al río donde Narváez había puesto guardia, hemos conseguido prender a una vela, pero se nos ha escapado otra y ha dado la voz «¡Al arma, al arma, que viene Cortés!» (mierda, esto ha empezado mal). El vigía capturado nos dice que está Narváez esperándoos en el campo con todo su ejército. Joder, espero que no sea cierto. He visto que Pizarro y sus hombres ya habían calado picas y caído sobre su artillería, que ha tenido tiempo de soltarnos cuatro tiros altos y nos han matado a tres hombres. Saeteros y escopeteros les disparan desde el real, hiriendo a siete. Cuando nos ha llegado encima la gente de a caballo de Narváez les hemos derribado a todos de sencillo. Sandoval y su trozo han subido las húmedas gradas de la pirámide donde Pánfilo había puesto su tienda, desde donde les disparaban con las escopetas y saetas y lanzas. Dejé a un retén en los tiros y llevé el resto conmigo, a ayudar a Gonzalo, que se veía rechazado con inusitada fuerza, y por fin hemos vuelto todos a subir las gradas. Hemos estado un buen rato peleando con nuestras picas hasta que hemos oído a Narváez «*¡Santa María, váleme, que muerto me han quebrado un ojo!*». «*¡Victoria, victoria! ¡Por los del nombre del Espíritu Santo, que muerto es Narváez!*». El resto aún se negaba a entregarnos las armas y a rendirse hasta que Martín López, el carpintero de ribera, ha puesto fuego a las pajas del templo, y todos los de Narváez han rodado gradas abajo. Pedro Sánchez Farfán y Sandoval han prendido al Narváez. Vivo.

Aún no ha amanecido y ya hemos resuelto el negocio. Gracias a Dios. Pánfilo está mal herido y ha pedido licencia a Sandoval para llamar al cirujano de la Armada y que le cure el ojo a él y otros capitanes heridos. Concedido. «Señor Cortés, tened en mucho esta victoria que me habéis prendido a mí, gracias a esta puta lluvia». «Doy gracias a Dios y a mis capitanes, pero esta de prenderle es de las menores cosas que en Nueva España he hecho. ¿Cómo se os ocurre prender a un Oídor de Su Majestad? Gonzalo, ponedles en grillos, separadles y que no vean a nadie».

Hemos tenido cinco bajas, por siete de los de Narváez, incluidos Fuentes y Rojas. Hasta el Cacique Gordo Xicomecóatl está herido leve porque se refugió en la tienda de Narváez. Dice que ya le advirtió a Narváez que caeríamos fácil sobre él y no le hizo caso. Mira, uno listo y otro tonto.

Por la mañana ha llegado Barrientos con mil quinientos indios de Chinanta con lanzas, rodela, banderas, plumajes, tambores y trompetillas. Y lo primero que me pregunta es si se ha perdido algo. Nos hemos echado a reír.

He ordenado a Lugo ir a las naves de Narváez y sacarles las velas, timones y agujas, que todos los pilotos vinieran a verme y encerrar al que no lo hiciera. Algunos hombres se han quejado de que repartiera tanto oro entre los hombres de Narváez y no les diera a ellos, acusándome de ser como el Alejandro de Macedonia, que repartía más entre los vencidos que entre sus generales. En respuesta a esa impertinencia, les he enviado a unos de expedición al norte, al Pánuco, y a otros marchar a Jamaica a por yeguas, becerros, puercos, ovejas, gallinas de Castilla y cabras para multiplicar en la tierra.

LXXXII

Terribles noticias. Dos hermanos tlaxcaltecas han traído cartas de Alvarado; ¡está sitiado en el real en Tenochtitlan desde hace casi un mes!, le han puesto fuego por dos partes a la fortaleza, han matado a siete soldados y tiene otros muchos heridos, y solicita socorro con mucha instancia y prisa. «¡Regresamos a Tenochtitlan! ¡Alvarado está aguantando un asedio, hay que socorrerle!». Dios, ¿qué habrá pasado? Me voy por unos días y todo se lía. Listos para salir a uña de caballo, han llegado cuatro grandes principales enviados por Moctezuma a quejarse de Pedro. Nos han contado llorando que Alvarado salió de su aposento con todos los soldados que le dejé y sin causa ninguna cayó sobre los principales y caciques que solo estaban bailando y haciendo la fiesta del Tóxcatl a sus ídolos Tezcatlipoca y Huichilobos, con la licencia que para ello les dio él mismo, y que mató e hirió a muchos de ellos (bueno, pongamos todo esto en cuarentena hasta hablar con él). Les he dicho que vuelvo a Tenochtitlan al punto y que pongo remedio a todo, que se adelanten a llevar la noticia al gran señor, que le digan que lo siento mucho. Y que lleven también esta carta mía para Alvarado.

Me pregunta Sandoval que qué hacemos con los de Narváez (él va a quedar preso en la Villa Rica de la Veracruz). Que venga todo el que quiera, le digo, que todo acero es bienvenido. El resto, que vaya también a la ciudad o que nos siga más tarde. Hago recuento de la hueste y entre míos y los de Narváez que se han pasado a mí llevo hasta mil trecientos soldados, noventa y seis caballos y ochenta ballesteros y otros tantos escopeteros. Suficiente gente, que llegamos a San Juan de Ulúa con la cuarta parte y dieciséis caballos. Tlaxcala también me ofrece dos mil guerreros de ayuda. Espero que Pedro aún aguante unos días más hasta mi llegada. Velázquez de León me ha preguntado si de veras íbamos a entrar en la ciudad, que es boca de lobo y quedaremos copados como el mismo Alvarado. Muy tranquilo, le he contestado qué pensaría de ello de ser él el sitiado, si le gustaría que le abandonasen sus hermanos. Colorado se ha puesto, avergonzado. Espero poder revertir la situación aún.

LXXXIII

Hoy, día del Bautista, la calzada de Iztapalapa estaba vacía y silenciosa, no salió nadie a recibir a la impresionante e impresionada columna (casi todos veían por primera vez la ciudad sobre el lago), como dejándonos entrar suavemente en una trampa. El recuerdo del alboroto del pasado mes de noviembre y el encuentro con Moctezuma parecen pertenecer a otra vida. Llegando al real las huellas del combate se nos hacen evidentes, escombros y resultados de incendios, hubimos de apartar las barricadas para entrar en el palacio. Vigías en las azoteas ya habían dado el aviso de nuestra llegada y parecían alborozados y muy cansados.

Marina ha salido a recibirme a la puerta, con semblante serio y una sonrisa en los ojos: «¡Malinche, por fin!». «¿Os encontráis bien, mi señora Marina?». «Sí, mi señor, el loco de Alvarado..., os lo advertí». «Lo sé, voy a hablar ahora mismo con él. Alojad a mi nueva hueste en el templo de Tezcapiloca». También sale Moctezuma a recibirme: «Qué alegría volver a veros de nuevo y regresar victorioso (¡pero será falso!), debéis castigar de inmediato a Tonatiuh». «Sí, vuestro secreto negocio con Pánfilo os ha salido mal y ha sido derrotado y preso. Apartaos, por favor, antes tengo que hablar con Alvarado».

«Pedro, hermano». «General, me alegro mucho de veros y de saber que habéis derrotado a Narváez». «Sí, ya, gracias, eso luego, venid a tener una palabra en privado... Pedro, ¿qué ha pasado aquí? ¿Qué locura es esta que me cuentan?». «Nos adelantamos, general, era una celada, igual que en Cholula». «En Cholula nos contaron antes la trampa y vimos a tiempo las señales y los pozos de lobo en las calles, ¿con qué pruebas contabais aquí para pensar igual cosa?». «Nos dijeron que Narváez os mataría y vendría después a liberarles, dejaron de traernos comida y mataron a las indias que se atrevieron a venir con algo, clavaron unas estacas en la plaza y dijeron que eran para nosotros, que pensaban comernos. Consulté a Cacamatzin que, feliz de saber estos preparativos, me lo confirmó. Doña Luisa igual, se reía de nuestra ceguera ante las evidentes señales de que preparaban nuestra matanza, quisieron derribar entonces nuestras imágenes y por milagro no lo lograron, los bailarines que entraron ese día al recinto eran cuatrocientos guerreros armados con cuchillos que simulaban cortar el tallo del maíz e iban a sacrificar a un prisionero señalado para ello hace un año...». «Prohibí los sacrificios...». «Lo sé y se lo iban a pasar por el forro. Moctezuma nos engañó a los dos. La fiesta era una excusa para matarnos y simplemente nos adelantamos, caímos sobre ellos y los acabamos, cuando sus guerreros acudieron en su ayuda nos retiramos al real». «¿Y nuestros prisioneros mexicas?». «Cuando volvimos a la carrera del baile, los tlaxcaltecas se los habían cepillado a casi todos, quedaban unos pocos vivos, Moctezuma y su familia, al menos. Está claro que se cobraron viejas deudas, aprovechando el momento». «Vuestros hombres, ¿bien?». «Nos mataron a seis y llevaron vivos a dos al matadero. Vimos el horrible espectáculo desde aquí sin poder hacer nada por ellos. Obligué a Moctezuma a pedir la paz y no le hicieron ni caso (eso es malo). El resto, agotados y hambrientos, hemos aguantado porque cavamos unos pozos y hallamos agua. Y no nos hemos comido a un caballo de milagro, pero ya lo estaba valorando». «Esto no es Cholula, aquí no hay salida fácil, ¿lo sabéis?». «Los putos indios nos quemaron los cuatro bergantines y llevamos aquí un mes, conseguimos que salieran un par de canoas con las peticiones de auxilio, hemos intentado salir a la tremenda un par de veces, sin éxito. ¿Creéis que si fuese fácil no habríamos buscado ya una mejor posición?». «Solo os tolero esta impertinencia porque lleváis ese mes cercado, pero lo que habéis cometido es un gran desatino, que espero aún tenga arreglo. Hablaré con Moctezuma». «Me ha estado volviendo loco todo este tiempo, diciendo que no volveríais para ayudarnos». «Ya veis que se equivocó». «Lo sabía, confiaba en vuecencia».

Con las ideas más claras, pero igual de preocupado, he ido a hablar con Moctezuma, a ver cómo podemos enderezar el negocio. «Ya he hablado con Pedro y lo que me cuenta él ya no me parece una locura sin sentido, sino que se ha adelantado a una trampa preparada para acabarles». «Los teules siempre estáis igual, veis trampas por todas partes». «¿Y no os aprovechabais de mi partida y de vuestros negocios secretos con Pánfilo para matar a Alvarado y recuperar vuestro poder? Mal os ha salido el plan. Ordenad que abran el mercado y envíen comida para todos». «Liberad a mi hermano Cuitláhuac y le enviaré con el mandado». «Sea».

LXXXIV

Ha llegado un soldado malherido por la calzada de Tlacopán, que se ha zafado de milagro de ser llevado en una canoa y dice que ha visto que los mexicas han abierto todos los puentes. Eso nos confirma que estamos aislados. Hay que actuar rápido. He ordenado salir a Ordás con cuatrocientos hombres para tratar de recuperar las calles y puentes. Le han dado guerra muchos escuadrones y le han matado a dieciocho hombres y herido a muchos más. Vueltos al real, hemos sido de nuevo atacados y nos han matado a doce y herido a cuarenta y seis. La ciudad entera se ha rebelado y nos atacan con furia. Parece que les diera igual que aún tengamos preso al Terrible Señor y me pregunto quién los dirige. En un segundo intento de abrirnos paso con los tiros y los caballos han salido tantos escuadrones de guerreros y varas y flechas que lo poco que ganamos lo perdimos enseguida. Conseguimos llegar a un puente levantado para ser apedreados desde las azoteas y recibir amenazas de matarnos a todos, teules y tlaxcaltecas, y sacarnos el corazón y la sangre y comerse nuestros brazos y piernas y arrojar nuestros cuerpos a las fieras y adornar el tzompantli con nuestras cabezas. Hemos construido dos torres de asalto con las vigas de madera de los palacios y avanzado despacio con ellas, con los tiros y caballos. Los tiros limpian de mexicas la calzada después de cada tiro, matando a veinte o treinta a la vez, pero rápidamente se llena de nuevo el hueco con más mexicas furiosos. Quemamos y derribamos sus casas cuando avanzamos hacia el Templo Mayor, conseguimos subir sus gradas y hallamos las imágenes de Nuestra Señora y San Cristóbal, a las que tomamos y rescatamos. El panorama se ve tan terrible desde allí arriba que no sé cómo vamos a salir de aquí. Y estos malditos tambores, que no nos dejan descansar y alteran nuestros ritmos. Santiago, vas a tener que echarme una mano.

Vaya nochecita que nos han dado los mexicas, nos han hecho un fuego en el real que hemos tenido que apagar con arena y derribando varias salas del palacio. Después, no nos han dejado dormir sus tambores, gritas y silbas y hasta tienen al fantasma Hacha Nocturna que nos acosa.

A la mañana hemos hecho otra salida a la desesperada, infructuosa, con otros dieciséis muertos. Yo mismo llevo la mano siniestra herida y me he atado la rodela al antebrazo. Pinta feo y los hombres de Narváez se preguntan a qué fiesta les hemos traído y que dónde está el oro prometido.

Lo poco que ganamos por el día, se pierde por la noche. Apenas nos queda comida y agua y somos demasiados para aguantar un sitio. En bonita jaula me he metido yo solo. «Capitanes, pediré cuartel para evacuar la ciudad. No nos queda otra alternativa».

LXXXV

«Mi señor Moctezuma, quiero que salgáis a hablar a vuestro pueblo y a frenar estas guerras, decidles que nos vamos de la ciudad, dejaremos el tesoro y liberaremos a todos los prisioneros». «¿Ahora sí me necesitáis? No puedo pedirles que cese la guerra, ya han nombrado a otro señor y ha jurado no dejaros salir de aquí con vida». «¿A otro?». «Cuitláhuac, mi hermano, al que liberasteis, cree que soy débil y me aparta (estupendo, es el que me pidió que soltara que ha aprovechado para dar un golpe de mano y apartar al hermano)». «Hablad con él y parad esta locura». «Hablando de locura, quizás si me entregaseis al loco Tonatiuh para sacrificarlo en honor a Huitzilopochtli podría quizás negociar vuestra salida». «¿Cómo? ¿Os habéis vuelto loco? ¡Nunca os entregaré a Pedro para que lo ejecutéis!». «Pues bien que quemasteis a Cuauhpopoca cuando os ofendió». «Ese fue otro asunto, que no tiene nada que ver. No, no os entregaré a Pedro para que le arranquéis el corazón». «Entonces, yo también creo que todos vosotros habéis de morir».

Sale por fin Moctezuma a la azotea y la guerra cesa, paran los lanzamientos, se hace el silencio. «Amigos, primos, guerreros, soy vuestro rey y señor y estoy por encima de vuestras vidas y dirijo y juzgo vuestra muerte. Guardad vuestras flechas y levantad las lanzas. Los teules me han prometido marchar, se vuelven a su casa, me liberarán, nos devolverán el tesoro de mi padre y liberarán a los señores prisioneros». «¡Cobarde! ¡Mujer de los españoles! (Vaya, ese es Cuauhtémoc, su primo). Una lluvia de flechas, piedras y dardos cae sobre la azotea que nos ha pillado despistados con las rodelas bajas y una piedra le ha acertado en la cabeza, la diadema destrozada, las plumas volando, la túnica manchada de sangre, otra pedrada en un brazo, otra en una pierna, el Terrible Señor se desploma y es rápidamente llevado abajo. Menudo desastre.

Al día siguiente, con gran congoja entro en la recámara del Gran Señor. Está postrado en el lecho. Le duele más la humillación y el desprecio recibidos ayer de su propio pueblo que las mismas pedradas, nada mortales, pero algo me dice que ya no quiere vivir. «Mi señor Moctezuma, me dicen que no queréis cuidados». «Malinche, loco, creísteis de verdad que llegaríamos a ser hermanos... Adiós, dejadme, debo entrar en la casa del Sol, donde van las almas de los guerreros». «Y por mi hermano siempre os tomase. Quedaos conmigo, no os vayáis aún mi señor, que hemos de convencer a vuestro pueblo». «Ya no es mi pueblo, Malinche, es de mi hermano. Es muy tarde para tal cosa, he de reunirme con Tonatiuh, debes acabarme». «No podéis pedirme hacer tal cosa, mi señor». «No te lo pido, te lo ordeno».

El Terrible Señor, Moctezuma ha muerto.

Tremendo error mío el exponer de esta forma al tlatoani, pensé que nos ayudaría a calmar a su pueblo y resulta que me lo apedrean. Sin nuestro escudo humano y seguro de vida no nos queda más remedio que salir de esta trampa. Hemos liberado a un par de prisioneros para que pidan ayuda al exterior y, entre todos, saquen el cuerpo de Moctezuma y le honren como el gran rey que fue y que también lleven un mensaje al nuevo rey para que nos deje marchar en paz que ahora que es muerto el Gran Señor, ya podemos salir a quemar las casas y destruir la ciudad y hacerles mucho mal. Pues no ha servido para nada. El negocio ha ido a peor: ahora pagaréis en verdad la muerte de nuestro Rey y señor y el deshonor de nuestros ídolos, pues ya tenemos elegido un buen Rey y no es de corazón tan débil que le podáis engañar con palabras falsas como a Moctezuma. De honrarle no tengáis cuidado, sino de nuestras vidas, que en dos días no quedará ninguno de vosotros». Para rubricarlo, han vuelto los ataques de muchos escuadrones intentando incendiar nuestros aposentos. Está claro que no nos van a dejar salir.

LXXXVI

Hemos hecho una salida a las bravas; Sandoval, Lares, Velázquez de León, Morla, Alvarado, yo... haciendo el mayor daño posible, matando mucho y quemando todas las casas al paso para tratar de asustarles. En la primera zanja nos hemos tenido que dar la vuelta al real pues es imposible de saltar. «Capitanes, ¿qué opciones tenemos?». «Salir por la calzada a Tlacopán, es la más corta a tierra firme con solo tres aberturas, pero nos deja al otro lado del lago y tendremos que rodearlo por el norte para alcanzar la seguridad (presunta) de Tlaxcala. Salir por la de Iztapalapa nos acerca a Tlaxcala, pero es más larga y tiene muchas más zanjas. Han retirado todos los puentes y sin ellas es imposible saltar esas tajaduras. Construiremos un puente portátil, lo colocaremos en la primera grieta, pasamos todos, lo sacamos y lo llevaremos al siguiente corte y al otro». «Parece buena idea. Tienen hasta la noche de hoy en dos días para tenerlo listo, en la que saldremos todos». Salgo después a la azotea y le pido a los mexicas que nos den cuartel, y les digo que saldremos de hoy en ocho días, a ver si pasado mañana por la noche les pillamos despistados. ¡Qué harto me tienen los tambores! Los oficiales reales y yo hemos cargado una yegua con el quinto del rey. Hasta aquí llega mi responsabilidad. De mi oro se encarga Terrazas, mi mayordomo. Después, he dicho a los hombres que cada uno entre a la sala y que se lleve lo que quiera y pueda. Han entrado a tortas.

LXXXVII

«Capitanes, este es el plan de evacuación. Iremos en tres seccio-nes; Sandoval y Quiñones en vanguardia, con doscientos solda-dos y veinte de a caballo, doña Luisa, Díaz y Olmedo. También Magariño con cuarenta hombres y el puente portátil. En el cen-tro conmigo, el grueso, Ordás, Dávila y Olid, cien peones (para acudir a donde se les necesite), los prisioneros (ya no lo son, ahora son protegidos nuestros), Marina, la yegua con el quinto real y los tlaxcaltecas. En la retaguardia, en la posición de más peligro, Velázquez de León y Alvarado, con sesenta de a caballo y cien infantes, pues así me lo han solicitado. Es imposible que no nos oigan salir, somos un par de miles además de los caba-llos, pero no podemos hacerlo a plena luz del día. La noche será nuestra mejor aliada y habrá luna llena».

No es justo perder así todo lo que sin apenas sangre se ha conseguido. Malditos para siempre Velázquez y su orgullo, que nos mandase a Narváez. Y los tambores, que no cesan. Olmedo y Díaz han comenzado ya las confesiones, que les va a llevar todo el día. Los tlaxcaltecas miran curiosos. Los hombres se intercambian cartas entre ellos con algo de oro para la familia y se lo echan al zurrón. Hay muchos que han agarrado dema-siado oro. Ellos sabrán.

Alvarado me dice que una vez salgamos de aquí seremos vulnerables y todo será una carrera hasta Tlaxcala. «Si ellos nos traicionan, Pedro, estamos acabados». «No hay cuidado, doña Luisa me ha dicho que están a muerte con nosotros». «Díganles a los hombres que tomen solo lo imprescindible, quiero a todo el mundo ligero y que vayan cubriendo los cascos de los caballos con mantas». «La mayoría está durmiendo la siesta, anticipando una larga noche». «Cuando se despierten pues».

¡Qué lejos me queda esta noche Medellín y mis señores padres!

Reunidos en la plaza del real, Olmedo y Díaz dirigen el responso que todos juntos rezamos. «¡Santiago, ayúdanos!». Caras de tensión y de nervios. Uno a uno, abrazo y beso a todos los españoles, les reconforto, veo brillo en sus ojos. Esta noche dependemos de aquel que tengamos al lado. Los veteranos de las guerras de Tlaxcala han aleccionado a los de Narváez sobre el tipo de lucha; más atentos a las sogas y cuerdas que a los golpes. «¡Anímense, vuestras mercedes, que pronto habremos de regresar más fuertes!». «Los veo en la orilla, en Tlacopán».

Ha estado granizando con fuerza esta tarde y ahora cae una fina llovizna. Ya está oscureciendo. (¡Vamos al lío!). Santiago, ayúdanos. Noche cerrada. Salimos a la blanda calzada con todo el silencio que miles de hombres y decenas de caballos y carros con los tiros son capaces de guardar. Todo está tranquilo por ahora. Igual, hasta no nos oyen o nos dejan irnos. Ya estoy viendo que el barro va a ser un problema. Sin ningún problema, Sandoval y Quiñones han llegado a la primera cortadura. Su sección se abre a los lados para que puedan llegar a ella y cubrirles. Magariño con los cuarenta hombres que van cargando el puente portátil. ¡Vamos! Colocan el puente y cruzamos todos la primera cortadura. Bajo el peso de hombres, animales y fardaje, se ha encajado en el blando terreno y al ver que ya es imposible zafarla, decidimos continuar. Menuda cagada. Debimos hacer tres. A buenas horas se me ocurre. Tendremos que improvisar en el siguiente canal. Y en el último.

De pronto, las velas han comenzado a dar alaridos. No hemos llegado ni a la segunda zanja. Viene infinita gente de los contrarios sobre nosotros, combatiéndonos por todas partes, tanto de la laguna cuajada de canoas como de la calzada. Entre la fina lluvia nos caen piedras, flechas y lanzas. Nos están masacrando. No queda sino arremeter y dar cuchilladas a todos los que vienen a agarrarnos y seguir adelante hasta salir de la calzada. Está claro que el ladino Cuitláhuac ha esperado el mejor momento para dar la orden de acometernos; nos estaban esperando y han caído encima como fieras. Esto tiene muy mala pinta, qué ingenuo he sido. El barro se mezcla con la sangre, haciéndolo aún más resbaladizo, los hombres tropiezan y caen, le quitamos los trapos a los cascos de los caballos pues vemos que no los consiguen clavar en la tierra. Salvamos la segunda zanja tapándola con petates, cadáveres de españoles, de mexicas, de tlaxcaltecas, de caballos ahogados. Todo es confusión. La tercera zanja, sin enemigos, la vadeamos a nado. Atrás la lucha es un infierno de silbidos, relinchos, choque de acero contra obsidiana, gritos de socorro de soldados capturados a los que es imposible salvar, pues casi no los vemos. Alcanzada la orilla, tras una eternidad, hago recuento visual y así, a ojo, veo una tercera parte de mis hombres, unas decenas de tlaxcaltecas y un par de decenas de caballos. Ni tiros, ni pólvora, ni arcabuces, ni ballestas, ni la yegua con el quinto real. La jodimos bien. Regreso al comienzo de la calzada para ver que Alvarado, herido, logra saltar la zanja: «No viene nadie más, general, ninguno de los míos ha podido cruzar y se han regresado a refugiarse en el real; casi todos, hombres de Narváez. He visto caer a Velázquez de León, Saucedo, Morla, Lares, Botello, Cacamatzin y a muchos más prisioneros». ¡Qué desastre! Me vienen lágrimas a los ojos. ¿Cómo no sentir dolor por tan terrible pérdida? «No es posible socorrerles, General, todos estamos heridos. Que Dios los proteja. Debemos ponernos en marcha y huir rápido de aquí mientras estén entretenidos matando a los prisioneros... Despertad, coño, que estáis atontado, moveos». «Eh... sí, tenéis razón, Pedro».

Ya recuperado algo el ánimo, me llego a la plaza de Tlacopán, los supervivientes, muchos de ellos heridos, están desorientados. «¡En marcha!, no hay tiempo que perder, caballos al frente y a retaguardia, no podemos pararnos aquí, pueden venirnos en cualquier momento. ¿Han visto a Martín López, a Marina y Jerónimo?». «General, la hueste está agotada y hay muchos heridos. Si en amaneciendo no hemos ganado una posición defensiva, no llegaremos ninguno vivo para rezar el Ángelus». «¡En marcha! Exploradores al frente, que busquen una cota».

Miro hacia atrás, a la ciudad del lago. «Volveremos. Y más fuertes».

LXXXVIII

El amanecer nos sorprende a la columna aún arrancando la marcha. Veo que somos pocos, demasiado pocos. Aún se nos suma algún rezagado que, como espectro, surge lleno de sangre de entre los maizales. Los exploradores han encontrado un alto y nos dirigimos allí. Gracias a Nuestra Señora. Nadie nos persigue aún, parecen entretenidos sacando nuestras armas del fondo del lago y haciendo sacrificios en el Templo Mayor. No les arriendo las ganancias a los que volvieron al real. Y me tortura no poder ayudarles. Hemos hecho recuento serio de los supervivientes; somos cuatrocientos veinticinco españoles, unas decenas de tlaxcaltecas y veintitrés caballos. Todos heridos, alguno grave. Taponamos las heridas como podemos con mantas empapadas y hierros al rojo. Los macuahuitls han hecho graves averías. Esto significa que he perdido a dos terceras partes de mi hueste, a casi todos los aliados, toda la artillería, pólvora, ballestas y arcabuces y todo el tesoro, a Juan

Velázquez de León, Francisco de Lugo, Francisco de Saucedo, Trujillo, Lares, Orteguilla, Botello y tantos otros. Pero se han salvado: Alvarado, Olid, Sandoval, Ordás, Tapia, Dávila, Grado y Rangel. Las lenguas, Marina y Jerónimo y el carpintero de ribera Martín López, herido grave. *«Vámonos, que nada nos falta»* (siete meses de pacífica convivencia y control del país tirados por la borda).

Hemos hecho algunas leguas hoy, aunque Tlaxcala se me antoja aún muy lejos. Mejor, nos viene bien este respiro. Comemos mazorcas que robamos de los maizales. Hemos dejado las hogueras encendidas en la cota donde hemos descansado esta noche para engañarles porque ahora sí que nos persiguen. Ya hemos perdido a tres soldados en la primera refriega. Los hombres más enteros abren camino con los guías tlaxcaltecas y otros cubren la retaguardia. En el medio del desastrado grupo llevamos a los heridos sobre los caballos. Llegamos a medio día a Tepotzotlán, donde los otomíes enemigos de los mexicas nos han recibido bien y dado de comer. Los hombres me piden que paremos allí a descansar; los heridos necesitan reposo porque no se les cierran bien las heridas y se desangran. «Lo siento, no podemos parar. Si lo hacemos, nos acaban a todos». Citlaltepec estaba desierta a nuestra llegada y estos cabrones se han llevado toda la comida. Continuamos la marcha y, algo más tarde, nos han hecho una emboscada. Barahona ha dirigido el ataque —¡Santiago y cierra, España!— y los hemos repelido. Es una pequeña victoria, la primera después de la noche de la retirada, que ha animado a los hombres, todos muy cansados. El hostigamiento de los escuadrones mexicas es continuo y no cesa; nos tiran con sus hondas, varas y flechas y aunque rara vez fallan, todo lo soportamos. Español que se retrasa, por las heridas y el cansancio, es inmediatamente capturado sin que los demás podamos hacer nada por él. Abandonamos a nuestros muertos por las heridas de esa mala noche y las de la persecu-

ción y ni siquiera tenemos tiempo para enterrarles cristianamente, se quedan allí donde la doblan, para festín de las alimañas locales. Las bajas siguen en aumento y apenas quedamos
ya trescientos cuarenta españoles. Somos tozudos, las ganas de
sobrevivir se imponen al desánimo. Duero, un superviviente,
me pregunta qué ocurrirá si los tlaxcaltecas no nos dan refugio y amparo, si nos traicionan, si desde las azoteas de Tlaxcala
saliese una lluvia de piedras sobre nosotros. «Podría engañarle
y decirle a vuestra merced que nos abriríamos camino con la
espada hasta la Villa Rica de la Vera Cruz, don Andrés, pero no
quiero engañaros; no veríamos la luz del día siguiente y nadie
sabría de las maravillas de Nueva España».

Sigue el acoso, no nos dejan que descansemos ni un minuto.
Hemos tenido otra escaramuza y me he llevado una buena
pedrada en la cabeza que me ha dejado mareado todo el día y
veo doble. Nos han matado a otros dos soldados y al caballo de
Gamboa, que nos hemos comido ahí mismo sin dejar siquiera
el pellejo. He decidido bajar a los heridos de los caballos y llevarlos en parihuelas, pues los necesitamos en nuestra defensa.
Me junto con los capitanes Alvarado, Olid, Sandoval, Ordás,
Tapia y Dávila: «¿Cómo andamos de fuerzas?». «Muy justos,
General». «Hay que llegar a Tlaxcala, nos quedan trece leguas,
allí estaremos a salvo». Siempre el trece.

LXXXIX

Amanecía. Vi que nuestros exploradores regresaban al galope
al cuerpo principal. El ejército que nos perseguía desde hace
días por fin nos había dado caza por retaguardia y otros
muchos miles de túnicas blanqueaban la ladera del monte
como nieve, los penachos rojos de sus capitanes bien visibles.
Supuse que los mexicas debían haber cruzado el lago con las
canoas para así avisar a los pueblos de la otra orilla, que ahora

formaban con sus ejércitos enfrente. El número era colosal y nos tenían rodeados. «Esto es hecho, caballeros». Ordené detener y agruparnos, formar la caballería al frente y la infantería en círculo, con las mujeres y heridos al centro. Me dijeron los tlaxcaltecas que el sitio se llamaba Otumba. Era un sitio tan bueno como cualquier otro para morir. Lo cierto es que nunca habíamos visto tantos guerreros juntos y la hueste se inquietó. Demasiados indios emplumados teníamos enfrente para poco más de trescientos españoles, veintidós caballos y unos pocos cientos de aliados tlaxcaltecas. «Señores soldados, no tengan temor, ni desmayen. Hemos llegado aquí para encontrarnos con ellos y pelear hasta morir. Los de a caballo, a media rienda y no se me paren a lancear, lleven las lanzas a los rostros para romper sus escuadrones. Los de a pie, estocadas que les atraviesen las entrañas, que hemos de vengar muy bien nuestros muertos y heridos, y si Dios es bien servido, saldremos de aquí con nuestras vidas. Olmedo, Díaz, recemos todos juntos un responso: "El Señor es mi pastor, nada me falta, en verdes praderas me hace recostar. El Señor es mi pastor, nada me falta. Me conduce hacia fuentes tranquilas y repara mis fuerzas. Me guía por senderos justos, por el honor de su nombre". ¡Santiago y a ellos! (Señor, échanos una mano igual que hiciste en Clavijo)».

Después de encomendarnos a Dios y a Santa María, e invocando el nombre del señor Santiago, desde que vimos que nos comenzaban a cercar a mediodía, con el Sol (Tonatiuh) en todo lo alto, de cinco en cinco rompimos a por ellos todos juntos los de a caballo, que el campo era llano y alanceábamos a placer. Los infantes, pie con pie, a cuchilladas y estocadas se defendían, ayudados por los perros que peleaban con furia. Teníamos bajas, pues sus lanzas y macanas abrían huecos en nuestra formación en cuadro, pero eran rápidamente cubiertos por las mujeres, que dejaban solos a los heridos (ellos también así lo pedían), recogían del suelo las armas de los caídos y peleaban igual que varones.

Todo era sangre, sudor y gritos. Era imposible luchar contra tantos, que por más que matábamos volvían a rellenar sus filas con indios frescos. Llevábamos ya horas peleando y estábamos agotados, no podíamos aguantar así eternamente, ya empezábamos a bajar los brazos, así que comenzamos a orar juntos un Avemaría. Era el fin. Entonces vi a su general en unas andas dirigiendo a su ejército y me vino una inspiración, una idea loca y desesperada; si habíamos de morir allí, al menos me llevaría a ese emplumado por delante. «Sandoval, Olid, Domínguez, Salamanca, síganme, ¡rompamos por ellos y no quede ninguno de ellos sin herida! ¡Santiago y a ellos!». Todos al galope, las piedras y saetas que nos lanzaban me rozaban el casco, pero mi mundo se redujo a ese general al fondo de un largo pasillo jalonado de indios. Aún nos quedaban muchas varas por delante cuando me pareció ver el terror de lo inesperado en sus ojos. Por milagro no me derribaron y llegué y le alanceé. Juan de Salamanca desmontó de su montura, lo remató en el suelo, tomó el estandarte y me lo entregó. Lo levanté bien a la vista de todos los indios, que me vieron con él, gritaron en desconcierto y, para nuestra sorpresa, se desbarataron y salieron huyendo. Se lo devolví a Juan, pues él lo ganó. VICTORIA.

Los capitanes y señores soldados, cuando vieron la desbandada, de seguido se postraron de rodillas dando gracias al Señor por el milagro concedido. «¡Señor, Santiago, vuestra es tan gran victoria!». Volvimos al cuadro al trote para abrazarnos todos llorando; los capitanes, Olmedo, Díaz, Marina, los peones... «No entiendo nada, General, deberían habernos aplastado». «Y sin embargo seguimos vivos, Pedro. *No pelea el número, sino el ánimo. No vencen los muchos, sino los valientes*". Subamos a esa cota a pasar la noche, disponga vuestra merced de velas, no vaya a ser que vuelvan».

Fuimos acosados sin descanso, desde que salimos de Tenochtitlan hace una semana, hasta ser rodeados. Una sentida oración y después, varias horas de combate contra miles de enemigos. El cuadro aguantó bien hasta que el Señor, a través de Santiago, me iluminó para hacer esa última y gloriosa carga. Nos duele a todos hasta el pelo y las uñas, pero tenemos que continuar marchando hasta que estemos a salvo en Tlaxcala, si es que allí podemos considerarnos a salvo. Nos quedan un par de jornadas. Los caballos, bien desplegados y atentos. No aguantaríamos otro combate como el de ayer.

XC

He ordenado a los capitanes que recojan de los hombres todo el oro que se haya salvado. Se han resistido, me dicen que es su premio por sobrevivir. «Lo necesito. Tengo que mandar comprar a Jamaica y Cuba lo necesario para volver y tomar la ciudad». «¿Y quién habla de volver?». «Yo». «No va a ser una medida muy popular». «Lo sé. Solo es necesaria».

A paso largo, agotados, hemos entrado en tierras de Tlaxcala y llegamos a Hueyohtlipan, donde nos han recibido muy amorosa y calurosamente y dado de comer, unos nos regalan la comida y otros nos la cobran en oro. También lloran a sus valientes hombres que faltan. Parece que estamos a salvo. Parece.

Xicoténcatl y Maxixcatzin han venido a vernos a Hueyohtlipan. «Malinche, cómo nos pesa vuestro mal y el de todos vuestros hermanos y de los muchos de los nuestros que con vosotros han muerto. Ya os habíamos dicho muchas veces que no os fiaseis de gente mexicana, porque un día u otro os iban a dar guerra y no me quisiste creer. Ya el hecho es, no se puede hacer al presente otra cosa que curaros y daros de comer y yo te digo que, si de antes os teníamos por muy esforzados, ahora os tengo en mucho más. Bien sé que llorarán muchas mujeres e indios de estos nuestros pueblos las muertes de sus hijos y maridos y hermanos y parientes, pero no te congojes por ello. Mucho le debes a tus dioses que te han traído aquí después de tanta multitud de guerreros que os aguardaban en Otumba, que hace cuatro días que supimos que os esperaban para mataros, y estábamos juntando guerreros para ayudaros (ya, sí, claro, ahora me lo dice). Malinche, Cuitláhuac, el nuevo tlatoani, envió a Tlaxcala a seis emisarios suyos con regalos, algodón, plumas, sal y la promesa de más regalos si os negábamos nuestra ayuda; nos dijo que mexicas y tlaxcaltecas teníamos los mismos antepasados, lengua y dioses, que podíamos volver a tiempos más pacíficos entre nuestros pueblos, que los teules erais una amenaza, cometíais excesos y robabais. Nos ofrecieron entrar de pleno derecho en la triple alianza México-Tenochtitlan, Texcoco y Tlacopán. Malinche, no temas, les dijimos que eso no sería lo correcto, que sería traicionar una previa alianza y mostrar crueldad y traición a hombres tan necesitados a los que hemos jurado amistad hace poco. Mi hijo Xicoténcatl, inocente, creyó en sus palabras y quería mataros; los teules están heridos y agotados, son vulnerables. (Joder con el cuñado de Alvarado). Como no han sido atendidas sus palabras, ha intentado agredirnos a los caciques y ha sido empujado gradas abajo (este chico va a acabar mal)».

Amigos hasta la muerte, dicen, pero su ayuda no va a salirnos gratis, hay que negociarla y estos son sus términos; Cholula para ellos. Cuando se conquiste Tenochtitlan, quieren construir su propia fortaleza dentro. El botín que se consiga, a medias. Y no quieren pagar impuestos a Tenochtitlan nunca más. He aceptado todas sus condiciones en nombre de nuestra Reina doña Juana y su hijo el Rey don Carlos y de la corona real de Castilla. Esto son lentejas.

XCI

He mandado carta a la Villa Rica para contarles que escapamos y estamos vivos y que nos manden toda la gente, pólvora, arcabuces y ballestas que tengan. A Caballero, guarda y capitán de la mar, le he advertido bien de que ninguna nave ha de salir del puerto, ni Narváez se le escape, y que dé del través a los dos peores barcos de Pánfilo y me envíe a sus tripulaciones y armas.

Xicoténcatl el Joven ha sido descubierto conspirando contra nosotros, así que le han hecho preso junto a sus seguidores. Maxixcatzin les ha hecho el siguiente razonamiento: «No parece que os acordéis que hace más de cien años que Tlaxcala no es tan próspera y rica como desde que los teules han llegado a nuestras tierras, que hoy tenemos mucha ropa de algodón y oro y comemos sal, y por doquiera que vamos ahora con los teules nos hacen honra, y tenemos su respeto ahora que nos han matado a muchos hermanos en Tenochtitlan, que nuestros antepasados nos dijeron hace muchos años que de adonde sale el Sol habían de venir hombres que nos habían de señorear. ¿Por qué entonces insiste Xicoténcatl en estas traiciones y hablando de darles guerra y matarlos? Ahora que están de aquella manera, tan desbaratados, hemos de ayudarles, no acabarles. No puedo entender las maldades que siempre tenéis encerradas en vuestro pecho».

¡Viva Tlaxcala!

XCII

Hoy ha llegado de la costa el socorro pedido, al mando del capitán Lencero; siete hombres enfermos de bubas y grandes barrigas, pero todos valientes y leales. La hueste se ha reído de ellos y he cortado las bromas de raíz. «Sean vuestras mercedes muy bienvenidas, señores soldados». A mis preguntas acerca del oro que envíe desde aquí con Juan de Alcántara a la Villa Rica me dice el capitán que ese fulano no llegó nunca allí, que debió caer en alguna emboscada. Malo.

He decidido emprender inmediatas acciones de guerra contra Tenochtitlan, empezando por Tepeaca, Cachula y Tecamachalco y, al hablar con los capitanes, me dicen que los que vinieron con Narváez se les han plantado, que les dicen que después de salir vivos de Tenochtitlan y perdieran mucho oro, y de Otumba, donde les quité lo poco que les quedaba, que se quieren volver a Cuba, a sus indios y minas de oro, que ellos no están acostumbrados a las guerras y que me meta las conquistas donde me quepan. He tratado de convencerles y me han hecho un requerimiento legal delante de un escribano del Rey, para que nos vayamos a la Villa Rica y dejemos la guerra, pues no tenemos caballos ni escopetas ni ballestas ni pólvora ni hilo para hacer cuerdas ni almacén, que están todos heridos y entre todos nuestros soldados y los de Narváez no somos más que cuatrocientos cuarenta soldados y que los navíos, si más aguardan, se los comerán las bromas, que los usemos para volver a Cuba (mis bravos me dicen que mire bien de dar licencia a ninguno de los de Narváez ni a otras personas, sino que sigamos sirviendo a Dios, a la Reina y al príncipe, que eso es lo bueno, y no volver a Cuba derrotados). Así que les he tenido que recordar que soy Capitán General y cuáles son las penas que les esperan a los que dejan desamparado a un capitán español en las guerras de su Majestad al servicio de Dios y han tenido que acceder a acompañarnos a las siguientes guerras que se ofreciesen, aunque les he prometido que los dejaría volver a su isla, en llegando la oportuna coyuntura (yo me he jugado aquí todo mi patrimonio, nada me espera en Cuba salvo ser prendido por Velázquez. Y Catalina. Así que no hay prisa por volver. Y el poco oro que he salvado voy a gastarlo en tomar la ciudad). Han seguido rumiando que si entramos otra vez en guerra con los mexicas (eso es inevitable, me temo) saben que no podremos aguantarles como la noche de la calzada y luego en Otumba. Y ahora siguen agitando el gallinero; que yo, por mandar y siempre ser señor, todos los que vienen conmigo van a perder sus vidas (no les aguanto más, en cuanto pueda desprenderme de ellos, se los mando de vuelta al Velázquez, prefiero eso que tener gente de la que no puedo fiarme). Ahora no podemos mostrar a los tlaxcaltecas poco ánimo, después de sus muertos, porque eso será motivo para que se levanten contra nosotros. A los osados les ayuda la fortuna y nosotros somos cristianos que confiamos en la grandísima bondad y misericordia de Dios, que no permitirá que perezcamos y se pierda tanta y tan noble tierra para Su Majestad, que está pacífica o a punto de pacificarse. De ninguna manera bajaremos de los puertos a la costa, no dejaremos esta tierra, porque es vergonzoso, es peligroso y a su Majestad le hacemos muy gran traición. «Señores, volveremos contra Tenochtitlan de inmediato, por todas las partes que podamos, contra todos los enemigos, y a ofenderlos por todas cuantas vías nos sea posible. ¡Guerra!» «Guerra».

Andando por el real me he tropezado con doña María de Estrada, bien pertrechada y preparando el caballo y armas. «Mi señora, ¿a dónde cree que va tan compuesta y armada? Ande, quédese vuestra merced en el real y descanse, que esto de la guerra es cosa solo para hombres». Su respuesta me ha dejado sin palabras. A mí.

«No es bien, señor Capitán, que mujeres españolas dejen a sus maridos yendo a la guerra; que allí donde ellos muriesen moriremos nosotras, y es razón que los indios entiendan que somos tan valientes los españoles que hasta sus mujeres saben pelear».

Después de tres semanas en esta provincia de Tlaxcala, los españoles supervivientes ya andan medio recuperados de las heridas. Hemos perdido a algunos, que se nos murieron de las heridas y del cansancio del camino, y otros quedaron mancos o cojos, porque traían malas heridas y para curarse teníamos muy poco remedio. Yo mismo he perdido dos dedos de la mano izquierda.

He demandado a los caciques de Tlaxcala suficientes hombres de guerra para ir contra Tepeaca, Cachula y Tecamachalco, que están de aquí a seis leguas, y me han prestado a cuatro mil indios, porque si muchas ganas les tenemos nosotros, muchas más les tienen Maxixcatzin y Xicoténcatl el Viejo porque hace poco vinieron a robarles. Por los espías de nuestros aliados tlaxcaltecas hemos sabido que los mexicas han enviado muchos de sus escuadrones a las provincias a las que hemos de ir, a Tepeaca el mayor de ellos. Vamos ligeros, con bastimento suficiente para un solo día, porque las tierras donde vamos están muy pobladas y bien abastecidas de maíz, gallinas y perrillos de la tierra. Empezamos la marcha, sin artillería ni escopetas, porque todo se quedó esa mala noche en los puentes de Tenochtitlan, y tampoco tenemos pólvora. Diecisiete caballos, seis ballestas y cuatrocientos veinte soldados, los más de espada y rodela, y dos mil amigos de Tlaxcala. Como tenemos por costumbre, nuestros corredores de campo van por delante. Con buen concierto hemos llegado a dormir a tres leguas de Tepeaca. Se han llevado todo el fardaje de las estancias por donde hemos pasado, porque tuvieron noticia de que íbamos a su pueblo. Hemos prendido allí a seis indios y cuatro indias y les hemos enviado a su pueblo con un mensaje para su jefe de por qué tienen tantos escuadrones mexicas en sus tierras y están robando a nuestros amigos tlaxcaltecas y que, si no vie-

nen a nosotros como amigos y expulsan de su tierra a los mexicas, iremos contra ellos por rebeldes y los castigaremos a sangre y fuego y haremos esclavos.

Han regresado muy bravos los de Tepeaca acompañados de
mexicas, muy crecidos por la victoria en los puentes (parece
que lo de Otumba no cuenta). Les he regalado mantas y prometido que, si vuelven en paz, perdonaré los muertos habidos,
pues ya no tienen remedio. Hasta se lo he dado por escrito.
Nos dicen que como sigamos avanzando vendrán todos a por
nosotros a darse buen festín y hartazgo de nuestros cuerpos,
mayor aún que las ocasiones de Tenochtitlan y sus puentes, lo
de Otumba (nada, siguen sin reconocer que en los llanos de
Otumba les diésemos nosotros una buena) y los de la columna
(¿Qué columna, la de Alcántara? ¿Han sido estos cabrones?).
Visto lo visto, he llamado y pedido al escribano del Rey que
levante acta y dé fe de lo que nos han contestado, para que
pueda darse por esclavos a todos los aliados de los mexicas que
hayan matado a españoles porque, habiendo dado la obediencia
a su Majestad se han levantado y matado a ochocientos sesenta
de los nuestros y a sesenta caballos.

Después de muchas fanfarronadas y varios amagos, hoy
por fin nos han plantado batalla en un llano los mexicanos
y tepeaqueños entre campos de maíz y maguey. Aunque han
peleado bien bravo son muy inconsistentes y peor mandados y
pronto fueron desbaratados por los de a caballo. Nuestros amigos los de Tlaxcala estuvieron muy animosos; fácil les dieron
el alcance y los masacraron. Vi muchos muertos mexicanos y
de Tepeaca. Han caído solo tres de nuestros amigos y nos han
matado un caballo. ¡Victoria! Tras la batalla, hemos capturado
a muchas indias y muchachos que andaban desperdigados por
los campos o escondidos en las casas. Los tlaxcaltecas se han
llevado a todos los hombres como esclavos.

Hoy, día de la Virgen de Agosto, me ha venido a la memoria unos infantiles recuerdos de mi Medellín natal, en donde mis señores padres y demás vecinos estarán celebrando la feria al lado del Guadiana, a la fresca.

Cada día se llegan a nuestro real más mensajeros de pueblos que vienen a quejarse de los mexicas (me dicen que Cuitláhuac les ha prometido perdonarles un año los tributos si se vienen contra nosotros, pero no se fían y están hartos) y a pedir nuestra ayuda contra ellos, pues les hacen guerra por su amistad y alianza con nosotros, pero no tengo soldados suficientes para socorrer a todos como así quisiera.

De la Villa Rica de la Vera Cruz me dicen que han arribado a puerto varias naves desbaratadas del teniente gobernador de Jamaica, Francisco de Garay. Esta vez son hombres de Camargo, que ha llegado malherido. Por lo visto han estado al norte en el río Palmas, donde los locales les han dado guerra y matado a dieciocho cristianos, herido a otros muchos y matado a siete caballos. El resto pudo volver a nado a bordo de los barcos y escapado de milagro. Dejaron a los heridos en las tierras de un señor amigo nuestro, cerca de allí, donde ahora están siendo bien atendidos. Si me hubiesen hecho caso y pedido ayuda desde el principio, no hubiesen sufrido este desbarato, les hubiese ayudado de primeras el señor de Pánuco, pero como estos los de Garay van por libre, así les va. He mandado a un tameme con un escrito para el señor de Pánuco para que, en el caso de que el resto de los hombres de Garay quisieran ir con nosotros a la Villa Rica de la Vera Cruz, les hagan gran favor y les ayuden a embarcar y navegar al puerto y, por si algo les impidiese navegar a esas naves del Garay, también he ordenado que sea armada una de las carabelas de Narváez y vaya al norte a recogerles. Son ciento veinte soldados y ocho caballos, que Camargo ha puesto a mi disposición y que vendrán en unos pocos días.

XCV

Los de Tepeaca, viendo que no les lleva ningún provecho seguir como amigos de los mexicas, les han echado de sus casas, se han llegado a nuestro real y nos han prestado vasallaje. Esto marcha. Como ya hemos pacificado toda esta provincia y sometido a real servicio, los oficiales reales, los capitanes y yo platicamos cómo mantener la seguridad en estas tierras y evitar que los mexicas se atraigan de nuevo para sí a estos indios locales. Este es buen lugar, a medio camino de la costa y Tenochtitlan, para hacer fortaleza y lugar de descanso y es buen sitio para hacer parada de las caravanas que nos traigan bastimentos y plaza segura para controlar a estos nuevos amigos. De la costa a la ciudad del lago no hay más que dos sierras muy agras y ásperas, que confinan esta provincia, y los naturales de aquí la podrían defender con poco trabajo suyo. Por todas estas razones, nos ha parecido que, para evitar que mexicas se atrajesen de nuevo a los locales, debíamos fundar en esta provincia de Tepeaca una villa en la mejor parte de ella, donde concurriesen las calidades necesarias para sus pobladores. Así que hemos fundado hoy, 4 de septiembre de 1520, la Villa de Segura de la Frontera, en el camino de la Villa Rica de la Veracruz a Tenochtitlan, en buena comarca de buenos pueblos sujetos a México, donde tenemos mucho maíz y bien vigilada la raya de nuestros amigos de Tlaxcala. Se han nombrado alcaldes y regidores y dado orden de proclamarlo en todos los pueblos de los alrededores aún sujetos a los mexicas. Hemos hecho el hierro para marcar en la frente con la G de guerra a los que tomamos por esclavos, aquellos que se rebelaron contra la Reina y el príncipe y mataron y comieron españoles, separando de ellos el quinto al uso con los oficiales reales. También nos mueve a hacer estos esclavos el asustar a los de Culúa y porque también hay tanta gente, que, si no se hace grande el castigo y cruel en ellos, nunca se enmendarán.

Desde esta villa de Segura de la Frontera hacemos salidas casi a diario por los alrededores, Cachula y Tecamachalco y el pueblo de las Guayabas y otros pueblos cercanos. Hemos hallado en Cachula cascos y armas de españoles, así que les hemos capturado a muchos esclavos. De manera que en solo cuarenta días ya tenemos a todos estos pueblos muy pacíficos y castigados, y sin tener ni una baja.

XCVI

Uno de los prisioneros nos ha dado nuevas de que en Tenochtitlan sufren de un mal desconocido para ellos que, por lo que nos explican, podría tratarse de la viruela. Cuando se lo comento a Olmedo, me dice que ya lo sabía, que le dicen que en Cempoala han muerto la mayoría: «¿Y por qué no me lo ha dicho antes? ¿Podemos aplicarles nuestros remedios?». «Dice que ya lo están haciendo». «Si nosotros no la trajimos, ¿quién ha sido?». «Quizás alguien llegado con Narváez».

Otras noticias de la Villa Rica; Caballero me escribe para decirme que ha arribado un navío chico al mando de Pedro Barba (el teniente de Velázquez en La Habana que fue tan amable conmigo, al no apresarme y dejarme partir con la Armada) con trece soldados y dos caballos. Me lo manda preso, pues desembarcó preguntando por Narváez, pensando que Pánfilo había tenido éxito. El pobre se quedó muy sorprendido al enterarse de que habíamos conseguido desbaratar el intento de esa Armada. También me dice que ha sacado las velas, timón y agujas de marear de la nave.

He dado la bienvenida a Barba a su llegada a Segura de la Frontera quitándole los grillos. Sigue sin entender qué ha ocurrido, que la armada de Narváez era grande y poderosa. «Pues yo se lo cuento, Pedro, que la estupidez, intromisión e inoportunidad de Velázquez nos ha salido muy cara, hemos perdido una maravillosa ciudad, dos tercios de los hombres y caballos y casi todo el oro y estamos vivos de milagro». Me dice que su misión es llevarme preso a Cuba y luego a Sevilla ante el obispo Fonseca de la Casa de la Contratación (pues ya es la segunda vez que no la vas a cumplir, Pedro) y que detrás suya viene la nao de Morejón, con pan de cazabe y demás bastimentos. Estupendo, Caballero le hará también preso. Todo lo que nos mande Velázquez será bienvenido.

XCVII

Han llegado cuatro principales de Guacachula a pedirnos ayuda contra los mexicas, que dicen que les hacen muchos robos de mantas y maíz y gallinas y joyas de oro y, sobre todo, de hijas y mujeres, y que si son hermosas, las fuerzan delante de sus maridos y parientes. Nos prometen que, si les auxiliamos, todos los de aquel pueblo y de los otros pueblos comarcanos nos ayudarán para matar a los escuadrones mexicanos que les atacan. La oferta es interesante y he ordenado a Olid llevar a trescientos hombres y treinta caballos: «Id con ellos y liberad la ciudad». Los mexicas pierden amigos en la misma proporción que nosotros los ganamos. Parece que el capitán ha tenido problemas al escoger a algunos de los hombres de Narváez, que se han negado a salir, y le he preguntado si es por falta de su autoridad, que si es que quiere que yo le ayude a convencerles. Rojo de ira y vergüenza ha partido por fin.

Ha regresado exitoso de la misión y ganado las villas de Guacachula y Ozúcar: «¿Lo ve, Olid, como no era para tanto?».

En unas pocas horas ha matado a muchos mexicas y espantado al resto. Muchos heridos y dos caballos muertos le ha costado lo que me ha dicho que no fue más que una escaramuza. Joder, dos caballos, no andamos sobrados de ellos.

Los hombres de Camargo han llegado a Segura de la Frontera. Flacos, amarillos, con las barrigas hinchadas, en muy mal condición. Mis hombres han empezado a llamarles los *panciverdetes*, los muy cabrones. He ordenado su provisión y cura, pero tienen mala pinta y no sé lo que me van a durar.

Me escribe Caballero que dos barcos que iban a socorrer a Camargo al Pánuco han llegado a Veracruz. Uno es el de Miguel Díaz de Aux, con cincuenta y siete soldados y siete caballos y es muy buen socorro. A estos, bien orondos, les han puesto de mote *los de los lomos recios*. Y el otro es la nave de Ramírez el Viejo, que trae cuarenta soldados, diez caballos y ballesteros. Todos muy precavidos, con escaupiles gruesos de algodón, así que les han llamado *los de las albardillas*. Esto es un no parar. Parece que Garay no repara en gastos para socorrer a sus hombres enviándoles barcos que, como luego no encuentran nada más al norte, costean sur hasta Veracruz, ven la fortaleza y se unen a mí. Le va a dar algo cuando lo sepa. Resumiendo, en las últimas semanas han llegado a Veracruz dos navíos de Velázquez y tres de Garay, con un total de ciento cincuenta soldados, veinte caballos, arcabuces, pólvora y ballestas, todos se han unido a mí, y me vienen al pelo. Dios aprieta, pero no ahoga.

XCVIII

Envié a Sandoval ir a Xalacingo y Zacatami con doscientos peones, veinte caballos, doce ballesteros y buen número de aliados y, a la vuelta, me ha contado que vio que los poblados ya están prevenidos y se han fortalecido con albarradas y pertrechos. Le salieron al encuentro escuadrones de mexicas que pudieron romper bien con los de a caballo. Envió a nuestros indios con mensajes de paz, pidiendo la liberación de los españoles que pudieran estar presos y la devolución del oro y de las armas robadas y la promesa de que les perdonaríamos las antiguas ofensas, si así lo hiciesen. Pero la respuesta que recibió fue que no se acercase más, que le matarían y comerían igual que ya hicieron con los prisioneros que tuvieron (salvajes). Así que les entró por dos partes y les desbarató tanto que salieron huyendo al monte. Le mataron tres caballos, hirieron a ocho españoles y él mismo se ha llevado un flechazo en un muslo. Halló vestidos de cristianas, armas, frenos de la caballería y sillas de jineta y los caciques volvieron para pedir perdón y jurar vasallaje, pero que no tenían oro, que los mexicas se lo llevaron. Marcó a todos como esclavos y me los ha traído en grillos.

Le he ordenado a Sandoval salir de nuevo con sus hombres, esta vez a Cozotlán. La cara de Alvarado es un poema, no me gusta nada. Tengo que andar con más tacto con él, sé que está jodido desde que lo estropease todo en el palacio de Axayácatl y, la verdad, es que sigo muy enfadado con él, pero tendré que darle más protagonismo, tampoco es que me sobren capitanes con su experiencia y no conozco de nada a los que me llegan. A la vuelta, Gonzalo me ha dicho que ha tenido que frenar a los tlaxcaltecas porque no esperan la orden de entrar, lo hacen demasiado pronto y estorban a los de a caballo y a los de los arcabuces y ballestas y de esa forma corren peligro todos. Deberemos trabajar más en la coordinación con los aliados y en simplificar las órdenes, pues cada vez son más las naciones aliadas y diferentes sus lenguas, y es para seguridad de todos el hacerlo. Esta vez le ha costado un poco más, cuatro soldados y nueve caballos heridos y uno muerto. Al final, se le han rendido y dado vasallaje, pero le dijeron que no tenían oro ni ropas ni nada español y que los prisioneros ya se los comieron a todos, menos a cinco que enviaron vivos a Tenochtitlan. ¡Ay, pobres!

XCIX

He ordenado traer al real todo el oro hallado y a todos los esclavos capturados en las dos cabalgadas de Sandoval. Marcamos a todos los jóvenes con una G y a los mayores les dejamos ir. Una vez apartado el quinto real y el mío, se han desatado murmullos entre los hombres de Narváez, que dicen que me guardo más oro del que me corresponde y me quedo con las mujeres más hermosas y solo reparto a las viejas y ruines. Un tal Bono de Quejo ha dado la seguridad de que va a dar a conocer tales cosas en Castilla, que él no ha de aguantar aquí a dos reyes sacándose dos quintos (el otro, debo ser yo a sus ojos). Para evitar más líos, he comunicado mi decisión de subastar en pública almoneda a todas las mujeres que se capturen la próxima vez, para que no haya queja. Y respecto al oro, bueno, sospecho, mejor dicho, sé que muchos me escamotearon barras que no me devolvieron cuando se las pedí en Tlaxcala tras lo de Otumba, así que he ordenado en pregón la devolución de dos tercios de lo que aún les quede a los soldados, so pena de encontrarlo por mi cuenta y quitarlo todo. El caso es que Alvarado se me ha quejado, que todos los capitanes y oficiales del rey guardan alguna que otra barra de oro, que buena fatiga les costase, para la vejez. Y que no era cosa de pedírselo ahora. Olvidemos el pregón pues.

C

Con gran tristeza hemos recibido en el real la noticia de que nuestro hermano y gran amigo y leal vasallo de su Majestad, el señor Maxixcatzin, ha fallecido de viruelas. Después de ver en nuestras batallas de hace un año que no podían vencernos, convino con el juicioso Xicoténcatl el Viejo ser nuestros grandes amigos y aliados. Tanto, que hasta impidió a Xicoténcatl el Joven que viniese contra nosotros tras Otumba. Una hija suya, doña Elvira, casó con Juan Velázquez de León, el que luego fue muerto en los puentes.

Don Andrés de Duero me ha convencido para que permita volver a Cuba a los hombres de Velázquez y Narváez, ya que recibo tanto refuerzo de los de Garay. Dice que están todo el día conspirando y un mal día me dejarán tirado. «¿Y este súbito interés de vuestra merced?». «Yo podría acompañarlos, controlar sus lenguas y defender vuestros esfuerzos ante el Velázquez». «Ya veo. Bien, partid. No hacen más que incordiar y son fuente constante de subversión. Más vale estar solo que mal acompañado. Os daré cartas y algún oro para mi cuñado Juan Xuárez y para mi esposa, Catalina». Cuando se lo he comunicado a Alvarado me ha puesto cara de haba, dice que aun siendo torpes y necios, siguen siendo soldados y aquí aún somos pocos. Le he dicho que no crea que puede contar con ellos, que son mala gente que nos abandonará a la mínima y, de paso, que los acompañe a Veracruz (y así se despeje un rato). «Los que se quedan conmigo es porque quieren quedarse».

Aprovecho el viaje de Pedro para ordenar ir a la Isla Española a cuatro navíos al mando de Alonso de Ávila, el contador, y Álvarez Chico, para que luego se vuelvan cargados de caballos y gente para nuestro socorro, armas y ballestas y pólvora es lo más necesario, porque los peones y rodeleros aprovechan muy poco solos, ya que los mexicas son demasiados y tienen grandes ciudades y fortalezas. La otra parte de su misión, vital por lo que pudiera pasar, es dar cuenta al licenciado Rodrigo de Figueroa, a los oficiales de Su Majestad en la dicha isla, a la Real Audiencia que allí reside y a los frailes Jerónimos, gobernadores de todas las islas, de todo lo acecido hasta la fecha, para que den por bueno lo que he hecho en las conquistas y el desbarate de Narváez, y que hemos hecho esclavos en los pueblos donde han matado a españoles, porque han traicionado la obediencia que habían dado a nuestros Rey Carlos y Reina Juana y que les supliquen que hagan relación de todo ello y así tuviesen en la memoria los grandes servicios que siempre les hacemos, y que por su intercesión y de la Real Audiencia y frailes Jerónimos seamos favorecidos con justicia contra la mala voluntad y obras que contra nosotros trata el Fonseca, obispo de Burgos y arzobispo de Rosano. También envío a Fulano de Solís con otro navío a Jamaica a por caballos y yeguas y que no se le ocurra contar nada de todos los hombres de Garay que se han pasado a nosotros: «Vuestra merced no ha visto nada ni sabe nada. Buena mar. Regrese pronto».

CI

Voy a dejar a Pedro de Ircio como capitán aquí en Segura de la Frontera, para que nos asegure bien las comunicaciones entre Tlaxcala y Veracruz. Le dejo con sesenta hombres, renqueantes, que aún deben recuperarse de sus heridas. En unos días, regreso a Tlaxcala para iniciar desde allí el sitio a Tenochtitlan. Casualmente, hace hoy justo veintiocho años que el Almirante Colón descubrió las Indias. Muchas cosas han pasado desde entonces; se conquistaron las Antillas, la Tierra Firme y se descubrió la Mar del Sur. Admiro a todos esos valientes antecesores sin par y espero poder llegar a su altura. Echo la vista atrás y veo que aquí también han pasado muchas cosas en menos de dos años. En febrero de 1519, aún sin salir de La Habana, mis capitanes eran Alonso Hernández Portocarrero y Francisco de Montejo. Les envié en julio a ambos a Castilla con la Carta del Cabildo de la Villa Rica de la Veracruz y el tesoro para el rey Carlos. Sigo sin noticias de ellos y no puedo fiarme de lo que haya podido hacer el Obispo Fonseca, amigo de Velázquez. Juan de Escalante, Justicia Mayor de Veracruz, al que dejé allí mientras marchábamos a Tenochtitlán, y fue muerto en Nautla por Cuauhpopoca, que quería demostrarle al Moctezuma que éramos hombres. Por ello le mandé prender y quemar vivo en compañía de su hijo y quince principales. Francisco de Morla, Francisco de Saucedo y Juan Velázquez de León, cayeron durante la noche del 30 de junio cuando no todos conseguimos retirarnos a salvo de Tenochtitlan. Tres de los fantasmas que me visitan cada noche. Alonso Dávila, que acaba de partir en misión a La Española, a contar todo a la Audiencia y a por refuerzos y bastimentos. Diego de Ordás, que aún no sabe que pronto va a partir en misión a Castilla como procurador nuestro, junto a una otra Carta de Relación —la segunda— que estoy terminando para la Reina Juana y el joven rey Carlos. En resumen, de aquellos capitanes solo me quedan Pedro de Alvarado, Cristóbal de Olid y Gonzalo de Sandoval como gente de confianza. El resto de los mandos, todos recién llegados de Jamaica, gente de Garay, habrá de ganarse mi consideración.

CII

Consejo de guerra en el real de Segura de la Frontera, con estos mis tres capitanes. «Caballeros, tomen asiento y una copa de vino, voy a contarles cuál es mi plan para tomar Tenochtitlan (caras de interés). Ya conocen vuestras mercedes, por haberla sufrido, la gran debilidad de la plaza. Depende totalmente del exterior para poder sobrevivir; necesita los víveres y el agua dulce. Mi plan es sitiarlos y rendirlos por hambre, cerraremos el paso por las calzadas hasta que Cuitláhuac se avenga a parlamentar y a entregarnos la ciudad. Habrán oído vuestras mercedes de Numancia, rendida por el Escipión en trece meses». «Allí todos se arrojaron al fuego antes de entregarse al romano, no hubo mucho honor en tal negocio, general». «Da igual, me vale el ejemplo». «General, podemos cortarles los puentes y aislarles, pero serán abastecidos por las canoas por el lago, ¿cómo vamos a detener ese tráfico diario?». «Hundiendo y quemándolas una a una, si es necesario. Recuerden que no teníamos madera para construir canoas para nosotros y así poder escapar de la ciudad, pues antes nos quemaron los cuatro bergantines que eran nuestra mejor opción de evacuar. Mi plan es una operación mixta; vamos a construir muchos más bergantines y controlar con ellos el lago. Ganaremos un puerto, Texcoco he pensado, para botarlos. Así, les cortaremos el acceso a los víveres desde el agua y desde las calzadas. Y se rendirán antes de morir de hambre». «Me gusta el plan, veo que habéis pensado en todo. Aunque creo que necesitaremos muchos hombres para poder cerrarles las calzadas». «Los tendremos, dejadme a mí, contad con ellos y organizad las capitanías ¡Brindemos por la Victoria!». «¡Por la Victoria!».

«Martín López, mi señor carpintero de ribera, necesito que me construya más bergantines. Doce. No, mejor, trece. (Me dice que aún le debo los cuatro primeros, le digo no me sea avaricioso, que ya se los pagaré). Suba a la sierra a elegir los árboles y llévese suficientes indios para cortarlos, carpinteros, calafates y herreros. Quiero que en cuatro meses estén flotando en el río Zahuapan. Luego me los desmonta y trasporta a la orilla del lago, donde espero para entonces haber ganado un puerto seguro para montarlos y botarlos». «¿Solo cuatro meses?». «Ya puede correr. Mandaré alguien a la Villa Rica a recoger todo lo útil; cuadernas y timones de mis naves y de las llegadas de Garay, tablazón y piezas de las de Narváez que en peor estado estén, clavazón, pez y estopa, velas, remos y todo lo necesario».

«Cuando gane vuecencia ese puerto, haga una canal lejos de él, para que no nos los quemen de nuevo». «Buena idea».

CIII

He terminado de escribir la segunda Carta de Relación al Rey Carlos, y se la voy a enviar junto a parte del oro que aún me queda, que de seguro le viene bien para financiar alguna guerra y hasta me lo agradece algún día. Llamé a Diego de Ordás para darle sus órdenes, partiréis pronto a Sevilla junto a Alonso de Mendoza, para llevar nuestras nuevas al rey y un tesoro para él. «A la orden ¿podré contarle a Su Majestad lo del día de los volcanes?». «No solo podréis, sino que debéis contarle todo lo que ha pasado aquí. Necesito que Carlos me nombre Gobernador y Capitán General de la Nueva España». Nueva España. Me gusta. Suena bien. Así se lo he escrito:

Por lo que yo he visto y comprendido acerca de la similitud que toda esta tierra tiene con España, así en la fertilidad como en la grandeza y fríos que en ella hace, y en otras muchas cosas que la equiparan a ella me pareció que el más conveniente nombre para esta dicha tierra era llamarse la Nueva España del Mar Océano, y así, en nombre de Vuestra Majestad se le puso este nombre. Humildemente le suplico lo tenga por bien y mande que se nombre así de ahora en adelante, muy alto y excelentísimo príncipe, Dios Nuestro Señor la vida y muy real persona y muy poderoso estado de Vuestra Sacra Majestad conserve y aumente por muy largos tiempos, con acrecentamiento de muy mayores reinos y señoríos, como su real corazón desea.

De la Villa de Segura de la Frontera de esta Nueva España, a 30 de octubre de 1520. De Vuestra Sacra Majestad su muy humilde siervo y vasallo que los muy reales pies y manos de vuestra alteza besa, Hernán Cortés.

Me cuentan que Cuitláhuac ha visto que está perdiendo el control del Valle del Anáhuac y ha enviado embajadores suyos a todos los pueblos. Les ha ofrecido exención en el pago de tributos por un año a todos los que se unan contra nosotros. Les muestra cabezas de españoles y caballos. Les cuenta que yo he muerto.

Martín López ya tiene toda la madera cortada, ¡en una semana!, gracias a la ayuda de los tlaxcaltecas y de un par de soldados, Andrés Núñez y Ramírez el Viejo. Aún no me ha dado tiempo de mandar a Hernando de Aguilar a la Villa Rica a por lo que le pensé la semana pasada, pero lo hago ahora mismo.

Han llegado gentes de Guacachula a advertirnos de que hay una guarnición de treinta mil mexicas estacionada a una legua de su ciudad, guardando el paso de entrada al valle, impidiendo que los naturales de dicha ciudad o de otras cercanas sean nuestros amigos. Me dicen que los mexicas les maltratan, les toman sus mujeres y haciendas y otras cosas y que si les ayudo a librarse de ellos, harán por mí todo lo que les pida. Estupendo, más amigos. «Olíd, tome trece de caballo, doscientos peones treinta mil indios de nuestros amigos y vaya a Guacachula. Debemos asegurar el paso de entrada al valle». «¿Está vuecencia seguro de ello?». «¿Cómo, capitán, vos no? ¿Quiere que envíe a Sandoval o a Alvarado en su lugar?». «Eh… No, no». «Mejor. Vaya pues en buen concierto por caminos ocultos para que no les sientan. Una vez llegados cerca de la ciudad, avisen al señor y los naturales de ella para que cerquen los aposentos donde los capitanes mexicas están aposentados y así prenderlos y matarlos antes de que su gente les pueda socorrer y que cuando esta llegue, vuestras mercedes ya estén dentro de la ciudad para pelear con ellos y desbaratarles». No sé si puedo fiarme de Olid, es tan parado. Le voy a dar algo de ventaja y le sigo.

Hoy hace justo un año del encuentro entre dos mundos, del día en el que Moctezuma (que Dios guarde) nos recibió en la calzada de Iztapalapa; ¿cómo han podido torcerse tanto las cosas? ¿Por qué se perdió el pacífico entendimiento? Y entonces he recordado la inoportunidad de Velázquez enviando a Narváez y se me han subido los pulsos.

Olíd me envía presos unos señores de Guacachula. Cree que se trata de una trampa, que siguen confederados con los mexicas y están esperando para matarnos, por eso ha frenado el despliegue que le ordené. Se confirma que Cristóbal es incapaz de tomar decisiones por sí mismo. Les he hablado con las lenguas que he traído, puesto toda diligencia en saber la verdad y parece que el Olid no les ha entendido bien, así que les he soltado y, para evitar más problemas, me he acercado hasta Guacachula. Llego al real de Olid. Si se ha sorprendido de verme, lo ha disimulado muy bien. He organizado el aviso de entrada a la ciudad con los mensajeros de Guacachula y, a cosa de media legua me han salido otros locales a decir que los mexicas no sospechan nada y que ya han capturado a todos los centinelas que tenían apostados en el camino. Picamos espuelas para acercarnos más a la ciudad e iniciar el ataque. Es fundamental la sorpresa. En cuanto los de Guacachula nos han sentido llegar, han caído sobre los capitanes mexicas y todos los retenes desperdigados por la ciudad. Para cuando llegamos a las puertas, ya nos traen atados a más de cuarenta prisioneros. Dentro en la ciudad hay gran grita por todas las calles; toda entera está peleando con los mexicas. Guiado por un natural de la ciudad, me llego hasta el aposento donde están los capitanes mexicas, cercados ahora por más de tres mil hombres que pelean por entrarles por la puerta y que les tienen tomados todos los altos y azoteas. Han resistido todo lo que han podido, pero, al final, los locales han entrado de forma que no los hemos podido socorrer, y en muy breve tiempo han sido muertos. Les había pedido a los locales que me dejasen al menos uno vivo para que me informase de las cosas de la ciudad del lago y de quién es ese señor Cuitláhuac tras la muerte de Moctezuma. Pero ni caso, no han dejado ni uno sano.

Han seguido matando a los mexicas por el resto de la ciudad y solo unos pocos han conseguido huir. Hemos emprendido su persecución y nos hemos topado con treinta mil guerreros de la más lucida gente que hemos visto hasta ahora, porque traen muchas joyas de oro y plata y plumajes (Santiago, vas a tener que echarnos una mano otra vez, nos hemos metido en un buen lío, a ver cómo salimos de esta, que hemos venido muy pocos), les hemos entrado a caballo, porque los peones estaban muy cansados, y han retrocedido hasta una quebrada. Hemos ido tras ellos y alcanzado a muchos en una cuesta arriba tan agra que, para cuando acabamos de encumbrar la sierra, ni los enemigos ni nosotros podíamos ir ni atrás ni adelante. Han caído muchos de ellos muertos y ahogados de la calor, sin herida ninguna, y dos caballos se han echado al suelo y uno ha muerto. En esto, estamos todos retomando aire, han llegado muchos indios de los amigos nuestros y, como venían bien descansados y los contrarios estaban agotados, han matado a todos. Nos hemos acercado después hasta su campamento, que más bien parece al ojo razonable villa porque, además de la gente de guerra, han traído a muchos servidores para su real porque entre ellos vienen muchas personas principales. Todo ha sido despojado y quemado por los indios nuestros amigos. ¡Victoria! Hemos echado a todos los enemigos hasta mandarlos más allá de unos malos pasos y quebradas y nos hemos vuelto a la ciudad, donde los naturales nos han recibido bien y aposentado y vamos a descansar varios días, que ya tenemos necesidad, pues estamos agotados.

De vuelta al real de Segura de la Frontera, se han presentado los de Ocupatuyo a ofrecerse por vasallos de su Majestad porque quieren dejar de seguir a los mexicas. Les he dicho que son dignos de mucha pena y castigo y que tenía pensando ejecutarla en sus personas y haciendas, pero luego les he perdonado el yerro pasado, admitido al real servicio y dicho, que, si vuelven a cometerlo, serán castigados, pero que si leales vasallos son, serán muy favorecidos y ayudados; y así lo prometen. Los capitanes me comentan que están preocupados de tanta gente que se pasa a nosotros, que si no será una trampa. Les he dicho que les prefiero a mi lado que enfrente luchando contra ellos. Pero que estén muy atentos.

Más aniversarios, me dice Olmedo: «Hoy hace dos años que salimos de Santiago de Cuba». «Es cierto, qué memoria la mía. Muchas cosas han acontecido, muchos amigos han quedado en el camino. Hoy, en la santa misa, les recordaremos a todos».

Hemos reposado unos días y hoy salimos hacia Izcuan, a cuatro leguas, porque nos han informado que allí hay otra guarnición mexica. Nos acompañan más de ciento y veinte mil hombres de los locales. Esto ya es un señor ejército. Llegados a la dicha ciudad, hemos observado que estaba despoblada de mujeres y niños y había cinco o seis mil hombres de guerra muy bien aderezados. Cuando los españoles hemos llegado a las puertas han comenzado a defenderse, pero al poco rato la han desamparado. Les hemos perseguido por toda la ciudad hasta echarlos a un río al otro lado, donde los puentes estaban rotos.

He hablado con los principales de la ciudad, porque su señor había huido a Culúa, y les he prometido en nombre del Rey, que si eran sus vasallos de allí adelante, serían bien tratados y perdonada su rebelión y yerros pasados y les he asegurado que podían volver a sus casas con sus mujeres e hijos. Nos han jurado vasallaje y poblado de nuevo la ciudad, de hasta cuatro mil vecinos, muy concertada en sus calles y negocios, con hasta cien mezquitas y oratorios muy fuertes con sus torres, aunque todas se han quemado durante los combates.

CVI

Siguen llegando cada día a nuestro real muchos pueblos para ofrecerse por vasallos a su Majestad de muchas provincias y ciudades que hasta ahora estaban sujetas a los mexicas. Guaxocingo, ocho pueblos de la provincia de Coastoaca, de la provincia de Zuzula y de Tamazuela, a cuarenta leguas de Izcuan. Todos piden que les perdone el no haber venido antes por temor a los mexicas, pero que nunca han tomado armas contra mí, ni han matado a ningún español. Creo que con tanta ayuda en muy breve tiempo volveremos a ganar lo perdido o mucha parte de ello, porque los pueblos antes leales a Tenochtitlan ven que jurando vasallaje son muy bien recibidos y tratados por nosotros. Esto ya no hay quién lo frene.

Hernando de Aguilar ha regresado de la costa con todo lo que ha podido sacar de los navíos; hasta se ha traído los calderos para hacer brea. Llega con más de mil tamemes, pues todos los pueblos de esas provincias, enemigos de los mexicas, se los han prestado para traer las cargas. Se lamentaba no haber encontrado pez. «Que todos los problemas sean como ese. Lo haremos con resina. Llévese vuestra merced a cuatro hombres de la mar que sepan del oficio y vayan a los pinares cerca de Guaxalcingo».

Sin llegar a tener ocasión de parlamentar o de enfrentarnos a él, nos llega al real la noticia de que Cuitláhuac ha muerto de viruelas. Lamento no hacerle pagar justicia por el gran daño que nos hizo cuando abandonábamos la ciudad esa noche. Y que en México-Tenochtitlan hay otro nuevo señor,

Cuauhtémoc, primo de Moctezuma, joven de veinticinco años. Compruebo que todo queda en casa, igual que en Europa; las familias de los que mandan no quieren nunca dejar de hacerlo. Se ha formado como sacerdote y no tiene experiencia militar (bueno, pues como yo cuando llegué aquí). Eso es bueno, hablaré con él y buscaré una rendición honrosa y un pacto de vasallaje. No deseo la guerra ni la destrucción de la ciudad.

CVII

Doy gracias a Cristo, pues os veo sanos de vuestras heridas y libres de enfermedad. Holgo mucho de veros así armados y con ganas de volver sobre Tenochtitlan a vengar la muerte de nuestros amigos y a cobrarnos aquella ciudad; y pido a Dios que lo hagáis pronto. Tlaxcala y los otros pueblos que nos siguen están prestos y armados para la guerra, con tantas ganas de vencer a los mexicanos como nosotros, ya que en ello no solo les va la honra sino la libertad y la vida también; si no vencemos, quedarán perdidos y esclavos de los mexicas. Ciertamente lo hacen tan bien y cumplido como al principio me lo prometieron y yo os lo certifiqué; porque tienen a punto de guerra cien mil hombres para enviar con nosotros y gran número de tamemes, que nos llevan lo de comer, la artillería y el fardaje. Vosotros sois los mismos que siempre fuisteis y habéis vencido muchas batallas bajo mi mando, peleando con ciento y con doscientos mil enemigos, ganado por fuerza muchas y fuertes ciudades, y sujetado grandes provincias, no siendo tantos como ahora estáis. Vuestros enemigos ni son más ni mejores que hasta aquí, según lo mostraron en Tepeaca y Guacachula, Izcuan y Xalacingo, aunque tienen otro señor y capitán; el cual, por más que ha hecho, no ha podido quitarnos la parte y pueblos de esta tierra que ya le ganamos antes allá en Tenochtitlan, donde está, teme nuestra llegada y nuestra ventura; que, como todos los suyos piensan, hemos de ser señores de aquella gran ciudad. Y mal recordada sería la muerte de nuestro amigo Moctezuma si Cuauhtémoc se que-

dase con el reino. Y poco nos haría al caso, para lo que pretendemos, todo lo demás si no ganamos; y nuestras victorias serían tristes si no vengamos a nuestros compañeros y amigos. La causa principal por la que vinimos era para predicar la fe de Cristo, aunque con ella llega honra y provecho. Derrocamos sus ídolos, prohibimos que sacrificasen y comiesen hombres y comenzamos a convertir indios en cristianos esos pocos días que estuvimos en Tenochtitlan. No es razón que dejemos lo bien comenzado, sino que vayamos a donde nos llama la fe y los pecados de nuestros enemigos, que merecen gran castigo; recordad que, no contentos con matar infinidad de hombres, mujeres y niños por honra de sus dioses, se los comen sacrificados, cosa inhumana y que Dios aborrece y castiga, y que todos los hombres de bien, especialmente cristianos, abominan, defienden y castigan. Allende de esto, cometen sin pena ni vergüenza el maldito pecado por que fueron quemadas y asoladas aquellas cinco ciudades con Sodoma: ¿qué mayor premio desea nadie que arrancar estos males y plantar entre estos crueles hombres la fe, publicando el santo Evangelio? Sirvamos a Dios, honremos a nuestra nación, engrandezcamos a nuestro rey y enriquezcámonos nosotros, que para todo esto es la empresa de México. Y todos los españoles me han respondido a una con gran alegría, que ellos no van a fallarme. Y tanto fervor tienen, que quieren ya partir, porque son españoles de tal condición o porque echan de menos las riquezas de aquella ciudad, de la que gozaron durante ocho meses.

CVIII

En consejo de guerra con mis capitanes en el real de la Villa de Segura de la Frontera. «Iremos al lago a tomar Texcoco, caballeros». «Pensábamos que iríamos a tomar Chalco, general, que nos pilla aquí al lado, más cerca de Tlaxcala para llevar los bergantines al agua». «Desde Texcoco tendremos mejor acceso a todos los lagos. Si usamos Chalco como puerto, los bergantines podrían quedar atrapados en el estrecho de Coyoacán. En marcha, salimos a Cholula, sus locales me han dicho que sus señores han muerto de viruelas y desean que nombre a otros».

Hemos sido muy bien recibidos en Cholula y no como la última vez; qué malos recuerdos. Me han prestado vasallaje y les he pedido ayuda para mis españoles y gente suya para hacer la guerra. Han accedido. Nos vamos todos a Tlaxcala. Ya conocíamos la muerte de mi hermano el señor Maxixcatzin y hemos podido dar nuestras condolencias en persona a su familia. Me han presentado a su hijo de doce años y, como su heredero, pedido que le nombrase su señor. En nombre de nuestro rey, así lo he hecho y todos han quedado muy contentos.

Sabiendo por crónicas auténticas cómo los antiguos hicieron el ejercicio de la guerra y que, para que tuviesen victoria y próspero fin en sus conquistas y guerras, procuraron y trabajaron en las buenas costumbres en ordenaciones, he determinado que yo, Hernando Cortés, Capitán General y Justicia Mayor en esta Nueva España del Mar Océano, por los muy altos, muy poderosos y muy católicos doña Juana y don Carlos, nuestros señores, Reina y Rey de España y de otros muchos grandes reinos y señoríos, he mandado hacer las siguientes Ordenanzas Militares de la manera siguiente, para ser cumplidas por todos los españoles que en mi compañía vayan a esta guerra:

1) *Su principal motivo e intención es apartar de las idolatrías a todos los naturales, y reducirles al conocimiento de Dios y de su santa fe católica y si con otra intención se hiciese la guerra, sería injusta, y todo lo que en ella sería odioso y obligado a restitución.*

2) *Mando que ninguna persona de cualquiera condición reniegue o blasfeme de Dios Nuestro Señor, Nuestra Señora o de todos los otros santos, so pena de multa de quince castellanos de oro (a Sandoval no le ha hecho mucha gracias esta regla).*

3) *Mando que nadie juegue a naipes ni otros juegos, dineros ni preseas ni cosa alguna, so pena de perdimiento de todo lo que juegue y de veinte pesos de oro, excepto en el aposento donde yo esté donde se podrá jugar naipes y otros juegos moderadamente, mientras no sea a dados.*

4) *El osado que eche mano a la espada o puñal, u otra arma alguna para ofender a otro español, si es hidalgo pagará cien pesos de oro, y si no lo es, recibirá cien azotes públicamente.*

5) *Mando que todos los españoles estén alistados en las capitanías que tengo hechas o haga, excepto los que yo diga que quedan fuera de ellas; con el apercibimiento que desde ahora se les hace, el que así no lo haga, no se le dará parte ni partes algunas.*

6) *Mando que de aquí adelante ningún español ose burlarse ni decir mal, ni perjudicar a ninguna otra capitanía ni a otros españoles, so pena de veinte pesos de oro.*

7) *Ningún español puede aposentarse en ninguna parte, excepto en el lugar y parte donde esté aposentado su capitán, so pena de doce pesos de oro.*

8) *Ningún capitán puede aposentarse en ninguna población o villa o ciudad, sino en el pueblo que le fuere señalado por el maestre de campo, so pena de diez pesos de oro.*

9) *Para que cada capitán tenga mejor acaudillada a su gente, mando que cada capitán tenga a sus españoles agrupados en cuadrillas de veinte en veinte, y en cada cuadrilla un cabo de escuadra, que sea persona hábil y en quien se pueda confiar.*

10) *Que cada cabo de escuadra ronde sobre los vigías de todos los puestos que les cupiere de vigilar y que al vigía que hallen durmiendo o se ausente del lugar donde tuviera que vigilar, pague cuatro castellanos y que, además, esté atado medio día.*

11) *Que los dichos cabos tengan cuidado de avisar y avisen a los vigías que haya que poner, que puesto que hay buen recaudo en*

el real, que no desamparen ni dejen los portillos o calles o pasos donde les sea mandado velar o que se vayan de allí a otra parte por cualquier necesidad hasta que sean mandados para hacerlo, so pena de cincuenta castellanos y cien azotes públicamente.

12) Que cada capitán que por mí sea nombrado, tenga y traiga consigo su tambor y bandera, para que rija y acaudille mejor a la gente que tenga a su cargo, so pena de diez pesos de oro.

13) Que cada español que oiga tocar el tambor de su compañía esté obligado a salir y salga a acompañar a su bandera con todas las armas preparadas y a punto para la guerra, so pena de veinte castellanos si falla.

14) Que siempre que yo mande mover el real a algún lado, cada capitán lleve a toda su gente junta, apartada de las otras capitanías, sin que se mezclen. Que constriñan y apremien a todos los que lleven bajo su bandera, según el uso de guerra, so pena de diez pesos de oro.

15) Cuando hay que romper con los enemigos algunos españoles se meten en el fardaje, además de cobardía, es mal ejemplo para los indios nuestros amigos que nos acompañan; mando que ningún español se esconda en el fardaje, salvo aquellos señalados, so pena de veinte pesos de oro.

16) Por cuanto acaece algunas veces que algunos españoles, fuera de orden y sin serles mandado, arremeten y rompen contra algún escuadrón de los enemigos y que por desmandarse se desbaratan, salen fuera de ordenanza y suele recrecerse el peligro a los demás, mando que ningún capitán se desmande a romper contra los enemigos sin que primeramente por mí le sea mandado, so pena de muerte. Y si otra persona se desmanda; si es hijodalgo, pena de cien pesos; y si no es hijodalgo, le sean dados cien azotes públicamente.

17) Por cuanto puede ser que al tiempo que entramos a tomar por fuerza alguna población o villa o ciudad a los enemigos, antes

de ser del todo echados fuera, con codicia de robar, algún espa-
ñol entre en alguna casa de los enemigos, y pueda seguir daño
mando que ningún español ni españoles entre a robar ni a otra
cosa alguna en las tales casas de los enemigos, hasta ser del todo
echados fuera y haber conseguido el fin de la victoria; so pena de
veinte pesos de oro.

y 18) Por evitar los hurtos, encubiertas y fraudes que se hacen en
las cosas habidas en la guerra o fuera de ella, así por lo que toca
al quinto que de ellas pertenece a su católica Majestad, y porque
han de ser repartidas conforme a lo que cada uno sirve o merece,
mando que todo el oro, plata, perlas, piedras, plumaje, ropa, escla-
vos y otras cosas cualesquiera que se adquieran o tomen de cual-
quier manera, en las dichas poblaciones, villas o ciudades o en el
campo, que la persona o personas a cuyo poder lleguen, hallen o
tomen de cualquier forma que sea, lo traigan luego incontinente
y lo manifiesten ante mí o ante otra persona que yo mande, sin
meter ni llevarlo a su posada ni a otra parte alguna, so pena de
muerte y perdimiento de todos sus bienes para la cámara y fisco
de Su Majestad.

Y para que se cumpla todo lo que aquí se dice y nadie pre-
tenda ignorancia, mando que sean pregonadas públicamente
estas Ordenanzas Militares y Civiles en la ciudad de Tlaxcala,
a 22 días del mes de diciembre, año del nacimiento de Nuestro
Señor Jesucristo de 1520.

CIX

Dos días antes de Navidad, ha llegado Alvarado con su gente
de pie y de caballo que habían ido a pacificar las provincias de
Cecatami y Xalacingo, en el camino a la Villa Rica de la Vera
Cruz (era la primera misión que le encomendaba desde hacía

meses y le llenó de alegría). Trae presos algunos señores de aquellas provincias que han prometido que ahora en adelante serán buenos y leales vasallos de su Majestad, y yo, en su real nombre, los he perdonado y enviado de vuelta a su tierra. No está de acuerdo con mi proceder y, cauto, me lo ha hecho saber. «Sí, Pedro, vale».

Hoy hacemos alarde en Tlaxcala y me sirve para hacer recuento de mis españoles; cuarenta de caballo en cuatro cuadrillas de diez y quinientos cincuenta peones, ochenta de ellos ballesteros y escopeteros y ocho tiros de campo, con bien poca pólvora, repartidos en nueve capitanías.

Saben vuestras mercedes que hemos venido a poblar esta tierra para servir al rey, y que muchos naturales se han dado por vasallos y nos ayudan y solo faltan los de Tenochtitlan que, sin ofensa alguna se han rebelado y matado muchos hombres amigos nuestros, y nos han echado fuera de su tierra. Acuérdense de cuántos peligros y trabajos hemos pasado contra esta gente bárbara que todos convienen al servicio de Dios en aumento de nuestra fe para tornar a recobrar lo perdido, pues para ello tenemos de nuestra parte justas causas y razones. Les ruego, en el hoy día del Nacimiento de Nuestro Señor, que se alegren y esfuercen, porque yo, en nombre del rey he dictado para la buena orden y cosas tocantes a la guerra y de ello redundará en mucho servicio a Dios y a Su Majestad.

Todos han prometido hacerlo y cumplirlo así, que de muy buena gana quieren morir por nuestra fe y por el servicio a su Majestad, tornar a recobrar lo perdido, y vengar la gran traición que nos habían hecho los de Tenochtitlan y sus aliados.

Hoy, día de san Juan Evangelista, he dicho a los señores de Tlaxcala que partimos para tomar Texcoco y que, como no se puede ganar Tenochtitlan sin barcos, he rogado que cuiden de los hombres que los construyen para que los bergantines estén listos para cuando yo tome el puerto y me han prometido que así lo van a hacer y que también quieren darme de gente de guerra para que, cuando estén listos los bergantines, los acompañen con cuanta gente tengan en su tierra, que quieren morir donde yo muera o vengarse de los de Tenochtitlan, sus capitales enemigos.

CX

«¡En marcha! ¡Recuperemos Tenochtitlan!»

Hoy, 28 de diciembre de 1520, el ejército mixto de españoles y auxiliares locales (diez mil guerreros, al mando del capitán Chichimecatecle) nos hemos puesto por fin en marcha. Dormiremos en Texmoluca, a seis leguas de Tlaxcala, y la razón de ello es que de los tres caminos de entrada al valle este es el más agro y difícil y los mexicas no pensarán que lo vamos a tomar y seguro habrán llenado de trampas y apostado fuerzas en los otros dos.

Justo antes de partir, me han llegado más nuevas de la costa. Ha arribado el navío de Juan de Burgos cargado con muchas mercaderías, escopetas, pólvora y ballestas, hilo de ballestas, tres caballos, otras armas, trece soldados y una hermosa mujer, la Monjaraza. Le he enviado un mensaje para decirle que le compro toda la carga.

Después de misa, encomendándonos a Dios, hemos partido de Texmoluca. He ido en vanguardia con diez de caballo y sesenta peones ligeros y hombres diestros en la guerra, puerto arriba con todo el orden y concierto que ha sido posible y hemos marchado solo cuatro leguas hasta lo alto del puerto, en tierras ya de mexicanos y, como hace un frío del demonio, con la mucha leña que hay, hemos hecho fuegos. De seguro que estos se ven desde Tenochtitlan, pero no me importa que sepan que vamos de camino. Bajando el puerto, hemos hallado el camino bloqueado por árboles cortados. Los aliados lo han despejado como han podido y hemos pasado con algo de dificultad. Al frente, hemos visto Tenochtitlan y las ciudades a orillas del lago, lo que nos ha dado tanto placer como tristeza, prometiéndonos salir con victoria o dejar allí las vidas.

Como ya nos han sentido, los mexicas han hecho muchos fuegos. He tranquilizado a mi hueste, para que hiciese lo que siempre ha hecho, como espero de sus personas; que nadie se me desmande, que vayan con mucho concierto y orden por su camino. Nos han aparecido en el camino varios escuadrones de mexicas y he mandado a quince de caballo que rompieran a por ellos, así los han alanceado y matado a algunos, sin recibir ningún daño. Hacemos noche en Coatepeque, a tres leguas de Texcoco, que hemos encontrado despoblada. Como temo que en cualquier hora se nos vengan encima los mexicas, con diez de caballo haré la vela y ronda de la prima y he advertido a toda la gente que esté muy apercibida.

CXI

Hoy, último día de diciembre de 1520, camino de Texcoco en marcha usual de combate, han vuelto nuestros exploradores gritando que venía una comitiva de indios principales sin armas, con enseñas de oro, dando a entender paz. Paz que bien sabía Dios cuánto deseábamos y cuánto la necesitábamos por ser tan pocos españoles y tan apartados de cualquier socorro, metidos entre las fuerzas de nuestros enemigos. He reconocido a varios de ellos, pues eran capitanes de Moctezuma. A través de mis lenguas nos dicen que en Texcoco su señor Cocoyoacín nos espera, y piden que los tlaxcaltecas no les ofendan, que no son de ellos quienes nos atacan en las barrancas, sino los mexicanos del Cuauhtémoc. Nos han traído también comida; maíz, frijoles, gallinas y perrillos. Les he perdonado y prometido paz y han marchado de vuelta. Los capitanes no se fían y se huelen una trampa, recuerdan que aquí cerca nos mataron cuarenta peones y doscientos tlaxcaltecas, cuando salimos de la ciudad.

He ordenado a Sandoval adelantarse con su gente a conocer la razón de tanta repentina amistad, que el resto dormiremos en Coatinchan y Guaxuta, a cosa de legua y media, en donde salieron a recibirnos algunos principales de ellas y a darnos de comer. Antes de irnos a dormir en unos aposentos hemos derribado unos cuantos ídolos espantosos.

A mediodía hemos entrado a una Texcoco vacía de mujeres y niños. Mala señal. He ordenado pregonar que ningún español sin mi licencia salga del real so pena de muerte y a Alvarado subir a un templo con veinte escopeteros y mirar bien hacia el lago para saber qué está pasando aquí. Desde lo alto, Pedro nos grita que el lago está plagado de canoas huyendo en dirección a Tenochtitlan. A enemigo que huye, puente de plata. Texcoco es nuestro, sin lucha. Mejor. Hemos prendido a un principal contrario a las familias que han huido a Tenochtitlan y, al saber que era el hijo legítimo del señor y rey de Texcoco Nezabalpincintle, le hemos bautizado y nombrado rey. Ha escogido mi propio nombre, Hernando Cortés, para chufla de toda la hueste.

He pedido al nuevo don Hernando, que junte gran copia de hombres y abra una gran zanja de aquí al lago para sacar los barcos cuando lleguen, y a Sandoval que organizase la guardia en la orilla, por si acaso regresasen los enemigos.

CXII

Han venido a Texcoco los señores de Coatinchan, Guaxuta y Autengo llorando a pedirme perdón por haber huido de sus pueblos, que pelearon conmigo hace meses contra su voluntad y que prometen hacer de aquí en adelante todo lo que en nombre de su Majestad les quiera mandar. Y les he dicho por las lenguas que ya conocen el buen trato que siempre ofrezco y, ya que se prometen tan amigos, que vuelvan a poblar las casas con sus familias y que actúen igual que yo los trate. No se han ido muy convencidos ni contentos.

Al día siguiente, regresan con unos mensajeros de Cuauhtémoc. Me cuentan que, cuando el nuevo tlatoani se ha enterado de nuestros negocios, les ha amenazado con matarlos a todos ellos, a los de Tlaxcala y a los españoles, que tan grande es ahora su poder, y que dejen sus casas y vayan a Tenochtitlan, que les dará otras mayores y mejores para vivir. Tanto palo y zanahoria tampoco les ha convencido, así que los han prendido, atado y traído ante mí. Inmediatamente me confiesan que sí, que vienen de parte del señor de Tenochtitlán, pero que son amigos, que solo han venido a entender de paces. Son unos liantes, como siempre. Los de Coatinchan y Guaxuta me dicen que los mexicas lo que quieren es guerra. Menuda novedad. El que no la quiere soy yo y por eso deseo atraerlos a nuestro lado. He desatado a los mensajeros y les he dicho que no tengan temor, que vuelvan a decirle a su señor que no quiero guerra con él, que quiero que seamos tan amigos como antes lo éramos de su primo Moctezuma, que sé que el principal que entonces me hizo la guerra, Cuitláhuac, está muerto, que lo pasado, pasado está, y que ahora no me den motivo para que les destruya sus tierras y ciudades, porque me pesará mucho hacerlo. Así que les he liberado y se han ido prometiendo traerme respuesta.

Tomada Texcoco sin oposición y ordenada su defensa, hemos salido para Iztapalapa peleando con los de tierra y los del agua con doscientos españoles, dieciocho de caballo, treinta ballesteros, diez escopeteros y cuatro mil indios amigos. Esta ciudad está a solo dos leguas de Tenochtitlan, al inicio de la calzada de entrada, y fue donde el malogrado Cacamatzin hizo el último intentó de impedir nuestra llegada. Entramos a saco en la ciudad, que estaba siendo evacuada a través de la calzada y las canoas. Los indios, nuestros amigos, viendo la victoria que Dios nos daba, no han entendido de otra cosa sino de matar a diestro y siniestro a los rezagados y de hacer botín. En esto entretenidos, nos ha sorprendido ver que se replegaban y, entonces, nos hemos percatado de que el terreno se iba encharcando cada vez más. Resulta que los mexicas habían roto la albarrada y el agua ha entrado con fuerza de la laguna salada hacia la dulce. Hemos picado espuelas mientras el agua ascendía para escapar de la trampa y, ya de noche, empapados, nos hemos replegado a Texcoco, so color de quedar cercados y exterminados, mientras oíamos las burlas de los enemigos desde las canoas.

CXIII

Hoy se han llegado al real mensajeros de Otumba y de otras ciudades a pedirnos perdón por las guerras pasadas y las muertes de españoles, que la culpa fue de Cuitláhuac, que ellos no fueron. Ya. Como siempre. Qué listos. Les dije que sabían que eran culpables y que, para creerles y perdonarles, me habían de traer atados a todos los mensajeros de Tenochtitlan que estuviesen en su tierra. No pudieron obtener de mí otra cosa y se volvieron a casa, jurando que harían siempre lo que yo les pidiese.

He mandado a Alvarado y a Olid a ayudar a los pueblos de la orilla que son amenazados por los mexicas y les roban el maíz (ya anticipan que vamos a rendirles por hambre y tratan de hacer acopio para resistir) y porque también tenemos que asegurar nuestro sustento.

Había enviado también a Sandoval y Lugo con quince de a caballo y doscientos de a pie a Chalco y Tamanalco. Sé que los de allí, aunque hoy son de la liga de los mexicas, quieren darse por vasallos de su Majestad y no osan hacerlo debido a cierta guarnición que los enemigos tienen puesta cerca de ellos. Y han regresado contando que se les echaron encima muchos escuadrones mexicanos en un campo llano y les dieron una buena refriega de vara y flecha y piedras con hondas y con lanzas largas para matar a los caballos y que dejaron cinco soldados y seis caballos heridos. Rompieron por ellos dos veces, y con las escopetas y ballesteros y con los pocos indios aliados que le quedaban, los desbarataron y consiguieron que se retiraran los mexicas. Traen a ocho prisioneros y le acompañan varios principales con oro para nosotros, que dicen que su señor ha muerto, y dicen que su mayor pena ha sido no venir a verme antes de morir este, pero que, por temor a los mexicas, no había osado y me había estado esperando. Se han quedado un día con nosotros y han jurado servir en todo al Rey. Para volver a su tierra, me han pedido de gente que los proteja en el viaje y Gonzalo, con cierta gente de caballo y de pie, irá a escoltarles.

He soltado más tarde a los ocho prisioneros mexicas y se los he enviado a Cuauhtémoc a Tenochtitlan con nueva oferta de paz; que les perdono las muertes, que las guerras son buenas de evitar al principio, pero que luego son más difíciles de parar, que no malgasten el tiempo construyendo albarradas y armas, que para qué quiere que mueran todos los suyos y la ciudad se destruya, que mire el gran poder de Nuestro Señor Dios, que es en Él en quien creemos y adoramos.

Martín López ha venido hasta Texcoco para decirme que los bergantines ya se han probado en el río Zahuapan y estaban siendo desmontados para traerlos al lago en cuanto se disponga. Este transporte es crítico y muy necesaria su protección. Son dieciocho leguas de camino. Voy a enviar a Sandoval con su gente, quince de caballo y doscientos peones, pero que antes se asegure la ciudad de Tecoaque a mitad del camino a Tlaxcala. Los trabajos en el canal van avanzados, pero deben acelerarse.

Ha llegado a Texcoco la vanguardia de la columna que trae a los bergantines y hemos salido todos alborozados a recibirles. Sandoval me dice que mide dos leguas y trae ocho mil tamemes. Colosal. No creo que nadie haya hecho antes en la Historia nada igual. Martín López se ha quedado de piedra al ver el canal y atarazana que le tenemos preparados y al punto ha comenzado a repartir las cargas por el muelle para montar de nuevo los treces bergantines. Apostaremos una guardia en la orilla del lago para que no se lleguen los enemigos a quemarlos.

Sandoval me ha llevado a un aparte para contarme discretamente que ha encontrado en Tecoaque los restos de la caravana de Juan de Alcántara, la que salió detrás nuestra con hombres de Narváez, doscientos tlaxcaltecas, esclavos, varias mujeres, niños y enfermos, cuando salimos a uña de caballo de Cempoala para ayudar a Alvarado que estaba sitiado en Tenochtitlan. En una estancia halló sangre, las caras desolladas de dos españoles y sus barbas ofrecidas en un altar, cuatro cueros curtidos de caballos, con sus pelos y herraduras, colgadas a sus ídolos en el templo mayor y muchos vestidos y ropa. En una pared, leyó la siguiente inscripción: *Aquí estuvo preso el sin ventura de Juan Yuste con otros muchos que traía en mi compañía.* Me ha confesado que le hirvió tanto la sangre, que no pudo sujetarse y quemó vivo al cacique que había capturado y disimuló como pudo con los otros que también merecían la pena de muerte. El resto del pueblo fue corriendo a pedirle perdón y a prestar obediencia a su Majestad. Del oro sustraído le dijeron que no sabían nada, que de seguro lo tenían los mexicas. Este chico tiene carácter. Va a ser un buen líder. Me ha contado también que cuando repartió los caballos y peones al frente y los lados de la columna, envió al jefe Chichimecatecle a retaguardia y este se lo tomó como una afrenta al considerarlo un sitio de poco peligro. Para convencerle de lo contrario, ha tenido que hacer el camino entero a su lado. Tlaxcaltecas. Orgullosos.

CXV

Este capitán Chichimecatecle se ha ofrecido para guerrear a nuestro lado contra los mexicas, que nos quiere mostrar su buena voluntad para con nosotros, así como vengarse de las muertes y robos que han sufrido a manos mexicas desde hace décadas. Bienvenido sea. Así que vamos a hacer con él una salida con veinticinco de a caballo, trescientos peones, cincuenta ballesteros y escopeteros, seis tiros pequeños y treinta mil aliados sin decir adónde vamos, pues vienen muchos de Texcoco de los que no fío aún y no quiero que den la voz. Vienen Alvarado y Olid y dejo a Sandoval que descanse del tute que lleva. Pronto nos hemos topado con un escuadrón enemigo y lo hemos desbaratado a caballo hasta donde hemos podido seguirles sierra arriba. Los tlaxcaltecas a pie han dado cuenta de treinta de ellos. Dormiremos al raso, con buen aviso de corredores de campo, velas, rondas y espías.

Cuando llegamos a Xaltocan estaba tan rodeada de acequias llenas de agua que los de caballo no hemos podido entrar. Los contrarios nos daban muchas gritas y burlas, tirándonos muchas varas y flechas y los peones, después de hora de mucho trabajo, han conseguido entrar y echarles. Antes de huir en canoa por el lago, los mexicas quemaron el pueblo. Con los tlaxcaltecas nos hemos repartido lo poco que han dejado; indias, mantas, sal y oro. Hemos tenido solo una baja; han matado a un soldado de un flechazo en la garganta. Hacemos noche a una legua de Xaltocan, demasiado cerca del agua como para dormir tranquilos. Al amanecer, salimos hacia Gualtitán donde hallamos enemigos entre las acequias y no les hemos podido seguir. La ciudad está despoblada; haremos aquí noche, ya están dispuestas las rondas. Seguimos a Tenayuca, pueblo de las serpientes, sin hallar resistencia alguna. Sin detenernos pasamos a Escapuzalco, el pueblo de los plateros de Moctezuma, hasta ver Tlacopán, el sitio donde nos reagrupamos esa infame noche de la retirada del verano pasado. Apenas a una legua de Tenochtitlan (y vaya legua más larga) ya había muchos escuadrones de mexicas esperándonos. Les hemos entrado a caballo y desbaratado fácil, matando muchos de ellos, echado fuera de ella y aposentado en la ciudad. Estamos llamando ya a las puertas «¡Al arma!». Hemos visto que se nos venían grandes escuadrones en canoas y por la calzada. Nos han empujado con fuerza y hecho cinco bajas. Hemos conseguido repelerle a caballo y, cuando se han retirado, perseguido hasta un puente que han retirado y no hemos podido cruzar, para ver que habíamos caído en la trampa de estos cabrones. Estábamos en la misma situación que esa noche, rodeados de agua y atacados por tres lados. Nos hemos retirado sin perderles la cara, pero hemos perdido dos caballos. Tan cerca y tan lejos. No va a ser fácil, no.

Esta mañana me he llegado al mismo puente de ayer para parlamentar con los mexicas, acompañado de una pequeña escolta. Atentos todos, pero tranquilos. «Malinche, entra a nuestra casa para holgarte. ¿Crees que hay ahora otro Moctezuma para que haga todo lo que tú quieras?». «¿Por qué sois tan locos que queréis ser destruidos? ¿Hay algún principal entre vosotros?». «Todos aquí somos señores, di lo que quieras». No he contestado a sus burlas y uno de mis hombres les ha dicho que van a morir de hambre, que no les vamos a dejar salir a buscar de comer. «No tenemos hambre, pero cuando la tengamos, saldremos a comeros a vosotros teules y a vuestros amigos de Tlaxcala (tirándonos unas tortas de pan de maíz). Tomad y comed, si tenéis hambre, que nosotros ninguna tenemos». Este orgullo mexica les va a traer problemas.

«Capitanes, vinimos hasta aquí para conocer su voluntad y ha quedado clara. Aquí ya no hacemos nada, esto ni siquiera son tablas, esto es misión imposible. Nos regresaremos a Texcoco para dar prisa en ligar y acabar los bergantines y les pondremos cerco por tierra y por agua».

Los señores y capitanes de la gente de Tlaxcala me han pedido licencia para volver a casa a descansar unos días y se la he dado. Han partido para su tierra muy contentos y con mucho botín de los enemigos. Los recientes acontecimientos y la perspectiva de una larga guerra me han llenado de dudas y he dado cuenta de que, en cualquier momento, puede estar esperándome la muerte. «¿Cómo he de prepararme, Olmedo?». «No tema, General, Dios tiene un plan para cada uno de nosotros; haga el bien, obtenga la paz con todos y limpie su conciencia». «Si algo me ocurriese, quisiera que alguien siguiese contando lo que hemos hecho aquí». «Descuide, que hay un tal Bernal Díaz del Castillo que anda tomando buena nota de todo. Buen soldado. Y ahora también escritor». «Me place saberlo, hablaré con él».

Como he visto que los mexicas nos seguían, he dispuesto a los míos de caballo en celada y dicho a los peones que siguieran andando. Los enemigos no nos han visto escondernos y han pasado de largo. He apellidado ¡Santiago! y hemos alanceado sobre ellos. Hemos hecho tantas bajas que ya nunca más nos han seguido. Hemos dormido en Aculmán y entrado a la mañana siguiente en Texcoco, donde ha salido Sandoval a recibirnos. «Esto va a ser largo, duro y complicado, Gonzalo, los mexicas no se avienen a razones y me temo que van a luchar hasta el final».

CXVI

Hoy hemos recibido en Texcoco la visita de gente de Tuzapán, Mascaltzingo, Nautla y otros poblezuelos de aquellas comarcas, y nos han traído un presente de oro y ropa de algodón para demandar paces y darse por vasallos de su Majestad. Alvarado me ha recordado que son los mismos indios que atacaron la guarnición de Nautla con el capitán Cuauhpopoca y mataron a Escalante y a seis españoles más. Vayamos con cautela a escuchar qué dicen. También llegan los de Chalco y Tamanalco a pedirnos socorro porque están rodeados de guarniciones mexicas que me muestran en un paño de henequén. La verdad es que no sé qué hacer. Ya hemos tenido ocho bajas y nos han matado a cuatro caballos. Estamos cansados de no parar y andamos necesitados de unos días de reposo. A los de Tamanalco les he prometido que iremos dentro de unos días, que es cosa importante para nosotros librar Chalco de mexicas, pues la ciudad está en el camino entre Villa Rica de la Veracruz y Tlaxcala, porque tenemos que proteger esos nuestros reales y porque es tierra de mucho maíz, así que le he ordenado a Sandoval que vaya allá con Luis Marín, veinte de caballo y doscientos soldados y doce ballesteros y diez escopeteros y los pocos tlaxcaltecas que hay en nuestro real, pues los demás están de permiso en su tierra.

Olmedo me dice que hace dos años que partimos de La Habana. «¡Cómo pasa el tiempo de rápido entretenidos en estos negocios!». «Podríamos celebrar una misa en recuerdo de los que nos ayudasen y no están ya entre nosotros». «Provea, páter».

No sé dónde se ha metido Sandoval, pero la gente de Cuauhtémoc ha atacado Chalco desde canoas y han sido los de Guaxocingo los que les han ayudado a repelerles.

He abroncado al capitán a su regreso y exigido el relato de su salida. Con cara de cansancio y fastidio me ha contado que fueron bien recibidos en Chalco, donde les indicaron que prosiguieran hasta Guaxtepeque, donde estaban apostados los mexicas. Hicieron noche en Chimalhuacán. Me dice que innovó con nuevas tácticas de combate; puso delante a escopeteros y ballesteros, luego los de a caballo de tres en tres y, en reserva, los de a pie, a la espera de su señal. Pero que luego el terreno era tan agreste que los de a caballo no pudieron seguir a esos indios, así que recuperó el orden inicial y dejó pasar a los peones que le ponían cara de decir: «¿Ahora sí, capitán, ya nos deja vuestra merced hacer nuestro trabajo?». Les dieron duro a los peones porque había muchos mexicas apostados y tuvo muchas bajas. Los de a caballo fueron a ayudarles y Gonzalo Domínguez rodó con el caballo, que le aplastó. Mal asunto. Listo de papeles le dejó. Lograron hacerles huir en terreno más llano y se dirigieron a una fortaleza a dos leguas, Acapistla, con muchos enemigos. Les mandó mensaje de paz: «Miren bien vuestras mercedes lo que les ha pasado a los de Guaxtepeque». Le respondieron que podían ir cuando quisieran, que se iban a dar buen hartazgo con sus cuerpos y carnes. Bárbaros. Los de Chalco le insistieron en ir, pero estaban todos heridos y cansados y los peones que vinieron con Narváez no estaban por la labor, que mirase bien que esa fortaleza en alto y que los caballos no van a servir, que Cortés no mandó hacer tal cosa, lo que mandó está servido (estos siguen igual). Sandoval les conminó que no podían dejar una guarnición mexica a nuestras espaldas, so color de perder todo lo que habían ganado hasta ahora. Así que se pusieron en marcha. La ciudad estaba en un alto y nuestros aliados se pararon a esperar a que los españoles fueran delante. Pie a tierra, dejaron a los caballos y entonces les empezó a llover piedras que les abrían brechas en las cabezas. Poco a poco, con la ayuda de Santiago, y después de varias horas consiguieron subir y entrar en la ciudad. Solo entonces, después de que su gente hiciera todo el trabajo, los de Chalco y Tlaxcala subieron, no dejaron a uno vivo, hicieron botín y se llevaron a las indias. Mira qué listos. Ha sido tan grande la matanza que el río pequeño que rodea el pueblo corrió rojo de sangre. Tras asegurar ambas plazas, regresó con los prisioneros. Le he pedido disculpas por haber entendido mal la situación. He ordenado marcar a todos como esclavos con la G de guerra. Primero el quinto real y luego el mío. El resto, se subastará en almoneda. Curiosamente, solo han traído mujeres feas y viejas y me dicen los soldados que las demás han huido y yo creo que las tienen escondidas para sí. Como pille a alguno, se va a enterar. Por cierto, he ordenado ahorcar a Mora delante de todo el ejército formado por robar un guajolote a unos indios. Con el desgraciado ya pataleando en el aire, ha ido Alvarado y ha cortado la soga. Ya es el segundo que libra.

CXVIII

El camino a la Villa Rica de la Vera Cruz desde Texcoco ya está asegurado y podemos comunicarnos rápidamente. Tanto es así, que ha llegado un mensajero con aviso del arribo de un navío de Castilla con el tesorero Julián de Alderete, con muchas armas y pólvora para ayudarnos y eso es magnífica noticia, pues significa que la Reina y el Rey han escuchado a nuestros procuradores y creído nuestras palabras y nos mandan ayuda y no soldados para prendernos. Todo viene ya de camino a Texcoco.

«Don Julián, qué alegría enorme me da veros». «Don Hernando, el emperador Carlos (emperador ya, nada menos, vaya) os envía sus saludos, el agradecimiento por el tesoro que le enviasteis —quedó muy asombrado— y sus sinceras felicitaciones. Me manda aquí a entregaros sus provisiones reales, a comprobar en persona todos vuestros logros, sin la intermediación del obispo Fonseca o del gobernador Velázquez —no sé si me explico— y a aconsejaros en todo lo que necesitéis, militarmente incluso (ya, claro)». «Se explica perfectamente vuestra merced y holgo mucho de saber cuál es vuestra misión en viniendo aquí (pues es reconocimiento implícito de que Carlos me apoya a mí y no a Velázquez. Qué buena idea fue mandarle todo el tesoro)». Me cuenta Alderete la complicada situación política que se vive hoy en Castilla con las revueltas de los señores comuneros contra lo que consideran abusos de los borgoñones llegados con el Carlos (eso ya viene de antes, de su padre el primer Felipe) y de la pérdida progresiva de poder del obispo Juan Rodríguez de Fonseca; parece que su estrella decae (eso me interesa mucho). También me cuenta que el emperador Carlos está de viaje por Europa, que el que manda en la península es el que ha dejado de regente, Adriano de Utrecht, que no se fía ni mucho ni nada de la Casa de Contratación (y está pensando en crear un Consejo de Indias) y trata de determinar quién lleva razón en el pleito entre Velázquez y yo (buenas noticias). «Contadme cuál es la situación y qué planes tenéis». «Volver a Tenochtitlan, para tomarla por la palabra o por las armas. Ahora os explico cómo pienso hacerlo».

Mientras se montan de nuevo los bergantines —dejo a Sandoval al mando, para que meta prisa a Martín López— vamos a hacer una salida para ayudar a los de Chalco. Me llevo conmigo a trescientos soldados, treinta de caballo, veinte ballesteros y quince escopeteros. Como es la primera salida en campaña del tesorero Julián Alderete, les he ordenado a Alvarado, Tapia y Olid que me lo vigilen y cuiden, que no nos interesa que le pase nada. A través de Marina y Jerónimo de Aguilar, les he pedido a los tlaxcaltecas y texcocanos que nos acompañen a pacificar los pueblos de la orilla de la laguna y a poner cerco a Tenochtitlan, y me han dicho que lo harán encantados y juntan setenta mil guerreros. Vamos para Yautepeque.

Marchando entre sierras y peñascos llegamos a la vista de un peñol, con fortaleza en alto, desde donde empezaron a arrojarnos grandes piedras rodando y varas, matando a ocho españoles e hiriendo a varios más. Tuvimos que guarecernos en unas cuevas y, viendo que era imposible subirles, nos retiramos al llano hasta que escampase el diluvio de piedras. A medianoche, el vigía de guardia soltó un arcabuzazo. Todo el campamento al arma. Gritos y relinchos. «Santo y seña». «¿Es batalla, señor Cortés?». «Tranquilo, señor De Alderete, es el pan nuestro de cada día. Se nota que vuestra merced viene de la tranquila Tordesillas».

Aparecieron más escuadrones mexicas, suponemos que llamados por los del peñol en su auxilio. Les enfrentamos en el llano, haciéndoles huir. Teníamos poca agua, solo habíamos hallado algo en unas vegas cerca de otro peñol desde el que volvieron a atacarnos. El negocio iba mal, nos habían rechazado ya por dos veces desde esos peñascos, donde ni los ballesteros ni arcabuceros conseguían hacer gran daño y los de caballo o peones no podían acercarse sin que les abrieran la cabeza a pedradas cuando, inesperadamente, gracias a Dios, se han rendido ondeando mantas, pues tenían aún menos agua que nosotros y muchas mujeres y niños. Les pedí que bajasen a parlamentar y vinieron cinco principales pidiendo perdón y les dije que merecían morir por empezar una guerra y que fuesen al otro peñol a decirles que, o se rendían también, o les haríamos sitio hasta que muriesen todos de hambre y de sed.

Muy de mañana partimos para Coadlavaca y nos topamos con unos escuadrones de guerreros mexicas que los de a caballo perseguimos durante legua y media hasta encerrarlos en otro gran pueblo que se dice Tepoztlán, donde estaban tan descuidados que dimos cuenta de ellos antes de que los espías que tenían sobre nosotros pudieran llegar al pueblo a advertirles de nuestra carga. Hemos llamado a los huidos caciques para que vinieran a presentarse y, mientras, íbamos haciendo buen despojo de la villa. Como contestaron que no querían venir, he tenido que ordenar a mis hombres que quemasen la mitad del pueblo. Al punto, se presentaron corriendo y juraron obediencia a su Majestad. Mejor. Coadlavaca estaba avisada y bien preparada a nuestra llegada con sus barrancas y puentes levantados. Mucha gente de guerra nos ha tirado varas y flechas y piedras con hondas, que eran nubes más espesas que las del granizo. No encontrábamos la forma de cruzar y nos avisaron que había un vado más abajo. Algunos hombres trataron de cruzar la barranca desde unos árboles, alguno cayó al agua y se quebró la pierna. Conseguimos cruzar por fin por el vado y picamos espuelas hacia al pueblo. Los mexicas se lanzaron contra nosotros, pero se vieron sorprendidos por el movimiento de pinza, ya que tenían a los infantes a su espalda. Abandonaron el campo y han huido monte arriba. ¡Victoria! Gran botín hemos obtenido aquí en la vacía Coadlavaca, muchas mantas y muchas y guapas indias. Nos quedamos a pasar la noche en la casa del cacique, que tiene una buena huerta. Vigías y velas en los puestos. Han vuelto los caciques de Coadlavaca con el mismo cuento de todos a los que vencemos: que ellos no fueron, que no querían hacernos daño, que los mexicas les obligaron. Siempre igual. Y les digo, como siempre, que les perdono si prestan vasallaje. Y aceptan. Y unos enemigos menos. Y así cada día.

CXX

En orden de combate, con el Sol en todo lo alto y un calor de mil demonios, más de setenta mil hombres tomamos el camino a Xochimilco a través de unos pinares y la imprevisión nos ha metido a todos en un buen lío, pues no conseguíamos encontrar agua y los hombres se desmayaban. Ordené a Olid adelantarse con algunos exploradores para encontrarla y gracias a Dios lo hicieron y nos enviaron cántaras. El momento ha sido crítico. Hombres y bestias sufrían. No puedo volver a cometer este intolerable fallo, el agua siempre debe ser mi primera preocupación. Hoy nos toca dormir al raso.

Llegamos a Xochimilco de amanecida para descubrir que nos estaban esperando cientos de guerreros apostados en un puente quebrado. Vimos que muchos se habían hecho lanzas con las espadas de los españoles que perdimos en los puentes durante la maldita noche de la retirada estratégica. La tierra firme estaba cuajada de ellos. Al tratar de pasar por aquel puente todos han peleado con nosotros y no lo hemos logrado. Ni ballestas, ni escopetas, ni las grandes arremetidas que les hacíamos. Y lo peor es que veíamos que cada vez venían otros muchos escuadrones por las espaldas dándonos guerra. Hemos saltado al agua y, medio nadando unos y otros al volapié, hemos cruzado para toparnos con varios miles más. Han herido a cuatro de caballo y todo pintaba muy feo, teníamos que salir de aquí, como fuese. Mi caballo, el pobre Romo, que llevaba ya un par de días sin beber, se ha mareado, despatarrado, me he caído con él y por fortuna no me ha aplastado. Al instante, ha caído un enjambre de mexicas sobre mí, que me ha golpeado y atado. La sangre que brotaba de mi frente cegaba mis ojos. Se me ha aparecido la imagen de la piedra de los sacrificios y he pensado que hasta ahí había llegado ¡Santiago líbrame! Noté lucha a mi alrededor, que alguien me libraba de las ligaduras y ponía una espada en la mano. Era Cristóbal de Olea, seguido de varios tlaxcaltecas, que me socorrían. Doy gracias a Dios. Hemos salido de allí a base de buenas cuchilladas y estocadas, yo a la grupa de Romo, que está herido. Olea llevaba puestas tres cuchilladas y se estaba desangrando. Por suerte, en el patio de una casa nos hemos unido al resto de los de a caballo, que nos han auxiliado, aunque están todos también heridos. Estábamos rodeados, buscando a alguien que nos remendase los agujeros, calentando aceite para cauterizar las heridas, y han sonado muchas voces, trompetillas, caracoles y atabales en las calles, ahí al lado mismo. Les ordené salir a cargar, so pena de que nos matasen allí mismo. O peor. Consiguieron ponerles en fuga y descansamos por un rato. Unos soldados habían subido a un templo dieron la alarma. A pesar de estar oscureciendo, era raro pues no suelen combatir de noche, decenas de escuadrones mexicas venían a por nosotros por tierra y en canoas por el agua. Era como si Cuauhtémoc estuviese echando el resto para acabarnos esta misma noche. Hoy nadie duerme, todos al arma, caballos enfrenados, atentos a mi orden de evacuar hacia Texcoco. Me dicen que no nos queda pólvora ni saetas, que todo ha sido ya gastado, pongo a todo el mundo a fabricar saetas. Tenemos que resistir como sea. Han dado la alarma en la orilla y hemos acudido todos corriendo allá; sanos, heridos y medio muertos. La gente de las canoas estaba tratando de desembarcar y a base de pedradas y lanzadas se lo hemos impedido. Se ha hecho la noche oscura y se han retirado y agrupado lejos en otro punto.

Amanece. Vemos que son varios miles los que vuelven para atacarnos. Esta vez estamos avisados y los de a caballo, los peones y los tlaxcaltecas aguantamos una tras otra sus acometidas. Hemos capturado a cinco de sus capitanes que nos cuentan que Cuauhtémoc ha ordenado nuestro exterminio, que usen para ello nuestras propias armas, que detrás de ellos vienen miles más y que no vamos a salir de Xochimilco con vida. Se les ha escapado que el tlatoani tiene cierta oposición interna que desea rendirse (interesante, habrá que investigarlo) y sus leales han matado a dos príncipes y dos hijos de Moctezuma para acallar a los descontentos.

«Mañana saldremos de aquí hacia Coyoacán; todos bien atentos, lleven encima solo lo imprescindible y abandonen todo lo demás». «¿Por qué no volvemos a Texcoco o reclamamos ayuda a Sandoval?», «Porque aún necesito ver cómo atacar la ciudad con los bergantines que él está cuidándose de construir».

CXXI

Como si la situación no fuese ya lo bastante delicada y la cosa no fuese con ellos, unos soldados desobedientes se han dado al pillaje de las casas de los ricos, hallando mucho oro y mantas en unas cajas de madera. Tan concentrados estaban dados a la tarea, que los muy desgraciados no se han dado cuenta de que han sido rodeados y los han capturado. No es posible rescatarles. Dios se apiade de ellos. Se los llevan a rastras a ese altar impío. Idiotas.

Desde lo alto de un templo he visto que venían a por nosotros. Las calzadas estaban cuajadas de guerreros y el lago repleto de canoas con más. Nos vamos rápido ya, pero antes ordeno quemar entera la ciudad. Llevamos la mitad de los caballos y ballesteros al frente y la otra mitad en retaguardia; en medio el poco fardaje que podemos llevar con los escopeteros y los heridos. Aguantamos sus acometidas con muchas bajas hasta llegar a Coyoacán, que la hallamos despoblada. Camino de Tlacopan nos han atacado escuadrones de enemigos por tres sitios. Los de caballo les hemos empujado hacia unos esteros y acequias y resulta que allí nos esperaban varias capitanías de los enemigos en celada que han caído sobre nosotros y herido a los caballos. Hemos tenido que picar espuelas para poder escapar. Dos de mis mozos no lo han logrado y les han capturado vivos. No quiero ni pensar lo que van a hacerles. Pobres. Por vengar su muerte y porque los enemigos nos seguían con el mayor orgullo del mundo, con veinte de caballo también me he puesto en celada. Los indios iban siguiendo a los otros diez de caballo con toda la gente y fardaje adelante, sin temer cosa alguna, hemos dejado pasar a unos cuantos y apellidado en nombre del apóstol Santiago, para dar en ellos muy reciamente. Y antes de que se metiesen entre las acequias hemos matado a más de cien principales muy lucidos y así han dejado de seguirnos.

Llegamos empapados de lluvia a Tlacopán, también vacía. Otra vez, a una legua de Tenochtitlan. Otra vez, tan cerca y tan lejos. Alderete se nos ha puesto malo con tanta pelea, un flojo, y necesita descansar. Claro. Y todos. Hombres y bestias necesitamos reparar nuestros maltrechos cuerpos. Seguimos vivos y eso es lo que importa.

CXXII

Unos cuantos hemos subido a una pirámide para contemplar la ciudad, la laguna que la rodea, todas las demás ciudades de alrededor y los cientos de canoas, unas pescando y otras con bastimentos para la ciudad. Alderete está impresionado:

«Desde que he llegado, general, no dejo de admirarme de todo lo que veo aquí en la Nueva España. En verdad esta venida vuestra no es cosa de hombres humanos, don Hernando, que es gran misericordia de Dios la que os tiene y ampara». «Y a Él se lo debemos todo, señor De Alderete». «En verdad que no recuerdo ahora a ningún vasallo que haya hecho tan grandes servicios a su rey como vuecencia y daré cumplida y prolija relación a su Majestad». «Y yo que se lo agradezco, don Julián. Cuéntelo todo». «Así haré, descuide. Decidme, general, esta de Tlacopán ¿es la misma calzada por la que evacuasteis la ciudad esa noche? (suspiro)». «Esta es. Aquí perdí a dos terceras partes de mi hueste, casi todos los aliados, toda la artillería, pólvora, ballestas y arcabuces y todo el tesoro. A Juan Velázquez de León, Francisco de Lugo, Francisco de Saucedo, Trujillo, Lares, Orteguilla, Botello y tantos otros». «General, no se tome vuecencia tan a pecho estas cosas, pues después de todo, esta es la suerte de la guerra». «Sois testigo de cuántas veces he procurado persuadirles para que se sometan pacíficamente. Me entristezco pensando en las fatigas y peligros que han de sufrir mis soldados antes de que podamos llamarla nuestra, pero ya es tiempo de poner manos a la obra».

A la mañana tenemos un nuevo encuentro con los mexicas en la cortadura. Nueva petición nuestra de parlamento con Cuauhtémoc. Nueva inconsciente burla y nuevo rechazo. «Vámonos, Pedro, no hay manera de hacerles entrar en razón. Terminaremos de reconocer toda la orilla del lago para comprobar sus preparativos para la defensa, y así volveremos a Texcoco, por el norte». Hemos pasado por Escapuzalco, Tenayuca y Gualtitán, todos despoblados. No ha dejado hoy de llover grandes aguaceros y, como vamos con todas nuestras armas a cuestas que no nos las quitamos ni de día ni de noche, estamos deslomados.

Cuando hemos pasado cerca de Otumba un escalofrío nos ha recorrido la columna vertebral a todos los que peleamos en esa jornada. Gracias de nuevo, Señor. En Acolman, tributaria de Texcoco, hemos sido muy bien recibidos. Nos dicen que, desde que pasamos por allí, han sido constantemente amenazados por México-Tenochtitlán para que no nos presten ayuda.

CXXIII

Sandoval salió a recibirnos. Cuánto hemos echado de menos al joven en las peleas. Hace un recuento visual y advierte que nos falta mucha y buena gente, pero calla discretamente. «Decidme, capitán, ¿tengo ya listos mis barcos?». «Casi a punto, General, pero he salido a preveniros de que, desde que os marchasteis, el ambiente en Texcoco es muy extraño. Creo que los velazquistas andan tramando algo, pero no lo he llegado a averiguar». «¿Hay alguna novedad de Narváez?». «Ninguna, sigue bien preso en Cempoala». «Atentos todos a ver si conseguimos enterarnos de lo que traman estos cagalindes. No es momento ahora de revolucionar el gallinero. Estamos en guerra».

En el real me esperaba una carta de los dos españoles que se quedaron en Chinanta para construir una granja:

Nobles señores, dos o tres cartas he escrito a vuestras mercedes, y no sé si les han llegado allá o no, pues de esas no he tenido respuesta y pongo en duda tenerla de esta. Os hago saber que todos los naturales de esta tierra de México andan levantados en guerra, y muchas veces nos han acometido, pero siempre, loores a Nuestro Señor, hemos sido vencedores. Y con los de Tustepeque y su parcialidad de México cada día tenemos guerra; los que están al servicio de sus altezas y por sus vasallos son siete villas de los Tenez, y yo y Nicolás siempre estamos en Chinanta, que es su cabecera. Mucho quisiera saber dónde está el capitán para poderle escribir y hacer saber las cosas de acá. Y si por ventura me escribierais de donde él está, y me enviareis veinte o treinta españoles, me iría con dos principales de aquí, que tienen deseo de ver y hablar al capitán y sería bien que viniese, porque, como es tiempo ahora de coger el cacao, estorban los de México con las guerras. Nuestro señor guarde las nobles personas de vuestras mercedes, como desean. De Chinanta, a no sé cuántos del mes de abril de 1521. A servicio de vuestras mercedes. Hernando de Barrientos.

He ordenado a Dávila que vaya allá con diez de a caballo y treinta peones hasta Chinanta a ayudar en todo lo que puedan a estos caballeros.

Grave asunto. Se ha llegado discreto un soldado a mi aposento en el real (del que no voy a decir el nombre) a confesarme que ciertos amigos de Velázquez que están en mi compañía tienen ordenada la traición de acabarnos a Alvarado, Olid, Sandoval y a mí. Y que un tal Villafaña anda jactándose de ello. Y que entre ellos han elegido capitán y alcalde mayor, alguacil y otros oficiales, y que por favor lo remediase, que ve que, además del escándalo que seguirá por lo de mi persona, está claro que ningún español escapará vivo estando revueltos a los unos y a los otros. «Habéis hecho muy bien en contarme, señor, seréis bien recompensado. Avisad a mis capitanes que vengan rápido ahora a verme»... «Sandoval, teníais razón, hay una traición en marcha para matarnos a todos. Mañana, durante el rancho, van a simular la llegada de una carta de mi padre, Martín Cortés, para apuñalarme en mi recámara y a vuestras mercedes después». «Pues no entiendo cómo puede vuecencia estar tan tranquilo, vayamos a por ellos». «¿Y quién dice que lo estoy? Avisad a Lugo, Tapia, Marín e Ircio para que nos acompañen. Lo haremos rápido. Ya».

Hemos ido a la posada, donde todos los participantes de la conjura andaban muy confiados. «¡Antonio de Villafaña, daos preso por traidor!». Hemos entrado tan en torbellino que no han podido reaccionar ante tal exhibición de hierros y, discretamente, he echado mano a una lista de nombres que trataba de comerse el muy traidor y me la he guardado. No nos han hecho falta hacerle muchas caricias a Villafaña para que lo confesase todo; tenía orden de prenderme o matarme y tomar la gobernación de la tierra en nombre de Diego Velázquez, hacer capitán y alcalde a Francisco Verdugo; él iba a ser alguacil mayor. En Segura de la Frontera se levantarían también contra la guarnición, en llegando la noticia. He leído y memorizado la lista de conjurados y la he quemado. Ninguna sorpresa entre los nombres, menos mal, pero he tomado buena nota de en quién no puedo confiarme ni un pelo de ahora en adelante. «Os sentencio a muerte en la soga». «No me tratéis como a un villano». «Es exactamente lo que sois. Díaz, atended a su confesión». Le hemos ahorcado en una ventana de su posada, a la vista de todos, y he disimulado con el resto no saber nada de sus compañías. He ordenado a Quiñones que me organice una guardia personal con gente de su total confianza y que me siga allá donde vaya.

CXXIV

Martín López me dice que por fin tengo alistados los bergantines en el canal, con jarcias, velas y remos y que ya pueden salir al lago. Gracias a Dios. Buen trabajo. Y va el desvergonzado y me pide que le pague estos y los cuatro anteriores que nos quemaron en Tenochtitlan. «Un poco de paciencia, Martín, que en breve se los pagaré doblemente». Qué cansino.

He dado ocho días a los pueblos cercanos para que nos fabriquen ocho mil casquillos de cobre y saetas. Les he enviado muestras de cada uno, de buen cobre y mejor madera muy fina. A Pedro Barba, que las reparta bien cuando lleguen y se asegure de que cada ballestero engrase su arma y tenga dos cuerdas de hilo de Valencia bien pulidas y aderezadas y nuez de repuesto y las prueben contra los sacos de tierra y sepan su alcance. A Alvarado, que repasen bien las herraduras de los caballos, lanzas puestas a punto, que salgan cada día con ellos a cabalgar y les enseñen bien a revolver y escaramuzar. También he escrito a Xicoténcatl el Viejo (ahora es cristiano y se llama Lorenzo de Vargas), a su hijo y a Chichimecatecle, para decirles que pasado el día del Corpus partiremos de Texcoco a poner cerco a Tenochtitlan y que tengan listos veinte mil guerreros de los suyos de Tlaxcala, Guaxocingo y Cholula, pues todos son amigos y hermanos en armas, y que todos saben del acuerdo que tenemos sobre el botín de los sacos que vamos a hacer. He mandado aviso a Chalco y Tamanalco para que estén listos para cuando los enviemos llamar, y les he hecho saber que es para poner cerco a Tenochtitlan y en qué momento han de ir. Y, ya por último, he comido con don Fernando de Texcoco para pedirle lo mismo y me respondió que así lo haría.

Ya tengo todas las tropas listas para iniciar el asedio a Tenochtitlan.

CXXV

Los pueblos de los alrededores han trabajado bien a destajo y, en vez de las ocho mil saetas pedidas con sus casquillos, nos han enviado cincuenta mil. Está claro que le tienen muchas ganas a la gente de México. Hoy hemos hecho alarde aquí en Texcoco. Cuento con ochenta y cuatro de a caballo, seiscientos cincuenta soldados de espada y rodela, muchos de lanza, y ciento noventa y cuatro entre ballesteros y escopeteros. Algo menos de mil españoles. El resto, tropas locales de amigos que nos son fieles. Para cada uno de los trece bergantines alisto a un capitán, doce ballesteros y escopeteros, que no han de remar, y doce remeros, seis por cada banda, y todos los tiros y falconetes y la pólvora que necesiten.

Señores soldados, les recuerdo a vuestras mercedes los puntos más importantes de las ordenanzas militares del 22 de diciembre pasado que juraron cumplir:

—*Nadie ose blasfemar de Nuestro Señor Jesucristo ni de Nuestra Señora, su bendita Madre, ni de los santos Apóstoles ni otros santos so graves penas.*

—*Nadie trate mal a nuestros amigos, pues vienen a ayudarnos, ni se les tome cosa ninguna, aunque sea de los botines que ellos hayan ganado en la guerra, ni india, ni indio, ni oro, ni plata, ni chalchihuites.*

—*Nadie ose salir de día o de noche de nuestro real para ir a ningún pueblo de nuestros amigos ni a otra parte para traer de comer, ni otra cualquier cosa, so graves penas.*

—*Todos deben llevar muy buenas armas y bien acolchadas, gorjal, papahígo, antiparras y rodela, que ya sabemos de la multitud de vara y piedra y flecha y lanza que han de lanzarnos, y que duerman vestidos con ellas.*

—*Nadie se juegue el caballo ni las armas por vía ninguna de azar, dados o naipes, con gran pena.*

—*El que se duerma en la vela, pena de muerte. El que se vaya de un real a otro sin licencia de su capitán, pena de muerte. El que deje a su capitán en la guerra o en la batalla y huya, pena de muerte.*

«Pedro, ¿todo listo?». «Todo dispuesto, general». «Los hombres, ¿cómo andan de ánimos?». «Deseando que empiece todo. Los supervivientes de esa maldita noche y de Otumba han aleccionado bien a los refuerzos llegados y todos están ansiosos». «Me place saberlo».

Mis doce capitanes de bergantín (el otro soy yo) me cuentan que ahora resulta que nadie sabe (quiere) remar en las naves, que todos dicen que son hidalgos y que eso de remar es de villano. Solo sabemos de cierto de los marineros que venían en las naves. Así que, para poder completar las tripulaciones, hemos hecho pesquisa de quién es de Palos, Moguer, Triana o del Puerto de Santa María o a quién hemos visto pescar, y así sea hijodalgo o no, ha agarrado el remo. Se acabó la broma. Luego hemos abanderado a todos los bergantines con las banderas reales, les hemos puesto un nombre y la insignia de cada capitán para reconocerles rápido a la vista.

Llegan los de Tlaxcala con muchos guerreros; Xicoténcatl el Joven, el capitán de las guerras que tuvimos con Tlaxcala, el que no quiso aliarse con nosotros y quiso acabarnos tras lo de Otumba, cuidado (también cuñado de Alvarado), con sus dos hermanos, Chichimecatecle y más gente de Guaxocingo y Cholula, todos muy lucidos, con las divisas de cada capitanía, banderas tendidas y el ave blanca que tienen por armas. Traen sus alféreces revolando sus banderas y estandartes, y todos con sus arcos y flechas y espadas de a dos manos y varas con tiraderas y otros, macanas y lanzas grandes y otras chicas y sus penachos, y puestos en concierto y dando voces y gritos e silbos, diciendo: «¡Viva el Emperador nuestro señor! ¡Castilla, Castilla! ¡Tlaxcala, Tlaxcala!».

Hago capitán a Pedro de Alvarado de ciento cincuenta soldados de espadas y rodela, treinta de a caballo, dieciocho escopeteros y ballesteros y veinticinco mil tlaxcaltecas con sus capitanes. Su misión; asentar en Tlacopán y entrar por la calzada. «Que me place mucho, me dice, así podré entrar por donde salí».

Hago capitán a Cristóbal de Olid, maestre de campo, con otros treinta y tres de a caballo, ciento sesenta soldados, dieciocho escopeteros y ballesteros, y todos con sus armas, y otros veinte mil tlaxcaltecas. Su misión; asentar en Coyoacán y entrar por la calzada.

Hago capitán a Gonzalo de Sandoval, alguacil mayor, con veinticuatro de a caballo, diecisiete escopeteros y ballesteros, ciento cincuenta peones de espada y rodela y toda la gente de Guaxocingo, Cholula y Chalco, más de ocho mil hombres. Su misión; asentar en Iztapalapa, entrar por la calzada y unirse a Olid.

«Quiero un reporte de situación de cada una de vuestras mercedes, como mínimo a diario. Yo me quedo al mando de la flota de trece bergantines para cortar los abastos a la ciudad, asediarla desde el noreste del lago y auxiliar allí donde sea necesario en la lucha en las calzadas. Atentas vuestras mercedes: mañana trece de mayo de 1521, iniciamos el asalto final a Tenochtitlan».

CXXVII

El despliegue del asedio comienza; he ordenado a los aliados asignados a cada capitán ir en vanguardia. Chichimecatecle ha regresado corriendo cuando ha visto que Xicoténcatl el Joven no iba con ellos, ha hecho pesquisa entre sus capitanes y se ha enterado de que ha desertado y regresado a Tlaxcala a tomarla por la fuerza; dice que no quiere ir a la guerra contra Tenochtitlan y dice que todos debemos morir en ella. Le he enviado a cinco principales de Texcoco y dos de Tlaxcala, para hacerle entrar en razón y la respuesta no ha podido ser más desabrida: «No soy un idiota como mi padre o Maxixcatzin, esta es una gran oportunidad de acabar con las guerras floridas con los mexicas (el alma de cántaro se ha creído las ofertas mexicas de que ahora van a ser amigos) y de acabar juntos con los barbudos. No pienso volver, podéis decírselo así a Malinche». He ordenado su inmediato prendimiento y ahorcamiento por deserción de su bandera (hasta su padre Xicoténcatl el Viejo me ha enviado un mensaje de apoyo para que le ejecutase ya; ni él ni yo podemos fiarnos más de él). Alvarado ha sido el único que ha intercedido por él, en nombre de su esposa María Luisa, suplicando clemencia y que le perdonase la vida. «No hay vuelta atrás, Pedro. No es elemento de fiar y ha querido dar un golpe de mano a su padre. Ha sido ahorcado por desertor». Un problema menos, los enemigos, mejor delante, a la vista.

Alvarado camino de Tlacopán y Olid de Coyoacán, han salido juntos para rodear el lago por el norte, para hacer noche en una población que se dice Acolman. Y sus primeros mensajes que me llegan ya me muestran que han empezado a discutir; Cristóbal ocupó todas las estancias y a Pedro no le sentó bien, sus respectivas huestes les secundaron y desafiaron y estuvo a punto de liarse una parda entre españoles si no es por fray Melgarejo de Urrea y Luís Marín. Son como niños. O peor. Al día siguiente encontraron Chapultepec y Guatitlan despobladas. A la hora de vísperas entraron en Tlacopán, también vacía, y se aposentaron en las casas del señor de allí. Aunque ya era tarde, los de Tlaxcala se dieron una vuelta por dos calzadas de Tenochtitlán y pelearon unas horas con los de la ciudad y a la noche, volvieron sin peligro a Tlacopán. A la mañana salieron a cortar el caño de agua dulce que entra a la ciudad de Tenochtitlan; buena idea. Alvarado, con veinte de caballo y ciertos ballesteros y escopeteros, fue al nacimiento de la fuente de Chapultepec que estaba a un cuarto de legua de allí y cortó y quebró los caños, que eran de madera y cal y canto, peleó reciamente con los de la ciudad y los desbarató. Más tarde, arreglaron algunos malos pasos, puentes y acequias alrededor de la laguna, para que los de caballo puedan correr libremente de una parte a otra, mientras mantuvieron muchas escaramuzas con los de la ciudad, en los que son heridos algunos españoles y muertos muchos de los enemigos. Ganaron muchas albarradas y puentes y hubo muchos desafíos entre los de la ciudad y los de Tlaxcala, cosas bien notables de ver. Cristóbal de Olid salió luego para Coyoacán con su gente, a dos leguas de Tlacopán.

Sandoval salió casi a la vez que los otros dos hacia Iztapalapa por camino de amigos. Me cuenta que, desde que llegó al pueblo, comenzó a dar guerra y a quemar muchas casas de las que estaban en tierra firme, porque las demás están en la laguna. Llegaron en su socorro escuadrones de mexicas y tuvo una buena batalla.

CXXVIII

He salido de Texcoco con la flota de trece bergantines para ver que inmediatamente se elevaban por doquier grandes ahumadas como señal para todas las canoas de México-Tenochtitlan de salir a mi encuentro. Desde la proa de mi nave capitana he visto que venían miles de canoas a acometernos. He mandado a los capitanes quitar trapo y parar el remo para que creyesen que no nos atrevíamos a ir a por ellos. A obra de dos tiros de ballesta, dejaron ellos de remar, desconfiados. Necesitaba aplastarles en el primer encuentro con ellos en el lago para que les tuviesen mucho miedo a los bergantines, porque la llave de toda la guerra está en ellos, que es por el agua donde ellos pueden recibir más daño. Y así, todos parados, mirándonos, se ha levantado un viento de tierra muy favorable para embestir contra ellos y he comunicado a los capitanes: «Vamos a pasarles por encima». Hemos izado todo el trapo y remado, aproado a las canoas y las hemos embestido, quebrando infinitas canoas y matando y ahogando a muchos enemigos, que ha sido la cosa del mundo más para ver. Unas pocas han conseguido huir y las hemos perseguido hasta encerrarlas la ciudad. ¡Victoria! Mi primera victoria naval.

Alvarado no desaprovechó el momentáneo despiste de los mexicas que les ha supuesto la batalla naval y entró por la calzada con su gente en gran concierto. En el primer puente ordenó no cruzar a ballesteros y escopeteros, para que le guardasen las espaldas. Luchó algunas horas, pero fue rechazado.

Como Sandoval se había quedado copado en Iztapalapa, rodeado por guerreros mexicas, adonde se dirigían ahora multitud de canoas, Olid por la calzada y yo desde los bergantines hemos acudido en su ayuda. He saltado a tierra en la calzada con treinta hombres y tres tiros gruesos para ganarles unas dos torres de sus ídolos, que están cercadas con su cerca baja de cal y canto, pero el artillero se ha despistado y ha quemado la poca pólvora que llevábamos. He ordenado a Sandoval retraerse a Tepeaquilla.

CXXIX

Con el lago controlado, he dividido a los bergantines por capitanías; a Alvarado le he enviado cuatro, seis a Olid, y a Sandoval le he dejado dos. El decimotercer bergantín, Buscarruidos, el más pequeño, lo dejo aquí en Iztapalapa y he distribuido a su magullada tripulación entre los otros doce.

Alvarado me escribe para decirme que ha situado a dos bergantines a cada lado de la calzada de Tlacopán. Así cubre los flancos de los peones por la calzada del ataque de la gente de las canoas. Ha ganado varios puentes y albarradas, peleando recio todo el día hasta la noche. A los barcos también les llovían varas y piedras desde las azoteas y, a veces, no han podido acercarse tanto como hubiesen querido a la calzada, pues los indios han clavado estacas en el agua para hacerles volcar. Pero que todo lo que ganó ayer, hoy lo ha hallado perdido y ha tenido que volver a empezar. Ha detectado también nuevos hoyos y trampas en la calzada; agujeros por los que, si alguien cae al agua, siempre hay una canoa cerca escondida para prender al infortunado. Intenta arriesgar menos con los caballos porque caen en las mismas trampas o son heridos con las largas lanzas que se han hecho con nuestras propias armas perdidas esa funesta noche saliendo por esa misma calzada. Por la noche se vendan las heridas y brechas. Parcheados como buenamente pueden vuelven a salir al combate al día siguiente. No tiene ni veinte hombres sanos en ninguna escuadra. La comida, escasa, tortillas de maíz, hierbas, cerezas y tunas. Perder por la noche lo que tanto esfuerzo y sangre cuesta por la mañana llevó a los hermanos Alvarado a discutir entre ellos. Y decidieron entonces cambiar de táctica; querían ganar dos torres y hacer real allí por las noches, dejando a los de caballo e indios en tierra firme, cuidándoles las espaldas, arrasar con las casas y tapar las zanjas con sus escombros. Una sección se ha quedado guardando el sitio hasta que ha llegado el relevo para echarse a dormir. Cuando llega el segundo relevo, el anterior se ha echado a dormir. Al amanecer, debería haber ciento veinte soldados listos para el combate. Pero con esta táctica, ya son un par las noches en las que ningún soldado de Alvarado ha dormido. No ha cesado la lluvia de varas, piedras y lanzas; los mexicas les han empujado a todas horas, pues quieren salir a tierra firme por esta calzada para venir a las espaldas de Olid, Sandoval y mías. Los suyos de a caballo, estacionados atrás en el real de Tlacopán, tampoco han dormido ante la amenaza de los pueblos de la rivera, Azcapotzalco y Tenayuca, que combinan el ataque nocturno con el de la calzada. A pesar de todas las precauciones, los indios se las han apañado para volver a abrir las zanjas o los hoyos en la calzada que conseguimos cegar, pues no es posible tener todos los sitios cubiertos en toda la longitud de la calzada, so color de perder hombres en celadas. Vuelta a empezar. Pues tampoco ha funcionado.

CXXX

Los mexicas usan la noche para meter en la ciudad agua y comida que les traen en canoa desde los pueblos de la orilla. Hasta hoy, los bergantines solo apoyaban el ataque diurno en las calzadas. A partir de esta noche, dos barcos de cada real saldrán a patrullar e interceptar los bastimentos.

Tras este concierto, al amanecer han vuelto los bergantines remolcando varias canoas con comida y agua e indios colgados de sus entenas, bien a la vista de todos. A la noche siguiente, igual, los bergantines han vuelto a hacer muy buen trabajo navegando por parejas por la laguna y han prendido a muchas canoas. Les hemos quitado mucha comida y agua. Deberían pensar ya en rendirse pronto.

Hemos cantado victoria demasiado pronto, esta noche han caído en una trampa dos de ellos, los de Portillo y Barba. Han ido tras dos canoas cargadas de bastimentos que los han atraído a unos carrizales donde había otras treinta escondidas, cuajadas de guerreros, y han dado en ellos. Dieron la alarma a los demás barcos, que acudieron a socorrerlos, pero ya era demasiado tarde y cuando han llegado se han encontrado a todos muertos o heridos y los mexicas huidos. Que todos tengan cuidado de no acercarse a los cañaverales. Prefiero que pase una canoa a perder otro barco.

Y mientras, en las calzadas, seguimos con el mismo negocio cada día, cada metro que ganamos, derribamos y quemamos las casas para usar sus escombros en cegar las tajaduras, zanjas, hoyos y puentes. He enviado un mensaje a Alvarado, estacionado en Tlacopán: «No quiero que vuestra merced arriesgue ni un poco, guárdese muy bien de no caer en emboscadas. Tape bien todos los pasos que gane». Y me ha contestado: «Así lo vengo haciendo para que los caballos corran entera la calzada, sin zanjas ni azoteas desde donde me arrojen piedra y vara».

Parece que mis órdenes son para que las cumplan otros. Ha llegado noticia al real de un gran desbarato que ha sufrido Alvarado. Ha perdido a ocho españoles y un caballo, seguro que por no cegar las zanjas a cada paso. Este loco solo piensa en cómo recuperar mi favor y solo consigue empeorar más la situación. Tampoco tengo quién le sustituya. Iré a verle a su real. Su ansiedad nos cuesta vidas.

«No es cierto, mis hombres tenían orden de no avanzar sin cubrir los pasos, yo no les ordené seguir, ellos solos se metieron en la boca del lobo. Mandé que la mitad de los de caballo se quedasen en Tlacopán, guardándome las espaldas, y la otra mitad avanzase por la calzada e hiciera noche en ella. El resto de las zanjas que quedaban por ganar habían sido ensanchadas y ahondadas por los mexicas y ya solo podían cruzarse a nado. Entramos en la calzada y fuimos rodeados por tres grandes escuadrones; uno por la parte de una gran zanja, otro nos ha salido de entre las casas derruidas y un tercero nos ha tomado la espalda. Separé mis fuerzas; con los de caballo y Tlaxcala, rompí hacia los que nos cortaban la retirada y el resto de los peones ha seguido hacia delante, haciendo huir a los otros dos escuadrones, saltando tras ellos dos amplias zanjas a volapié. Han caído en su trampa. Los mexicas habían fingido su retirada y cayeron a miles sobre ellos desde las casas que aún siguen en pie. Mis peones lo vieron tan feo que comenzaron a replegarse con gran concierto, pero al llegar a las zanjas, han visto que estaban cuajadas de canoas y el único paso hondo que les dejaban estaba lleno de hoyos; han tropezado, caído al agua y la gente de las barcas se ha hecho con ellos, tomando a cinco soldados vivos e hiriendo al resto. Un desastre. Cuando me di cuenta, di la vuelta y piqué espuelas para ayudarles, pero me encontré con miles de guerreros y tuve que desistir antes de llegar siquiera a la primera zanja. La gente de los bergantines lo ha visto todo, pero no han podido ayudarnos. Las estacas clavadas en el agua les han impedido acercarse a la calzada».

«Lo que ha ocurrido es que os habéis separado de ellos y estos salvajes os hacen quedar en ridículo cayendo una y otra vez en sus trampas, que no sois un pardillo». «Voto a...». Cuidado, (nota mental: no abroncar a Alvarado. Y menos, estando escoltado por todos sus hermanos). «Os ordené no avanzar sin cegar cada corte con adobe y madera, me da igual lo que se tarde, se tapan noche y día. No se avanza ni una vara castellana más sin asegurarse la retirada. ¿No ve vuestra merced que el tiempo está a nuestro favor? A más días, menos comida en la ciudad y más hambre».

Eso del hambre entre esta gente es relativo. Los mexicas tratan de amedrentar a nuestros aliados tlaxcaltecas arrojándoles brazos y piernas de los prisioneros que han sacrificado y comido y nuestros amigos tampoco se arredran y les devuelven los huesos de los mexicas que se han comido asados en el real. Nosotros los españoles hacemos como que no vemos, por lo menos hasta que esto acabe. Luego, ya se verá.

CXXXII

Me dicen que mi paisano Villafuerte había varado la capitana y, al caer los indios sobre ella, mandó abandonar la nave. Martín López, lejos de acatar la orden, despejó a tajazos la cubierta y de un ballestazo se aventó al emplumado capitán mexica. Me parece que ya tengo nuevo comandante.

Otro bergantín de los míos ha prendido a dos principales que han confesado haber dispuesto una trampa para capturarnos otra nave. Les he dado mantas y otras cosas, prometiéndoles muchas tierras una vez ganada Tenochtitlan, y me han indicado dónde tenían previsto esconder sus canoas. Vamos a adelantarnos. Por la noche, he mandado a seis bergantines apostarse cerca del sitio, a remo callado, con orden de taparse con mucha rama y esperar el momento de caer sobre las canoas, una vez salgan de los carrizales a por el bergantín que vamos a enviar de cebo, el más pequeño, el Buscarruidos. A la mañana, el Buscarruidos ha perseguido a una lenta canoa que le iba atrayendo hacia los cañaverales donde estaban escondidas las canoas. Se ha hecho el remolón, haciendo como que dudaba, y ha dejado de perseguirla. En ese momento, las canoas apostadas han salido en pos de él, que ha puesto proa hacia donde estaban escondidos los otros seis. Ha soltado una escopeta cuando estaba llegando, como señal convenida. Han salido los seis de entre las cañas con gran ímpetu y caído sobre las piraguas y canoas y han matado y prendido a muchos guerreros. Hasta el bergantín de cebo, que se iba ya algo largo, ha vuelto para ayudar a sus compañeros, de manera que han hecho buena presa de prisioneros y canoas y gran mortandad. Espero que con esto aprendan y de aquí en adelante, los mexicas dejen de echar más celadas a nuestros barcos y ni se atrevan a meter bastimentos ni agua tan descaradamente a ojos vistos como suelen hacer.

CXXXIII

Han venido de muchos pueblos de la laguna; Iztapalapa, Vichilobusco, Culiacán y Mezquique y más de los de la laguna de agua dulce a pedir perdón, rendirse y prestar vasallaje, que entre unos y otros les hacemos mucho daño. Les he pedido que nos ayuden y traigan mucha comida.

Alvarado está cumpliendo con la orden dada y avanza lento en ganar y tapar las zanjas de día, porque los mexicas las tornan a abrir de nuevo a la noche y para que nadie se tenga por deshonra mientras usa la pala y el pico y no lucha, ha dividido en tres su sección y van rotando, luchando y tapando zanjas un día completo. Los indios resisten en el único tercio de la ciudad que aún no es nuestro, Tlatelolco. Hacemos lo mismo en mi calzada, Iztapalapa, pero son duros de pelar y nos han matado a cuatro soldados y herido a otros treinta. Aún queda mucha casa en pie desde cuyas azoteas nos tiran mucha vara y piedra y los bergantines no pueden acercarse por las estacas que les han puesto.

Hoy se cumple un año desde que entramos en Tenochtitlan al socorro de Alvarado, tras vencer a Narváez y ponerle en su sitio, a sabiendas de que entrábamos en una trampa sin poder evitarlo, por una cuestión de honor. Mucho ha llovido desde entonces. Como si Cuauhtémoc también recordase la fecha, ha ordenado atacar a los tres reales a la vez y nos han dado toda la guerra con la mayor fuerza que podían por tierra y con las canoas por el agua, y de noche, al cuarto de la modo- rra, para que los bergantines no nos pudieran ayudar. Hemos sufrido muchas bajas, pero les hemos aguantado bien. Han concentrado sus esfuerzos en empujar hacia Tlacopán, al real de Alvarado, durante el cuarto de alba. Muy bravos, los han tenido en un tris, matando a ocho españoles, hiriendo al resto y descalabrando al mismo capitán que, gracias a resguardarse con los bergantines a la espalda, a base de buenas estocadas y cuchilladas, con los de caballo y ballesteros y escopeteros y tlaxcaltecas, ha aguantado.

Nueva efemérides. Hoy es el primer aniversario de la muerte de Moctezuma. Para conmemorarlo, y con todo el dolor de mi corazón, hemos derribado y quemado la casa de las aves, el palacio de Moctezuma y el palacio de Axayácatl.

CXXXIV

Reunidos en consejo de guerra con Alderete y mis capitanes Alvarado, Sandoval y Olid: «Caballeros, esto se está alargando demasiado y no veo que los enemigos mengüen en sus fuerzas, sino que cada día me parecen más bravos, creo que ha llegado el momento de hacer una gran ofensiva simultánea por las tres calzadas, con el apoyo de los bergantines, para llegar a la plaza de Tlatelolco y asentar allí nuestros reales, lejos de las zanjas y albarradas y darles guerra en sus calles». Alvarado ha saltado como un resorte: «¿A qué viene tanta prisa ahora? Eso es contrario a las palabras de vuecencia cuando nos pidió ritmo, prudencia, derribar y quemar las casas y cegar las zanjas con sus escombros y ahora nos pide entrar en la boca del lobo y es locura». «Pues que veo que esa táctica no funciona, que poco tardan en volver a abrir y ahondar de noche, por mucho que las velemos, las zanjas que con tanta sangre ganamos por el día. Hemos aguantado este último ataque que no es más que estertor desesperado de estos hambrientos, es hora de ir y acabar con ellos». «Esos que llamáis muertos de hambre nos han matado ayer a veinte soldados y no hay español vivo al que no hayan abierto la cabeza a pedradas. Si entramos, nos tomarán las espaldas de nuevo, pues han aprendido a mantener alejados a los barcos de las calzadas con estacas clavadas en el fondo y seremos de nuevo nosotros los cercados. Otra vez. Como el año pasado». «No me seáis ceniz. Cuidemos nosotros de las vanguardias y dejemos la retaguardia a los bergantines, que vigilen las zanjas por las que pasemos. No podrán rechazarnos. Daré orden a todos los pueblos leales de la laguna que nos acompañen con sus canoas. Mañana saldremos con todo».

Dicho y hecho. Hoy, después de oír misa, con un cañonazo desde un bergantín, di la señal de salir a cada capitán de su real con los aliados tlaxcaltecas, a los otros barcos y a las canoas de los pueblos de la laguna que nos son leales. La visión de todas las fuerzas desplegadas debía ser suficiente para aterrarles y hacer que estos mexicas se rindieran honrosamente y no insistieran más en sus sufrimientos. Pues nada de eso. A gran coste, en las tres calzadas ganamos puentes y albarradas con mucho trabajo, bajas y heridos, pues peleaban estos indios como fuertes guerreros con gran furia, dando alaridos y gritas y silbos. Pasamos una gran abertura por una calzadilla muy estrecha mientras los mexicas se retraían a sus reales, se paraban y se retraían, se paraban de nuevo y se retraían, tirándonos mucha vara y piedra. La victoria parecía nuestra. ¡Santiago y a ellos! Con tanto ánimo íbamos, que no cegamos bien la zanja tras pasar toda la sección y dimos con miles de guerreros emboscados esperándonos y cientos de canoas en el agua y nuestros bergantines sin poder acercarse por las estacas clavadas en el agua. Habíamos caído en su trampa. Lo que me trajo escalofríos porque recordé que hacía justo un año estábamos evacuando la ciudad. Los hombres de vanguardia regresaron a mí corriendo sin resistir a los mexicas que les perseguían, dándoles la espalda. «¡Paren, quietos, tengan recio, no les pierdan la cara! ¡Con orden!». El mal paso que habíamos dejado atrás era un embudo y la lentitud de los hombres de retaguardia en cruzarlo disparó el pánico de los de vanguardia. «¡Quietos! ¡Aguanten! ¡Formen al frente, retírense con orden!». Vi que muchos abandonaban la lucha y caían al agua por los empellones que los unos a otros se daban para salvarse. Con el cieno pegajoso hasta la rodilla, lentos, los hombres eran capturados fácil por las canoas, que les ataban por el cuello, subían y golpeaban. Los bergantines, impedidos de acercarse a la calzada por las estacas no podían socorrernos, con sus tiros mudos por el miedo a herir a los españoles que habían sido capturados. Estaba herido en una pierna cuando me rodearon y atraparon con lazos seis o siete mexicas a los que les brillaron los ojos por mi captura. Se me ocurrió pensar que yo debía ser el premio mayor para ellos. Tenía bien amarrados los brazos y no podía sacar la daga para librarme. Otro lazo me ahogaba el cuello y caí de rodillas, la vista se me nublaba; estoy acabado, Santiago, ayúdame. Noté que la presión aflojaba y pude moverme, saqué mi daga y corté los lazos con ella. A mi lado, mi ángel de la guarda, Cristóbal de Olea y también Lerma, heridos, me ayudan a levantarme. Otros soldados volvieron sobre sus pasos y me ayudaron a caminar porque seguía mareado. Antonio de Quiñones, a mi lado, me dice: «Salgamos de aquí y salvemos a vuestra persona, pues sabéis que sin ella ninguno de nosotros puede escapar». «No pienso dejar aquí a mis hombres». «Ha de ponerse a salvo, General». Olid y Guzmán aparecen cada uno con un caballo, me suben a uno de ello, lo aguijonean y arranca para sacarme de allí a toda prisa, mientras los mexicas nos llaman cobardes. No volví a ver a Olea ni a Guzmán. Nos retiramos lo mejor que pudimos y mandé a Tapia y Alderete que volviesen a la plaza con mucho concierto y llevasen aviso para Alvarado y Sandoval. Tenía la esperanza de que a esos capitanes les hubiera ido mejor que a mí, cuando se han llegado algunos mexicas y nos han arrojado cabezas de españoles, gritando que habían matado a Alvarado y a Sandoval y a todos los que consigo traían: «Malinche estas son sus cabezas, que las conoces bien». «No puede ser». Una terrible hora de incertidumbre más tarde, pálido y ensangrentado, llegó Sandoval, con heridas en cabeza, muslo y brazo. Doy gracias a Dios. Me cuenta que le han arrojaron cabezas diciéndole que me habían matado. Nos hemos abrazado llorando. Todos los soldados alrededor nuestra lloraban también. Yo tenía la coraza reventada, heridas en los brazos, pierna y cabeza, todo yo era envuelto en vendajes empapados de sangre y lluvia. «Sandoval, Gonzalo, hijo mío, todo esto es culpa de mis pecados de soberbia, es castigo de Dios. Estoy débil y acabado, le entrego el mando del ejército para hoy. Tomad los caballos que hayan resultado ilesos, id con Lugo y mirad qué ha sido de Alvarado».

Regresó Sandoval con Alvarado. Doy gracias a Dios de nuevo. Cuenta Pedro que le arrojaron cabezas diciéndole que nos habían matado a Sandoval y a mí y que entonces envió a un soldado en busca de noticias. Retiró a los caballos de la calzada, cansados de correr arriba y abajo, y dispuso dos tiros gruesos en la misma que cebaba y disparaba alternos sobre los miles de mexicas que se les echaban encima mientras que los de la ciudad, por hacerle desmayar, se llevaron a diez españoles capturados a Tlatelolco, a lo alto del templo. Les desnudaron y les abrieron el pecho, sacándoles los corazones para ofrecérselos a sus ídolos. Supo en ese momento que le habían tomado un bergantín y casi otros dos que habían acudido en su ayuda y en eso llegaron Sandoval y Lugo para cruzar juntos la calzada a galope y llegar a tiempo de ayudar a Bernal y a otros diez soldados que luchaban por evitar que se llevasen otro bergantín. Se retiraron todos a Tlacopán, el barco a la vela, con todos los hombres a bordo heridos.

El resultado de la acción de hoy se cifra en sesenta y seis soldados muertos o capturados y ocho caballos muertos. «¿Y ahora quién ha hecho el ridículo por actuar imprudentemente? ¿Yo, el loco de Alvarado? ¡El loco de Cortés y sus putas prisas! Esta orden nos ha costado muchas vidas y ha sido un completo desastre». «Sujetad la lengua, capitán, que no es el momento, tenéis razón. Me equivoqué».

CXXXV

Amanece. A varios tiros de ballesta, se alza la torre del templo. Entre una marabunta, varios españoles prisioneros forman una cadena, atados con guirnaldas de flores. Los sacerdotes les golpean con látigos y bastones. Todos se tambalean, parecen ebrios, plumas en la cabeza, mientras suben las gradas. No recuerdan el Padrenuestro estos cristianos; los han obligado a beber hongos cocidos en pulque. No podemos oírlos, los tambores son atronadores, les hacen bailar delante del Huichilobos.

Arriba en el templo, majestuoso, Cuauhtémoc les ha recibido junto a otros sacerdotes, cubiertos de mugre y sangre seca. Vuelven sus caras hacia donde saben que les estamos mirando, impotentes testigos de la escena. Tres vueltas les hacen dar a la piedra del sacrificio. Han escogido a un veterano que trata aún de defenderse, le golpean y le tumban sobre la piedra. El matarife se acerca lento, eleva el cuchillo de obsidiana por encima de su cabeza, lo hunde con saña en el pecho del español y le saca el corazón aun palpitando. Tiran su cuerpo gradas abajo, donde otros indios carniceros le cortan brazos y piernas y desuellan la cara. Las tripas son echadas a los tigres y leones y sierpes y culebras que tienen en la casa de las alimañas. Las extremidades acaban en sus ollas. Mis soldados se abrazan unos a otros y lloran. Es más de lo que nadie puede soportar; el ruido, los tambores, el sacerdote en su macabro ritual, uno a uno, hasta diez, mis españoles son ejecutados sumariamente y arrojados escaleras abajo, destazados y despedazados. Mientras cometen aquellas ejecuciones, dan la voz; vienen a nosotros grandes escuadrones de guerreros, que nos atacan por todas partes, casi no nos podemos valer, y nos dicen: «Mirad que de esta manera habéis de morir todos, que nuestros dioses nos lo han prometido muchas veces». Y las amenazas que dicen a nuestros hermanos tlaxcaltecas son tan lastimosas y tan malas, que les hacen desmayar, y les echan piernas de indios asadas y otros brazos de nuestros soldados, y les dicen: «Comed de las carnes de esos teules y de vuestros hermanos, que ya bien hartos estamos de ellos, y eso que nos sobra podéis hartaros dello y mirad que las casas que habéis derribado que os hemos de capturar para que las volváis a construir mejores y con piedra blanca y calicanto labradas; seguid vosotros ayudando bien a esos teules, que a todos los veréis sacrificados».

No tengo ganas de vivir y me retiro al real a descansar. Le dejo el mando a Alderete. La orden es no batallar en las calzadas, ni tratar de ganarles puentes o albarradas, solo defender y aguantar en los reales, pero nada de atacar. Descansen todo lo que puedan y les dejen.

CXXXVI

Cada noche, los mexicas hacen grandes hogueras, tañen ese maldito tambor, suenan trompas y dan muchos gritos, mientras ejecutan uno a uno a mis hombres delante de sus malditos Huichilobos y Tláloc. Toda la hueste está muy jodida de no poder ayudar a sus compañeros de armas. Y por las mañanas, se acercan a las patrullas a insultarnos, que somos débiles mujeres, apocados, que no valemos para nada, que hemos venido huyendo de nuestra tierra y de nuestro rey y señor, que de hoy en diez días no ha de quedar ni uno de nosotros. «Mirad qué malos y bellacos sois, que aún vuestras carnes son malas para comer, que amargan como las hieles, que no las podemos tragar de amargor».

Tras el desastre y viendo los ánimos que mostraba nuestra hueste, los de Tlaxcala, Cholula y Guaxocingo, y aun los de Texcoco, Chalco y Tamanalco, se han tomado en serio lo de los diez días, han levantado campamento de todos los reales y se han ido a sus tierras, sin decirles nada a sus capitanes. Esta deserción se paga con la vida, pero no podemos levantar la mano contra nuestros aliados so color de perder la nuestra. De más de veinte y cuatro mil amigos que traíamos, no han quedado en todos tres reales más de doscientos amigos; todos se han ido a sus pueblos. Estamos jodidos. Como ahora salgan los mexicas a por nosotros, no va a haber quien los pare. Por lo demás, siguen atronando los tambores cada noche, sigue el salvaje espectáculo de la ejecución de nuestros amigos, sigue nuestra moral cayendo en picado.

En mi real se ha quedado Estesuchel de Texcoco con cuarenta hombres; en el de Sandoval un cacique de Guaxocingo con cincuenta y dos; y en el de Alvarado y Olid, dos hijos de don Lorenzo de Vargas y el esforzado de Chichimecatecle con ochenta tlaxcaltecas que nos dicen que los demás que se han ido ha sido porque han recordado las palabras de Xicoténcatl el Joven (al que colgamos por desertar y querer dar un golpe de mano contra su padre en Tlaxcala) cuando les dijo que no quedaríamos ni español ni tlaxcalteca con vida. Me dice Estesuchel: «Malinche, no te apenes por no batallar cada día con los mexicas, cura de tu pierna, descansa, manda a Tonatiuh al suyo y a Sandoval al de Tepeaquilla, que impidan que nadie entre o salga de la ciudad y que esos barcos que quedan vigilen el lago noche y día para evitar la entrada de agua y comida, que ya tendrán bastante guerra con el hambre y la sed». Le he dado un abrazo que le han crujido las costillas.

Estesuchel ha conseguido animarme, así que hago caso a su idea y ordeno que salgan todos los bergantines a patrullar sin entrar en batalla, sin arriesgar nada, pues no vamos a entrar en la ciudad, y que arranquen todas las estacas que les impiden acercarse a las calzadas. También mando seguir tapando y cegando las aberturas. Me dicen que todos los indios que lo hacían se marcharon. «Lo sé, lo haremos nosotros».

CXXXVII

Cuauhtémoc ha seguido ejecutando cada noche a mis hombres sobre la piedra en el templo mayor, a la vista de todos nosotros. Seguimos sintiéndonos tristes e impotentes, pero ahora esa sensación nos está mutando en ira y todos tenemos muchas ganas de entrar y hacerle pagar por esos asesinatos. A través de los prisioneros capturados ayer hemos sabido que uno de los últimos españoles en ser ejecutado ha sido Cristóbal de Guzmán, al que estuvieron torturando para que les enseñase a usar las ballestas y se negó en redondo. Dios le tenga en su Gloria.

El tlatoani, confiado porque sabe que nos hemos quedado solos sin aliados, nos ha enviado hoy todo lo que creo que le queda porque tienen mucha necesidad de salir a por comida y agua. A pesar de nuestro poco número, pero estar bien situados, nos resulta mucho más sencillo defendernos ahora que entrarles. Les aguantamos con las escopetas y ballestas y con las arremetidas de los de a caballo, que pueden hasta descansar entre carga y carga, y con los bergantines, que osan ir por doquiera de la laguna porque ya no temen zozobrar con las estacas y siguen cazando canoas que tratan de meter agua y bastimentos. Les mantenemos a raya y prendemos a muchos de sus capitanes y, poco a poco, les vamos entrando de nuevo en la ciudad ganando albarradas y puentes y aberturas de agua.

Estesuchel, viendo que los españoles habíamos recuperado el ánimo, que en los tres reales no dejábamos de luchar de continuo y que, sobre todo, seguíamos vivos después de expirar el plazo de diez días que Huichilobos y Tláloc le habían prometido a Cuauhtémoc, ha enviado mensajeros a Texcoco a decirle a su hermano don Fernando que nos envíe de nuevo el mayor número de guerreros que pueda sacar de allá. «Si pudiéramos recuperar el ejército, creo que podríamos acabar con los mexicas en menos de un mes».

CXXXVIII

Hoy han llegado al real muchos tlaxcaltecas con sus capitanes, un cacique de Topeyanco que se dice Tecapaneca, muchos indios de Guaxocingo y muy pocos indios de Cholula. Les he metido un buen rapapolvo, más que nada para asustarles: «Saben vuestras mercedes que todos son dignos de muerte por abandonar a su capitán en tiempo de guerra, pero como no saben de nuestras leyes y ordenanzas, voy a perdonarles la vida por esta vez (no lo hice con Xicoténcatl el Joven, pero ya no se acuerdan). Si les mandé acompañarnos a destruir a los mexicas, era para que se aprovechasen y volviesen ricos a sus tierras y se vengasen de sus enemigos, pero de ahora en adelante no quiero que maten a ninguno, que les quiero ganar en paz (dudo que me hagan caso)».

Retomadas las operaciones del ejército mixto, luchamos solo por las mañanas porque por las tardes no para de llover y todos casi deseamos que el aguacero comience pronto, para así poder ir a descansar al real.

Nuestros aliados han efectuado hoy una misión ellos solos; han apostado a cuatrocientos arqueros en la quebrada donde sufrimos el último desastre y han ido a pelear dentro de la ciudad. Después, han simulado la huida para que los mexicas les persiguieran, momento en el que los arqueros en celada han salido y causado gran mortandad. Los españoles hemos holgado mucho de verlo. La buena noticia es que hemos alcanzado la fuente de la plaza desde cada uno de los tres reales; el de Alvarado, el de Sandoval y el mío compartido con Olid, y la hemos quebrado para que dejen de usarla.

He liberado a tres principales de los que tenemos cautivos para que le lleven otra oferta de paz a Cuauhtémoc (es la quinta ya) y se han negado a hacerlo porque creen que su señor los matará por ello. Me ha costado mucho convencerles, pero han accedido finalmente al darles unas mantas y mentirles con algunas promesas. Pido al tlatoani que deje la lucha, que en nombre de su Majestad les perdono las muertes y daños, que sé que ya no tienen comida ni agua, que piense más en su pueblo, en sus mujeres, ancianos y niños, para que no les exija este inútil esfuerzo, que piense en salvar la ciudad. Mientras esperábamos la respuesta de Cuauhtémoc no hemos entrado a la ciudad, aunque él sí nos ha mandado a sus escuadrones a por nosotros a los tres reales y se han metido por entre las puntas de las espadas y lanzas para echarnos mano, pero les hemos aguantado. También hemos presenciado un desafío entre un capitán mexica contra Juan Núñez Mercado, un paje muy joven. El mexica se había hecho con una espada castellana, que empuñaba como si fuese una macana. Juan le atravesó como si fuese una aceituna. Ya había ganado otro antes.

Han regresado los principales mexicas con la triste e incomprensible respuesta de Cuauhtémoc: «Malinche, nos ofreces las paces porque tienes miedo de nuestros dioses que nos han prometido la victoria. Tenemos mucho bastimento y agua y a ninguno de vosotros teules hemos de dejar con vida. Así que no vuelvas a hablarnos sobre paces, pues las palabras son para las mujeres y las armas para los hombres. Guerra hasta el fin». Qué pena. Sea. Tras dos meses y medio de asedio, sin comida ni agua, empiezo a sospechar que Cuauhtémoc y su gobierno se están comiendo a su propia gente con tal de resistir.

Consejo de guerra con mis capitanes. «Tenemos que seguir apretando para conseguir su rendición. No quiero una victoria sobre miles de cadáveres en una ciudad en ruina». «Estos quieren ser Numancia, general». «Mal negocio fue ese y yo no quiero que me recuerden como Escipión».

CXXXIX

Esta mañana, dos mexicas se han pasado a nuestro campo y nos han dicho que la ciudad entera se está muriendo de hambre. No me fiaba mucho de sus palabras, así que hemos hecho una entrada, mejor pensada que la de hace un mes, aprovechando que parecía que había menos resistencia, pero temiendo una trampa. Hemos topado con una legión de mexicas. La mayoría eran mujeres y muchachos, famélicos y miserables, entre los que hicimos gran mortandad, mientras los bergantines cubrían nuestras alas y hacían estragos en las canoas. Ordené retirada, eso era una masacre sin sentido y sin honor. Maldito Cuauhtémoc, está llevando a su pueblo al desastre y a mí me obliga a arrasar la ciudad cuando más quisiera yo dársela completa a mi señor Carlos.

Hoy, día de Santiago, hemos organizado un gran ataque y llegado hasta la plaza de Tlatelolco para tomar uno de los grandes canales que llegan a ella, aunque no hemos conseguido cegarlo en todo el día.

Algunos parientes de Cuauhtémoc en Mataltcingo, Coadlavaca, Malinalco y Tulapa han atacado a nuestros pueblos amigos en retaguardia, robando maíz y niños para el sacrificio, y estos nos han pedido ayuda, así que he mandado a Tapia con veinte de caballo, cien soldados y muchos amigos tlaxcaltecas y a Gonzalo de Sandoval con veinte de a caballo y ochenta soldados, los más sanos que nos quedan en los tres reales, a repeler ese intento de auxilio a la ciudad. Rápido han desbaratado a los contrarios y prendido a dos principales de Mataltcingo. La acción ha sido harto provechosa. Primero, porque nuestros amigos han dejado de recibir daño, y segundo, porque Cuauhtémoc ha comprobado que no va a recibir ayuda externa, está solo.

CXL

Alvarado y yo hemos entrado en Amáxac, el último reducto que los mexicas han fortificado. Aquí no podemos usar los caballos, es un estrecho laberinto de callejuelas, y hemos efectuado un ataque compacto en ordenanza. Los aliados detrás nuestra, no han dejado escapar a uno vivo, con gran crueldad. Da igual lo que les diga. «Es increíble el odio que se tienen, Pedro, no hacen distingos entre ellos, a todos matan por igual». «Mejor que se maten entre ellos, ¿no, General?». «Hay que andarse con ojo ahora, no se vuelvan contra nosotros». «No lo hicieron tras Otumba cuando pudieron acabarnos». «Por si acaso». A estas alturas del negocio, cuando los pueblos subyugados por los mexicas ya apuestan de sencillo por su caída, el ejército mixto es cada día más numeroso, todos llegan a buscar parte del botín, todos vienen a cobrarse agravios sufridos durante décadas. Los españoles somos menos de mil y estamos dirigiendo a ciento cincuenta mil aliados.

Hago otra nueva oferta de paz a Cuauhtémoc, a través de estos sus parientes capturados en Mataltcingo, y rezo para que esta vez atienda y acabemos pronto el negocio, que venga en paz, que le perdono todos los yerros pasados y que no deje que se destruya más la ciudad, que hay dos tercios derruidos, que piense en sus niños, mujeres y ancianos, que sabemos que no tienen comida ni agua. Ni caso. Han vuelto diciendo que no se ha dignado de recibirles, que solo han podido hablar con sus sacerdotes, que les ha dicho que ha consultado con Huichilobos y este le ha dicho al tlatoani que aguante, que a los ochenta días del inicio del asedio, la guerra va a cambiar de rumbo. Y que luego, por lo visto, ha seguido destripando personalmente a varios prisioneros.

CXLI

Por lo que nos están atacando hoy de duro en los tres reales, deduzco que rechazan mi oferta y desean morir peleando. Nos han matado a una decena de soldados, les han cortado la cabeza y nos las han arrojado por encima de las albarradas. «¿Y qué dice ahora el Rey de Castilla?». Lo cierto es que la mayor parte de la ciudad ya es nuestra y, si bien siguen peleando muy bravos, ya no tienen tanta gente de guerra ni los hay dispuestos a seguir abriendo las zanjas, aunque siguen persiguiéndonos hasta el real para ver si nos echan mano. He escalado el

Teocali para hacerme más visible y desmoralizar más a los que aún resisten. Unos pocos locos. Hay que parar cuanto antes esta hecatombe. La ciudad entera huele a muerte.

Como hace días que no nos queda pólvora, ha sido una agradable sorpresa recibir noticias de Rodrigo Rangel desde la Villa Rica de la Veracruz (ya ni me acuerdo de ella y de sus playas, aquí metido en faena) que me cuenta que ha arribado un barco del licenciado Lucas Vázquez de Ayllón (ha conseguido volver, bien), que se perdió o desbarataron en las islas de la Florida, que nos trae ciertos soldados y pólvora y ballestas. Nos viene de perlas.

Hulano de Sotelo, de Sevilla, soldado de los Tercios de Nápoles del Gran Capitán y que parece que estuvo con él en Garellano, me ha dicho que él puede construir un trabuco a la romana para derribar esas últimas casas donde se refugia el Cuauhtémoc y hacer que se rinda. «Pues ya podía vuestra merced haberlo dicho antes, que ya sabe de la necesidad que tenemos. Empiece a hacerlo ya y acábelo rápido. Mañana vamos a entrarles hasta la plaza de Tlatelolco». «A la orden».

Cada real por su parte, Alvarado, Sandoval y yo, hemos ganado puentes y albarradas y llegado a unos adoratorios. En uno de ellos, en unas vigas puestas en lo alto, hemos encontrado muchas cabezas de españoles con los cabellos y barbas muy crecidos, mucho más largos que cuando estaban vivos. Al reconocer en ellas a muchos antiguos compañeros, la hueste se ha quedado muy jodida. He ordenado retirarlas de inmediato para ser enterradas cristianamente más adelante. No es momento de desmayar, sino de rematar el negocio. Por cierto, ya hay que andarse con ojo con los aliados. Aquí no para de llegar gente al olor de la sangre de Tenochtitlan, por miles, todos con ganas de revancha y somos muy pocos españoles. Si se les ocurriese levantarse contra nosotros, no duraríamos mucho.

Cuando vimos que Alvarado tardaba en llegar a la plaza desde su real, después de varias horas de lucha y de tener muchos caballos heridos, hemos acudido en su ayuda. Uno de sus capitanes, Gutiérrez de Badajoz, ha trepado con sus hombres las gradas del templo mayor, han peleado duro con muchos contrarios y matado a todos los horribles sacerdotes y echado gradas abajo. Después han derribado y quemado los ídolos y colocado nuestras banderas, hecho que se ha celebrado con las escopetas y los tiros de los bergantines, lejos, en el agua.

Ganar esta plaza ha sido muy oportuno, pues nos permite ir de un real a otro por las calles y albarradas deshechas y aberturas de agua, todo ya bien cegado y los caballos ya pueden correr libremente por toda la ciudad. A fecha de hoy, 6 de agosto de 1521, hemos sufrido setenta y ocho bajas de españoles y aún nos queda un octavo de la ciudad por conquistar, donde Cuauhtémoc, la élite superviviente y unos pocos fieles guerreros acérrimos están atrapados, porque las casas y palacios en las que vivían ya están por el suelo y aun así no dejan cada día de salir a darnos guerra, y al tiempo de regresar al real aún nos siguen mejor que antes, así que vamos a hacerles alguna celada. En unas casas grandes he guardado a treinta de a caballo y cien soldados, los más sueltos y guerreros que conozco, y a mil tlaxcaltecas. Los demás de a caballo hemos seguido adelante hasta cerca de un puente para simular que terminábamos de cegarlo, hasta que ha venido un escuadrón muy recio y nos hemos retirado, nos han seguido, y una vez que han pasado la casa, han salido todos los nuestros y caído sobre ellos, momento en el que yo me he dado la vuelta también y les hemos atrapado entre dos frentes. Ha sido una carnicería. Espero que ya la última.

El soldado Peinado, o se ha hecho el sordo o estaba robando, se ha quedado solo rezagado. Para cuando ha salido de la casa se ha quedado blanco al verse rodeado por los escuadrones mexicas. Bueno, pues con todo el cuajo del mundo ha gritado dentro de la casa para que los españoles de dentro le ayudasen y ha colado. Han salido todos los mexicas huyendo. Por poco me lo peinan para siempre.

CXLII

Como esto está ya muy tranquilo he ordenado trasladar los reales a la plaza de Tlatelolco, no podemos estar cada día recorriendo media legua para empezar a batallar. Y se acabó el derribar casas, vamos a pedir una nueva paz. Le he ofrecido a Cuauhtémoc conservar su estatus, rango y poder, sus tierras y ciudades, junto a mucha comida, tortillas y gallinas, cerezas y tunas y cacao. Y le he enviado el mensaje con cuatro mexicas principales que me han dicho que esas cosas deben consultarlas con Huichilobos. Claro, seguro. En esto andábamos despistados cuando han salido varios escuadrones, nos han pillado desprevenidos y nos han matado a tres soldados y dos caballos. Por fortuna, reaccionamos y los embolsamos de nuevo.

Cuauhtémoc nos ha enviado un mensaje con dos principales: quiere hablar. Bien. Por fin se rinde. Me he acercado al sitio convenido para encontrarme con dos principales que me han dicho que no iba a venir, que tiene miedo de que le matemos con las escopetas y ballestas y les he dicho que por quién me toman, que jamás haría enojo alguno al Señor. Lo juro. Se han puesto a comer delante mía, muy despacio, como si no tuviesen hambre, como si los pellejos que ya son sus cuerpos no deseasen el descanso y la comida, cuando han comenzado a salir otros muchos pobres indios demacrados a pedirnos comida, y les he dicho a los míos que no les den guerra. Después de varias horas esperándole, Cuauhtémoc me ha dado un nuevo plantón.

CXLIII

Los carpinteros han terminado por fin el montaje del pequeño trabuco en la plaza de Tlatelolco, hecho de madera y clavazón, con dos hondas de recias sogas y cordeles, fijado al suelo con cal y piedra, y grandes piedras como proyectiles, mayores que botijas de arroba, y los indios, nuestros amigos, amenazaban con él a los de la ciudad, diciéndoles que con aquel ingenio los íbamos a matar a todos. Lo han cargado y disparado y la piedra ha salido tan vertical que ha caído sobre el mismo trabuco y a poco mata a todos sus servidores. La falta y el defecto del trabuco la hemos disimulado diciendo que, movidos de compasión, no los queríamos acabar de matar, pero los mexicas se morían de risa. He ordenado quemarlo.

He ordenado a Sandoval tomar los nueve bergantines que nos quedaban a flote y que fuera con ellos a la parte de la ciudad donde se ocultaba este cobarde.

CXLIV

Hoy, de nuevo, cinco horas de nuevas negociaciones desde el amanecer que no han servido para nada. He visto a los bergantines entrar de golpe por aquel lago y romper por en medio de la flota de canoas. Tras verlos forcejear con ella, a continuación, he escuchado los tiros y la algarabía en los barcos. Algo importante ha ocurrido. Ojalá.

Sandoval y García Holguín se llegan a mí discutiendo y subiendo cada vez más el tono, peleando entre ellos por asir las sogas del prisionero que me traen atado. «¿Pueden explicarme?». Me dice García Holguín que se lanzó en pos de una canoa en la cual le parecía que iba gente de porte. Y cuando los tres ballesteros de proa ya tenían encarados a los de la canoa, comenzaron a dar señales de que nos les tirasen, que llevaban a su señor. Saltó y prendió a Cuauhtémoc, al señor de Tlacopán y a otros principales que con él estaban. Y que desde ese momento, Sandoval no ha parado de pedirle que se lo entregase y él no quería hacerlo, que me lo quería entregar a mí. Ha terminado la guerra y los españoles ya se pelean entre sí. «Haya paz».

He hecho sentar a los prisioneros sin mostrarles respeto alguno (después de haberme costado tantos hombres en esta resistencia inútil) y el joven tlatoani se ha llegado a mí y me ha dicho en su lengua que ya ha hecho todo lo que de su parte era obligado para defenderse a sí y a los suyos, que ahora yo podía hacer con él lo que quisiese, y me pone la mano en la daga, diciéndome que le dé de puñaladas y que le mate y le he respondido: «No, hijo, no, estos no son nuestros usos de la guerra, no asesinamos a nuestros prisioneros, no somos unos salvajes». Le he animado y dicho que no tenga temor alguno de nosotros. A su lado, los guerreros águila y tigre no sabían qué hacer, nunca se habían rendido antes y no saben cómo hacerlo. «Alderete, hágase cargo de los prisioneros y trátelos bien».

Y así, preso este señor, luego en este punto cesó la guerra, a la cual plugo a Dios Nuestro Señor dar conclusión en martes, día de san Hipólito, que fue 13 de agosto de 1521. De manera que desde el día que se empezó el cerco a la ciudad que fue el 13 de mayo hasta que se ganó, pasaron noventa y tres días, en los cuales no pasó ni uno que no tuviese combate, poco o mucho. Toca hacer saco de lo que se pueda y volver al real dando gracias a nuestro Señor por tan señalada merced y deseada victoria como nos ha dado. Hay mucho que celebrar; tenemos cerdos y buen vino traídos de Cuba.

CXLV

Aún con resaca, Sandoval me ha venido con quejas de Olmedo porque parece que anoche en la fiesta se cometieron muchos excesos. Lo normal. Somos milicia y tenemos que celebrar haber salido vivos. Alderete y yo vamos a preguntar amablemente a Cuauhtémoc dónde ha escondido el oro que perdimos esa mala noche.

Por más maña que nos hemos aplicado acercando brasas a los pies de Cuauhtémoc y a Tetlepanquetzaltzin, ninguno ha soltado prenda, incluso el tlatoani le ha dicho al otro que no se quejase tanto, que él tampoco estaba en un lecho de rosas. Mis hombres están muy cabreados, no encontramos el oro esperado. Al final, han confesado que lo han tirado al lago hace tan solo unos días y para allá que han ido todos corriendo a zambullirse. Han sacado algunas piezas, a costa casi de ahogarse, pero han abandonado rápido, no se ve nada en la turbidez del agua.

CXLVI

Los hombres están muy revueltos y amenazantes, creen que me he quedado con su oro y escriben libelos en las tapias. He contestado.

«Pared blanca, papel de necios».

Empezaré mañana a asignarles distintas misiones para tenerles bien lejos y entretenidos mientras pienso en cómo reconstruir la ciudad y gobernarla. Yo voy a descansar un mes seguido de la paliza que llevo. Y escribiré a Catalina para que venga. La echo mucho de menos y tengo muchas ganas de verla.

BIBLIOGRAFÍA

Sería imperdonable no reconocer aquí todas las obras y fuentes que he leído en mi vida para poder llegar a hacerle este sencillo homenaje al Capitán y que les relaciono aquí a vuestras mercedes en su orden cronológico vital de lectura:

Madariaga, Salvador. *El corazón de piedra verde.*

Thomas, Hugh. *La conquista de México.*

Miralles, Juan. *Hernán Cortés: Inventor de México.*

Kirkpatrick, Frederick. *Los Conquistadores españoles.*

Passuth, Laszlo. *El Dios de la lluvia llora sobre México.*

Lummis, Charles. *Exploradores españoles del siglo XVI. Vindicación de la acción colonizadora española en América.*

Cortés, Hernán. *Cartas de Relación.*

López de Gómara, Francisco. *Historia de la Conquista de México.*

Díaz del Castillo, Bernal. *Historia verdadera de la conquista de la nueva España.*

Muñoz Camargo, Diego. *Historia de Tlaxcala.*

Cervantes de Salazar, Francisco. *Crónica de la Nueva España.*

Vélez, Iván. *La Conquista de México.*

Espino, Antonio. *Vencer o morir, una historia militar de la Conquista de México.*

Mira Caballos, Esteban. *Hernán Cortés, una biografía para el siglo XXI.*

Fernández de Oviedo, Gonzalo. *Sumario de la Natural Historia de las Indias.*

También se habrán dado cuenta vuestras mercedes de que la numeración romana de los capítulos es un sencillo homenaje a nuestro primer reportero patrio de guerra, Bernal Díaz del Castillo.